Band 85
Michel de Montaigne
Essays

Michel de Montaigne
Essays

Band 85
1.Auflage
Taschenbuch – Literatur - Klassiker
Herausgeber Frank Weber, Marburg
Bibliografische Information der Deutschen Nationalbibliothek:
Die Deutsche Nationalbibliothek verzeichnet diese Publikation in der Deutschen
Nationalbibliografie; detaillierte bibliografische Daten sind im Internet abrufbar über
http://dnb.dnb.de
© 2020 Michel de Montaigne
Deutsch:J. Bode
ISBN: 9783751937160
Herstellung und Verlag: BoD – Books on Demand, Norderstedt

Inhalt

Das Gefühl für das Gute und Böse hängt großenteils von der Meinung ab, die wir davon hegen.

Die Menschen (sagt eine alte griechische Sentenz) werden von den Meinungen gequält, die sie von den Dingen hegen, und nicht von den Dingen selbst. Man hätte schon einen großen Schritt zur Erleichterung des menschlichen Elendes gewonnen, wenn man diesem wahren Gedanken durchgängig und allenthalben Eingang verschaffen könnte. Denn wenn das Übel keinen andern Eingang bei uns findet als durch unser Urteil, so scheint es in unsrer Macht zu stehen, es zu verachten oder zum besten zu kehren. Wenn die Sachen sich nach unserm Gutachten fügen, warum lenken und beherrschen wir sie nicht zu unserm Vorteile? Wenn das, was wir Übel und Pein nennen, an sich selbst weder Pein noch Übel ist, sondern nur insofern ihm unsre Phantasie diese Eigenschaft gibt, so steht es bei uns, es zu verwandeln? Und da wir die Wahl haben und da nichts uns zwingt, so sind wir ganz sonderbare Toren, uns steif und fest auf der Seite zu halten, die uns den meisten Verdruß macht, und den Krankheiten, der Armut und der Verachtung einen so bittern, widrigen Geschmack zu geben, wenn wir solchen einen guten geben können? Und wenn das Glück nichts weiter hergibt als die Materie, so ist es unsre Sache, ihr die Form zu geben. Aber, laß sehen, ob der Satz Stich hält, daß das, was wir Übel nennen, an sich kein Übel ist, oder (welches auf eins hinausläuft) ob wenigstens so wie es ist, bei uns selbst es stehe, ihm einen andern Geschmack, eine andre Gestalt zu geben? Wenn das ursprüngliche Wesen der Dinge, die wir scheuen, die eigentümliche Macht hätte, sich uns nach eigner Willkür zu unterwerfen, so würde es diese Willkür über alle Menschen auf einerlei Art behaupten. Denn alle Menschen sind von einerlei Gattung und sind, das Mehr oder Wenigere vorausgesetzt, mit einerlei Werkzeugen und Organen zum Wahrnehmen und Schließen versehen. Nun aber zeigt die Verschiedenheit der Meinungen ganz deutlich, daß sie nur auf Bedingung bei uns einziehn: Der eine nimmt sie vielleicht bei sich auf für das, was sie wirklich sind; aber tausend andre geben ihnen bei sich eine neue und ganz verkehrte Beschaffenheit. Wir halten den Tod, die Armut und körperliche Schmerzen für unsre hauptsächlichsten Feinde. Wer weiß aber nicht, daß dieser Tod, den einige das Schrecklichste aller Schrecknisse nennen, von andern der einzige Hafen gegen die Stürme dieses Lebens, das höchste Gut der Natur, die einzige Stütze unsrer Freiheit, das allgemeine und schnelle Heilmittel gegen alle Übel genannt wird? Und daß, so wie etliche mit Zittern und Zagen an ihn denken, andre ihn leichter ertragen als das Leben? Jener beklagt sich über seine Leichtigkeit:

> *Mors utinam pavidos vita subducere nolles,*
> *Sed virtus te sola daret!*[1]

Doch nichts mehr von so tapfern Gemütern! Theodorus antwortete dem Lysimachus, der ihn zu töten drohte: Du wirst eine mächtige Tat verüben, wenn du's an Gewalt einer Bremse gleichtust. Unter den Philosophen haben die meisten ihren Tod mit Fleiß beschleunigt oder sind ihm mit allem Bedacht zuvorgekommen. Wie viele gemeine Menschen sieht man zum Tode führen, und nicht etwa bloß zu einem einfachen Tode, sondern begleitet von Schimpf und Schande und zuweilen von den herbsten Qualen, die mit einer solchen Standhaftigkeit erscheinen, der eine aus Hartnäckigkeit, der andre aus natürlicher Einfalt, daß man keine Veränderung in ihrer gewöhnlichen Fassung wahrnehmen kann. Sie beschicken ihr Haus, soweit sie dürfen, empfehlen sich ihren Freunden, singen, halten Reden ans Volk und machen gar noch zuweilen Spaß und Scherz zum Lachen. Sie trinken auf das Wohl ihrer Bekannten, so gut wie Sokrates.

Einer, den man zum Galgen führte, sagte, man möchte sich ja hüten, durch eine gewisse Gasse zu gehen; er liefe sonst Gefahr, daß ihn ein Kaufmann anpackte, bei dem er noch von alters her an der Kreide stünde. Einer sagte zum Scharfrichter, er solle ihm nicht an den Hals greifen, er möchte sonst vor Lachen aufspringen, weil er sehr kitzlich sei. Jener antwortete seinem Beichtvater, der ihm die Verheißung gab, daß er heute noch mit unserm Erlöser zu Tische sitzen würde: Gehn Sie nur hin und nehmen meinen Platz; denn ich habe Fasttag. Jener andre, dem, als er zu trinken begehrt hatte, der Henker es durch Vortrinken zubrachte, wollte ihm nicht nachtrinken, denn, sagte er, der könnte mir eine böse Krankheit mitteilen. Alle Welt muß von Picard erzählen gehört haben, dem man, als er bereits auf der Leiter stand, Gnade versprach (wie unsre Justiz wohl zuweilen gestattet), wenn er ein gewisses Mensch, das man ihm zeigte, heiraten wollte.

---

[1] Lucan IV, 580: Ach, daß der Tod auch Feige und nicht allein den Tapfern trifft!

Er betrachtete solches ein Weilchen, merkte, daß das Mädchen hinkte und rief: Schnüre zu! Schnüre zu! Das Ding geht schief! So erzählt man etwas Ähnliches, das sich in Dänemark zugetragen haben soll. Einem Menschen nämlich, der verurteilt war, den Kopf zu verlieren, bot man auf dem Blutgerüst unter ebensolcher Bedingung Gnade an, die er aber ausschlug, weil das Mädchen, das man ihm geben wollte, hohle Wangen und eine Spitznase hätte. Ein Bedienter zu Toulouse, der Ketzerei wegen eingezogen wurde, wußte keinen andern Grund seines Glaubens anzugeben, als weil es der Glaube seines Herrn wäre; dies war ein junger Student, der mit ihm im Gefängnis saß, und blieb der Bediente dabei, lieber zu sterben als sich überzeugen zu lassen, daß sein Herr irren könnte. Wir lesen von den Bürgern der Stadt Arras, daß, als der König Ludwig der Elfte solche einnahm, sich eine ansehnliche Zahl von ihnen lieber hängen ließ als rufen wollte: Es lebe der König! Und unter den kriechenden Seelen der Hofnarren haben sich einige gefunden, die ihr Possenreißen selbst im Tode nicht haben lassen wollen. Einer von ihnen schrie, als ihn der Henker von der Leiter stieß: Aufgeschaut! Ein Wort, das er bei seinen Späßchen immer brauchte. Und ein andrer, den man, in dem Augenblicke, da er den Geist aufgeben wollte, längs dem Kamine auf einen Strohsack gelegt hatte, antwortete dem Arzt, der ihn fragte, wo er denn eigentlich die Krankheit hätte: zwischen der Bank und dem Kamin. Und als der Priester, der ihm die Letzte Ölung geben wollte, seine Füße suchte, die er wegen der Schmerzen an sich gezogen hatte: Sie werden sie wohl, sagte er, am Ende meiner Beine finden. Denjenigen, der ihn ermahnte, er solle sich Gott empfehlen, fragte er: Wer reist hin? Und als ihm dieser antwortete: Das wirst du bald selbst sein, wenn's ihm gefällt, so versetzt' er: Sollt' ich morgen abend wohl angelangt sein? Empfiehl dich ihm nur, verfolgte der andre, du wirst bald dort sein. Nun, fuhr der erste fort, so ist's wohl besser, daß ich ihm meine Empfehlungsschreiben selbst überbringe!

Im Königreich Narsingen werden noch jetzt die Weiber der Priester mit den Leichen ihrer Ehemänner lebendig begraben. Alle übrigen Eheweiber werden beim Leichenbegängnis der ihrigen lebendig verbrannt und sind dabei nicht nur standhaft, sondern sogar fröhlich und munter. Beim Tode eines Königs stellen sich nicht nur seine Gemahlinnen, Kebsweiber, Günstlinge und alle Minister und Bediente aus dem Volke sehr munter beim Feuer ein, wo sein Leichnam verbrannt wird, sondern suchen auch die größte Ehre darin, wenn sie gewürdigt werden, ihrem Herrn Gesellschaft zu leisten.

Während unsers letzten Krieges im Mailändischen, worin das Volk über die abwechselnden Vorteile und Nachteile unwillig ward, faßte es eine solche Bereitwilligkeit zum Tode, daß ich meinen Vater sagen gehört habe, wie er es erlebt habe, daß sich wohl fünfundzwanzig Hausherrn in einer Woche das Leben verkürzt hätten: ein Ereignis, das demjenigen nahe kommt, was sich bei den Xanthiern zutrug, welche sich, als Brutus sie belagerte, solchergestalt, Männer, Weiber und Kinder, der Wut zu sterben überließen, daß man weniger tut, um dem Tode zu entfliehen, als diese taten, um dem Leben zu entgehen; so daß auch Brutus kaum eine kleine Anzahl von ihnen zu retten vermochte.

Jede Meinung ist stark genug, um sich der Menschen auf Kosten ihres Lebens zu bemeistern; der erste Artikel des kühnen Eides, den die Griechen im Medischen Kriege schwuren und hielten, lautete: Jedermann wolle lieber das Leben mit dem Tode als die persischen Gesetze mit den seinigen vertauschen. Wie viele Menschen sieht man nicht in den Kriegen der Türken mit den Griechen, die lieber den Tod, und zwar einen sehr bittern Tod erleiden, als ihrer Beschneidung entsagen und sich taufen lassen wollen. Beispiele, deren keine Religion unfähig befunden wird.

Als die kastilischen Könige die Juden aus ihrem Reiche und Lande verbannt hatten, verkaufte ihnen der König Johann von Portugal kopfweise um acht Taler die Freiheit, sich in seinem Reiche für eine gewisse Zeit mit Sicherheit aufhalten zu dürfen, mit der Bedingung, daß sie nach deren Verlauf es räumen sollten; und versprach ihnen alsdann Schiffe herzugeben, die sie nach Afrika überfahren sollten. Als der Tag erschienen und es verkündigt worden war, daß diejenigen, welche der Bedingung nicht gehorchten, als Sklaven im Lande bleiben würden, gab man eine ganz unhinlängliche Anzahl Fahrzeuge, und diejenigen, die sich darauf einschifften, wurden durch die Schiffsleute so hart und bübisch behandelt und unter andern Tücken, die sie ihnen erwiesen, so lange auf dem Meere herumgeschleppt, bis sie ihren Mundvorrat völlig aufgezehrt hatten und gezwungen waren, von ihnen so teuer und so lange zu kaufen, ehe sie an Land gesetzt wurden, bis sie nichts mehr zu verkaufen hatten als ihre bloßen Hemden. Als die Zeitung von dieser Unmenschlichkeit zu denjenigen gelangte, welche im Lande geblieben waren, entschloß sich der größte Teil davon zur

Sklaverei; einige taten so, als ob sie die Religion verändern wollten. Emanuel, Nachfolger des Königs Johann, setzte sie anfangs in Freiheit, und als er hernach seine Meinung änderte, befahl er ihnen, das Land zu verlassen, und wies ihnen drei Häfen an, wo sie sich einschiffen sollten. Er hoffte, sagt der Bischof Osorius (ein nicht unbedeutender lateinischer Geschichtsschreiber für unsre Zeiten), da das Geschenk der Freiheit nicht gewirkt hätte, sie zum Christentum zu bekehren, so würde die Schwierigkeit, sich den Diebereien der Schiffsleute auszusetzen und ein Reich zu verlassen, worin sie große Reichtümer besäßen, um nach einem fremden Lande überzusetzen, das sie nicht kannten, sie dazu vermögen. Da sich aber der König in seiner Hoffnung betrogen und die Juden völlig entschlossen sah, die Fahrt zu unternehmen, so sperrte er zwei von den Häfen, die er ihnen versprochen hatte, damit das Zaudern und andre Unbequemlichkeiten doch einige bewegen möchte, sich zum Ziele zu legen, oder er wenigstens Mittel hätte, sie alle an einem Orte zu häufen, um ein Vorhaben auszuführen, das er über sie beschlossen hatte. Dieses bestand darin: Er befahl, daß man alle Kinder unter vierzehn Jahren aus den Händen der Eltern und aus ihrer Aufsicht nehmen, von ihrem Umgang entfernen und an Orte bringen sollte, wo sie in unserer Religion unterrichtet würden.

Er sagt, dieser Befehl habe ein entsetzliches Schauspiel verursacht. Die natürliche Verbindung zwischen Eltern und Kindern, und noch mehr, der Eifer, womit sie ihrer alten Religion anhingen, empörte sich gegen diese gewalttätige Verordnung. Es war dabei nichts Seltenes, Väter und Mütter zu sehen, die sich selbst entleibten; und als noch traurigere Beispiele sah man, daß einige aus Liebe und Mitleiden ihre jungen Kinder in tiefe Brunnen warfen und so das Gesetz umgingen. Übrigens begaben sie sich, da der Termin abgelaufen war und sie keine Mittel zur Abfahrt hatten finden können, wieder in die Sklaverei. Einige davon wurden Christen, zu denen oder ihrer Nachkommenschaft christlichem Glauben die Portugiesen jetzt noch, hundert Jahre nachher, nur sehr wenig Vertrauen haben; obgleich Gewohnheit und Länge der Zeit weit stärker zu dergleichen Veränderungen wirken als jeder andre Zwang.

In der Stadt Castelnaudari ließen sich auf einmal fünfzig ketzerische Albigenser mit entschlossenem Mute lieber lebendig auf einem Scheiterhaufen verbrennen, als daß sie ihrer Meinung entsagen wollten. Quoties non modo ductores nostri, sagt Cicero, sed universi etiam exercitus, ad non dubiam mortem concurrerunt![2]

Ich habe einen meiner innigsten Freunde dem Tode mit Eifer nachjagen sehen, und zwar mit wahrer Vorliebe, die durch allerlei Arten von Überzeugung dergestalt in seinem Herzen eingewurzelt war, daß ich ihm solche nicht auszureden vermochte, und die erste Gelegenheit, die sich ihm in einigem Glanze von Ehre darbot, erhaschte er, ohne allen scheinbaren Anlaß, und machte seinem Leben auf eine sehr schmerzhafte Art ein Ende. Wir haben zu unsrer Zeit viele Beispiele, sogar von Kindern, welche aus Furcht vor geringen Übeln sich das Leben genommen haben. Über diesen Gegenstand sagt einer unter den Alten: Was müßten wir nicht alles fürchten, wenn wir sogar dasjenige fürchteten, was selbst die Feigheit als eine Zuflucht gewählt hat! Wenn ich hier ein Register von solchen Menschen aufführen wollte, die unter allen Geschlechtern und Ständen, von allen Sekten, in glücklicheren Jahrhunderten den Tod entweder gelassen erwartet oder freiwillig gesucht haben; gesucht, nicht bloß um den Übeln dieses Lebens zu entgehen, sondern einige sogar bloß um der Sattheit vom Leben ein Ende zu machen und andre wegen der Hoffnung, sich in einer andern Lage besser zu befinden: so würde ich kein Ende zu finden wissen. Denn die Anzahl derselben ist so groß, daß ich wirklich weniger Mühe hätte, diejenigen aufzuzählen, die ihn gefürchtet haben. Nur dies noch: Pyrrho, der Philosoph, befand sich eines Tages auf einem Schiff in heftigem Sturm, und zeigte denjenigen, die et um sich her am ängstlichsten sah, um sie aufzurichten, ein Beispiel an einem Schweine, welches mit auf dem Schiffe war und sich aus dem Ungewitter gar nichts machte.

Wollten wir uns wohl getrauen zu sagen, daß der Vorzug der Vernunft, worauf wir uns so viel zugute tun und vermöge dessen wir uns für Herren und Beherrscher der übrigen Schöpfung halten, uns zu unsrer Qual gegeben sei? Was soll uns die Kenntnis der Dinge, wenn wir dadurch nur feiger werden? Wenn wir dadurch die Ruhe und Gelassenheit verlieren, worin wir uns ohne sie befinden würden? Und wenn solche uns in eine kläglichere Fassung setzt als Pyrrhos' Schwein? Wollen wir die Verstandeskräfte, die uns zu unserer größten

---

[2] Cicero, Tusc. disp. I, 37: Wie oft sind nicht unsre Kriegsfürsten nur, sondern ganze Heere dem ungezweifelten Tode entgegengeeilt.

Wohlfahrt gegeben sind, zu unserm Verderben anwenden, indem wir uns gegen die Natur und die allgemeine Ordnung der Dinge auflehnen, welche will, daß jedermann seine Kräfte und Werkzeuge zu seinem Vorteile benutze? Gut, sagt man; mag eure Regel auf den Tod anwendbar sein! Was könnt ihr aber von der Armut sagen? Und was vom körperlichen Schmerz, welche Aristipp, Hieronymus und die meisten alten Weisen für das ärgste Übel gehalten haben? Und wie es diejenigen mit der Tat bekannten, die es mit Worten leugneten? – Posidonius lag sehr schwer an einer hitzigen und schmerzhaften Krankheit danieder; Pompejus besuchte ihn und entschuldigte sich, daß er zu einer so ungelegenen Stunde käme, ihn philosophieren zu hören. »Verhüten es die Götter«, antwortete ihm Posidonius, »daß der Schmerz so sehr mein Herr werde, mich zu verhindern, Betrachtungen über ihn anzustellen!« und begann alsobald von Verachtung der Schmerzen zu sprechen. Indessen kehrten sich die Schmerzen nicht daran und setzten ihm unaufhörlich zu; worüber er ausrief: »Macht, Schmerzen, was ihr wollt; ihr sollt mich doch nicht dahin bringen, zu sagen, daß ihr Übel seid!« Dies Geschichtchen, das mit solchem Triumphe erzählt wird, was beweist es für die Verachtung der Schmerzen? Es bestreitet bloß Worte. Und dennoch, warum unterbricht er sich in seiner Rede, wenn sie ihm nicht sehr wehe taten? Warum meint er ein so großes Ding zu tun, wenn er solche nicht Übel nennen will? Hier besteht doch nicht alles in der Einbildung. Wenn wir über die andern Dinge nur wähnen, so ist hier Gewißheit, die für sich spricht; unsre Sinne selbst sind Richter:

Qui nisi sunt veri, ratio quoque falsa sit omnis.[3]

Können wir unsrer Haut weismachen, daß sie beim Spießrutenlaufen gekitzelt werde? Unserm Gaumen, Aloetrank sei Burgunderwein? Pyrrhos' Schwein ist hier auf unsrer Seite. Es ist freilich ohne Furcht vorm Tode, aber wenn man es schlägt, schreit es und tobt. Wollen wir dem allgemeinen Gesetze der Natur Gewalt tun, nach welchem alles, was da lebt auf Erden, unter dem Leiden von Schmerzen zittert? Selbst die Bäume scheinen unter den Beschädigungen zu ächzen. Den Tod fühlt man nur durch Nachdenken, weil er eigentlich nur die vorübergehende Bewegung eines Augenblicks ist.

---

[3] Lucrez IV, 436: Täuschen die Sinne, so ist alle Vernunft dahin.

Aut fuit, aut veniet; nihil est praesentis in illa.
Morsque minus poenas quam mora mortis habet.[4]

Tausend Tiere, tausend Menschen sterben, bevor sie vom Tode bedroht worden. Auch ist das, was wir beim Tode hauptsächlich zu fürchten haben, der Schmerz, sein gewöhnlicher Vorbote. Indessen, wenn ein heiliger Kirchenvater Glauben verdient, so heißt es:

Malam mortem non facit, nisi quod sequitur mortem.[5]

Und ich möchte noch mit größerer Wahrscheinlichkeit sagen: Weder das, was vorm Tode hergeht, noch das, was auf ihn folgt, sind Zubehörden des Todes. Wir entschuldigen uns mit Unrecht. Und die Erfahrung hat mich überzeugt, daß es vielmehr das Peinliche in der Vorstellung vom Tode ist, was uns die Schmerzen peinlich macht; und daß sie uns deswegen doppelt martern, weil sie uns mit dem Tode dräuen. Da uns nun aber die Vernunft wegen unsrer Feigheit anklagt, daß wir eine so plötzlich kommende und vorübergehende, so unvermeidliche, so wenig schmerzhafte Sache fürchten, so greifen wir zu dem mehr scheinbaren Vorwande. Alle andren Schmerzen, welche keine andre Gefahr bei sich führen als die Schmerzen selbst, von denen sagen wir: sie sind nicht gefährlich. Zum Beispiel Zahnschmerzen oder Gichtschmerzen, so sehr sie auch martern; solange sie nicht wegen zu besorgendem Tode unter die Krankheiten gezählt werden.

Nun, wohlan! Wir wollen annehmen, daß wir am Tode hauptsächlich die Schmerzen in Betracht ziehen! So wie auch, daß die Armut nichts weiter Fürchterliches habe, als daß sie vermittelst des Hungers, des Durstes, der Kälte, der Hitze, des Nachtwachens, die sie uns bringt, in seinen Rachen werfe. Also wollen wir es hier bloß mit den Schmerzen zu tun haben! Ich räume ihnen ein, und zwar sehr gern, daß sie das Schlimmste sind, was uns befallen kann; denn ich bin der Mann, der ihnen so feind ist als jemand auf der Welt und sie um so mehr aufs möglichste vermeide, weil ich bisher, gottlob, keine große Gemeinschaft mit ihnen gehabt habe; aber dennoch sag' ich: Es steht bei uns, wo nicht sie zu vertilgen, wenigstens durch Geduld sie zu vermindern; und wenn auch der Körper darunter niederläge, doch die

---

[4] Der erste Vers stammt aus einer Satire des Boëthius: Entweder war er, oder er kommt; bei ihm ist nichts Gegenwärtiges; der zweite aus Ovid, Heroid., Ariadne an Theseus 82: Nicht so sehr der Tod als das Warten auf den Tod ist eine Qual.

[5] Augustin, De civ. Dei I, 11: Sterben ist kein Weh, ist das nur wohl, was drauf erfolgt.

Seele und die Vernunft in ruhiger Fassung zu erhalten. Wenn dem nicht so wäre, was für Wert hätte dann Tugend, Tapferkeit, Stärke, Größe der Seele und männliche Entschlossenheit? Wo wäre der Schauplatz, sich zu zeigen, wenn sie keine Schmerzen mehr zu bekämpfen hätten? *Avida est periculi virtus*[6] sagt Seneca. Wenn wir nicht mehr auf harter Erde zu schlafen, in voller Waffenrüstung die Mittagshitze zu ertragen, zu Pferde-und Eselsfleische unsre Zuflucht in Hungersnot zu nehmen haben, wenn wir nicht mehr in der Not wären, uns in Stücke zerhauen, Kugeln aus den Knochen und Splitter aus den Wunden ziehen, und diese selbst mit der Sonde durchwühlen und beizen und zusammennähen zu lassen, woher wollen wir dann den Vorzug erwerben, den wir über den gemeinen Haufen haben wollen? Es ist bei weitem nicht die Flucht vorm Übel und den Schmerzen, sagen die Weisen, oder ähnliche gute Taten, sondern die sind die wünschenswürdigsten, wobei die größte Gefahr und Mühe ist. *Non enim hilaritate nec lascivia nec risu aut ioco comite levitatis, sed saepe etiam tristes firmitate et constantia sunt beati.*[7] Und aus diesem Grunde war es unsern Vätern unmöglich, sich überreden zu lassen, daß die Eroberungen durch Macht und Gewalt bei den Gefahren des Krieges nicht ehrenvoller wären als solche, die man bei aller Sicherheit durch listige Anschläge gewönne.

Laetius est, quoties magno sibi constat honestum.[8]

Auch das muß uns um so mehr trösten, daß nach dem Gange der Natur ein Schmerz, der heftig ist, nicht lange anhält, und wenn er lange dauert, leicht ist.

Si gravis, brevis; si longus, levis.[9]

Du wirst sie nicht lange fühlen, wenn du sie zu heftig fühlst, sie werden ihnen selbst oder dir ein Ende machen. Und beides läuft auf eins hinaus. Entweder du besiegst die Schmerzen, oder sie besiegen dich. *Memineris maximos morte finiri; parvos multa habere intervalla*

---

[6] Seneca, De provid. 4: Tapferkeit geizt nach Gefahr.
[7] Cicero, De fin. II, 10: Nicht nur bei Scherz und Spiel, bei Lachen, Zeitvertreib und Wollust, des Leichtsinns Gefährten, herbergt des Lebens Glück. Denn auch der Mann von stillem Ernst findet es oft im festen Mute, womit er seine Übel trägt.
[8] Lucan IX, 404: Um so inniger freut die schöne Tat den Mann, je mehr sie ihn gekostet.
[9] Cicero, De fin. II, 29: Ist er (der Schmerz) schwer, so ist er kurz; hält seine Dauer aber an, so ist er leicht.

requietis; mediocrium nos esse dominos: ut si tolerabiles sint, feramus; sin minus e vita, quum ea non placeat, tanquam e theatro exeamus. [10]

Das, was uns die Schmerzen so unerträglich macht, ist, wir sind nicht gewöhnt, unsre vornehmste Zufriedenheit in der Seele zu suchen; uns nicht genug auf diese zu stützen, welche die einzige und höchste Gewalt über unsern Zustand hat. Der Körper hat, das Weniger oder Mehr vorausgesetzt, nur *einen* Gang und nur *eine* Falte. Die Seele weiß sich in alle Lagen zu fügen und hat das Vermögen, allen Empfindungen des Körpers und jeden andern Zufälligkeiten Beziehung auf sich und ihre jedesmalige Fassung zu geben, welche die auch sein möge. Indessen muß man sie studieren und untersuchen und ihre so mächtigen Triebfedern in Wirksamkeit setzen. Gegen ihre Neigung und Wahl richten weder Gründe noch Machtsprüche, noch Zwang etwas aus. Bei so viel tausend Hilfsmitteln, die ihr zu Gebote stehen, laßt uns ihr *eins* geben, das für unsre Ruhe und Erhaltung tauglich ist: und wir werden vermöge desselben nicht bloß vor allen Beleidigungen gedeckt sein, sondern sogar, wenn es ihr so gut deucht, durch die Übel und Beleidigungen, die uns treffen, begünstigt und geschmeichelt werden. Sie macht sich alles ohne Unterschied zum Vorteile. Irrtümer und Träume leisten ihr nützliche Dienste, wie andre rechtfertige Materien uns zu beruhigen und zu befriedigen. Es ist leicht zu ersehen, daß das, was uns Leiden und Freuden so innig und tief fühlen läßt, nichts anders sei als der Stachel unseres Verstandes.

Die Tiere, deren Verstand im Beschlage liegt, lassen dem Körper seine Empfindungen frei und ungezwungen, und diese sind folglich, ungefähr, für jede Gattung gleichförmig: so, wie sie es durch ähnliche Anwendung ihrer Bewegungen an den Tag legen. Wenn wir unsern Gliedmaßen die Befugnisse nicht verweigerten, die ihnen hierin gebühren, so würden wir, wie zu glauben ist, besser daran sein, da die Natur ihnen eine richtige und gleichschwebende Temperatur gegen Wollust und Schmerz gegeben hat, welche nicht fehlen kann, richtig zu sein, da sie durchgängig und allenthalben gleich abgewogen ist. Nachdem wir uns aber von ihren Regeln losgemacht haben, um uns der ungezähmtesten Freiheit unsrer Phantasie zu überlassen, so laß uns

[10] Cicero, De fin. I, 15: Vergiß es nicht: Die großen Schmerzen heilt der Tod; ihre Zeiten der Ruhe haben die kleinen. Derer zwischen beiden sind wir Herr: sonach ertragen wir, die zu ertragen sind. Ist ihre Last zu schwer, wird uns des Lebens Rolle lästig: wer wehrt uns, von der Bühne zu treten?

wenigstens das Unsrige tun, diese Phantasie auf die angenehmste Seite zu lenken. Plato fürchtet unsre zu große Empfindlichkeit gegen Schmerz und Wollust deswegen, weil solche die Seele zu fest an den Körper bindet und knüpfet. Ich im Gegenteile, weil diese Empfindlichkeit die Seele zu sehr vom Körper entbindet und ihr gemeinschaftliches Band zu locker macht. Gerade so, wie der Feind durch unsre Flucht nur noch hitziger wird, uns zu verfolgen, so wird der Schmerz noch eingebildeter, wenn er merkt, daß wir vor ihm zittern. Er wird es dem weit wohlfeiler geben, der ihm die Spitze bietet. Man muß sich ihm widersetzen und festen Fuß halten. Wanken wir aber und weichen zurück, so rufen wir ihn herbei und ziehn uns das Verderben, das uns dreute, über den Hals. So wie ein Haufen Krieger dem Angriffe um so fester widersteht, als er seine Glieder geschlossener hält, so ist es auch mit der Seele. Aber ich muß Beispiele anführen (sie sind die beste Nahrung für Leute von schlaffen Waden, wie ich bin), aus welchen erhellen wird, daß es mit dem Schmerz gehe wie mit den Edelsteinen, welche eine höhere oder blässere Farbe annehmen nach der untergelegten Folie; und daß er bei uns nicht mehr Raum einnehme, als wir ihm zugestehen. Tantum doluerunt, quantum doloribus se inseruerunt.[11]

Wir fühlen mehr von einem Schnitte eines Schermessers durch den Wundarzt als von zehn Säbelhieben in der Hitze eines Treffens.

Die Schmerzen des Kindergebärens, welche von den Ärzten und von Gott selbst für groß geachtet und welche bei uns mit so vielen Umständen gefeiert werden, kommen bei verschiedenen ganzen Nationen in gar keine Betrachtung. Ich spreche nicht von den lakedämonischen Weibern: nur von den Weibern unsrer Schweizer Regimenter. Was für eine Veränderung wird man an ihnen gewahr? Keine andre, als daß sie sich heute, auf dem Marsche hinter ihren Männern her, ein Kind am Halse, schleppen, das sie gestern noch unter ihrem Herzen trugen. Und jene unter uns zusammengelaufenen und braungeschminkten Zigeunerinnen gehen selbst mit ihren neugebornen Kindern hin zum nächsten Bache, um sie zu baden und sich selbst darin zu reinigen. Der vielen Weibsbilder zu geschweigen, welche ihre Kinder ebenso heimlich gebären als zeugen, erwähne ich hier nur der

---

[11] Augustin, De civ. Dei I, 40: Das Schmerzensmaß steht umgekehrt mit unserem Widerstand.

schönen und edlen Gemahlin des Sabinus, eines römischen Patriziers, welche aus Gefälligkeit gegen fremde Rücksichten, allein, ohne Beistand, ohne Ächzen und Schreien die Geburtsschmerzen von Zwillingen aushielt. Ein noch junger Bube in Sparta, der einen Fuchs gestohlen (die Spartaner fürchteten mehr die Schande der Dummheit bei einem Diebstahle, als wir die Strafe unsrer Bosheit fürchten) und unter seinem Mantel versteckt hatte, wollte lieber erdulden, daß er ihm den Bauch zerbisse, als daß er den Diebstahl eingestanden hätte. Und ein andrer, der bei einem Opfer räucherte, ließ sich von einer glühenden Kohle, die ihm in den Ärmel gefallen war, bis auf den Knochen brennen, um nicht die heiligen Gebräuche zu stören. Und man weiß von einer großen Anzahl, die zum bloßen Versuch der Tugend, nach den ihnen beigebrachten Begriffen, in einem Alter von sieben Jahren sich haben bis auf den Tod geißeln lassen, ohne nur eine Miene zu verziehen. Und Cicero hat ihrer gesehen, die sich in Haufen geteilt, mit Fäusten, Füßen und Zähnen bis zum Ohnmächtigwerden gebalgt und gerauft haben und nicht haben gestehen wollen, daß sie überwunden wären.

Nunquam naturam mos vinceret, est enim ea semper invicta:
sed nos umbris, deliciis, otio, languore, desidia, animum infecimus;
opinionibus maloque more delinitum mollivimus.[12]

Jedermann weiß die Geschichte des Scävola, der sich ins feindliche Lager geschlichen hatte, um den ersten Befehlshaber desselben zu töten, und da ihm sein Anschlag mißlungen, seine Absicht durch eine höchst sonderbare Erfindung erreichen und sein Vaterland vom Verdacht retten wollte. Er bekannte nämlich vor Porsenna, dem König, den er hatte morden wollen, nicht nur seinen Anschlag, sondern fügte noch hinzu, in seinem Lager wären noch eine unendliche Anzahl Römer, die sich mit ihm zu diesem Anschlag verschworen hätten, und um zu zeigen, was für ein Schlag Männer sie wären, ließ er ein Gefäß mit glühenden Kohlen bringen, hielt seinen Arm hinein und ließ solchen so lange rösten und braten, bis der Feind selbst drob ein Entsetzen fühlte und die Kohlen wegnehmen ließ. Mehr noch! Jener

---

[12] Cicero, Tusc. disp. V, 27: Nie hätte Gewohnheit die Natur bezwungen, die unbesiegbar ist. Wir haben unseren Verstand vergiftet durch Wohlleben, durch Üppigkeit, Müßiggang und Faulheit und schwächen und erschlaffen ihn noch immer mehr durch törichte Meinungen und verderbte Sitten.

fuhr fort, in seinem Buche zu lesen, als man ihm im Fleische schnitt; und er, der nicht aufhörte, hartnäckigerweise über die Martern zu lachen und zu spotten, die man ihm antat, dergestalt, daß die erboste Grausamkeit der Henker und alle ihre Erfindungen, womit sie Foltern auf Foltern häuften, an ihm zuschanden wurden und ihm gewonnen geben mußten. Ja, aber das war ein Philosoph! Ei was! Ein Gladiator Cäsars hielt unter fortwährendem Lachen aus, daß man seine Wunden mit Sonden durchwühlte und genau untersuchte. Quis mediocris gladiator ingemuit? Quis vultum mutavit unquam? Quis non modo stetit, verum etiam decubuit turpiter? Quis, quum decubuisset, ferrum recipere jussus, collum detraxit?[13] Laß uns die Weiber gleichfalls aufführen.

Wer hat in Paris nicht von der Dame gehört, welche sich die Haut abziehen ließ, bloß um eine neue Haut und eine frischere Gesichtsfarbe zu bekommen. Es hat ihrer gegeben und gibt ihrer noch, die sich ihre gesunden Zähne ausreißen lassen, um eine vollere und angenehmere Aussprache zu gewinnen oder um eine besser stehende Reihe Zähne zu bekommen. Wie viele Beispiele von Verachtung der Schmerzen haben wir nicht in dieser Gattung? Was vermögen sie nicht! Was fürchten sie, wenn es nur einigermaßen darauf ankommt, ihre Schönheit zu vermehren!

> *Vellere queis cura est albos a stirpe capillos,*
> *Et faciem dempta pelle referre novam.*[14]

Ich habe welche gesehen, die Sand und Asche verschluckten und sehr sorgfältig darauf arbeiteten, sich den Magen zu verderben, um eine blasse Gesichtsfarbe zu haben. Um einen recht schmalen Körper zu haben, welche Pein ertragen sie nicht in ihren Schnürleibern und Gurten von Fischbein mit großen Kutschen auf den Hüften, die ins Fleisch schneiden und ihnen zuweilen gar den Tod zuziehen.

Es ist heutzutage bei vielen Nationen noch Sitte, sich mit Bedacht zu verwunden, um ihrem Worte Glauben zu verschaffen; und unser König erzählt davon merkwürdige Beispiele, die er in Polen gesehen hat und

---

[13] Cicero, Tusc. disp. II, 17: Welcher auch nur mittelmäßige Fechter stieß auch nur einen Seufzer aus oder verzerrte die Miene? Wer von ihnen ließ jemals, stehend oder fallend, Zeichen der Furcht blicken? Welcher zog jemals den Hals zurück, wenn dem Schwerte geboten ward, ihn zu treffen?
[14] Tibul I, 8, 45: Cephise rauft alle Silberhaare gar emsig mit der Wurzel aus. Auch das Gesicht läßt sie sich schinden und freut sich der jungen Haut.

mit ihm selbst geschehen sind. Außer denen aber, die meines Wissens von einigen in Frankreich nachgeahmt sind: Als ich von dem berühmten Landtage zu Blois heimkehrte, hatte ich kurz vorher in der Pikardie ein Mädchen gesehen, welche, um die Aufrichtigkeit ihres Versprechens wie auch ihre Treue zu bestätigen, sich mit einer Haarnadel, die sie in der Flechte trug, vier bis fünf Stiche in den Arm gab, daß ihr die Haut barst und sich damit einen tüchtigen Aderlaß ersparte.

Die Türken geben sich für ihre Damen große Schmarren übers Gesicht, und damit die Narben nicht ausgehen sollen, fahren sie alsobald mit Feuer über die Wunden her und halten es darüber eine unglaublich lange Zeit, um das Blut zu stillen und die Narbe zu bilden. Leute, die es mit ihren Augen gesehen, haben es geschrieben und haben mir's zugeschworen. Aber für zehn Asper kann man alle Tage jemand haben, der sich dafür einen tüchtigen Schnitt in die Arme oder Lenden tut. Es ist mir lieb, daß wir die Zeugen gleich bei der Hand haben, wo wir ihrer am nötigsten bedürfen. Denn die Christenheit läßt uns daran gar keinen Mangel leiden, und hat es, nach dem Beispiel unseres heiligen Vorgängers, Leute bei Haufen gegeben, die aus Frömmigkeit haben das Kreuz tragen wollen. Wir wissen von glaubwürdigen Zeugen, daß unser König Ludwig der Heilige so lange ein Hemd von Haaren auf seinem bloßen Leibe trug, bis ihn im Alter der Beichtvater davon dispensierte, und daß er sich alle Freitage von seinem Priester mit fünf kleinen eisernen Ketten die Schultern geißeln ließ, welche man des Endes in seinem Bettsacke beständig mitführte.

Wilhelm, unser letzter Herzog von Guyenne, Vater der Alienor, der dies Herzogtum an die Häuser England und Frankreich übertrug, trug die letzten zehn oder zwölf Jahre seines Lebens beständig einen Küraß unter einem Mönchskleid, zur Bußübung. Foulques, Graf von Anjou, tat die weite Reise bis Jerusalem, um sich dort von zweien seiner Bedienten am Grabe unseres Heilandes geißeln zu lassen, wobei er einen Strick um den Hals hatte. Aber sieht man nicht noch alle Karfreitage an verschiedenen Orten eine große Anzahl Weiber und Männer sich so wacker geißeln, daß zuweilen danach das Fleisch von den Knochen hängt? Dies hab' ich oft mit angesehen, und es war kein Augenverblenden. Man hat mir wohl gesagt, daß welche darunter gewesen (denn sie gehen verlarvt), welche es für Geld unternahmen, andre bei reiner Religion zu erhalten, durch Schmerzen oder Martern, die um so größer sein müssen, weil der Sporn der Religion mächtiger ist als der Stachel des Geizes.

Q. Maximus begrub seinen Sohn, als er schon Konsul war, M. Cato den seinigen, da er zum Prätor bestimmt worden, und L. Paulus seine beiden Söhne, kurz hintereinander, mit gesetztem Gesicht und ohne ein Zeichen von Trauer sehen zu lassen. Ich sagte in meinen Jugendtagen von jemand im Spaß, er habe der Gerechtigkeit des Himmels Brillen verkauft. Denn, da er an einem Tage drei erwachsene Söhne durch gewaltsamen Tod verlor, welches man doch wohl für eine derbe Zuchtrute halten sollte, fehlte sehr wenig, daß er es nicht mit Freuden für eine große Gnade genommen hätte. Ich bin nun freilich nicht von so un-oder übermenschlicher Gemütsart; gleichwohl habe ich ein paar Kinder, die noch in den Händen der Amme waren, verloren, in der Tat nicht ohne Betrübnis, aber doch ohne Murren. Auch gibt es wohl nicht viele Zufälle, die dem Menschen stärker an die Seele greifen. Ich sehe andre gewöhnliche Ursachen der Betrübnis genug, die ich kaum fühlen würde, wenn sie mir überkämen; und habe wirklich welche verachtet, die mir zugestoßen sind, denen die Menschen eine so schreckliche Gestalt geben, daß ich mich dessen gegen den gemeinen Mann zu gestehen, ohne rot zu werden, nicht wagen möchte. Ex quo intelligitur, non in natura, sed in opinione esse aegritudinem.[15]

Wer in der Welt wird wohl jemals mit solcher Begierde nach Sicherheit und Ruhe trachten, als Alexander und Cäsar der Unruhe und den Gefahren nachjagten? Teres, der Vater des Sitalces, pflegte zu sagen, wenn er keinen Krieg führe, so käm' es ihm vor, als ob zwischen ihm und seinem Stallknecht kein Unterschied sei. Cato, der Konsul, hatte, um sich einiger Städte in Spanien zu versichern, den Einwohnern bloß untersagt, Waffen zu führen, und darüber tötete sich eine große Anzahl. Ferox gens, nullam vitam rati sine armis esse.[16] Von wie vielen wissen wir nicht, daß sie den Annehmlichkeiten eines ruhigen Lebens in ihren Häusern, unter Freunden und Bekannten, entsagt und sich in schaudervolle, menschenleere Wüsteneien begaben, wo sie sich für die Menschen unnütz, verächtlich und verwerflich gemacht haben und dennoch darin bis zur Affektation glücklich befunden haben?

---

[15] Cicero, Tusc. disp. III, 28: Woraus erhellt, daß der Gram nicht in der Natur liegt, sondern in der Meinung.
[16] Livius XXXIV, 17: Ein wildes Volk, das glaubt, ohne Krieg sei's nicht der Mühe wert zu leben.

Der Kardinal Borromäus, welcher neulich zu Mailand verstorben ist, führte, umringt von dem Wohlleben, wozu ihn seine hohe Geburt, seine Reichtümer und die italienische Sitte bei seiner Jugend einluden, eine so strenge Lebensart, daß derselbige Habit, den er im Sommer trug, ihm auch im Winter diente. Sein Bett war von bloßem Stroh gemacht, und die Stunden, die ihm von seinen Amtsverrichtungen übrigblieben, widmete er beständig dem Studieren. Er lag bei seinem Buch auf den Knien und hatte zu seiner Seite ein wenig Brot und Wasser stehen: dies war der ganze Vorrat zu seinen Mahlzeiten, und die einzige Zeit, die er darauf verwendete.

Ich kenne Leute, die ganz wissentlich Vorteil von ihrer Hahnreischaft gezogen haben, deren bloßer Name so vielen Menschen Angst und Schrecken macht! Wenn der Sinn des Gesichts auch nicht der notwendigste unter den übrigen wäre, so ist er doch einer der angenehmsten. Die angenehmsten und nützlichsten unter unseren Gliedmaßen scheinen aber diejenigen zu sein, die zu unsrer Fortpflanzung dienen. Gleichwohl hat es Menschen genug gegeben, die dawider einen tödlichen Haß hegten, und zwar bloß deswegen, weil sie zu liebenswürdig wären, und haben sie verworfen, wegen ihrer Kostbarkeit. Ebenso dachte der von den Augen, der sich sie ausriß. Der größte und gesundeste Teil der Menschen hält viele Kinder haben für ein großes Glück. Ich und einige andre halten es für ein ebenso großes Glück, keine zu haben. Und als man den Thales fragte, warum er sich nicht verheirate, antwortete er, es wäre seine Sache nicht, Nachkommenschaft zu hinterlassen.

Daß unsere Meinung den Wert der Dinge bestimme, erhellt schon daraus, daß es eine große Anzahl gibt, die wir nicht einmal darauf ansehen, ob sie einen Wert für uns haben möchten, und weder auf ihre Eigenschaften noch auf ihren Nutzen achten, sondern nur auf den hohen Preis, wofür sie zu haben sind: gerade, als ob das einen Teil ihres Wesens ausmache, und schätzen ihren Wert nicht nach dem, was sie in sich haben, sondern nach dem, wofür wir sie haben. Weshalb ich dann des Dafürhaltens bin, daß wir gar sparsame Haushälter mit unseren Auslagen sind; je wichtiger sie sind, je dienlicher, gerade weil sie wichtig sind. Unsere Meinung läßt solche niemals auf Rechnung der Unkosten bringen. Nach dem Kaufspreise hat der Diamant seinen Wert; nach dem Kampfe die Tugend, nach der Buße die Andacht und nach der Bitterkeit die Arznei.

Jener, um zur Armut zu gelangen, warf seine Taler in eben dasselbe Meer, welches andre in allen Tiefen durchsuchen, um Reichtümer zu fischen. Epikur sagt: Reich sein erleichtert keine Geschäfte, es ändert sie nur. So viel ist wahr: Mangel macht keinen Geizigen, sondern der Überfluß. Über diese Sache will ich meine eigene Erfahrung mitteilen. Ich habe in dreierlei verschiedenen Umständen gelebt, nachdem ich aufgehört hatte, ein Kind zu sein. Die erste Zeit, die ungefähr zwanzig Jahre gedauert haben mag, brachte ich hin, ohne etwas anders zu haben, als was vom Zufall und von dem guten Willen andrer abhing, und ohne im geringsten etwas Sicheres und Ausgemachtes, worauf ich rechnen können. Dem ungeachtet gingen meine Ausgaben ihren lustigen Gang fort und machten mir um so weniger Sorgen, weil sie ganz auf der Verwegenheit des Glücks beruhten. Ich war niemals besser daran. Nie fand ich den Beutel meiner Freunde vor mir verschlossen. Ich wußte von keiner andern Not, als die ich mir selbst machte; die Not, auf den Tag mit der Zahlung einzuhalten, den ich mir gesetzt hatte, welchen sie mir tausendmal weiter hinausgesetzt haben, weil sie die Mühe sahen, die ich mir gab, Termin zu halten; so daß mich meine Ehrlichkeit sparsam, aber nicht knickerig machte.

Ich fühle von Natur eine große Wollust im Bezahlen, gleichsam als ob ich eine drückende Last von meinen Schultern und das Zeichen dieser Dienstbarkeit abwürfe; ebenso wie mir wohl ums Herz wird, wenn ich eine gerechte Handlung ausrichte und jemandem einen Gefallen tue. Die Zahlungen nehme ich jedoch aus, wobei es zu feilschen und abzudingen gibt; denn, wenn ich niemand zu finden weiß, dem ich solche auftragen kann, so schiebe ich sie schändlicher- und unbilligerweise so lange auf, als ich nur kann, aus Furcht vor dem Gezänke, womit meine Laune und mein Ton der Sprache sich gar nicht vertragen. Ich hasse nichts so arg als dies Dingen; es ist ein bloßes Gewerbe der Prellerei und der Unverschämtheit. Nach einer Stunde Ablassens und Zulegens vergißt der eine und der andre sein Wort und seinen Schwur um fünf Dreier mehr oder weniger. Und wenn ich mit Schaden borgte (denn wenn ich nicht das Herz hatte, jemand mündlich anzusprechen, so setzte ich das Gesuch zu Papier, welches nicht eben großen Eindruck zu machen pflegt und das Verweigern sehr erleichtert), nun so legte ich die Führung meines Handels viel unbesorgter und freier in die Hände eines andern, als ich's nachher in meine eigne Klugheit und Vorsichtigkeit getan habe. Die meisten

Haushälter halten es für etwas sehr Schlimmes, so aufs ungewisse zu leben, und bedenken erstlich nicht, daß der größte Haufen der Menschen auf keine andere Art lebt. Wie viele ehrliche Männer haben nicht ihr gewisses Einkommen an den Nagel gehängt und tun es noch täglich, um den Wind der Gunst des Königs oder des Glücks zu suchen? Cäsar steckte sich in Schulden von einer Million Goldes mehr, als sein Vermögen betrug, um Cäsar zu werden. Und wie viele Kaufleute beginnen nicht ihr Gewerbe mit dem Verkauf ihres Meierhofes, um das Geld nach Indien zu schicken!

Tot per impotentia freta![17]

Bei einer so großen Dürre an Frömmigkeit haben wir tausend und aber tausend Klöster, die ganz gemächlich daran sind, ob sie gleich täglich von der Freigebigkeit des Himmels erwarten, daß er sie speisen werde. Zweitens, so erwägen sie nicht, daß das gewisse Einkommen, worauf sie sich verlassen, nicht viel weniger ungewiß ist als die Ungewißheit selbst.

Bei mehr als zweitausend Talern Einkommen sehe ich den Mangel ebenso nahe, als ob er mir schon auf den Versen wäre. Denn überdem, daß das Schicksal Mittel hat, der Armut hundert Öffnungen durch den Reichtum zu machen, indem oft zwischen dem höchsten und niedrigsten Glücksstand kein Finger breit Raum ist:

Fortuna vitrea est: tum, quum splendet, frangitur[18]

Das Schicksal kann alle unsre Graben und Wälle, wohinter wir uns schützen wollen, gar leicht zerstören; ich finde, daß der Mangel, aus verschiedenen Ursachen, sich ebenso gewöhnlich bei solchen Personen einstellt, welche Vermögen haben, als bei denen, welche keins haben; und daß er allenfalls noch weniger drückend ist, wo er allein hauset, als wo er sich in Gesellschaft des Reichtums antreffen läßt. Reichtum besteht mehr in der Ordnung als in der Einnahme:

Faber est suae quisque fortunae.[19]

---

[17] Catull IV, 18: Auf so viel ungestümen, falschen Wellen.
[18] Ex Mim. Publ. Syri: Das Glück gleicht dem Glas an Glanz und Zerbrechlichkeit.
[19] Sallust, De rep. ordin. I, 1: Jedermann ist seines Glückes Schmied.

Und scheint mir ein Reicher, der zurückkommt, in Mangel und Geldverlegenheit gerät, viel elender daran zu sein als einer, der geradezu arm ist.

In divitiis inopes, quod genus egestatis gravissimum est.[20]

Die größten und reichsten Prinzen werden gewöhnlich von Mangel und Armut in die äußerste Not versetzt. Denn kann eine Not größer sein als die, vermöge welcher man ein Tyrann wird und ein ungerechter Räuber der Güter der Untertanen?

Meine zweite häusliche Epoche war, da ich Geld hatte. Nachdem ich dazu gelangt war, sparte ich sehr bald für meine Umstände einen ansehnlichen Notpfennig zusammen. Denn ich meinte, man habe noch wenig, solange man nicht mehr habe, als die laufenden Ausgaben erfordern, noch daß auf solche Einnahmen zu rechnen stünde, die erst künftig fallen, so ausgemacht sie übrigens auch sein möchten.

Denn, sagte ich, wie nun, wenn mir dieser oder jener Zufall überkäme? Und zufolge dieser eiteln und törichten, Einbildungen tat ich dann sehr klügliche Vorkehrungen, durch mein unnützes Zurücklegen, gegen alle Zufälle; und konnte auch wohl jemandem, der mir zu Gemüt führen wollte, daß die Möglichkeit der Zufälle ins Unendliche ginge, antworten: wenn's dann auch nicht gegen alle zureichte, so würde es doch gegen einige und manche dienen. Dies Sparen ging nun nicht ohne viele Sorgen ab. Ich machte daraus ein Geheimnis, und so dreist ich oft bin, ein langes und breites von mir selbst zu schwätzen, so sprach ich doch von meinem Geld nicht anders als im Traum; wie diejenigen tun, welche sich arm träumen, wenn sie reich, und reich, wenn sie arm sind und ihr Gewissen von der Aufrichtigkeit freisprechen sich merken zu lassen, was sie eigentlich haben. Schändliche und lächerliche Vorsichtigkeit! Tat ich eine Reise, so meinte ich niemals Geld genug bei mir zu haben; und mit je mehr Geld ich mich beladen hatte, um so mehr hatte ich meine Furcht vermehrt: bald traute ich der Sicherheit der Heerstraßen nicht; bald nicht der Treue der Leute, welche mein Gepäck führten; und niemals war ich über meine Sachen ruhig (und ich kenne andre, denen es nicht besser geht), als wenn ich sie unter meinen eignen Augen hatte! Ließ ich meine Schatulle daheim, was setzte es da nicht für Argwohn und

---

[20] Seneca, Epist. 74: Bei vollem Reichtum darben ist des Elends größtes.

quälendes Mißtrauen, welches ich, was noch das ärgste war, mir nicht einmal merken lassen durfte!

Nach dieser Seite hingen stets meine Gedanken. Alles genau berechnet, kostet es immer mehr Müh und Sorge, Geld zu bewahren als zu erwerben. Wenn ich eben nicht alles das tat, was ich hier sage, so kostete mich's doch Mühe, es zu unterlassen. Bequemlichkeiten schaffte ich mir davon wenig oder gar keine. Ich konnte nun meine Ausgaben ganz wohl bestreiten, aber sie gingen mir nicht williger aus der Hand. Denn wie Bion sagte, der Dickhaarige nimmt es ebenso übel, als der eine Glatze hat, wenn man ihm Haare ausrauft. Und hat man sich einmal dazu gewöhnt und seinen Sinn auf einen Geldhaufen gesetzt, so steht er nicht mehr zu unserm Dienst; man getraut sich nicht, ihn anzurühren. Es ist ein Gebäude, welches nach unserer Meinung zusammenstürzen würde, wenn man nur einen Finger daran legte. Die Not müßte einem an der Kehle packen, um ihn anzubrechen, und vorher versetzte ich meine Kleider und andre Sachen und verkaufte mein Reitpferd und ließ mir's weit weniger zu Herzen gehen als damals, wenn ich einen kleinen Griff in diesen Lieblingsbeutel tat, den ich beiseite gelegt hatte. Das Gefährlichste dabei aber war, daß man dieser Sucht schwerlich Grenzen setzen (sie sind immer bei Sachen, die man für gut hält, sehr schwer zu finden!) oder den rechten Punkt im Sparen treffen kann. Man geht stets darauf aus, den Haufen zu vergrößern, man trägt ein Sümmchen nach dem andern hinzu und versagt sich darüber wohl gar, niederträchtigerweise, den Genuß seines eignen Vermögens, oder man setzt diesen Genuß darin, ihn zu bewachen, nicht zu benutzen. Nach dieser Art des Genusses zu urteilen, sind die Menschen, welche amtshalber die Wälle und die Pforten einer begüterten Stadt bewachen, die reichsten von der Welt.

Jedermann, der viel bar Geld besitzt, ist nach meiner Meinung geizig. Plato ordnet die leiblichen oder menschlichen Güter folgender Gestalt: die Gesundheit, die Schönheit, die Leibesstärke, den Reichtum; und der Reichtum, sagt er, ist gar nicht blind, sondern sehr hellsehend, wenn er von der Klugheit erleuchtet wird. Dionysius der Jüngere, hatte einen guten Einfall. Man gab ihm Nachricht, daß ein Bürger seiner Stadt Syrakus einen Schatz in die Erde vergraben habe. Er ließ ihm befehlen, ihm diesen Schatz zu bringen; dies tat der Mann, behielt aber einen Teil davon heimlich für sich, womit er nach einer andern Stadt ging, woselbst er, da ihm die Lust am Sammeln vergangen war, ein gemächlicher Leben führte. Als Dionysius davon hörte, ließ er ihm das übrige seines Schatzes wieder zustellen und sagen: Weil er damit umgehen gelernt hätte, so gäbe er ihm solchen gern wieder.

In diesen Umständen war ich einige Jahre. Ich weiß nicht, welcher gute Geist mich herausriß und mir den ganzen Spartopf, wie Dionysius dem Bürger von Syrakus, zum freien Gebrauch übergab. Das Vergnügen einer gewissen Reise, die mit großen Kosten verbunden war, hatte mich diese einfältige Grille unter die Füße treten lassen, wodurch ich in eine dritte Art von Lebensweise verfallen bin (ich spreche nach meinem Gefühl), die gewiß viel angenehmer und viel ordentlicher ist. Sie besteht darin, daß ich meine Ausgaben mit meiner Einnahme gleich laufen lasse. Zuweilen ist die eine ein wenig voraus, zuweilen die andre; aber so, daß sie sich immer leicht einholen können.

Ich lebe von der Hand in den Mund und bin zufrieden, daß ich so viel habe, als zu meinen gegenwärtigen und täglichen Bedürfnissen erfordert wird. Zu den außerordentlichen – ja, da reichen alle Vorräte in der Welt nicht zu! Und es wäre unklug, zu erwarten, daß uns das Glück hinlängliche Waffen gegen sich selbst in die Hände geben werde. Wollen wir es bekämpfen, so muß es mit unsern eignen Waffen geschehen. Die zufälligen werden uns entstehen, wenn es zum Treffen kommt. Wenn ich spare, so geschieht es bloß in Hinsicht auf einen nahen Einkauf; und nicht auf einen Ankauf von Gütern, deren ich nicht bedarf, sondern um Vergnügen zu kaufen.

Non esse cupidum, pecunia est; non esse emacem, vectigal est.[21]

Ich besorge eben nicht, daß mir's am Nötigen fehle; habe auch keine Begier, es zu vermehren.

Divitiarum fructus est in copia, copiam declarat satietas.[22]

Und es ist mir sehr lieb, daß mir diese Weisung in einem Alter geworden sei, das so natürlich zum Geize geneigt ist; und daß ich mich von einer Torheit befreit finde, wel che dem Alter so gewöhnlich und zugleich die lächerlichste von allen menschlichen Torheiten ist.

---

[21] Cicero, Paradox. VI, 3: Nicht kauflustig sein, ist reich sein; der hat des Geldes genug, der nichts auszuzahlen bedarf.
[22] Cicero, Paradox. VI, 2: Des Reichtums Frucht ist Überfluß, und Überfluß liegt im Genug.

Feraules, der beide Glückspunkte durchlaufen war und befunden hatte, daß der Zuwachs an Vermögen nicht immer einen Zuwachs an Appetit zum Essen, Trinken und Umarmen mit sich bringe, und der auf der andern Seite die Last des Haushaltens auf seinen Schultern empfunden hatte (so wie's auch bei mir geht), entschloß sich, einen jungen Menschen, der sein Freund, aber arm war und dem Glück nachjagte, glücklich zu machen, und machte ihm ein Geschenk von seinem ganzen Vermögen, das unermeßlich groß war, mit dem Zusatz alles dessen sogar, was er noch täglich von der Freigebigkeit seines gütigen Herrn und durch den Krieg erhalten möchte; unter der Bedingung, daß er ihn dagegen als einen Freund und Gast ehrlich halten sollte. Sie lebten hernach auf diesem Fuß sehr glücklich, und beide gleich zufrieden über die Vertauschung ihrer Glücksumstände.

Das war einmal ein Handel, den ich herzlich gern nachmachen möchte. Und lobe ich mir nicht wenig das Glück eines alten Prälaten, von dem ich weiß, daß er sich ganz rein seines Säckels und seiner Ausgabe und Einnahme begeben, und zuweilen einem ausgewählten Bedienten, zuweilen einem andern übertragen hat; wobei er eine ziemliche Anzahl Jahre hingebracht, ebenso unwissend in dieser Art von Haushaltungsgeschäften als ein Fremder.

Das Vertrauen in die Redlichkeit andrer ist kein geringer Beweis von eigner Redlichkeit; und Gott pflegt es gewöhnlich zu begünstigen; deswegen wüßte ich kein Haus, das ordentlicher und in allem Betracht würdiger und mit mehr Anstand geführt würde als das Haus dieses Prälaten. Glücklich derjenige, der nach einem so richtigem Maßstab seine Bedürfnisse geordnet hat, daß seine Reichtümer für seinen Gebrauch und seine Notdurft zureichen und daß ihre Anwendung ihn nicht in seinen übrigen Geschäften störe, denen er ruhig, mit Anstand und Beifall seines Herzens vorsteht. Wohlstand oder Mangel hängen also ab von der Meinung eines jeden. Und ebenso bringen Reichtum, Gesundheit und Ruhm nur gerade so viel Vergnügen und Behagen, als derjenige hineinlegt, der sie besitzt. Jedem ist wohl oder weh, je nachdem er sich darin zu finden weiß. Nicht derjenige ist zufrieden, von dem man es glaubt, sondern derjenige, der es selbst glaubt. Hierin allein gibt sich der Glaube Wesen und Wahrheit.

Das Glück tut uns weder wohl noch übel: es gibt uns dazu bloß den Stoff und den Samen, die unsre Seele, die mächtiger ist als das Glück, nach ihrem Gefallen bearbeitet und anwendet; denn nur sie allein ist

Urheberin und Schöpferin ihres glücklichen oder unglücklichen Befindens. Die äußern Zufälligkeiten neh men Geschmack und Farbe an von der innern Beschaffenheit. So wie die Kleider uns nicht mit ihrer eigenen Wärme erwärmen, sondern mit der unsrigen, welche sie zusammenzuhalten und zu vermehren geschickt sind. (Wer damit einen kalten Körper bedeckte, der würde damit der Kälte eben den Dienst der Vermehrung und Erhaltung tun, denn auf diese Weise erhält man den Schnee und das Eis.) Gewiß, es geht mit allem so zu, wie damit, daß einem Faulen das Studieren eine Plage, dem Trunkenbold die Enthaltung von starken Getränken peinlich, dem Leckermaul eine mäßige Mahlzeit eine Strafe und dem Weichling Leibesübungen eine Marter ist: So ist es mit allem übrigen. Die Dinge sind an und für sich selbst nicht so schwer, so schmerzhaft, sondern unsere Schwäche und Schlaffheit macht sie dazu. Um über große und erhabene Sachen zu urteilen, wird eine große erhabene Seele erfordert, sonst leihen wir ihnen unsere eigne Kleinheit. Ein *gerades* Ruder scheint im Wasser gebrochen.

Es tut's nicht allein, die Sachen zu sehen, sondern darauf kommt's an, wie man sie ansieht!

Nun aber möcht' ich fragen: Warum, nach so vielen Gründen, wodurch man die Menschen auf so mancherlei Weise überredet, den Tod zu verachten und die Schmerzen zu ertragen, wir niemand finden, der beides an unsrer Statt übernehmen will? Und warum unter so manchen Gedanken, um solches andern zu überreden, nicht ein jeder noch einen für sich selbst hinzufüge, der sich für seine Laune schicke? Wenn ein Magen die starke Arznei nicht vertragen kann, die sein Übel an der Wurzel anzugreifen und vom Grunde aus zu heilen vermag, so gebe man ihm doch wenigstens Lenitive, die ihm Linderung schaffen!

> *Opinio est quaedam effeminata ac levis, nec in dolore magis,*
> *quam eadem in voluptate: qua quum liquescimus fluimusque*
> *mollitia, apis aculeum sine clamore ferre non possumus ...*
> *Totum in eo est, ut tibi imperes.*[23]

---

[23] Cicero, Tusc. disp. II, 22: Es liegt eine verzärtelte, eitle Einbildung bei unserem Wohl und Wehe zugrunde, die uns so schlaff und weichlich macht, daß wir keinen Bienenstich mit Geduld ertragen können. Das ganze Geheimnis dagegen ist: lerne dich selbst regieren.

Übrigens hintergeht man die Philosophie dadurch nicht, daß man die Schmerzen über alle Maßen bitter und der Schwäche der Menschheit unerträglich vorzustellen sucht. Denn man nötigt sie dadurch nur zu dieser unwiderlegbaren Antwort: Wenn es unerträglich ist, in Not und Elend zu leben, so ist doch wenigstens in Not und Elend zu leben keine Not vorhanden. Niemand ist lange elend als durch seine eigne Schuld. Wer nicht Herz genug hat, weder das Leben noch den Tod zu ertragen, wer weder fliehen noch widerstehen will, was ist für den zu tun?

Von der Angewohnheit und von der Mißlichkeit, gewohnte Gesetze zu ändern.

Derjenige hat meiner Meinung nach die Macht der Gewohnheit sehr richtig eingesehen, welcher zuerst die Erzählung[24] erfand; eine Bauersfrau habe ein Kalb in der Stunde, da es geboren worden, auf den Arm genommen und gestreichelt, und da sie mit diesen Liebkosungen täglich fortgefahren, sei sie durch die Gewohnheit dahin gelangt, daß sie dasselbe Tier noch auf den Armen getragen, zu einem so großen Ochsen es auch herangewachsen sei.

Denn es ist wahrlich eine heftige und listige Schulmeisterin, diese Gewohnheit! Ganz unvermerkt setzt sie sich bei uns auf den Fuß der Herrschaft; hat sie aber mit Hilfe der Zeit diesen sanften und unvermerkten Anfang genommen, so zeigt sie uns nach und nach ein trotziges und tyrannisches Gesicht, gegen welches wir nicht einmal ferner die Freiheit behalten, unsere Augen aufzuschlagen. Bei jeder Gelegenheit sehen wir sie die Regeln der Natur überwältigen.

Usus efficacissimus rerum omnium magister.[25]

Dies läßt noch an die Höhle des Plato in seiner Republik glauben und macht es mir begreiflich, wie die Ärzte so oft, ihrer Herrschaft zufolge, die Gründe ihrer Kunst beiseite setzen können und wie jener König

---

[24] Sie findet sich bei Stobaeus, serm., der Favorinus nennt. Ferner bei Quintilian, Petronius und Erasmus.

[25] Plinius, Nat. hist. XXVI, c. 2: Tägliche Übung ist in allen Dingen der Lehrerinnen beste.

durch ihre Hilfe seinen Magen dergestalt einzurichten vermochte, daß er endlich vom Gift sich nähren konnte, und wie das Mädchen, von dem Albertus erzählt, sich gewöhnen konnte, von Spinnen zu leben. Und wie man in der neuen indischen Welt, unter ganz verschiedenen Himmelsstrichen, große Völkerschaften fand, welchen sie zur Speise dienten, die solche sammelten und einmachten, ebenso wie Heuschrecken, Ameisen, Eidechsen und Fledermäuse, und daß bei einer großen Teuerung eine Kröte um sechs Reichstaler verkauft wurde. Man kocht sie dort und richtet sie an mit allerlei Brühen. Man hat andere Völker angetroffen, denen unsere Fleischspeisen giftig und tödlich waren.

Consuetudinis magna vis est. Pernoctant venatores in nive; in montibus uri se patiuntur; pugiles caestibus contusi ne ingemiscunt quidem.[26]

Diese wundersamen Beispiele verlieren ihr Wundersames, wenn wir beherzigen, wie es uns ganz gewöhnlich geht und wie die Gewohnheit unsere Sinne stumpft. Wir dürfen nicht erst auf Reisen gehen, um zu erfahren, was man von den Einwohnern in der Nähe der Katarakte des Nils erzählt, und um uns von dem zu überzeugen, was die Philosophen von der Harmonie der Sphären meinen. Die Körper dieser Kreise, die fest, dicht und glatt sind, können, indem sie sich berühren und im Vorüberfahren sich reiben, nicht fehlen, eine bewunderungswürdige Harmonie zu erregen, nach deren Rhythmus sich die Wendungen und Gänge der Sterne in ihrem Tanz richten; aber das Gehör der Geschöpfe dieses Erdbodens ist durch die ununterbrochene Dauer dieses Klanges so wie die Ägypter von den Katarakten betäubt, und sie können nichts davon vernehmen, so stark er auch übrigens sei. Die Schmiede, Tischler, Blechschläger und Faßbinder könnten das Geräusch, das sie machen, nicht aushalten, wenn es ihnen ebenso stark gellte als uns.

Mein Riechkissen dient meiner Nase; wenn ich es aber nur drei Tage hintereinander im Busen getragen habe, so dient es nur den Nasen meiner Gesellschafter. Dies hier ist noch seltsamer, daß ungeachtet der langen Zwischenzeiten und großen Lücken die Angewohnheit ihre Eindrücke auf unsere Sinne fortpflanzen und erhalten kann; wie es diejenigen erfahren, die in der Nähe von einem Glockengeläute

---

[26] Cicero, Tusc. disp. II, 17: Groß ist die Macht der Gewohnheit. Jäger machen ihr Nachtlager im tiefen Schnee und lassen des Tags auf den Gebirgen ihr Antlitz von der Sonne rösten. Der Athlet verzieht keine Miene, wenn ihn der Schweigriemen des Gegners haut.

wohnen. Ich habe meine Wohnung in einem Turm, worin eine große Glocke hängt, die bei jedem Auf- und Niedergang der Sonne zum Gebet läutet. Mein Turm selbst fährt zusammen von dem Getöne, und mir schien es die ersten Tage unausstehlich. Nicht lange, so ward ich dergestalt daran gewöhnt, daß ich's höre, ohne darauf zu achten und oft nicht einmal davon aufgeweckt werde. Plato gab einem Kinde, das mit Nüssen spielte, darüber einen Verweis.

Dies antwortete: Du brummst auch mit mir um eine Kleinigkeit. Angewohnheit, versetzte Plato, ist keine Kleinigkeit.

Ich finde, daß unsere größten Laster schon in unserer zartesten Kindheit ihre Falten legen und daß unsere hauptsächlichste Erziehung in den Händen der Säugammen liegt. Den Müttern ist's ein Zeitvertreib, mit anzusehen, wie ein Kind einem Hündchen den Hals umdreht oder sich brav tummelt, um einen Hund oder eine Katze zu prügeln oder zu plagen; und mancher Vater ist so dumm, es für ein Zeichen einer kriegerischen Seele zu halten, wenn sein Sohn einen Bauern oder einen Lakaien mißhandelt, die sich nicht wehren dürfen, und für feinen Verstand, wenn er seine Gespielen durch Bosheit und Ränke überlistet. Dies sind gleichwohl die wahren Keime und Wurzeln der Grausamkeit, der Tyrannei und der Treulosigkeit; sie bestocken sich, wachsen lustig in die Höhe und gedeihen gewaltig unter den Händen der Gewohnheit. Es ist eine gefährliche Lage, dergleichen schändliche Neigungen mit der Schwäche des kindischen Alters oder mit seinem Leichtsinn zu entschuldigen. Erstlich, so ist es die Natur, welche spricht; deren Stimme in diesem Alter um so reiner und inniger tönt, je feiner und unausgebildeter sie ist. Zweitens liegt die Scheußlichkeit des Betruges nicht in dem Verhältnis eines Talers zu einer Nadel, sie liegt im Betruge selbst. Ich halte es für richtiger, folgendermaßen zu schließen: Warum sollte er nicht bei Talern betrügen, wenn er sogar bei Nadeln betrügt, als, so wie sie tun: er betrügt ja nur um Nadeln, bei Talern wird er sich wohl davor hüten! Man muß die Kinder sorgfältig lehren, die Laster hassen ihrer selbst wegen, und ihnen ihre Häßlichkeit recht anschaulich machen, damit sie vor ihnen fliehen, nicht nur im Handel allein, sondern vorzüglich auch solche im Herzen verabscheuen; daß ihnen selbst der Gedanke daran zuwider sei, was für eine Larve sie auch vornehmen mögen.

Ich weiß recht gut, daß, weil ich mich in meinen Knabenjahren daran gehalten habe, beständig meinen geraden gebahnten Weg fortzugehen, und keinen Spaß daran fand, in meinen kindischen Spielen Pfiffe oder Kniffe zu gebrauchen (wie man denn in der Tat wohl zu merken hat, daß Kinderspiele keine Spiele, sondern an sich betrachtet für Kinder die ernsthaftesten Beschäftigungen sind); es noch jetzt keinen leichten Zeitvertreib gibt, bei dem ich nicht, ohne Nachdenken und aus bloß natürlichem Hang, mit Aufrichtigkeit und vollem Widerwillen gegen List zu Werke gehe.

Ich spiele meine Karten mit ebensoviel Überlegung um bloße Marken und rechne so scharf, als ob ich um Goldstücke spielte; selbst dann, wenn es mit meiner Frau und meinen Kindern gleichgültig ist, ob ich gewinne oder verliere, bin ich so genau, als wann es im Ernst ginge. Es ist mir durchgängig genug an meinen eigenen Augen, mich vor bösen Künsten zu hüten. Keine Fremden können mich so genau in Aufsicht halten. Es gibt auch keine anderen, für die ich größeren Respekt hätte.

Ich habe noch neulich einen kleinen Mann, gebürtig aus Nantes, in meinem Hause gehabt, der ohne Arme geboren ist, welcher seine Füße dergestalt auf den Dienst abgerichtet hat, den ihm seine Hände leisten sollen, daß sie wirklich darüber die Hälfte ihrer natürlichen Verrichtungen vergessen haben. Im übrigen nennt er sie seine Hände; er handhabt damit Schere und Messer, er ladet eine Pistole und schießt sie los. Er fädelt eine Nadel ein, näht und schreibt; er nimmt seinen Hut ab, kämmt sich, spielt Karten und Würfel und rüttelt sie im Becher, mit ebensoviel Geschicklichkeit wie irgendein Spieler. Das Geld, welches ich ihm gab, nahm er mit einem Fuß, wie wir's in die Hand zu nehmen pflegen. Ich erinnere mich eines anderen, der, schon als Kind noch, da ihm die Hände fehlten, zwischen Kinn und Hals einen Degen und eine Hellebarde führte, sie in die Luft warf und wieder auffing, einen Dolch warf und mit der Peitsche knallte wie der beste Fuhrmann im Reich. Man entdeckt aber die Wirkung der Gewohnheiten weit besser an den sonderbaren Eindrücken, die sie auf unsere Seele macht, wo sie nicht so viel Widerstand zu überwinden hat. Was vermag sie nicht über unser Urteil und unsern Glauben! Gibt's wohl eine Meinung, die seltsam genug sei – ich spreche nicht von den groben Täuschungen, womit sich große Nationen und sehr klug dünkende Männer haben trunken machen lassen (denn, da dieser Teil außerhalb den Grenzen unserer menschlichen Vernunft liegt, so ist es zu entschuldigen, wenn man sich hier verirrt, insofern einer nicht außerordentlicherweise darin durch göttlichen Beistand erleuchtet worden), sondern von anderen Meinungen nur –, gibt es wohl welche, die seltsam genug gewesen wären, um sich nicht allenthalben, wo man es darauf anlegte, als Gesetz, als Wahrheit festzusetzen und fortzupflanzen?

Und ist daher die alte Deklamation sehr gerecht:

Non pudet physicum, id est, speculatorem venatoremque naturae, ab
animis consuetudine imbutis quaerere testimonium veritatis. [27]
Ich bin überzeugt, es falle in die menschliche Einbildung keine so
sinnlose Grille, die nicht hier oder dort öffentlich im Schwange gehe
und die also gewissermaßen von unserer Vernunft gebilligt und
gutgeheißen werde. Es gibt Nationen, bei denen man sich mit dem
Rücken gegen denjenigen kehrt, welchen man grüßen will, und den,
den man ehren will, niemals ansieht. Es gibt andere, wo, wann der
König ausspuckt, die Dame an seinem Hofe, die am meisten seine
Gunst hat, ihm ihre Hand vorhält; und noch eine andere Völkerschaft,
wo die Vornehmsten, die ihn umgeben, sich zur Erde beugen, um in
Leinwand aufzufangen, was er verdaut fallen läßt. Ich bitte hier um
Raum, um eine Erzählung einzuschalten!

Ein Französischer vom Adel, der wegen seiner witzigen Ausreden
berühmt war, schneuzte sich beständig mit der Faust, eine Gewohnheit,
die sich mit unseren Sitten gar nicht verträgt. Dieser, als er sich eines
Tages darüber gegen mich rechtfertigen wollte, fragte mich, was für
ein Privilegium dieser schmutzige Auswurf hätte, daß wir selbigem ein
sauberes Stück Leinwand bereithielten, um ihn aufzufangen und ihn
nachher einwickelten und sorgfältig in unseren Taschen aufbewahrten.
Das müßte einem Menschen doch mehr Ekel erregen als anzusehen,
daß man ihn hinwürfe, wo man Platz dafür fände, wie wir es mit allen
übrigen Unreinlichkeiten hielten. Ich fühlte, daß er nichts weniger als
unvernünftig sprach und daß nur die Gewohnheit mich das Seltsame
im Gebrauch übersehen lassen, welches wir gleich so höchst
abscheulich finden, wenn es von fremden Ländern erzählt wird. Die
Wunderwerke und Wunderbegebenheiten bestehen in der
Unwissenheit, in welcher wir uns über die Natur befinden und nicht in
der Natur selbst. Was wir immer vor Augen haben, schläfert unser
Urteil ein. Die ungesitteten Nationen wundern sich ebensosehr über
uns, als wir uns über sie wundern, und zwar mit ebensoviel Recht, wie
ein jeder eingestehen würde, wenn er, nachdem er die Beispiele aus der

---

[27] Cicero, De nat. deor. I, 30: Schämt sich der Physikus, das heißt ein Mann, der die Natur
erforscht und ihrer Spur nachjagt, schämt er sich nicht, über Wahrheiten, die solche
betreffen, Zeugen unter Menschen zu suchen, die nach der Gewohnheit urteilen? –
Statt quaerere steht im Original petere.

Fremde durchlaufen hätte, nun auch die einheimischen durchzuprüfen und unparteiisch gegeneinander zu halten verstünde.

Die menschliche Vernunft ist eine Färberlauge, die ungefähr in gleichem Maße allen unseren Meinungen und Sitten beigemischt ist, von welcher Art solche sein mögen. Unendlich in der Materie, unendlich in der Abweichung. Ich nehme den Faden wieder auf. – Es gibt Völker, wo niemand mit dem Könige redet, seine Frau und Kinder ausgenommen, als durch ein Sprachrohr. Eine Nation, wo die Jungfrauen ihre Geburtsteile öffentlich zur Schau tragen, die verheirateten Weiber solche hingegen sorgfältig, bedecken und verbergen. Dahin gehört denn auch die andere mit ihr verwandte Sitte, wobei die Keuschheit nur im Ehestand geschätzt wird, denn die Jungfrauen dürfen sich jedem überlassen, und wenn sie befruchtet sind, dürfen sie nach eigenem Gefallen durch dienliche Mittel die Frucht abtreiben. Und wieder anderwärts werden, wenn derjenige, der eine Frau nimmt, ein Kaufmann ist, alle Kaufleute zur Hochzeit geladen, um vor dem Bräutigam die Braut zu erkennen, und die Braut gewinnt um so mehr Ehre und Ansehen wegen ihrer Dauer und Fähigkeit, um so größer die Anzahl der Gäste ist. Ist nun der Bräutigam ein Offizier, nun so werden die Gäste von seinen Kameraden genommen. Ebenso, wenn es einer vom Adelstand ist und so immer fortan. Ausgenommen, wenn es ein Bauer oder sonst einer aus der niederen Volksklasse ist; denn in diesem Falle liegt das Werk dem Gutsherrn ob. Bei alledem wird bei diesem Volk die eheliche Treue im Ehestand aufs nachdrücklichste empfohlen.

Man weiß von Ländern, wo man Jünglinge auf der Streu hält, ja von Ehen zwischen Mann und Mann. Von Ländern, wo die Weiber ebensogut als ihre Männer in den Krieg ziehn und ihren Rang haben, nicht nur in der Schlacht, sondern auch zu Befehlshaberstellen; bei denen man nicht nur in der Nase, in den Lippen, in den Wangen, an den Zehen Ringe trägt, sondern goldene Spangen von schwerem Gewicht durch die Brüste und Lenden; wo man beim Essen die Finger an den Hüften, an gewissen behaarten Teilen und an den Fußsohlen abwischt. Bei anderen erben die Kinder nicht, sondern die Brüder und Vettern; und anderwärts allein die Vettern, ausgenommen bei der Erbfolge des Fürsten; von anderen noch, wo, um die Gemeinschaft der Güter, die bei ihnen eingeführt ist, in Kraft zu erhalten, gewisse hohe, obrigkeitliche Personen gesetzt sind, die Aufsicht über den gesamten

Ackerbau zu führen und die Früchte des Landes nach eines jeden Bedürfnis zu verteilen. Wo man über den Tod der Kinder trauert und übler den Tod der Greise Freudenfeste veranstaltet. Wo ihrer zehn oder zwölf mit ihren Weibern in einem Bett schlafen. Wo die Weiber, die ihre Männer durch einen gewaltsamen Tod verlieren, wieder heiraten dürfen, die anderen aber nicht. Wo man den Zustand der Weiber für so elend achtet, daß man die Mägdlein, welche unter ihnen geboren werden, tötet und von den benachbarten Nationen die Weiber kauft, deren man benötigt ist. Wo die Männer sich von ihren Weibern scheiden können, ohne eine Ursache anzugeben, die Weiber aber gar nicht, was für Ursach sie auch hätten. Wo die Männer nach dem Gesetz ihre Weiber verkaufen können, wenn sie unfruchtbar sind.

Länder, wo sie die Leichname der Verstorbenen kochen und hernach so lange stampfen, bis es eine Art von Brühe gibt, die sie zu ihrem Wein mischen und trinken. Wo das wünschenswürdigste Begräbnis ist, von Hunden gefressen zu werden: so wie anderwärts von den Vögeln. Wo man glaubt, daß die Seelen der Verstorbenen in aller Freiheit leben, in angenehmen Gefilden, mit allen erwünschten Bequemlichkeiten versehen, und daß diese es sind, welche das Echo machen, das wir hören. Wo sie im Wasser fechten und schwimmend mit ihren Pfeilen sicher treffen. Wo man, zum Zeichen der Untertänigkeit, die Schultern in die Höhe ziehn, den Kopf senken und die Schuhe von den Füßen ziehen muß, wenn man in die Wohnung des Königs tritt. Völker, die den Beschnittenen, die ihre Priesterinnen bewachen, auch noch Nase und Lippen wegschneiden, damit sie nicht geliebt werden können, und bei denen die Priester sich die Augen ausstechen, um Geister zu sehn und die Orakel fragen zu können.

Völker, wo jedermann aus jedem ihm beliebigen Ding einen Gott machen kann. Der Jäger aus einem Löwen oder aus einem Fuchs; der Fischer aus gewissen Fischen, und Götzenbilder aus jeder Handlung und Leidenschaft des Menschen. Sonne, Mond und Erde sind die vornehmsten Götter. Wo die Eidesformel darin liegt, daß man die Erde berührt und die Sonne anschaut; wo man Fleisch und Fisch roh und ungekocht ißt. Wo der heiligste Eid darin besteht, daß man den Namen eines Verstorbenen ausspricht, der im Lande einen guten Nachruhm hat, und sein Grab mit der Hand berührt.

Wo das Neujahrsgeschenk, das der König jedesmal seinen Prinzen und Großen des Reiches sendet, in Feuer besteht, bei dessen Ankunft alles alte Feuer ausgelöscht werden muß und alles Volk umher gehalten ist, davon für sich zu holen, bei Strafe des Verbrechens der beleidigten Majestät.

Wo, wenn der König sich ganz der Andacht widmen will und den Zepter niederlegt, wie oft der Fall ist, sein erster Thronerbe genötigt ist, eben dasselbe zu tun und der Thron, nach dem Recht, auf den dritten Erben fällt. Wo man die Reichsverfassung verändert, je nachdem es die Umstände zu erheischen scheinen.

Wo man den König absetzt, wenn es gut zu sein scheint; wo man an seiner Statt Älteste ernennt, um das Staatsruder zu führen, und es gar zuweilen in den Händen der Gemeinde läßt. Wo Männer und Weiber beschnitten und ebenfalls getauft werden. Wo ein Soldat, der in einer oder mehr Schlachten es so weit gebracht hat, dem Könige sieben feindliche Köpfe zu überreichen, in den Adelstand erhoben wird. Wo man unter der so ungeselligen und so seltenen Meinung von der moralischen Würde der Seele lebt, daß man sie für sterblich hält. Wo die Weiber ohne Klagen und ohne Furcht gebären.

Wo das Frauenzimmer an beiden Beinen Stiefel von Kupfer trägt und aus Pflicht der Seelengröße verbunden ist, wenn es eine Laus beißt, solche wieder zu beißen, und sich nicht unterwinden dürfen, zu heiraten, bevor sie ihrem König, wenn er's verlangt, ihre Jungferschaft angeboten haben.

Wo man grüßt, indem man mit dem Finger die Erde berührt und ihn darauf wieder gegen den Himmel ausstreckt. Wo die Mannspersonen Lasten auf dem Kopf, Frauenzimmer solche aber auf den Schultern tragen. Wo die Weiber stehend, die Männer aber hockend die Blasen erleichtern. Wo man zum Zeichen der Freundschaft etwas von seinem eigenen Blut schenkt und denjenigen wie einen Gott räuchert, den man ehren will. Wo man nicht nur bis zum vierten Grad, sondern auch bis zu allen ferneren Graden der Verwandtschaft die Heirat verbietet. Wo man die Kinder vier Jahre an der Brust läßt, oft auch zwölf, und ebendaselbst es für tödlich hält, das Kind den ganzen ersten Tag an die Brust zu nehmen. Wo die Väter das Amt haben, die Söhne zu züchtigen, und die Mütter allein wieder die Töchter, und die Strafe darin besteht, die mutwilligen bei den Beinen aufgehängt zu beräuchern. Wo man das weibliche Geschlecht beschneidet. Wo man alle Arten von Kräutern ißt, ohne anderen Unterschied, als daß man nur die verwirft, welche schlecht zu riechen scheinen. Wo alles offensteht, wo in den Häusern, sie mögen noch so prächtig sein, weder Fenster noch Türen sind, auch keine Schränke oder dergleichen, was man verschließen könne; und wo die Diebe doppelt bestraft werden wie anderwärts. Wo sie die Läuse mit den Zähnen töten, gleich Hunden und Affen und es für grausam halten, sie mit dem Daumen zu knicken. Wo man sich lebenslang weder Haar noch Nägel beschneidet, und anderwärts, wo man die Nägel nur an der Rechten abschneidet und aus Staat die an der Linken wachsen läßt.

Wo man das Haupthaar an der rechten Seite des Körpers verpflegt, zum besten Wachstum, und an der anderen Seite unterm Schermesser hält. Wo, in benachbarten Provinzen, diese hier das Haupthaar vorne, jene das hintere wachsen lassen und die Gegenseite scheren. Wo die Väter ihre Kinder und die Männer ihre Eheweiber ihren Gästen gegen Bezahlung zum Gebrauch verleihen. Wo man seine eigene Mutter mit allen Ehren fruchtbar machen kann und die Väter sich mit ihren Töchtern und Söhnen begatten. Wo sie bei festlichen Versammlungen einander ihre Kinder leihen und keine Rücksicht auf Verwandtschaft nehmen.

Hier lebt man von Menschenfleisch, dort ist es kindliche Pflicht, seinen Vater in einem gewissen Alter zu töten. Anderwärts verordnen die Väter über ihre noch ungeborenen Kinder, welche auferzogen und erhalten und welche davon ausgesetzt oder getötet werden sollen.

Bei anderen Völkern verleihen die alten Ehemänner ihre Weiber der Jugend zum Gebrauch, und bei wieder anderen sind solche ohne Sünde allen gemeinschaftlich. Ja in einigen Provinzen tragen sie als Ehrenzeichen so viele Troddeln auf dem Saum ihrer Röcke, als so manche Mannspersonen ihrer Gunst teilhaftig geworden sind.

Hat die Gewohnheit nicht auch ein öffentliches bloßes Weiberregiment eingeführt? Hat solche ihnen nicht die Waffen in die Hände gegeben? Haben sie nicht Kriegsheere errichtet und Schlachten geliefert? Und lehrt sie nicht durch ihre bloße Anordnung den gröbsten gemeinen Haufen, was alle Philosophie den weisesten Köpfen nicht einprägen können? Denn wir wissen von ganzen Nationen, wo der Tod nicht bloß verachtet, sondern gefeiert wird; wo die Kinder von sieben Jahren sich auf den Tod stäupen ließen, ohne eine Miene zu verziehn. Wo der Reichtum in solcher Verachtung war, daß der ärmlichste Bürger der Stadt nicht die Hand ausgestreckt hätte, um einen Beutel voll Gold aufzuheben. Wir wissen von Ländern, die sehr ergiebig an allerlei

Lebensmitteln waren, wo gleichwohl die gewöhnlichste und schmackhafteste Nahrung in bloßem Brot, Kümmel und Wasser bestand. Tat sie nicht noch das Wunder in Chio, daß daselbst siebenhundert Jahre verflossen, ohne daß man erfahren, daß eine Frau oder ein Mädchen einen Fehltritt gegen ihre Ehre gemacht hätte! Kurz, nach meinem Dafürhalten kann sie alles tun und tut alles. Und Pindar nennt sie daher, wie man mir gesagt hat, mit Recht die Königin und Herrscherin der Welt.

Derjenige, den man dabei antraf, daß er seinen Vater schlug, verantwortete sich damit: Es sei in seiner Familie so Gewohnheit; also habe sein Vater seinen Großvater und sein Großvater seinen Urgroßvater geschlagen; der dort, indem er auf seinen Sohn wies, wird auch mich schlagen, wenn er zu meinem Alter gelangt sein wird. Und der Vater, der den Sohn auf die Gasse schleppte und mit Füßen trat, befahl ihm an einer Ecke einzuhalten, denn weiter hab' er es mit seinem Vater nicht getrieben! Hier wäre die Grenze der erblichen Mißhandlungen, welche die Kinder in ihrer Familie an ihren Vätern zu verüben pflegten. Aristoteles sagt, die Weiber reißen sich ebensowohl aus Gewohnheit als wegen Krankheit ihr Haupthaar aus und käuen an ihren Nägeln und essen Kreide, Kohlen und Erde; und es ist mehr aus Gewohnheit als Naturtrieb, daß der Mann sich zum Manne tut.

Die Gesetze des Gewissens, die nach unserer Sage in der Natur liegen, entspringen aus der Gewohnheit. Ein jeglicher Mann, der in seinem Inneren die Meinungen und Sitten verehrt, die um ihn her gebilligt werden und im Schwange gehen, kann sich ihnen nicht entziehen, ohne daß ihn sein Gewissen darüber bestrafe, noch sich demselben gemäß betragen, ohne daß er ihnen Beifall gäbe. Wenn vor alters die Cretenser jemand fluchen wollten, so baten sie die Götter, ihn in eine böse Gewohnheit fallen zu lassen. Die vornehmste Wirkung aber ihrer Macht ist, uns dergestalt zu unterwerfen und zu beherrschen, daß wir kaum das Vermögen behalten, uns ihr wieder zu entreißen und uns der Freiheit zu bemächtigen, über ihre Verordnungen nachzudenken und vernünftige Betrachtungen anzustellen. In Wahrheit, weil wir solche von unserer Geburt an mit der Muttermilch einsaugen und sich das Antlitz der Welt unserem Blicke also darstellt, wie wir zuerst die Augen eröffnen: so scheint es, als ob wir dazu geboren sind, in diesem Joch zu gehn. Und die allgemeine Einbildung, die wir um uns her in Ansehen erblicken und welche schon in dem Samen wirkte, aus dem wir erzeugt wurden, kann uns nicht wohl anders als natürlich und verbindend vorkommen. Daher es denn auch kommt, daß alles, was nicht in die Fugen der Gewohnheit paßt, sich auch nicht mit der Vernunft zu vertragen scheint; obgleich, Gott weiß, dieser Glaube oft sehr vernünftig ist.

Wenn ein jeder, der einen Sittenspruch hört, wie wir, die wir uns selbst studieren, zu tun gelernt haben, alsobald nachforschte, von welcher Seite ihn derselbe eigentlich treffe: so würde ein jeder finden, daß dieser nicht sowohl eine hübsch gerundete Maxime als vielmehr ein Peitschenhieb sei, der auf die träge Dummheit seines Urteils fällt. Aber man nimmt die Lehren der Wahrheit und ihre Warnungen als ans Volk gerichtet und gar nicht an uns selbst; und anstatt solche auf die eigenen Sitten anzuwenden, faßt sie jedermann bloß ins Gedächtnis, und das ist ebenso dumm, als es unnütz und vergebens ist. Aber laß uns zurück-kehren zur Macht der Gewohnheit.

Die Völker, die an die Freiheit gewohnt sind, sich selbst zu beherrschen, halten jede andere Regierungsform für ungeheuer und der Natur zuwider. Solche Völker aber, welche an die monarchische Regierung gewohnt sind, machen es gerade ebenso. Und welche günstige Veranlassung ihnen Glück und Umstände an die Hand geben mögen, selbst dann, wenn sie mit großen Schwierigkeiten sich eines Despoten entledigt haben, haben sie nichts Angelegentlicheres am Herzen, als einen anderen mit ebenso großen Schwierigkeiten auf den Thron zu pflanzen, weil sie sich nicht entschließen können, die Gewalt des Despotismus zu hassen. Es ist die Macht der Gewohnheit, die es bewirkt, daß ein jeder gern an dem Ort bleibt, wo er geboren worden. Die Wilden in Schottland bekümmern sich wenig um das südliche Frankreich, und die Skythen machten sich nichts aus Thessalien.

Darius tat an einige Griechen die Frage: Um wieviel sie wohl die Gewohnheit der Indianer annehmen würden, ihre verstorbenen Väter zu essen? Denn dies war dort der Brauch, nach der Meinung, sie könnten solchen kein ehrenvolleres Begräbnis geben als in ihren eigenen Eingeweiden. Die Griechen antworteten: Um keinen Preis in der Welt würden sie das tun. Als er aber bei den Indianern versucht hatte, sie zu bereden, sie möchten ihren Brauch fahrenlassen und dafür den griechischen annehmen, der darin bestand, die Leichen ihrer Väter zu verbrennen, erregte es bei diesen einen noch größeren Greuel. So geht es mit allem! Um so mehr, da uns die tägliche Gewohnheit den wahren Gesichtspunkt der Sachen verbirgt.

Nil adeo magnum, nec tam mirabile quicquam
Principio, quod non minuant mirarier omnes
Paullatim.[28]

Als ich einst die Beobachtung gewisser Sitten einführen sollte, die weit und breit um uns her in der Nachbarschaft in voller Achtung standen und doch, wie wohl zu geschehen pflegt, nicht mit bloßer Gewalt der Gesetze oder Beispiele dabei verfahren wollte, so forschte ich sehr emsig nach ihrem ersten Ursprung und fand sie bei diesem Forschen auf so schwachen Gründen, daß sie mich fast anekelten; mich, der ich sie doch anderen anpreisen sollte. Dies Rezept ist es, wodurch Plato sich zutraut, die widernatürliche und heillose Knabenliebe zu verbannen, die er zu seiner Zeit für allgemein und herrschend hält. Nämlich, sie durch die öffentliche Meinung zu verschreien. Die Dichter, und wer sonst noch könnte, sollten schlimme Erzählungen davon machen. Ein Rezept, vermittelst dessen jetzt die lieblichsten Töchter nicht mehr ihre Väter noch die schönst gewachsenen Jünglinge ihre Schwestern zur Liebe reizen. Selbst die Fabeln von Thyest, von Oedip und Makareus hätten, meint er, neben dem Vergnügen an den Versen, dem biegsamen Gehirn der Kinder diesen nützlichen Glauben eingeprägt. Wirklich ist die züchtige Schamhaftigkeit eine schöne Tugend, deren nützlicher Einfluß auf die Sitten anerkannt genug ist. Solche aber nach ihrer natürlichen Beschaffenheit abzuhandeln und anzupreisen, das ist ebenso schwer, als es leicht ist, sie durch eingeführte Gewohnheiten, Gesetze und Vermahnungen im Gange zu erhalten. Die ersten und allgemeinen Grundursachen sind schwer zu entwickeln. Auch fahren unsere Pädagogen ganz leise darüber hin und getrauen sich kaum, sie zu berühren, und stürzen sich um so zuverlässiger auf allgemein bekannte Gewohnheiten; da blähen sie sich dann mit ihrem leichten Sieg. Diejenigen, welche aus diesem seichten Grund des Ursprungs nicht herausgehen, und diejenigen, welche in größere Tiefe gehn wollen, fehlen noch ärger und unterwerfen sich eingebildeten Meinungen. Zum Beispiel Chrysippus, welcher in so häufigen Stellen seiner Schriften äußerte, wie wenig Gewicht er auf

---

[28] Lucrez II, 1027: Nichts ist anfangs so groß, so wunderbar, daß es nicht mit der Zeit bei jedermann die Bewunderung mindern sollte.

blutschänderische Vermischung legte, ohne Rücksicht sogar auf Verhältnisse.

Wer sich von diesem mächtigen Vorurteil der Gewohnheit lossagen will, der wird auf manche Dinge stoßen, die mit unbezweifelbarem Entschluß aufgenommen sind und gleichwohl keine andere Stütze haben als den grauen Bart und die Stirnrunzeln, der Gewohnheit, die sie begleitet. Hat er aber diese Larve abgerissen, indem er jedes Ding auf Wahrheit und Vernunft zurückführt, so wird er sein Urteil wie auf den Kopf gestellt und dennoch viel sicherer und fester befinden. Zum Beispiel, ich würde ihn in jener Lage fragen, was wohl befremdlicher sein könne, als zu sehn, daß ein Volk genötigt sei, sich nach Gesetzen richten zu lassen, die es nicht einmal versteht; das in allen seinen häuslichen Geschäften, Eheverbindungen, Vermächtnissen, Testamenten, Kauf und Verkauf an Vorschriften gebunden ist, die es nicht wissen kann, weil sie in seiner Landessprache weder abgefaßt noch bekanntgemacht worden, und die es also genötigt ist, sich für Geld, um nicht dagegen zu sündigen, bekanntmachen und erklären zu lassen. Nicht etwa nach der scharfsinnigen Meinung des Isokrates, der seinem König den Rat gab, Handel und Gewerbe seinen Untertanen ganz frei zu geben und so einträglich zu machen als möglich; hingegen auf ihre Streitigkeiten starke Lasten zu legen und solche beschwerlich zu machen, sondern nach einer unbegreiflichen Meinung, die Vernunft selbst zu einer verkäuflichen Ware zu machen und die Gesetze zu Artikeln auf der Preiskurrente.

Ich weiß es dem Glück viel Dank, welches, wie unsere Geschichtsschreiber sagen, einen gaskognischen Edelmann aus meiner Gegend erweckte, daß er der erste wurde, der sich Karl dem Großen widersetzte, als er uns die römischen, in Latein verfaßten Gesetze geben wollte.

Findet man etwas wilderes als eine Nation, bei der nach wohlhergebrachter Gewohnheit das Richteramt gekauft wird und die Urteile mit barem Geld bezahlt werden und wo es gesetzlich ist, daß demjenigen die Gerechtigkeit versagt werde, der nicht vermögend ist, sie zu bezahlen? Und daß dieser Handel in solchem Ansehn stehe, daß er von den Leuten, welche die Prozesse handhaben, eine vierte Ordnung im Staat mache, um solche den drei alten der Kirche, des Adels und des Volks anzuschließen? Und daß diese Ordnung, weil sie über die Anwendung der Gesetze gesetzt ist und die höchste Macht über Eigentum und Leben ausübt, einen verschiedenen Stand von Adel ausmache? Woraus erfolgt, daß es zweierlei Gesetze gibt, Gesetze der Ehre und Gesetze der Gerechtigkeit, die sich in verschiedenen Dingen einander widersprechen. Jene verdammen ebenso streng das Nichtahnden einer beschuldigten Lüge als diese die Rache wegen einer beschuldigten Lüge. Nach den Gesetzen der Ehre und der Waffen geht derjenige seines Adels und seiner Ehrenstellen verlustig, wer eine Beleidigung einsteckt; und nach den bürgerlichen Gesetzen ist derjenige, welcher deswegen Rache nimmt, Leib- und Lebensstrafen ausgesetzt.[29] Wer sich an die Gesetze wendet und für eine seiner Ehre zugefügte Beleidigung Genugtuung begehrt, beschimpft sich, und wer diese übergeht und sich die Genugtuung selbst nimmt, den strafen und züchtigen die Gesetze! Und daß von diesen zwei so verschiedenen Ständen, die gleichwohl in einem einzigen Oberhaupt zusammenlaufen, der eine den Auftrag des Friedens, der andere des Krieges habe? Die von dem einen den Gewinn, die vom anderen die Ehre, jene Gelehrsamkeit, diese die Tugend, jene die Worte, diese die Taten, jene die Gerechtigkeit, diese die Tapferkeit, jene die Vernunft, diese die Gewalt, jene den langen Mantel, diese die kurze Uniform zum Anteil haben? In Rücksicht auf gleichgültigere Dinge, als zum Beispiel Kleidung – wer solche auf ihre wahre Bestimmung zurückführen will: welches die bequeme Deckung des Körpers ist, wovon ihre ursprüngliche Zierlichkeit und Schicklichkeit abhängt, sie mag auch, nach meiner Meinung, noch so seltsam ausgedacht und erfunden sein, so verweise ich ihn unter anderem auf unsere viereckigen Mützen; auf diese lange Schleppe von gefaltetem Samt, die nebst anderen seltsamen Zieraten an den Köpfen unserer Damen flattert; und auf den eitlen, unnützen Bausch eines Gliedes, das wir nicht einmal mit Ehren nennen können und womit wir gleichwohl in öffentlichen Gesellschaften einherstolzieren. Diese Betrachtungen halten indessen keinen verständigen Menschen ab, dem gemeinen Brauch zu folgen; im Gegenteil dünkt mich, daß jede Abweichung von der eingeführten Mode mehr hochmütige und törichte Ziererei verrate als einen gesunden Verstand und daß der Weise seine Seele in sich selbst, aus dem Gedränge zurückziehen müsse, um ihr die Freiheit und das Vermögen zu erhalten, über alle Dinge unbefangen zu urteilen; daß er

---

[29] Wer denkt hierbei nicht an unsere Verhältnisse!

aber, in Absicht auf das Äußerliche, ohne weiteres den eingeführten Moden und Formen folgen müsse. Was geht die öffentliche Gesellschaft unserer Art zu denken an? Im übrigen aber sind wir schuldig, unsere Handlungen, unsere Bemühungen, unser Vermögen und unsere Lebensart zu ihrem Dienst zu widmen und nach der allgemeinen Meinung zu bequemen, wie der gute und große Sokrates es ausschlug, sein Leben zu retten, wenn er der Obrigkeit ungehorsam würde – obgleich einer sehr ungerechten und gottlosen Obrigkeit. Denn, das ist die Regel aller Regeln und das Hauptgesetz aller Gesetze, daß ein jeglicher sich denen unterwerfe, die in dem Lande gelten, wo er sich befindet.

Νόμοις ἕπεσθαι τοῖσιν ἐγχωρίοις καλόν.[30]

Laß uns ein ander Faß anstecken. Es ist äußerst zweifelhaft, ob sich ein so großer und reiner Gewinn dabei findet, irgendein eingeführtes Gesetz zu verändern, sei es beschaffen, wie es wolle, als Nachteil aus seiner Veränderung entsteht: um so mehr, da es mit einer Landesverfassung ist wie mit einem Gebäu, das aus verschiedenen Stücken zusammengesetzt worden und in so genauer Verbindung steht, daß es unmöglich ist, eins zu verrücken, ohne daß es das Ganze empfinde. Der Gesetzgeber von Thurien verordnete, daß ein jeder, der ein altes Gesetz abgeschafft oder ein neues eingeführt wissen wollte, sich mit dem Strick um den Hals dem Volk darstellen solle, damit, wenn sein neues Gesetz nicht von jedermann gebilligt würde, er auf der Stelle erdrosselt würde. Und der lakedämonische Legislator setzte sein Leben daran, um von seinen Mitbürgern die feste Zusage zu erhalten, daß sie von seinen Verordnungen keine übertreten wollten. Der Ephorus, welcher so unerbittlich die zwei Musikintervalle, wegschnitt, die Phrinys dem alten Modum hinzutun wollte, bekümmerte sich nicht darum, ob die Modulation dadurch wohlklingender würde oder die Akkorde zusammenhängender; ihm war es genug, um sie zu verwerfen, daß es eine Veränderung in der alten, bekannten Tonleiter sei; das ist es auch, was das alte verrostete Schwert der Gerechtigkeit zu Marseille andeutete.

---

[30] Excerpta ex tragoed. graec. Hug. Grotio interpr. 1626. p. 937: Löblich ist's, daß jedermann den Gesetzen des Landes gehorche.

Ich habe eine Abneigung vor aller Neuerung, unter welcher Gestalt sie auch auftritt; und meine nicht unrecht zu haben, nachdem ich davon so schädliche Folgen erlebt habe. Jene, die uns seit so vielen Jahren drückt, hat zwar nicht alles selbst gewirkt. Man kann aber doch mit Schein behaupten, daß sie zufälliger weise alle die Übel und Nachteile erzeugt und hervorgebracht hat, die vorher ohne und wider sie geschehn sind; mag sie sich dafür die Nase zwicken:

Heu, patior telis vulnera facta meis![31]

Diejenigen, welche einen Staat aus den Fugen heben, sind gewöhnlich die ersten, denen er auf den Kopf stürzt. Die Frucht der Verwirrung ist selten der Lohn dessen, der sie angestiftet hat; er rührt und trübt das Wasser für andere Fischer. Der Zusammenhang und das Gewebe dieser Monarchie, und dies große Gebäude, das durch die Neuerung in seinen alten Jahren so sichtlich zerrüttet und aufgelöst worden, vermag dem Unheil so viel Öffnung und Eingang verschaffen, als man wolle; man wird es dennoch schwerer finden, die Majestät von ihrer Höhe bis zur Mitte zu erniedrigen, als sie von der Mitte bis zum Boden zu stürzen. Um so schädlicher aber die Erfinder sind, um so schändlicher sind die Nachahmer, daß sie sich auf Beispiele einlassen, deren Nachteil und Abscheulichkeit sie empfunden und bestraft haben. Und, wenn noch selbst beim Unheilstiften ein gewisser Grad von Ehre stattfindet, so müssen diese letzten den ersten den Ruhm der Erfindung und Herzhaftigkeit beim ersten Wagen überlassen. Alle Arten von neuer Zügellosigkeit schöpfen leicht und lustig aus dieser ersten unversiegbaren Quelle die Bilder und Muster zur Störung unserer Staatsverfassung.

Man liest in unseren Gesetzen selbst, die dazu gemacht sind, diesem ersten Übel zu steuern, die Methode und die Entschuldigung aller Arten von heillosen Unternehmungen, und geht es uns damit, wie Thucydides von den bürgerlichen Kriegen sagt: um öffentliche Gebrechen zu beschönigen, belege man sie mit neuen, sanftklingenden Benennungen und mildere und verkleistere ihre wahren Namen; dennoch will man unser Gewissen und unseren Glauben reformieren;

honesta oratio est.[32]

---

[31] Ovid, Epist. Phyllid. 48: Ach, ich leide von Wunden, die ich mir selbst geschlagen!
[32] Terenz, Andr. I, 1, 114: Die Worte lauten wohl.

45

Sicher, aber der beste Vorwand bei jeder Neuerung ist gefährlich.

Adeo nihil motum ex antiquo, probabile est.[33]

Mich deucht auch, um es frei heraus zu sagen, es sei ein gut Teil Eigenliebe und nicht wenig Eigendünkel erforderlich, seine eigene Meinung für wichtig genug zu halten, um solche auf Gefahr des öffentlichen Friedens einzuführen und dagegen die mannigfaltigen, unvermeidlichen Übel und diese tiefe Verderbnis der Sitten für nichts zu achten, welche bürgerliche Kriege nach sich ziehen, und also seine Ansichten für wichtiger anzusehn als die Umkehrung der Staatsverfassung in so wichtigen Dingen.

Heißt das nicht verkehrt zu Werke gehn, wenn man so viele gewisse und bekannte Laster herbeiführt, um Irrtümer zu bestreiten, die nicht einmal zugegeben werden und über welche sich reden läßt? Gibt es eine schlimmere Art von Lastern als solche, welche gegen unser eigenes Wissen und Gewissen anlaufen?

Der Senat zu Rom wagte es, dem Volk, das mit ihm über den Dienst der Religion uneinig war, folgende Ausflucht für bar Geld zu geben: Ad Deos id magis quam ad se pertinere; ipsos visuros ne sacra sua polluantur[34]; ebenso wie das Orakel den Delphiern antwortete, welche im Medischen Krieg den Einfall der Perser fürchteten. Sie fragten den Gott, wie sie es mit den heiligen Schätzen seines Tempels halten, ob sie solche verbergen oder wegbringen sollten. Er antwortete ihnen, sie sollten alles unangetastet lassen und sich um sich selbst bekümmern. Er werde sein Eigentum schon zu beschützen wissen.

Die christliche Religion trägt alle Kennzeichen einer großen Gerechtigkeit und Nützlichkeit an sich. Das deutlichste darunter aber ist die angelegentliche Empfehlung des Gehorsams gegen alle weltliche Obrigkeit und Befolgung aller bürgerlichen Gesetze.

Welch ein bewunderungswürdiges Beispiel hat uns davon die göttliche Weisheit gegeben, die, um das Heil des menschlichen Geschlechts zu begründen und den glorreichen Sieg über Sünde und Tod hinauszuführen, keine gewalttätige Umkehrung der Reiche und Regierungen zugelassen, sondern vielmehr ihre Führung und Leitung eines so großen und heilsamen Werkes der Blindheit und

---

[33] Livius XXXIV, 54: Keine gewaltsame Änderung des Alten verspricht was Besseres.
[34] Livius X, 6: Es sei mehr die Sache der Götter als die ihrige. Diese würden schon verhüten, daß ihre Tempel entweiht werden.

Ungerechtigkeit unserer Gewohnheiten und Gebräuche unterworfen hat; das Blut so mancher auserwählten Lieblinge ließ sie fließen und gab zu, daß eine Reihe von Jahren dahinflösse, bevor die unschätzbare Frucht zur Reife gediehe. Die Sache desjenigen, der den Gewohnheiten und Gesetzen seines Landes folgt, ist von der Sache desjenigen sehr unterschieden, der solche zu meistern und abzuändern sich erkühnt. Jener führt Einfalt, Gehorsam und Beispiel zu seiner Entschuldigung an, und bei seinem Tun, es bestehe worin es wolle, mag Unglück stattfinden, aber Bosheit nie. Quis est enim, quem non moveat clarissimis monumentis testata consignataque antiquitas?[35] Außerdem noch, was Isokrates sagt, daß das Zuwenig sich näher an die Mäßigung fügt als das Zuviel. Dieser andere wandelt einen viel höckerigeren Weg. Denn, wer sich's anmaßt zu wählen und zu ändern, greift nach dem Ansehn des Richteramtes und muß beweisen, daß er das Fehlerhafte dessen, was er verdrängen will, erkennt, so wie das Bessere in dem, was er einführt.

Diese so alltägliche Betrachtung hat mich auf meiner Bank stetig erhalten und selbst der Kühnheit meiner Jugend einen Zaum angelegt; damit ich meine Schultern nicht mit einer so schweren Last drückte, als die, eine so wichtige Wissenschaft zu verantworten und hierin etwas zu wagen, was ich bei gesundem Verstand in derjenigen nicht wagen möchte, welche viel leichter ist, wozu ich auferzogen worden und in welcher Kühnheit im Urteilen keine nachteiligen Folgen hat. Mich deucht es Verwegenheit, wenn man öffentlich eingeführte und eingewurzelte Gewohnheiten und Verfassungen der schwankenden Phantasie eines einzelnen Menschen unterwerfen will. Eine eingeschränkte Vernunft kann nur eine eingeschränkte Gerichtsbarkeit haben: so, wie keiner Herrscher über seinesgleichen ist und es sich herausnehmen darf, über göttliche Gesetze zu richten, welches nicht einmal bei bürgerlichen Gesetzen verstattet wird, obgleich letztere bei alledem, daß die menschliche Vernunft dabei viel mehr mitwirkt, doch allemal entscheidende Richter über ihre Richter sind: und die äußerste Anmaßung es nur wagt, sie zu erklären und ihre Anwendung zu bestimmen, nicht aber ihnen auszuweichen oder sie zu ändern. Wenn die göttliche Vorsehung zuweilen über die Regeln hinausgegangen ist,

---

[35] Cicero. De divin. I, 40: Wo wäre der Mann, den die herrlichen Denkmale nicht rühren, welche das Altertum bezeugt und besiegelt hat.

an welche sie notwendigerweise ihre Gesetze hat binden müssen, so geschah das nicht, um uns davon freizusprechen. Das sind Verfügungen ihres unerforschlichen Ratschlusses, die wir nicht nachzuahmen, sondern zu bewundern haben, es sind außerordentliche Beispiele einer besonderen und eigenen Zulassung! Es ist dies eine Art von Wundern, welche die Hand Gottes uns darlegt, um ihre Allmacht zu beweisen, welche über unsere Einrichtungen und Kräfte hinausreicht und welche nachzuahmen zu suchen Gottlosigkeit und Narrheit wäre; der wir nicht folgen, sondern mit Erstaunen nachsinnen wollen. Es sind Handlungen der Gottheit, nicht der Menschheit. Cotta läßt sich darüber sehr vernünftig heraus: Quum de religione agitur, Tib. Coruncanium, P. Scipionem, P. Scaevolam, pontifices maximos, non Zenonem aut Cleanthem aut Chrysippum sequor.[36]

Gott mag wissen, wie viele bei unserem gegenwärtigen Zwist, wo hundert Artikel, und zwar sehr wichtige und schwer zu entscheidende, wegzuschaffen und einzuführen sind, wie viele sich finden mögen, die sich rühmen können, die Ursachen und Gründe der einen und der anderen Partei reiflich erwogen und erforscht zu haben.

Es ist ein Haufen, wenn's einmal ein Haufen wäre, der eben nicht sonderlich imstande ist, uns zu beunruhigen. Die andere Schar aber, was beginnt sie? Unter was für einem Panier zeichnet sie sich aus? Mit ihrer Arznei geht es geradeso wie mit anderen unkräftigen, übel angebrachten Abführungsmitteln: die verdorbenen Säfte, die sie aus unserem Körper schaffen sollte, hat sie aufgerührt, verschärft und in Gärung gesetzt und ist selber im Körper steckengeblieben. Sie war zum Abführen zu schwach und hat uns gleichwohl entkräftet, so daß wir sie selbst nicht wieder loswerden können und von ihrer Wirkung nichts weiter haben als langes schmerzliches Bauchgrimmen. Die Sache ist, daß das Glück, welches immer sein Ansehen über unsere Klugheit behauptet, uns zuweilen in solche dringende Notwendigkeit versetzt, die es unvermeidlich macht, daß die Gesetze einigen Spielraum zulassen müssen; und daß, wenn man einer überhandnehmenden Neuerung widersteht, die sich mit Gewalt uns aufdrängen will, man in allen Stücken und durchaus gegen diejenigen gerade und behutsam verfahren müsse, welche die Gewalt in Händen haben und denen alles

---

[36] Cicero, De nat. deor. III, 2: In Sachen, welche die Religion betreffen, folge ich den Oberpriestern, nicht den Häuptern philosophischer Schulen.

das erlaubt ist, was ihr Vorhaben befördern kann; die keine anderen Gesetze oder Verordnungen haben, als ihrem Vorteil nachzujagen. Es wäre eine gefährliche Pflicht und eine große Ungleichheit.

Aditum nocendi perfido praestat fides.[37]

Um so mehr, da die gewöhnliche Verfassung eines Staates, in seiner Gesundheit, keine Vorkehrungen gegen solche außerordentliche Zufälle zu machen pflegt. Sie setzt einen Körper voraus, der sich in seinen vornehmsten Gliedern und Wirkungen festhält, und im allgemeinen Einverständnis über Folgsamkeit und Gehorsam. Der gesetzmäßige Gang ist kalt, bedächtig und abgemessen und verträgt sich nicht mit dem ausgelassenen Gang der Zügellosigkeit. Es ist bekannt, wie man den zwei großen Männern Octavius und Cato, noch jetzt darüber Vorwürfe macht, daß sie in den bürgerlichen Kriegen gegen Sulla und Cäsar ihre Partei lieber die äußerste Gefahr laufen lassen, als solche auf Kosten der Gesetze retten und Änderung in der Staatsverfassung leiden wollen.

Denn in Wahrheit, in dieser höchsten Not, wo fast nichts mehr zu retten ist, da wäre es doch wohl weiser gehandelt, den Kopf zu bücken und dem Streich ein wenig auszuweichen, als gegen die Unmöglichkeit anrennen, nichts nachgeben wollen und lieber der Gewalttätigkeit Anlaß geben, alles unter die Füße zu treten. Und wäre es doch auch wohl besser, die Gesetze das wollen zu lassen, was sie können, weil sie nicht können, was sie wollen. So machte es jener, welcher befahl, sie sollten vierundzwanzig Stunden schlafen; und jener, der für das Mal einen Tag aus dem Kalender strich und der andere auch, der aus dem Monat Juni den zweiten Mai machte.

Selbst die Lakedämonier, diese so strengen Bewahrer der Verordnungen ihres Landes, als ihnen das Gesetz, welches verbot, einen und denselben Mann zweimal zum Admiral zu wählen, im Wege stand und auf der andern Seite ihre Lage es als die höchste Notwendigkeit erforderte, daß Lysander diese Stelle abermals bekleidete, so machten sie zwar einen gewissen Arachus zum Admiral, setzten aber Lysander zum Oberaufseher über das Seewesen.

---

[37] Seneca, Oedipus III, 686: Der treuherzige Gläubige baut dem Betrug geheime Tempel und Werkstätten.

Mit eben der Gewandheit riet einer ihrer Gesandten bei den Atheniensern (der eine Änderung in gewissen Verordnungen bewirken sollte), dem Perikles, der zur Entschuldigung der Weigerung anführte, es sei im Gesetz verboten, eine Tafel wegzunehmen, worauf ein einmal gegebenes Gesetz geschrieben stände: er solle sie dann nur umwenden, denn das sei nicht verboten. Plutarch lobt am Philopoemen, daß er zum Regieren geboren gewesen und nicht nur nach den Gesetzen, sondern wenn es die Not des Gemeinwesens erfordert, selbst die Gesetze zu regieren verstanden habe.

Von der Pedanterei.

In meiner Jugend hab' ich mich oft darüber ereifert, wann ich in der italienischen Komödie beständig einen Pedanten als lustige Person auftreten sah und dabei bemerkte, daß die Benennung *Magister* bei uns eben keine ehrenvolle Bedeutung enthielt. Denn, da ich ihnen zur Aufsicht übergeben war, was konnte ich weniger tun, als für ihre Ehre zu eifern? Ich gab mir alle Mühe, sie wegen der natürlichen Mißhelligkeit im Betragen zwischen dem rohen Haufen und den seltenen Personen von vorzüglichem Verstand und Wissenschaften zu entschuldigen; um so mehr, da zwischen beiden eine ganz entgegengesetzte Lebensweise obwaltet. Darin aber steckte für mich ein unauflösliches Rätsel, daß die wackersten Männer gerade diejenigen waren, bei denen sie in ärgster Verachtung standen. Ich will nur unsern guten Du Bellay anführen.

Mais je hay par sur tout un sçavoir pedantesque.[38]

Beidem ist die Gewohnheit schon alt, denn Plutarch sagt, Grieche und Gelehrter wären bei den Römern Spottnamen. Nachmals bei zunehmendem Alter habe ich gefunden, daß man eine sehr große Ursach hatte und daß magis magnos clericos non sunt magis magnos sapientes.[39] Wie es aber zugehe, daß eine mit den Kenntnissen von so vielen Dingen bereicherte Seele nicht lebendiger, nicht tätiger werde und daß ein plumper Geist die Gedanken und Urteile der

---

[38] Mehr hass' ich als alles pedantisches Wissen.
[39] Rabelais, Gargantua I, 39: Die größten Kleriker sind nicht eben die größten Weisen.

vortrefflichsten Köpfe, welche die Welt hervorgebracht hat, auswendig lernen könne, ohne sich zu bilden, das begreife ich noch jetzt nicht. Wer so viele fremde große und starke Gedanken aufnehmen und beherbergen soll, sagte mir ein junges Fräulein, erste Hofdame unserer Prinzessinnen, als sie auf jemand zu reden kam, muß notwendig seine eigenen zusammendrängen und in die Enge ziehn, um den anderen Platz zu machen. Ich möchte gern sagen: gleichwie die Pflanzen von zu vieler Geilung ersticken und die Lampen von zu viel Öl verlöschen, so geht's dem Verstand bei zu vielem Studieren und zu vielen Materien, indem er bei zu großer Verschiedenheit von Gegenständen sich abstumpft und verwirrt und darüber versäumt, sich zu entwickeln; und diese Last verkrümmt und verkrüppelt ihn. Aber, es befindet sich ganz anders, denn unsere Seele erweitert sich in dem Maße, als sie sich anfüllt; und aus den Beispielen des Altertums sieht man ganz im Gegenteil, daß die fähigsten Männer zur Besorgung der öffentlichen Geschäfte, die größten Feldherrn und große weise Ratgeber in Staatssachen dabei zugleich für ihre Zeiten sehr gelehrt waren.

Was diejenigen Philosophen anbetrifft, die sich aller öffentlichen Geschäfte entschlagen, so sind solche freilich zuweilen durch die Freiheit der Bühne zu ihrer Zeit dem Gelächter preisgegeben, weil ihre Meinungen und ihre Sitten sie lächerlich machten. Wollt ihr sie zu Richtern in einem Prozeß machen, wer recht hat? Über die Handlungen eines Menschen? Da werdet ihr übel ankommen! Sie untersuchen noch, ob Leben, ob Bewegung in der Natur vorhanden, ob der Mensch etwas anderes sei als ein Ochs; was es sei: Handeln und Leiden; was Gesetze und Gerechtigkeit für Tiere sind. Reden sie von einer obrigkeitlichen Person oder sprechen sie mit ihr, so geschieht es mit unehrerbietiger, unhöflicher Freiheit. Hören sie einen Prinzen oder einen König preisen, so ist's für sie ein Hirt, untätig wie ein anderer Hirt, mit nichts beschäftigt, als seine Herde zu melken und zu scheren, nur plumper noch. Und schätzt man etwa einen Mann etwas höher, weil er zweitausend Acker Feldes bebaut, so werden sie höhnisch; denn sie haben sich gewöhnt, die ganze Welt als ihr Eigentum zu betrachten.

Rühmt sich jemand seines Adels, weil er sieben reiche Ahnherrn zählt, so achten sie ihn wenig, weil er keine richtigen Begriffe vom allgemeinen Bild der Natur hat, nicht bedenkt, wieviel jeder von uns Vorfahren gehabt hat, worunter Reiche, Arme, Könige, Knechte, Gebildete und Ungebildete sich befinden.

Und wäre einer der fünfzigste Enkel von Herkules, sie schelten ihn eitel, wenn er auf dieses Geschenk des Glücks irgend einigen Wert setzt. Also verachtete sie der Ungelehrte als Leute, welche die ersten und gemeinsten Dinge nicht verständen und dabei eingebildet und hochmütig wären. Allein dies platonische Gemälde ist weit von dem verschieden, welches auf unsere Männer paßt. Jene beneidete man als solche, die über die gemeinen Dinge erhoben wären und öffentliche Geschäfte verachteten und als Menschen, welche sich eine sonderbare unnachahmliche Lebensart vorgeschrieben, die sich auf Regeln gewisser übermütiger Einbildungen steife und der Gewohnheit zuwider sei: diese verachtet man, weil sie sich unter der gewöhnlichen Lebensart halten, weil sie zu öffentlichen Geschäften untauglich sind, weil sie von noch niedrigeren Sitten sind als der ungelehrte Haufen: Odi homines ignava opera, philosopha sententia.[40]

Was jene Philosophen anbetrifft, sag' ich: so wie sie groß waren in Wissenschaften, so waren sie es auch, und noch größer, in allen Handlungen des Lebens.

Und ebenso, wie man von dem syrakusanischen Geometer sagt (welchen man in seinen Rechnungen störte, damit er etwas zur Verteidigung seines Vaterlandes erfinden und ins Werk setzen möchte), daß er unverweilt solche fürchterliche Werkzeuge zustande brachte, die solche Wirkung taten, daß sie allen menschlichen Glauben überstiegen – und er gleichwohl selbst auf diese seine Erfindung mit Gleichgültigkeit herabsah und meinte, er habe damit die Würde seiner Kunst erniedrigt, für welche seine Werke nichts weiter wären als Lehrlingsarbeit und leichte Spielerei –: also auch jene, wenn man sie zuweilen auf die Probe des Handelns gestellt hat, so hat man sie einen so hohen Flug nehmen sehn, daß man wohl wahrnehmen konnte, ihr Herz und ihre Seele hätten sich durch ihre großen Kenntnisse bis zum Bewundern erweitert und bereichert. Dabei aber, weil sie sahen, daß die Stellen der politischen Regierung von unfähigen Menschen eingenommen waren, haben sie sich davon entfernt. Und derjenige, welcher den Crates fragte, wie lange das Philosophieren getrieben werden müsse, erhielt folgende Antwort: Solange bis es keine Eseltreiber mehr sind, die unsere Kriegsheere anführen. – Heraklit trat

---

[40] Pacuvius bei Gellius, XIII, 8: Ich hasse die Menschen, welche weise sprechen und dumm handeln.

seinem Bruder die königliche Regierung ab. Und den Ephesern, welche ihm darüber Vorwürfe machten, daß er vor den Tempeln mit den Kindern spiele, antwortete er: Ist es nicht besser, dies zu tun, als in euerer Gesellschaft den Staat regieren? Andere, deren Ideen höher hinaufstiegen, als die Güter dieser Welt reichen, achteten die Richtstühle der Gerechtigkeit und selbst die Throne der königlichen Würden für niedrig und gering. Und Empedokles schlug die königliche Krone aus, welche die Agrigentiner ihm anboten.

Thales sprach zuweilen verächtlich von den Sorgen der Nahrung und der Begierde, reich zu werden. Man rückte ihm vor, es ginge ihm wie dem Fuchs, der nicht die Beeren erreichen konnte und sie also für sauer verschrie. Nun kam ihn die Lust an, ihnen, bloß zum Zeitvertreib, das Gegenteil zu weisen, und nachdem er, für das Mal, seine Wissenschaft bis zum Dienst des Gewinnes herabgewürdigt hatte, leitete er einen Handel ein, der ihm in Zeit von einem Jahr solche Reichtümer einbrachte, daß die Erfahrensten in diesem Gewerbe kaum in ihrem ganzen Leben dabei so viel hatten gewinnen können. Aristoteles erzählt von einigen, die jenem und dem Anaxagoras und ihresgleichen gesagt hätten, sie wären wohl weise gewesen, aber nicht klug, weil sie für nützlichere Dinge nicht Sorge genug getragen; abgesehen davon, daß ich diesen Unterschied unter den Worten nicht wohl verdauen kann, so dient es auch meinen Männern zu keiner Entschuldigung; und in Erwägung des dürftigen und kleinlichen Gehalts, womit sie sich abspeisen lassen, hätten wir vielmehr Anlaß zu sagen, sie wären keins von beiden, weder weise noch klug.

Ich lasse diese erste Ursache fallen und glaube, es sei besser zu sagen, dies Übel entstehe aus ihrer schlechten Art, sich mit den Wissenschaften zu benehmen, und daß nach der gewöhnlichen Weise, wie wir unterrichtet werden, es kein Wunder ist, wenn weder Schüler noch Lehrer dadurch nicht weiser, obgleich gelehrter werden.

Wirklich zielt die Sorge und der Aufwand unserer Väter für uns auf weiter nichts ab, als uns den Kopf mit Wissenschaften anzufüllen. Den Verstand und das Herz zu bilden, daran wird nicht gedacht. Ruft dem Volk von einem Vorübergehenden zu: O der gelehrte Mann!, und bei einem zweiten: O der gute Mann! Es wird sich nicht abhalten lassen, seine Blicke und seine Verehrung auf den ersten zu richten. Ein dritter hatte recht zu rufen: O der Schafsköpfe! – Wir pflegen gemeiniglich zu fragen: Weiß er Griechisch? Weiß er Latein?

Macht er Verse oder schreibt er in Prosa? Ob er aber besser oder verständiger geworden sei, welches doch wohl die Hauptsache wäre, das bleibt linker Hand liegen! Wir sollten uns erkundigen, welches der nützlichste Gelehrte, nicht wer der größte Gelehrte sei. Wir arbeiten nur darauf, das Gedächtnis vollzupfropfen, und lassen Verstand und Gewissen leer. Gerade wie die Vögel zuweilen ausfliegen, Körner aufzupicken und sie im Schnabel halten, ohne sie zu kosten, um damit ihre Jungen zu ätzen, so plündern unsere Pedanten die Wissenschaft aus Büchern, fassen sie aber nur auf den Rand der Lippen, um sie wieder auszuspein und dem Wind zu übergeben. Es ist sehr lustig, wie sich die Torheit so ganz natürlich an mein eigenes Beispiel heftet. Ist es nicht ebendasselbe, was ich an den meisten Stellen dieses Buches tue? Da schlendere ich herum und picke bald aus diesem, bald aus jenem Buch einen Spruch, der mir gefällt, nicht um ihn aufzubewahren, denn ich habe keine Vorratskammer, sondern ihn in dieses überzutragen; wo er gleichwohl, die Wahrheit zu sagen, ebensowenig mir gehört als an seiner ersten Stelle.

Wir sind, so glaub' ich, nur gelehrt in der Wissenschaft des Gegenwärtigen, nicht des Vergangenen, ebensowenig als des Zukünftigen. Was aber das ärgste ist, auch von ihr ziehen weder Meister noch Jünger die mögliche Nahrung, sondern sie geht bloß von Hand zu Hand, zum einzigen Zweck, damit zu prunken, davon zu sprechen und Erzählungen daraus zu ziehn, wie geprägte Zahlpfennige, unnütz zu allem übrigen Gebrauch als zum Rechnen und Zählen.

Apud alios loqui didicerunt, non ipsi secum.[41]

Non est loquendum, sed gubernandum.[42]

Die Natur, um zu zeigen, daß bei ihrem Verfahren allemal die weisesten Regeln zugrunde liegen, läßt oft bei solchen Nationen, welche die wenigste Kunstbildung haben, Geistesprodukte erscheinen, welche mit Produkten der größten Kunst um den Vorzug streiten. Wie auf meine Materie das gaskognische von einer Schalmei her entnommene Sprichwort sehr fein sagt: Das Blasen kann ich auch, aber beim Fingern ha pert's. »So sagt Cicero«; »das sind die Sitten des

---

[41] Cicero, Tusc. disp. V, 36: Sie haben gelernt mit anderen reden, aber nicht mit sich selbst.
[42] Seneca, Epist. 108: Nicht geschwatzt; Hand ans Ruder!

Plato«; »das sind die eigenen Worte des Aristoteles«: das können wir freilich! Was sagen wir aber selbst, wir? Was tun wir? Was ist unser Urteil? Wissen wir denn nichts mehr zu sprechen als ein Starmatz?

Dieses Benehmen erinnert mich an den reichen Römer, der sich's angelegen sein ließ, mit großen Kosten Männer, die in aller Art Wissenschaft beschlagen waren, zusammenzubringen, die beständig um ihn sein mußten, damit, wenn er unter seinen Freunden Anlaß hätte, von der einen oder der anderen zu reden, sie statt seiner auftreten und allezeit fertig sein sollten, bald einen bündigen Spruch, bald einen Vers aus dem Homer zu liefern, je nachdem was ein jeder in seinem Kopfe vorrätig hätte; und dabei glaubte, diese Gelehrsamkeit sei seine eigene, weil solche in den Köpfen seiner Leuten stecke. So, wie es auch diejenigen machen, deren ganzes Wissen in ihrem kostbaren Büchervorrat liegt. Ich kenne einen solchen, welcher, wenn ich frage, ob er dies oder jenes weiß, mir ein Buch abfordert, um es darin aufzusuchen, und sich nicht getraut, mir zu sagen, er habe die Krätze am After, ohne auf der Stelle im Wörterbuch unter A und K nachzuschlagen, was After und was Krätze heißt. Wir stellen uns zur Hut und Wache über Fremder Wissen und Meinungen und lassen es damit gut sein; zum Eigentum sollten wir uns solche machen!

Wir gleichen eigentlich jenem Mann, der des Feuers bedürftig, zu seinem Nachbar ginge, um welches zu holen, und wann er bei demselben ein hübsches, hellbrennendes Feuer fände, sich dabei niedersetzte, sich wärmte und nun weiter nicht daran dächte, welches mit nach Hause zu nehmen. Was hilft's uns, den Magen mit Speisen zu füllen, wenn sie nicht verdaut werden, sich nicht in Nahrungssaft wandeln? Wenn sie uns nicht Wachstum und Kräfte geben? Können wir glauben, daß Lukullus, den das Studieren ohne weitere Erfahrung zu einem großen Feldherrn bildete, ebenso wie unsere jetzige Mode ist, studiert habe? Wir lehnen uns so stark auf fremde Schultern, daß wir darüber unsere eigenen Kräfte vernichten. Will ich mich gegen die Furcht vor dem Tode waffnen? So geschieht es auf Kosten des Seneca. Suche ich Trost für mich selbst oder für einen anderen? Ich borg' ihn von Cicero. Ich hätte es aus mir selbst geschöpft, hatte man mich darauf geübt. Ich liebe diese mittelbare oder erbettelte Gelehrsamkeit nicht sonderlich. Durchs Wissen anderer mag es sein, daß wir gelehrter werden, weiser aber werden wir gewiß nicht anders als durch unsere eigene Weisheit.

Μισῶ σοφιστήν, ὅστις ουχ᾿ αυτω σοφός[43]

Ex quo Ennius: Nequidquam sapete sapientem,
qui ipse sibi prodesse non quiret.[44]

Si cupidus, si Vanus, et Euganea quantumvis mollior agna.[45]

Non enim paranda nobis solum, sed fruenda
sapientia est.[46]

Diogenes lachte über die Schulfüchse, welche sich so emsig über die Leiden des Ulyß bekümmern und von ihren eigenen nichts wissen; über die Musiker, welche ihre Pfeifen rein stimmen und ihre Sitten ungestimmt lassen; über die Zungendrescher, welche darauf studieren, von Gerechtigkeit zu schwatzen, nicht sie zu üben. Wenn unsere Seele nicht eine bessere Richtung dadurch bekommt, wenn wir dadurch nicht ein gesunderes Urteil erhalten, so möchte mein Zögling meinethalben seine Zeit damit hingebracht haben, Ball zu schlagen, so hätte sein Körper doch wenigstens an Stärke zugenommen. Man sehe ihn nach so viel verbrachten Jahren von Universitäten kommen: Wer ist ungeschickter als er, zu Geschäften angestellt zu werden? Was sich am meisten an ihm erkennen läßt, ist, daß sein Latein und sein Griechisch ihn dümmer und einbilderischer gemacht haben, als er war, da er von Hause hinreiste. Er sollte mit genährter, voller Seele zurückkommen, aber er hat sie nur aufgeblasen. Sie ist nicht größer geworden, sondern nur aufgeschwollen.

Diese Meister und Lehrer sind, was Plato von den Sophisten sagt, unter allen Menschen diejenigen, welche dem Menschen am nützlichsten zu sein versprechen und dennoch nicht nur dasjenige nicht ausbessern, was man ihnen anvertraut, wie doch Zimmerleute und Maurer tun, sondern es sogar verhunzen und sich noch obendrein bezahlen lassen, daß sie es verhunzt haben.

Wenn das Gesetz des Protagoras, das er seinen Schülern vorschlug, befolgt würde, daß sie ihm entweder bezahlen sollten, was er forderte,

---

[43] Nach Cicero, Epist. famil. XIII, 15, ein Vers des Euripides: Fort mit der Schulgelehrsamkeit, die den Mutterwitz erstickt.
[44] Cicero, De off. III, 15: Daher sagt Ennius: Was weiß der Weise, wenn er nicht weiß, seine Weisheit auch für sich zu nützen.
[45] Juvenal VIII, 14: Wenn er eitel ist und geizig und verweichlicht wie das Euganäische Lamm.
[46] Cicero, De fin. I, c. 1: Auch ist's damit nicht getan, Schätze der Weisheit bloß sammeln, wuchern müssen wir damit.

oder daß sie im Tempel beschwören sollten, wie hoch sie den Nutzen schätzen, den sie aus seinem Unterricht gezogen und demzufolge ihn für seine Mühe belohnen sollten, so würden sich meine Herren Pädagogen mächtig hinter den Ohren krauen, wenn sie sich auf den Eid meiner Erfahrung berufen hätten. Meine ungelehrten Landsleute nennen diese hochgelehrten Herren sehr spaßhafterweise Übergelehrte, Überstudierte; gleichsam zu sagen, als wäre es bei ihnen durch Studieren übergeschnappt, wie man auch wohl zu sagen pflegt. Und wahr ist's, die meiste Zeit scheint es, als hätten sie den gesunden Menschenverstand aus dem Kopf hinweg studiert. Denn man sehe dagegen nur einen Bauer oder Schuster und Schneider! Sie gehen einfältig und unbefangen ihren Gang fort; sprechen von dem, was sie wissen; jene, um sich zu erheben und zu brüsten mit ihrem Wissen, das auf der Oberfläche ihres Gehirns herumschwimmt, straucheln ohne Unterlaß in ihren Spannfesseln. Hübsche Worte hört man freilich dann und wann von ihnen; aber es gehört jemand dazu, der sie in Ordnung brächte. Den Galen kennen sie wohl, aber den Kranken gar nicht. Sie haben euch schon mit Gesetzen den Kopf ganz angefüllt, worauf es aber bei euerem Rechtsstreit eigentlich ankommt, davon wissen sie noch kein Wort. Von allen und jeden Dingen verstehen sie die Theorie; sucht nur jemand, der sie in Anwendung bringe!

Ich hatte einen Freund bei mir im Hause, der, indem er mit einem dieser Herrn zu tun hatte, zum Zeitvertreib ein gewisses Rotwelsch ohne Sinn und Bedeutung nachahmte, nur, daß er zuweilen ein Wort einflocht, das dem Klange nach Beziehung auf ihren Streit hatte, und dadurch seinen Dummkopf von Gegner ganze Tage lang foppte, der beständig meinte, er antworte auf die Einwendungen, die er vorgebracht hatte. Und doch hatte der Mann ein Fakultätsdiplom über seine Gelehrsamkeit aufzuweisen.

> *Vos, o patricius sanguis, quos vivere par est*
> *Occipiti caeco, posticae occurrite sannae.*[47]

Wer dies Geschlecht, das sehr zahlreich ist, in der Nähe beleuchtet, der wird wie ich finden, daß sie die meiste Zeit sowenig sich selbst als andere verstehen und daß sie zwar ein gutes, volles Gedächtnis, aber

---

[47] Aulus Persius I, 61: O ihr Römer alten Geschlechts, denen Augen im Nacken verboten sind, hütet euch, daß man euch keine Esel bohre!

einen sehr hohlen Verstand haben. Wofern nicht die Natur sich ein eigenes Geschäft daraus machte, sie anders zu organisieren, wie ich beim Adrian Turnebus gefunden habe. Dieser, ohne jemals etwas anderes getrieben zu haben als Literatur – in welcher er nach meiner Überzeugung der größte Mann seit den letzten tausend Jahren her war –, hatte dabei gleichwohl nichts anderes an sich, das einen Pedanten verriet, als den Schnitt seines Kleides und einige äußere Manieren, die vielleicht nicht zum hohlen Tone des Hofschranzen paßten. (Und ich hasse unsere Leute, die sich vielmehr über einen altmodischen Schoß oder Ärmel ärgern als über eine schiefe Seele und aus dem Kratzfuß eines Menschen, aus seinen Stiefeln, aus seiner Haarkrause vorher verkünden, was an ihm sei.) Denn im übrigen war er in seinem Wesen der höflichste, artigste Mann von der Welt. Ich hab' ihn oft mit allem Fleiß in Materien verwickelt, die ihm gar nicht geläufig waren: er sah darin so klar, umfaßte alles so schnell und mit so richtigem Urteil, daß man hätte denken sollen, er hätte in seinem Leben nichts anderes getrieben als Kriegskunst und Staatswissenschaft. Das sind schöne und starke Seelen,

> *Queis arte benigna*
> *Et meliore luto finxit praecordia Titan.*[48]

die sich durch eine schlechte Erziehung durcharbeiten.

Es ist aber nicht genug, daß unsere Erziehung uns nicht verderbe, sie soll und muß uns eigentlich besser machen. Es gibt bei uns in Frankreich einige Parlamente, welche die Räte und Advokaten, die sie aufnehmen sollen, nur bloß aus ihrer Wissenschaft examinieren; andere hingegen prüfen auch ihren Verstand, indem sie ihnen diesen oder jenen Rechtsspruch zur Beurteilung vorlegen. Diese letzteren scheinen mir weit richtiger zu verfahren. Und obgleich zu einer solchen Bedienung beides nötig ist, so ist doch das Wissen von geringerem Wert als ein richtiger Verstand.

Dieser kann zur Not ohne jenes auslangen; aber nicht dieses ohne jenen. Denn wie der griechische Vers es ausdrückt:

Ὡς ουδὲν ἡ μάθησις, ἣν μὴ νοῦς παρῃ.[49]

---

[48] Juvenal XIV, 34: Denen Titan holder war und deren Sehnen und Adern er aus feinem Ton und künstlicher bildete. (Der Titan ist Prometheus.)
[49] Bei Stobaeus. Die Übersetzung schließt sich an.

Was hilft die Wissenschaft ohne Verstand, sie anzuwenden? Wollte der Himmel, wir wären in Ansehung unserer Rechtspflege so glücklich, daß jene ansehnlichen Gerichtsverwalter mit ebensoviel Verstand und Gewissen begabt wären, als es ihnen am Wissen nicht mangelt!

Non vitae sed scholae discimus.[50]

Nun aber muß man das Wissen der Seele nicht umtun als ein Gewand, sondern ihr als einen lebendigen Geist einhauchen. Man muß sie damit nicht anfeuchten, sondern durch und durch färben; und wenn es die Seele nicht ändert und ihren unvollkommenen Zustand nicht bessert, so wäre es wahrlich besser, sich nicht weiter damit zu befassen. Es wäre ein zweischneidiges Schwert, das seinem Führer beschwerlich wird und ihn selbst verwundet, wenn es in schwachen Händen ist, die es nicht zu brauchen wissen; ut fuerit melius non didicisse.[51]

Vielleicht auch ist dies die Ursache, warum wir wie die Theologie nicht viel Kenntnis vom weiblichen Geschlecht verlangen und daß Franz, Herzog von Bretagne, Sohn Johanns des Fünften, als man mit ihm von seiner Vermählung mit Isabella, einer schottländischen Prinzessin, sprach und ihn merken ließ, sie sei sehr einfach erzogen und ohne allen Unterricht in wissenschaftlichen Dingen, antwortete: Die Prinzessin sei ihm deswegen um so lieber, und eine Ehefrau sei gelehrt genug, wenn sie das Wams ihres Ehemanns von seinem Hemde zu unterscheiden verstände.

Es ist auch kein so großes Wunder, als man's anschreit, daß unsere Vorfahren sich nicht sonderlich viel aus Gelehrsamkeit gemacht haben und daß wir solche noch heutzutage nur zufälligerweise bei den vornehmsten Räten unserer Könige finden; und wenn nicht der einzige Endzweck, den man uns zu unseren Zeiten vorhält, uns durch die Rechtswissenschaft, die Arzneikunde, die Theologie und durch die Pädagogik zu bereichern, sie nicht noch in Ansehen erhielte, so würden wir sie ohne Zweifel noch in ebenso zerlappten Mänteln auftreten sehn als vordem. Schade darum, wenn sie uns weder richtig denken noch handeln lehrt. *Postquam docti prodierunt, boni desunt.*[52]

Alle andere Wissenschaft ist demjenigen nachteilig, der nicht die Kenntnis der Güte hat.

---

[50] Seneca, Epist. 106: Wir lernen nicht fürs Leben, sondern für die Schule.
[51] 14 Cicero, Tusc. disp. II, 4: Daher wäre es besser, nichts gelernt zu haben.
[52] Seneca, Epist. 95: Nachdem die Gelehrsamkeit einzog, zogen die Guten aus.

Sollte aber die Ursache, die ich vorhin suchte, nicht darin zu finden sein, daß weil bei uns in Frankreich unser Studieren fast keinen anderen Zweck hat als Broterwerb, und weniger solche Menschen, die von der Natur zu besseren als bloß einträglichen Geschäften bestimmt sind, sich den Studien widmen als andere oder, wenn sie es tun, nicht lange Zeit darauf verwenden (indem sie, bevor sie an den Wissenschaften Geschmack gewinnen können, einen Stand ergreifen, der nichts mit den Büchern zu tun hat) und also gewöhnlicherweise, um sich ganz den Wissenschaften zu widmen, keine anderen übrigbleiben als Jünglinge von unbemittelten Eltern, die dadurch ihren Unterhalt zu gewinnen suchen? Menschen aber aus dieser Klasse, deren Seelen durch Geburt, durch häusliche Erziehung und Beispiele von der niedrigsten Art herabgewürdigt worden, machen selten einen echten Gebrauch von den Früchten der Wissenschaften. Denn die Wissenschaften zünden kein Licht in einer Seele an, die keinen Brennstoff hat, machen auch keinen Blinden sehend. Ihr Geschäft ist, nicht das Gesicht zu geben, sondern es den Menschen richtig brauchen zu lehren; seinen Gang ordentlich einzurichten, wenn der Mensch nur von Haus aus gerade ist und zum Gehn tüchtige Beine hat.

Gelehrsamkeit ist ein gutes Apothekerpulver; in der ganzen Apotheke aber gibt es kein einziges, das kräftig genug wäre, sich ohne alles Verderben brauchbar zu erhalten, wenn das Gefäß nichts taugt, worin es aufbewahrt wird. Es gibt Menschen, die zwar ganz hell sehen, dabei aber schielen; und also zwar das Gute sehen, an ihm aber vorbeigehen; die Wissenschaft zwar erblicken, aber nicht zum Anwenden ergreifen. Die wichtigste Verordnung, die Plato für seine Republik machte, war, seine Bürger sollten nach ihren natürlichen Fähigkeiten zu Ämtern angestellt werden. Die Natur kann alles und tut alles. Lahme taugen nicht zu Übungen des Körpers, und zu Übungen des Geistes keine verkrüppelten Seelen. Gemeine Bastardseelen sind der Philosophie unwürdig.

Wenn wir einen Menschen in zerrissenen Schuhen sehen, pflegen wir nach dem Sprichwort zu sagen: Es ist in der Ordnung, wenn's am Schuster ist! Ebenso, scheint es, liegt's in der Erfahrung, daß wir oft einen Augenarzt mit entzündeten Augen antreffen, einen Theologen, dessen Sitten nicht sehr geistlich sind, und daß die Gelehrten gewöhnlich unanstelliger sind als andere Menschen.

Aristo Chius hatte vor alters recht zu sagen: die Philosophen schadeten ihren Zuhörern; um so mehr, da die wenigsten Seelen fähig sind, den Unterricht gehörig zunutze zu machen, welcher, wenn er nicht zum Guten angewandt wird, zum Verderben ausschlägt.

’Ασώτους ex Aristippi, acerbos ex Zenonis schola exire.[53]

In der schönen Erziehungsweise, die Xenophon von den Persern rühmt, finden wir, daß sie ihre Kinder die Tugend lehrten, wie andere Nationen die Wissenschaften zu lehren pflegten. Plato sagt: Das älteste, zum Throne bestimmte Kind eines Königs sei folgendermaßen erzogen: Nach seiner Geburt übergab man es nicht etwa Weibern, sondern den vornehmsten Verschnittenen, die um die Könige zu sein pflegen. Diese sorgten für die Gesundheit und Schönheit seines Körpers; und wenn der Knabe sieben Jahre alt war, so lehrten sie ihn Reiten und Jagen. War er bis ins vierzehnte gelangt, so übergaben sie ihn den Händen von vier Männern; des Weisesten, des Gerechtesten, des Mäßigsten und des Tapfersten von der Nation. Der erste lehrte ihn die Religion; der zweite beständig wahr sein; der dritte seine Begierden im Zaum halten; der vierte sich vor nichts fürchten.

Es ist äußerst merkwürdig, daß in der vortrefflichen Gesetzgebung des Lykurg, die man ihrer Vollkommenheit halber einzig in ihrer Art hält, gleichwohl bei der höchsten Sorgfalt für die Nahrung der Kinder, als eine der wichtigsten Pflichten des Staates und im Sitze der Musen selbst, so wenig Rücksicht auf Wissenschaft genommen ist; gleichsam, als ob man dieser hochherzigen Jugend, die kein anderes Joch dulden wollte als die Herrschaft, der Tugend, anstatt unserer heutigen Lehrer in den Wissenschaften nur Lehrer der Tapferkeit, der Klugheit und der Gerechtigkeit zu geben für nötig erachtet habe. Ein Beispiel, dem Plato in seiner Gesetzgebung gefolgt ist. Der Lakedämonier Verfahren beim Unterricht der Jünglinge bestand darin, daß sie ihnen Fragen über Beurteilung der Menschen und ihrer Handlungen aufgaben, und wenn sie eine Person oder eine Tat verdammten oder lobten, mußten sie Gründe für ihr Urteil beibringen; auf diese Weise schärften sie zugleich ihren Verstand und lernten das Recht. Astyages befragt beim Xenophon den Cyrus über seine letzte Lektion; sie bestand darin,

---

[53] Cicero, De nat. deor. III, 31: Weichlich aus der Schule Aristipps; aus Zenons hart und störrig.

antwortete er: Ein aufgeschossener Bub' in unserer Schule hatte einen kurzen Rock an, den gab er einem seiner Kameraden, der kleiner von Wuchs war, und zog dem seinen Rock aus, der länger war. Unser Präzeptor machte mich zum Richter über diesen Fall. Mein Urteil ging dahin: Man müsse es bei dem Tausche bewenden lassen, und beide schienen dabei gewonnen zu haben, indem des einen Rock dem anderen besser paßte: hierüber gab er mir erst einen Wischer, daß ich unrecht hätte; denn ich hätte mir beigehn lassen, aufs Schickliche zu achten, da man doch vor allen Dingen aufs Recht sehn müsse, nach welchem niemand mit Gewalt das seinige genommen werden dürfe; und darüber wäre er noch gebakelt worden; gerade so, wie es in unseren Schulen hergeht, wenn ein Schüler den ersten Aorist von τύπτω[54] vergessen hat. Mein Rektor würde mir eine hübsche Rede in genere demonstrativo halten müssen, bevor er mich überzeugte, daß seine Schule ebensogut wäre als jene. Die Alten haben den Weg kürzen wollen; und weil doch einmal die Wissenschaften, selbst dann wenn man sie zu sich nähme wie die gebratenen Lerchen vom Bratspieß, uns doch nichts weiter lehren können als Klugheit, Tapferkeit und Entschlossenheit, so haben sie gleich, ohne alle Umschweife, ihren Kindern geradezu die eigentlichen Wirkungen zeigen und sie unterrichten wollen, nicht durch Hörensagen, sondern durch Handlungen selbst, und bildeten sie sonach nicht bloß durch Gabe des Worts, sondern vorzüglich durch Beispiele und Handlungen; damit es in ihren Seelen nicht wohne wie eine Wissenschaft, sondern wie eine von ihr unzertrennliche Natur und Gewohnheit; nicht wie etwas Erlerntes, sondern wie ein angeborener Besitz. Bei einer Unterredung über diesen Punkt fragte man den Agesilas, was man nach seiner Meinung die Kinder lehren müsse; das, was sie zu tun haben, wenn sie Männer geworden sind, antwortete er.

Es ist kein Wunder, daß eine solche Schulmethode so herrliche Wirkungen hervorbrachte. Man reise, sagt man, nach den anderen Städten in Griechenland, um Redner, Maler und Tonkünstler zu suchen; nach Lakedämon aber reise man, um Gesetzgeber, Staatsmänner und Feldherrn zu finden.

Zu Athen lernte man schön sprechen und hier schön handeln. Dort ein sophistisches Argument zergliedern und die Täuschung listig

---

[54] ich schlage.

verschraubter Worte enthüllen. Hier sich vor dem Reiz der Wollust hüten und mit großer Tapferkeit die Drohungen des Unglücks und des Todes zernichten. Die Athenienser haschten nach Worten, die Lakedämonier nach Taten. Dort war eine ununterbrochene Übung der Zunge; hier eine immerwährende Übung der Seele. Daher es auch nicht befremdlich erscheinen muß, wenn sie, als Antipater von ihnen fünfzig Kinder zu Geiseln forderte, ganz das Widerspiel von dem taten, was wir getan hätten, und zur Antwort gaben, sie wollten ihm lieber zweimal soviel erwachsene Männer geben. So hoch schätzten sie den Verlust der Erziehung ihres Landes.

Wenn Agesilas den Xenophon überreden will, seine Kinder nach Sparta zu schicken, um sie dort erziehn zu lassen, so meint er damit nicht, daß sie die Rede- oder Disputierkünste erlernen sollen, sondern, wie er sagt, die höchste Wissenschaft unter allen zu lernen, nämlich die Wissenschaft zu gehorchen und zu befehlen.

Es macht einem großen Spaß zu sehn, wie Sokrates auf seine Weise den Hippias zum besten hat, als ihm dieser erzählt, wie er in gewissen kleinen Städten von Sizilien ansehnliche Summen mit Informieren gewonnen, in Sparta hingegen nicht einen Heller verdient habe. Wie die Spartaner unwissende Leute wären, welche weder Geometrie noch Arithmetik verstünden, nichts weder auf die Wohlredenheit noch auf die Dichtkunst hielten, sondern sich bloß dabei aufhielten, die Reihe der Könige zu wissen, den Anfang und den Verfall der Staaten und dergleichen losen Plunder – und wie nun am Ende Sokrates ihn nach und nach dahin lenkt zu gestehn, daß doch die öffentliche Regierungsform vortrefflich sei sowie ihr häusliches Leben glücklich und tugendhaft, und ihm dann am Schluß die Entbehrlichkeit seiner Künste zu erraten überläßt.

Die Beispiele aus dieser militärischen und aus allen ihr ähnlichen Erziehungsanstalten lehren uns, daß das Studium der Wissenschaften die Gemüter eher weichlich und weibisch macht als fest und kriegerisch. Der stärkste Staat, der gegenwärtig auf der Welt zu sein scheint, ist das türkische Reich. Ein Volk, das dazu erzogen wird, die Waffen zu schätzen und die Wissenschaften zu verachten. Ich finde Rom weit tapferer, bevor es gelehrt war. Die kriegerischsten Nationen unserer Zeit sind die rohsten und unwissendsten. Die Skythen, die Parther, Tamerlan u.a.m. dienen uns hier zum Beweise. Als die Goten Griechenland verheerten, standen die Büchervorräte sämtlich in

Gefahr, dem Feuer geopfert zu werden. Ein Mann rettete sie dadurch, daß er die Meinung ausbreitete, man müsse diesen ganzen Hausrat den Feinden lassen, weil er vermögend sei, sie von kriegerischen Übungen abzuhalten und an eine stillsitzende, müßige Lebensart zu verwöhnen. Als unser König Karl VIII. fast ohne einmal den Degen zu ziehn Meister von Neapel und einem großen Teil von Toskana ward, so schrieben die Herrn in seinem Gefolge diese unverhoffte Leichtigkeit im Erobern dem Umstand zu, daß die Prinzen und der Adel von Italien mehr darnach strebten, reich und gelehrt zu werden als stark und kriegerisch.

Über die Kinderzucht: an Madame Diane de Foix, Gräfin de Gurson.

Niemals hab' ich einen Vater gesehn, der seinen Sohn, wenn er auch gleich bucklig oder grindig war, nicht für sein Kind erkannt hätte; obwohl er, wenn er nicht ganz von Zärtlichkeit berauscht ist, schon merkt, wo's ihm fehlt; aber bei alledem ist es sein Kind. So geht's mir! Ich sehe besser als jeder andere, daß dies hier Träumereien eines Menschen sind, der von den Wissenschaften nur die äußere Rinde in seiner Kindheit gekostet hat und sich ihrer nicht weiter erinnert als nach ihren Hauptzügen und das dazu nur undeutlich. Ein wenig von allem, auf gut französisch, und im ganzen nichts. Und läuft alles darauf hinaus, daß ich weiß, es gibt eine Arzneigelahrtheit, eine Jurisprudenz, vier Teile in der Mathematik und so im Bausch und Bogen die Anwendung, die man davon macht. Und so ungefähr weiß ich auch, was die Wissenschaften überhaupt für Nutzen fürs menschliche Leben verheißen; tiefer aber hineinzudringen, mir über den Aristoteles, den Monarchen der neuen Philosophie die Nägel zerkäuen oder auf irgendeine Scienz zu erpichen, das war nie meine Sache. Auch könnte ich von keiner einzigen der freien Künste die ersten Grundzüge zu Papier bringen. Und das müßte ein elender Tertianer sein, der sich nicht für gelehrter zu halten berechtigt wäre als ich! Denn ich würde schön dastehn, wenn ich ihn über seine Lektion examinieren sollte. Und wenn man mich mit Gewalt dazu zwänge, so wäre ich genötigt, ihm, schülerhaft genug, einige allgemeine Fragen vorzulegen, um bloß zu erfahren, ob er Menschenverstand und Mutterwitz hätte; das wäre aber eine Lektion, die unseren Tertianern ebenso fremd sein würde als mir die ihrigen.

Ich habe keinen ordentlichen Umgang mit irgendeinem unserer soliden Bücher bestätigt; die Werke des Plutarch und des Seneca ausgenommen, aus denen ich schöpfe wie die Danaiden, ich füll' immer an, und es leert sich immer aus. Ich bringe zwar wohl etwas davon auf dies Blatt, auf mich selbst aber sowenig als nichts. Fürs Bücherlesen ist so mein Kasus die Geschichte oder die Poesie, welche ich aus besonderer Neigung liebe; denn, wie Cleanthes sagte, geradeso wie der Klang, der in die enge Röhre einer Trompete eingezwängt war, viel heller und stärker herausdringt, ebenso, deucht's mich, schwingt sich ein durch die Klangfüße der Dichtkunst beflügelter Gedanke schneller in meine Seele und reißt sie mit sich fort. Was die natürlichen Fähigkeiten betrifft, in deren Besitz ich bin (wovon ich hier ein Pröbchen vorlege), so fühle ich wohl, daß sie unter der Last erliegen. Mein Fassungs-vermögen und meine Urteilskraft tappen im Blinden, schwanken, strauchen und stolpern; und selbst dann, wenn ich so weit gegangen bin, als ich gekonnt habe, so hab' ich mir doch niemals selbst ein Genügen getan. Ich sehe wohl immer vor mir sich das Feld öffnen; aber es liegt noch beständig in einem Nebel, den ich nicht durchdringen kann. Und wenn ich mich darauf einlasse, so ohne viel Federlesens von allem zu sprechen, was mir in den Sinn kommt, und dabei keine anderen Hilfsmittel anwende als meine eigenen und natürlichen Kräfte; wenn mir's begegnet, wie es oft geschieht, daß ich zufälligerweise in guten Schriftstellern eben gerade solche Stellen finde, als ich zu behandeln mir vorgenommen habe – wie es mir eben mit Plutarch und seiner Abhandlung über die Stärke der Einbildungskraft widerfährt –, und ich mich dann in Vergleichung mit diesen Leuten so schwach und so winzig, so schwerfällig und so schläfrig erkenne, so komme ich mir selbst als mitleids- und verachtenswert vor. Aber das macht mir gleichwohl ein Vergnügen, daß meine Meinungen die Ehre haben, oft mit den Meinungen jener Männer zusammenzutreffen, und daß ich ihnen wenigstens von ferne folge und das sage, was mich wahr dünkt. Auch freut mich's, das zu haben, was nicht jedermann hat, den himmel-weiten Unterschied zu erkennen, der zwischen ihnen ist und mir; damit lasse ich gleichwohl meine Erfindungen hinlaufen, so schwach und geringfügig ich sie zur Welt bringe, ohne die Mängel, die mich diese

Vergleichung daran entdecken lassen, zu bekleistern oder zu belappen. Man muß gar kräftige Schenkel haben, wenn man es unternehmen will, mit diesen Leuten Schulter an Schulter geschlossen gleichen Schritt zu halten. Die unbesonnenen Schriftsteller unserer Zeit, welche in ihre leeren Werke ganze Stellen aus alten Autoren einschalten, um sich Ehre zu erwerben, tun gerade das Gegenteil. Denn dieser unendliche Abstich des Glanzes macht ihr eigenes Gesicht so bleich, so hager und so häßlich, daß sie weit mehr dadurch verlieren als gewinnen. Folgende waren zwei entgegengesetzte Phantasien. Der Philosoph Chrysippus mischte in seine Bücher nicht nur bloß einzelne Stellen, sondern ganze Werke anderer Autoren und in eines die ganze Medea vom Euripides, und Apollodor sagt darüber: wenn jemand herausnähme, was Fremden gehörte, so würden nur leere Blätter übrigbleiben. Epikur hingegen hat in den dreihundert Rollen, die er geschrieben, nicht einen einzigen Autor allegiert.

Vor einigen Tagen stieß ich eben auf eine solche Passage: ich war ermüdet und ermattet, hinter so blut-und saftlosen französischen Worten herzujagen, die so leer an Sinn und Inhalt waren, daß man nichts Treffenderes von ihnen sagen konnte als französische Worte; nach einer langen und verdrießlichen Jagd traf ich auf eine entzückende Stelle, die sich majestätisch bis in die Wolken erhob. Hätte ich den Abhang ein wenig sanft gefunden und den Steig ein wenig linde, so wäre darüber nichts zu sagen gewesen. Aber es war eine so schroffe, abgeschnittene Anhöhe, daß ich bei den sechs ersten Worten gewahr ward, wie ich in die andere Welt aufflöge; von da an entdeckte ich die Schlucht, aus der ich kam, so tief, so tief, daß ich mich niemals habe überwinden können, wieder hinunterzusinken. Hätte ich eine meiner Abhandlungen mit dem, was ich auf jener Höhe fand, ausgeschmückt, so würde solches die Dummheit der übrigen Stellen zu sehr ins Licht gestellt haben.

In anderen meine eigenen Fehler züchtigen, scheint mir ebenso erlaubt zu sein als an mir selbst, wie ich oft tue, die Fehler anderer zu rügen. Man muß sie allenthalben vor Gericht ziehn und ihnen gar keine Freistatt zugestehn. Ich weiß auch, wie kühnerweise ich selbst es unternehme, jedesmal meine eigenen Fabrikwaren der einge-schwärzten gleichzumachen, so daß man keinen Unterschied merke, nicht ohne eine verwegene Hoffnung, das Auge des Kenners zu täuschen. Aber ich suche es ebensosehr durch die Anwendung, die ich davon mache, als durch meine Erfindung und durch meine Kräfte zu bewerkstelligen. Übrigens ringe ich auch nicht in Bausch und Bogen mit jenen alten Kämpfern oder Faust gegen Faust, sondern in leichten Versuchen und kleinen, wiederholten Gängen. Ich lasse mich nicht ein auf Faustkampf, ich betaste sie bloß und gehe nicht sowohl als ich mich bereden lasse zu gehn. Ja, könnte ich ihnen Fuß halten; ehrlicher Mann genug wär' ich; denn ich packe sie nur da an, wo sie die stärksten Sehnen haben. Es zu machen, wie ich von einigen wahrgenommen habe, die sich mit fremden Waffen dergestalt bedecken, daß sie nicht einmal eine Fingerspitze bloß geben und die ihr Vorhaben durchsetzen, wie das bei einer gemeinen Materie hinter den Meinungen der Alten für diejenigen leicht genug ist, die solche zusammenflicken, unkennbar machen und für ihr Eigentum ausgeben wollen: Aber erstlich ist es ungerecht und niederträchtig, indem sie nichts im Vermögen haben, womit sie sich zeigen könnten und sich also bloß mit fremden Schätzen breitmachen; und ferner ist's eine plumpe Dummheit, indem sie sich durch solche Mausereien ein Lob des unwissenden Haufens erschleichen und sich bei Leuten von Verstand, die dieses erborgte Mosaik mit Hohnlachen schauen, in üblen Ruf setzen, deren Lob doch nur allein von Bedeutung ist. Meinerseits möchte ich nichts so ungern tun als dies. Ich sage nie einem anderen etwas, als um es mir um so nachdrücklicher zu sagen. Dies ist keine Anspielung auf die Centos, die als solche in die Welt geschickt werden; und ich bekenne, daß ich zu meiner Zeit sehr sinnreiche Centos gesehen habe, unter anderen eines unter dem Namen eines gewissen Capilupus, ungerechnet der älteren. Das sind Geister, welche sich bald hier, bald dort sehen lassen wie Lipsius in der gelehrten und künstlichen Webefabrik seiner Politik. Dem sei wie ihm wolle, was ich sagen will ist, laß diese Possen noch so possierlich sein, ich bin nichts weniger als entschlossen, sie zu verheimlichen, sowenig als ein Konterfei meines glatzigen, grauenden Kopfes, das der Maler nicht nach einem vollkommenen Modell, sondern nach meinem Kopf und meinem Gesicht gemacht hätte. Denn ebenso sind auch hier meine Launen und Meinungen: ich gebe solche für das, was ich glaube, nicht für das, was man glauben müsse. Ich will damit weiter nichts als mich hergeben, wie ich bin; vielleicht bin ich morgen ganz anders, wenn sich meine Denkungsart ändert und bessert. Ich habe nicht das Ansehen, Glauben zu fordern, und verlang' es auch nicht. Denn ich fühle, daß ich zu wenig weiß, um andere zu unterrichten. Jemand, der vor einiger Zeit das vorige Kapitel gesehen hatte, sagte mir, ich hätte mich ein wenig ausführlicher über die Kinderzucht herauslassen sollen. Aber, Madame, wenn ich über diesen Gegenstand etwas Auszeichnendes zu sagen wüßte, wem könnte ich es besser zum Geschenk bestimmen als dem kleinen Mann, der Sie bedroht, nächstens durch einen wackeren Ausfall sich von Ihnen zu trennen. (Sie sind selbst zu wacker, um nicht Ihrer Nachkommenschaft einen tapferen Mann an die Spitze zu stellen!) Denn, da ich an der Schließung Ihrer Vermählung so viel Anteil hatte, so hab' ich auch einiges Recht und einigen Anteil an dem Glück und dem Wohlergehen, die daraus entstehn werden. Außerdem daß die verjährten Ansprüche, die Sie auf meine dienstwilligste Ergebenheit haben, mich hinlänglich verbinden, zu allem, was Sie betrifft, Ehre, Vorteil und Wohlfahrt zu wünschen. Die Wahrheit aber ist, daß ich über den Gegenstand nichts weiter weiß, als daß die größte Schwierigkeit und das Wichtigste des menschlichen Wissens da zusammentreffen, wo es auf die physische und moralische Erziehung der Kinder ankommt. Geradeso wie beim Ackerbau die Arbeiten, welche vor dem Pflanzen hergehn, bestimmt und leicht sind und sogar das Pflanzen selbst – wenn aber nachher das Gepflanzte anfängt zu bekleiben und aufzuwachsen, eine mächtige Verschiedenheit und Schwierigkeit der Behandlung eintritt, ebenso ist es beschaffen mit dem Menschen. Ihn zu pflanzen bedarf's keines so großen Fleißes, ist er aber geboren, so übernimmt man eine ganz andere Aufsicht voller Sorge und Furcht, ihn zu nähren und zu erziehn. Die Anzeichen seiner Neigungen sind im kindischen Alter so schwach und undeutlich; was er verspricht, so ungewiß und unzuverlässig, daß es fast unmöglich ist, mit einigem Grunde darauf zu bauen. Man betrachte nur den Cimon, den Themistokles und tausend andere, wie ungleich ihre Kindheit ihren männlichen Jahren war. Die Jungen der Bären und der Hunde zeigen ihren natürlichen Hang.

Die Menschen aber, welche sehr früh zu Angewohnheiten, in Meinungen und für Gesetze gebildet werden, ändern oder verstellen sich sehr leicht. Aber ebenso schwer ist es, den Hang der Natur zu zwingen; daher es denn kommt, daß man sich lange auf einem einmal unrichtig gewählten Wege vergebens zermartert und viele Zeit darauf verwendet hat, Kinder zu Dingen zu erziehn, wozu sie von der Natur nicht bestimmt sind. Indessen ist bei dieser Schwierigkeit meine Meinung, daß man ihnen immerhin zu den besten und nützlichsten

Sachen Anleitung gebe und nicht zuviel auf die Zeichen und Vorbedeutungen gebe, die wir aus den Bewegungen der Kinder zu ziehn pflegen. Plato scheint mir in seiner Republik zu viel Gewicht darauf zu legen. Die Wissenschaften, Madame, sind eine schöne Zierde und ein sehr nützliches Werkzeug, vorzüglich für Personen auf einer solchen Stufe des Glücks wie Sie. Die Wahrheit zu sagen, sind solche in niedrigen, armen Händen nicht so anwendbar. Die Wissenschaften und Künste zeigen ihren hohen Wert, als Hilfsmittel einen Krieg zu führen, ein Volk zu regieren, die Freundschaft eines Fürsten oder einer Nation zu erhalten, lieber als einen logischen Schluß zu formieren, einen Appellationsprozeß zu führen oder eine Schachtel Pillen zu verschreiben. Also, ich bin überzeugt, Madame, daß Sie dies Feld bei der Erziehung der Ihrigen nicht vernachlässigen werden, da Sie selbst die Süßigkeit davon genossen haben und dabei selbst aus einem gelehrten Geschlechte sind, denn wir besitzen noch die Schriften der alten Grafen de Foix, von denen Sie und der Herr Graf, Ihr Gemahl, abstammen; und Franz, Herr de Candale, Ihr Oheim, gibt noch täglich andere heraus, welche den Ruhm von dieser Eigenschaft Ihres Geschlechtes auf viele Jahrhunderte verbreiten werden. Also will ich Ihnen hierüber nur eine meiner Grillen sagen, die ich gegen die allgemeine Meinung hege: das ist alles, was ich in dieser Sache zu Ihrem Befehl darlegen kann.

Das Amt des Privatlehrers, den Sie ihm geben werden, von dessen Wahl die ganze Wirkung der Erziehung abhängt, hat verschiedene andere wichtige Zweige, die ich aber nicht berühre, weil ich nichts Triftigeres darüber vorzubringen weiß; und von dem Artikel, worüber ich ihm meinen Rat zu erteilen mir beigehn lasse, mag er mir so viel glauben, als ihm davon glaubwürdig erscheint. Einem Kind von vornehmem Haus, das man den Wissenschaften zuführen will (nicht aus Absicht auf Gewinn – denn ein so niedriger Zweck wäre der Huld und Milde der Musen unwürdig, und hängt dabei ab von Zufälligkeiten –, auch eben nicht sowohl auf äußere Bequemlichkeiten als auf sein eigenes Wohl, um sein Inneres damit zu zieren und zu bereichern und um ihn vielmehr zu einem brauchbaren als gelehrten Mann zu bilden), wollte ich, daß man sorgfältig wäre, einen Führer zu wählen, dessen Kopf viel mehr hell und klar wäre, als voll geschüttelt und gerüttelt; daß man zwar auf beides, aber mehr auf Sitten und Verstand als auf Gelehrsamkeit bei ihm achtet, und daß er sich in seinem Amt auf eine neue Art benehme. Man schreit uns immer in die Ohren, als ob man's in einen Trichter schüttete, und unser Tun dabei ist nichts anderes als wiedersagen, was man uns gesagt hat. Nun wünscht ich aber, daß er hierin eine Verbesserung machte und gleich anfangs, nach dem Maße der Fähigkeiten der Seele, die er zu bearbeiten hat, damit begönne, ihr die Dinge in ihrem eigenen Licht vorzulegen, damit sie ihnen Geschmack abgewinnen und für sich selbst in die Sachen finden und für sich wählen möge. Zuweilen müßte er dem Zögling auf den Weg helfen und zuweilen ihn allein gehn lassen. Er muß nicht immer den Ton geben und allein reden; er muß ihn auch hören und ihn seinerseits sprechen lassen. Sokrates und nach ihm Arcesilaus ließen erst ihre Schüler reden und sprachen erst hernach mit ihnen. Obest plerumque iis, qui discere volunt, auctoritas eorum, qui docent.[55]

Es ist gut, daß er ihn vor sich trottieren lasse, damit er seinen Gang kennen und beurteilen lerne, wie tief er sich zu ihm herablassen müsse, um sich seinen Kräften gleichzuhalten. Versäumt man dieses Verhältnis, so verdirbt man alles. Um es zu treffen und sich aufs gemessenste danach zu richten, ist unter allen Pflichten, die ich von einem Hofmeister erfordere, die dringendste. Und es ist die Wirkung einer hohen und starken Seele, sich zu diesem kindischen Gang herablassen und ihn leiten zu können. Ich trete fester und sicherer auf, wenn ich bergan, als wenn ich bergab gehe. Es ist kein Wunder, wenn nach heutiger Gewohnheit gewisse Erzieher, welche es unternehmen, eine ganze Herde Kinder von so verschiedenen Geistesfähigkeiten und Gemüts-arten in eine und dieselbe Lektion zu nehmen und nach einem Plane zu unterrichten, unter dem ganzen Haufen kaum zwei oder drei finden, die noch einigermaßen gute Früchte ihrer Zucht bringen! Der Hofmeister muß von seinem Zögling nicht bloß Rechnung von den Worten seiner Lektion fordern, sondern von ihrem Sinn und ihrem Inhalt. Er muß von dem Nutzen, den er daraus gezogen hat, nicht nach dem Zeugnis des Gedächtnisses seines Zöglings, sondern nach seinem Leben urteilen! Er muß ihn das, was er gelernt hat, unter tausenderlei Gestalten betrachten lassen, um es auf so mancherlei Art Gegenstände anzuwenden und zu sehn, ob er es richtig gefaßt und sich zu eigen gemacht hat, nach den Vorschriften des Plato. Es ist ein Zeichen der

---

[55] Cicero, De nat. deor. I, 5: Die Achtung für Lehrer und ihr Ansehen blendet oft die Zöglinge.

Unverdaulichkeit, wenn man die Speisen wieder aus dem Magen gibt, wie man sie verschlungen hat. Der Magen hat dann sein Werk nicht beschafft und hat das, was man ihm zum Verdauen gab, weder nach Materie noch Form verändert. Unsere Seele beugt und schmiegt sich gar zu gern auf guten Glauben, nach dem Willen und den Meinungen anderer; folgt gar gern den Steigen und Pfaden anderer und folgt gleichsam wie eine Gefangene dem Ansehen derer, die sich ihr als Lehrer und Führer aufdringen. Man hat uns so sehr an Leitseile gewöhnt, daß wir des freien Ganges fast nicht mehr gewohnt sind. Unsere Freiheit und eigene Kraft ist dahin.

Numquam tutelae suae fiunt.[56]

Ich habe in Pisa einen hübschen Mann sehr genau gekannt, der ein so arger Aristoteliander war, daß sein vornehmster Lehrsatz hieß: Der Probierstein aller gegründeten Meinungen, aller Wahrheiten sei die Übereinstimmung mit den Lehren des Aristoteles. Außerdem gäbe es weiter nichts als Chimären und Possen; denn Aristoteles habe alles ergründet und alles gesagt. Diese seine Meinung, die man ein wenig zu allgemein und zu ausgedehnt verstanden hatte, verunreinigte ihn ein wenig stark und lange mit der Inquisition zu Rom. Laß den Hofmeister also jede Meinung durchs Sieb schlagen und nichts in den Kopf seines Zöglings setzen, was sich bloß auf Ansehen und Kredit fußt. Er muß ihn ebensowenig auf ein Prinzip des Aristoteles als auf ein Prinzip des Epikur oder der Stoiker schwören lassen. Man lege ihm die Verschiedenheit der Meinungen vor; kann er darunter wählen, um so besser; wo nicht, so laß ihn zweifeln.

Che non men che saper, dubbiar m'aggrata.[57]

Denn nimmt er die Meinung des Xenophon oder des Aristoteles an, nach seiner eigenen Erwägung, so sind es nicht mehr die ihrigen, sondern seine eigenen. Wer einem anderen folgt, folgt niemand; er findet nichts, weil er eigentlich nichts sucht. Non sumus sub rege; sibi quisque se vindicet.[58] Laß ihn vor allen Dingen wissen, was er weiß. Er muß wenigstens ihren Ideengang kennenlernen, ihre Lehrsätze braucht er nicht zu beschwören.

---

[56] Seneca, Epist. 33: Sie werden niemals mündig.
[57] Dante, Inferno XI, 93: Zweifeln behagt mir nicht minder als wissen.
[58] Seneca, Epist 33: Wir stehen unter keinem Könige; ein jeder behaupte seine Freiheit.

Laß ihn geradezu vergessen, wenn's ihm gut deucht, woher er seine Meinungen hat; laß ihn sich solche aber zu eigen machen. Wahrheit und Vernunft sind ein allgemeines Gut und sind kein ausschließenderes Eigentum dessen, der sie zuerst, als dessen, der sie nachher gesagt hat. Sie sind kein Eigentum Platos oder das meinige, weil er und ich solche gleich richtig einsehen. Die Bienen sammeln hier und allerorten von Blumen, aber sie machen daraus Honig, der ihnen ganz eigen gehört. Es ist weder Thymian mehr noch Majoran. Ebenso wird der Zögling das, was er von anderen borgt, verändern und verwandeln, um ein ihm eigenes Werk daraus zu bilden; das heißt, sein Urteil, seine Erziehung, seine Arbeit und sein Studium wird dahin gehn, sich selbst zu bilden. Mag er immer verbergen, womit er sich ausgeholfen, und mir zeigen, was er selbst gemacht hat. Diejenigen, welche borgen und stehlen, prunken mit ihren Gebäuden und Ankaufungen, ohne zu sagen, was sie von fremdem Gut dazu haben. Wir sehen nicht, was die Richter und Advokaten für Geschenke einnehmen, sondern nur, wie sich ihre Familie aufnimmt und ihr Staat sich vermehrt. Niemand hält öffentliche Rechnung über seine Einnahme. Seine Ausgaben verheimlicht niemand; die gibt jedermann zur Schau. Der Gewinn unseres Studierens ist, wenn wir dadurch besser und weiser geworden sind. Epicharmus pflegte zu sagen: der Verstand ist's, welcher hört und sieht; der Verstand zieht Nutzen von allem, er ordnet alles, er wirkt, herrscht, regiert, alles übrige ist blind, taub und ohne Seele.

Es ist ausgemachte Wahrheit, wir machen unseren Zögling dadurch träg und schüchtern, daß wir ihm nicht die Freiheit lassen, etwas für sich selbst und nach seinem eigenen Kopfe zu tun. Wer fragt jemals seinen Untergebenen, was er von der Rhetorik, von der Grammatik, von dieser oder jener Sentenz des Cicero halte? Man bleut uns diese Dinge ins Gedächtnis, nach der Länge aufgeschrieben, wie die Orakelsprüche, von welchen Buchstaben und Silben das Wesentliche ausmachen. Aber Auswendigwissen ist kein Wissen: das heißt nur behalten, was man seinem Gedächtnis zum Aufbewahren gegeben hat. Das, was man gehörig weiß, darüber schaltet man, ohne den Lehnsherrn zu fragen, ohn erst in sein Buch zu gucken. Büchergelehrsamkeit ist eine leidige Gelehrsamkeit. Ich verlange, daß sie zur Zierde diene, nicht zur Grundlage; nach der Meinung des Plato, welcher sagt: in Standhaftigkeit, Treue und Aufrichtigkeit bestehe die wahre Philosophie; die übrigen Wissenschaften, welche auf etwas anderes lenken, wären bloße Schminke. Ich möchte wohl sehn, daß die Herren Paluel oder Pompee, diese schönen Tänzer unserer Zeit, ihre Kapriolen bloß durchs Zusehn lehrten, ohne ihre Schüler von der Stelle zu bewegen, wie jene unseren Verstand unterrichten wollen, ohn ihn in Tätigkeit zu setzen. Oder, daß man uns lehrte, ein Pferd zu regieren, eine Lanze führen, die Laute spielen, nach Noten singen, ohne uns darin zu üben, wie unsere Lehrer hier uns richtig urteilen und regelmäßig sprechen lehren wollen, ohne uns im Sprechen oder im Urteilen zu üben. Nun aber dient bei diesem Lernen alles, was sich unseren Augen darstellt, so gut als ein gelehrtes Buch. Schalksstreiche eines Pagen, Tölpeleien eines Knechtes, Tischgespräche sind ebenso viele neue Materien. Dieserwegen ist der Umgang mit Menschen von so außerordentlichem Nutzen! So wie das Besuchen fremder Länder; nicht nur nach der Sitte unserer Noblesse sich zu belehren (wie viele Schritte die Santa Rotonda im Umfang enthält oder wie fein die Leibwäsche der Signora Livia sei oder, wie andere, um aufs genaueste zu wissen, wieviel ein Neronskopf, der in einer Ruine gefunden, breiter oder länger ist als eben derselbe auf einer ähnlichen Medaille), sondern um vorzüglich den Charakter dieser Nationen, ihre Sitten und Gesetze kennenzulernen, um unser Gehirn an dem ihrigen zu reiben und zu glätten! Ich wollte, daß man damit anfinge, den Zögling von Kindsbeinen an herumzuführen, und zwar zuerst, um zwei Fliegen mit einer Klappe zu schlagen, zu unseren benachbarten Nationen, bei denen die Sprache weit von der unsrigen abweicht und für welche, wenn man nicht beizeiten dazu tut, die Zunge die Biegsamkeit verliert. Auch findet der Satz allgemeinen Beifall: Es sei nicht gut, ein Kind im Schoße seiner Eltern zu erziehn. Die natürliche Liebe macht selbst die verständigsten Eltern zu weichherzig und nachgiebig. Sie sind unfähig, das Kind zu strafen noch es mit einfacher Kost genährt zu sehn, welches doch ebenso nötig ist, als daß ein Kind nicht ewig gegängelt werde, sondern auch mit etwas Gefahr frei gehn und handeln lerne. Sie können nicht dulden, daß das Kind von seinen Übungen in Staub und Schweiß zurückkomme, daß es kalt trinke, heiß trinke; können nicht ansehn, daß es ein mutiges Pferd besteige oder im Kontrafechten tüchtige Florettstöße bekomme oder daß eis eine geladene Flinte abschieße, welche stoßen möchte. Denn es ist keine andere Hilfe: wer es zum braven Mann erziehn will, muß es wahrhaftig in seiner Jugend nicht verweichlichen und muß oft die Regeln der Ärzte hintansetzen.

Vitamque sub divo et trepidis agat In rebus.[59]

Es ist nicht genug, seine Seele festzumachen, es muß ihm auch die Muskeln stählen. Die Seele ist viel zu geschäftig, wenn sie keine Hilfe hat, und hat zu viel zu tun, wenn sie zwei Ämtern vorstehen soll. Ich weiß, wie sich die meinige in der Gesellschaft eines so weichen, fühlbaren Körpers plackt, der sich so sehr auf sie steift und stützt. Und werde ich bei meinem Bücherlesen oft gewahr, daß meine Meister, in ihren Schriften, in manchen Beispielen dasjenige für Größe der Seele und Stärke des Geistes ausgeben, was eigentlich mehr von der Dicke der Haut und der Härte der Knochen abhängt. Ich habe Männer, Weiber und Kinder gesehen, die so geboren waren, daß ihnen eine Tracht Prügel nicht so viel machte, als mir ein Nasenstüber machen würde; die bei den Schlägen, die man ihnen gab, weder die Zunge bewegten noch die Augenbrauen zuckten. Wenn die Athleten in Ansehung der Geduld die Philosophen nachäfften, so ist es mehr ein Beweis der Stärke ihrer Sehnen als ihres Geistes und Herzens. Denn sicherlich, die Gewohnheit, ohne Ermüdung zu arbeiten, ist einerlei mit der Gewohnheit, ohne Ungeduld Schmerz zu ertragen.

Labor callum obducit dolori.[60]

Man muß den Zögling zu den Mühseligkeiten der Arbeit und den Unbequemlichkeiten der Leibesübungen gewöhnen, um ihn gegen allerlei Schmerz unempfindlicher zu machen; dahin gehören Verrenkungen der Glieder, Schmerzen in den Eingeweiden, Brennmittel auf der Haut, sogar Gefängnis und Marter der Folter. Denn selbst den letzteren kann er zu gewissen Zeiten ausgesetzt sein so gut wie die Bösewichter. Wir haben die Exempel! Wer die Gesetze bestreitet, droht dem Rechtschaffenen mit Geißel und Strick. Überdem noch wird das Ansehen des Hofmeisters, das über den Zögling uneingeschränkt sein soll, durch die Gegenwart der Eltern unterbrochen und geschmälert. Dazugenommen den Respekt, den das Hausgesinde dem jungen Herrn zeigt, und die Idee, die er sich von der Größe und Hoheit seiner Familie macht, so sind das nach meiner Meinung keine kleinen Hindernisse bei seinem Alter. In dieser Schule

---

[59] Horaz, Od. III, 2, 5: Er ward an jede Witterung gewohnt und lernte jeder Gefahr im Auge sehn.
[60] Cicero, Tusc. disp. II, 15: Schwielen von Arbeit schützen vor Schmerz.

des Umgangs mit Menschen habe ich auch die Unbequemlichkeit bemerkt, daß, anstatt uns die Kenntnis von anderen zu erwerben, wir nur darauf arbeiten, uns anderen bemerklich zu machen, und mehr Mühe geben, unsere Ware an Mann zu bringen, als neue einzusammeln. Stillschweigen und Bescheidenheit sind sehr schickliche Eigenschaften für den menschlichen Umgang. Man muß das Kind mit seinem Wissen, sparsam und haushälterisch sein, lehren, wenn es bereits welches erworben hat, und sich über die Dummheiten und Fabeln nicht zu entrüsten, die etwa in seiner Gegenwart zu Markte gebracht werden.

Denn es ist eine unhöfliche Anmaßung, alles herabzuwürdigen, was nicht nach unserem Geschmack ist. Laß es ihm genügen, sich selbst zu bessern; und nicht anderen darüber Vorwürfe zu machen, was es sich selbst zu tun versagt; noch die öffentlichen Sitten reformieren wollen.

Licet sapere sine pompa, sine invidia.[61]

Es vermeide das Bild eines angemaßten und ungesitteten Reformators der Welt und den kindischen Ehrgeiz, feiner zu scheinen, weil es anders denkt und als ob es eine so schwere Sache wäre zu tadeln, neue Sachen vorzubringen und sich dadurch einen großen Namen zu erwerben. So wie es nur großen Dichtern anständig ist, sich poetischer Freiheiten zu bedienen, so ist es auch nur bei großen und vorzüglichen Seelen erträglich, wenn sie sich die Freiheit nehmen, sich über die Gewohnheit hinwegzusetzen.

> *Si quid Socrates et Aristippus contra morem et consuetudinem fecerunt, idem sibi ne arbitretur licere: magnis enim illi et divinis bonis hanc licentiam assequebantur.*[62]

Man muß es lehren, sich in kein Gespräch oder in Wortstreit einzulassen, als wenn es einen Gegner findet, der es mit ihm aufnehmen kann, und selbst alsdann sich nicht aller Wendungen bedienen, die ihm zustatten kommen könnten, sondern bloß der dienlichsten. Man flöße ihm Delikatesse ein in der Wahl und Darlegung seiner Gründe und Liebe zum Zweckdienlichen, folglich

---

[61] Seneca, Epist. 103: Man kann weise sein, ohne zu prunken und ohne Neider zu erwecken.

[62] Cicero, De off. I, 41: Wenn Sokrates und Aristipp etwas taten, das wider die Gewohnheit und die gemeinen Sitten anstieß, so muß er nicht wähnen, dasselbe sei auch ihm erlaubt. Jene erwarben sich diese Erlaubnis durch große und erhabene Tugenden.

zur Kürze. Vorzüglich bringe man es dahin, daß es vor der Wahrheit die Waffen strecke und sich ihr ergebe, sobald es sie erblickt, sei es, daß es sie auf seiten seines Gegners gewahr werde oder in seinem eigenen Geist vermittelst eines lichtvollen Augenblicks. Denn man wird es ja auf keinen Lehrstuhl stellen, um eine vorgeschriebene Rolle herzusagen. Es hänge keiner Sekte an, als weil es sie billigt. Auch wird es keiner Profession angehören, in der man mit baren Pfennigen die Freiheit bezahlt, seine Fehler zu erkennen und zu bereuen. Neque, ut omnia, quae praescripta et imperata sint, defendat, necessitate ulla cogitur.[63] Ist der Hofmeister meines Sinnes, so wird er den Willen des Zöglings dahin lenken, ein treuer, anhänglicher und tapferer Dienstmann seines Fürsten zu werden, wird ihm aber die Begierde abkühlen, ihm aus anderer Rücksicht zu dienen als aus öffentlicher Staatsbürgerpflicht. Außer verschiedenen anderen Unbequemlichkeiten, welche durch diese besonderen Verbindlichkeiten unsere Freiheit kränken, ist das Urteil eines gemieteten oder gekauften Menschen entweder weniger unbefangen und weniger frei, oder es hat den Schein der Unbesonnenheit und Undankbarkeit gegen sich. Ein wahrer Hofmann kann kein ander Gesetz, keinen anderen Willen haben, als vorteilhaft von seinem Herrn zu sprechen und zu denken, der ihn unter so viel tausend Untertanen gewählt hat, um ihn zu nähren und mit seiner Hand zu erhöhn. Diese Gunst, dieser Nutzen bestechen nicht ohne alle Ursache seine Offenherzigkeit und blenden sein Urteil. Gleichwohl sieht man gewöhnlicherweise, daß die Sprache dieser Leute von der Sprache anderer in einem Staat sehr verschieden und in dergleichen Materien nicht sehr zuverlässig ist. Aus den Reden des Zöglings müssen sein Gewissen und seine Tugend hervorleuchten; und sie müssen bloß die Vernunft zur Führerin haben. Man mache es ihm einleuchtend, daß die Fehler gestehn, die er in seinen eigenen Schlüssen entdeckt – würden sie auch von niemand als von ihm selbst bemerkt –, eine Wirkung der verbesserten Einsicht und Aufrichtigkeit sei, welches die vornehmsten Dinge sind, wonach er strebt; daß Eigensinn und Widersprechungsgeist niedrige Eigenschaften sind und sich meistens nur bei kleinen Seelen zeigen. Hingegen, sich besinnen, seine Meinung bessern, in der Hitze des Streits selbst eine schlechte

---

[63] Cicero, Acad. II, 3: Keine Not zwingt ihn, alles zu verteidigen, was ihn gelehrt und was ihm vorgeschrieben worden.

Sache aufgeben, seltene, starke und philosophische Eigenschaften bezeichnen. Man muß ihn darauf aufmerksam machen, daß er die Augen überall habe, wenn er in Gesellschaft ist. Denn ich finde, daß die ersten Stühle gewöhnlich von Personen eingenommen werden, welche die wenigsten Fähigkeiten haben, und daß die größten Glücksgüter nicht gar oft mit den aufgeklärtesten Köpfen vereinigt sind. Ich habe indessen gesehen, daß man sich am oberen Ende einer Tafel über die Schönheit einer Tapete oder über den Geschmack des Malvasiers unterhielt und daß viele schöne Züge des Gesprächs vom anderen Ende der Tafel verlorengingen. Er muß die Tiefe eines jeden erforschen; Hirten, Handwerker, Reisende, alles muß er hervorziehn und von jedes Waren etwas nehmen; denn in der Haushaltung ist alles zu gebrauchen. Selbst Dummheit und Schwachheit anderer werden ihm zur Lehre gereichen. Wenn er auf die Manieren und das Betragen eines jeden fleißig achtet, so wird er Lust bekommen, sich die guten zu eigen zu machen, und wird die schlechten verachten. Man flöße ihm eine bescheidene Neugier ein, nach allem zu fragen: alles, was um ihn her sonderbar ist und sich auszeichnet, muß er besehn. Ein Gebäude, einen Springbrunnen, einen Menschen; die Walstätte einer ehemaligen Schlacht, den Zug Cäsars oder Karls des Großen.

> *Quae tellus sit lenta gelu, quae putris ab aestu,*
> *Ventus in Italiam quis bene vela ferat.*[64]

Er muß sich erkundigen nach den Sitten, den Einkünften und den Verbindungen dieses und jenes Fürsten. Das sind Dinge, die es sehr angenehm zu erfahren und sehr nützlich ist zu wissen. In diesem Umgang mit Menschen will ich auch, und zwar hauptsächlich, jene mit eingeschlossen wissen, die nur noch in den Büchern leben. Vermittelst der Geschichte wird er sich mit den großen Seelen der besten Zeitalter bekannt machen. Es ist ein eitles Studium, wird vielleicht einer oder der andere sagen; es ist aber, richtig genommen, ein Studium von sehr schätzbarem Nutzen und das einzige, welches wie Plato sagt, die Lakedämonier sich vorbehalten hatten. Welchen Vorteil wird er nicht in diesem Fache vom Lesen der Lebensbeschreibungen unseres Plutarchs ziehen! Aber laß unseren Hofmeister auch nicht vergessen,

---

[64] Properz IV, 3, 39: Wo die Erde vom Froste starrt, wo sie staubt von Hitze; welcher Wind gegen Italien bläst.

was eigentlich der Zweck seines Amtes ist, und laß ihn so seinem Untergebenen nicht sowohl Jahr und Tag der Zerstörung von Karthago als die Charaktere Hannibals und Scipios bekannt machen. Nicht sowohl, wo Marcellus starb, sondern warum es nicht mit seiner Pflicht bestand, dort zu sterben. Er lehre ihn nicht sowohl die Begebenheiten selbst als richtig darüber urteilen. Dies ist nach meiner Meinung unter allen gerade die Materie, womit sich unser Geist in einem höchst verschiedenen Maße beschäftigt. Ich habe im Livius hundert Dinge gelesen, die dieser oder jener nicht darin gefunden hat. Plutarch hat noch hundert andere darin gelesen, die wieder mir entwischt sind und welche vielleicht Livius nicht hineingelegt hatte. Einige lesen ihn bloß, um aus ihm Grammatik zu lernen; andere die philosophische Zergliederungskunst, vermöge welcher man in die verborgenen Teile unserer Natur eindringt. Man findet beim Plutarch viele gründlich ausgearbeiteten Abhandlungen, die es sehr verdienen, daß man sich damit bekannt mache; denn nach meiner Meinung ist er darin Altmeister. Er hat aber tausend Dinge nur ganz leicht berührt. Er winkt bloß mit dem Finger, welchen Weg wir zu nehmen haben, wenn wir ihm folgen wollen; und zuweilen begnügt er sich, mitten im wärmsten Vortrag abzubrechen und es bei einem leichten Hinwurf bewenden zu lassen. Diese Winke muß man sammeln und in einem Magazin aufbewahren. Wie seinen Ausspruch: die Bewohner Asiens wären nur *einem* Despoten untertan, weil sie *eine* Silbe nicht aussprechen könnten! Das Wort Nein nämlich, welches vielleicht dem Böethius Stoff und Anlaß zu seiner Schrift »Die freiwillige Knechtschaft« gab. Zuweilen stellt er in dem Leben eines Mannes eine Handlung oder ein Wort, welche unbedeutend schienen, in ein solches Licht, daß solche einen wichtigen Sinn bekommen. Es ist schade, daß die Menschen von so großem Verstand so sehr die Kürze lieben! Unstreitig gewinnt dadurch ihr Ruhm; aber wir verlieren dabei. Plutarch will lieber, daß wir ihn seines richtigen Verstandes wegen rühmen als seiner Gelehrsamkeit. Er will uns lieber sein Begehren lassen als uns sättigen. Er wußte, daß man selbst von guten Dingen zuviel sagen könne und daß Alexandrides demjenigen, welcher den Ephoren einen guten aber zu langen Vortrag tat, mit Recht den Verweis gab: »O Fremdling, gute Sachen sagst du, du sagst sie nur nicht gut.« Wer einen magern Leib hat, trägt gern einen ausgestopften Wams, und denen, welchen die Materie schwindet, schwellen die Worte.

Man zieht eine unvergleichliche Klarheit für den menschlichen Verstand aus dem fleißigen Umgang mit Menschen. Wir sind alle in Haufen zusammengedrängt und sehn nicht weiter, als unsere Nasen reichen. Als Sokrates befragt war, woher er gebürtig sei, antwortete er nicht: »aus Athen«, sondern: »aus der Welt.« Dieser Weise, dessen Geist besser genährt und weniger umgrenzt war, umfaßte die ganze Welt wie seine Vaterstadt; weihte seine Kenntnis, seinen Umgang und sein Wohlwollen dem ganzen Menschengeschlecht; nicht wie wir, wir sehen nur unter uns herab. Wenn in meinem Dorf der Weinstock verfriert, so zieht mein Pfarrer daraus den Schluß, daß Gott über das ganze Menschentum zürne, und urteilt, daß den Kannibalen davon schon das Zäpflein geschossen sei. Wer schreit beim Anblick unserer bürgerlichen Kriege nicht, daß die Maschine zu Trümmern gehe und daß uns der Jüngste Tag schon bei der Kehle fasse! Ohne sich zu besinnen, daß man schon weit ärgere Dinge erlebt hat und daß zehntausend Teile der Welt sich's indessen weidlich wohl sein lassen. Wenn ich hingegen die Ausgelassenheit und Ungestraftheit dieser Kriege betrachte, so bewundere ich vielmehr, daß sie so menschlich sind und so mild. Wem es um den Kopf herum hagelt, den dünkt das Gewitter über die ganze Himmelssphäre zu wüten, und jener Savoyard sagte: Wenn der einfältige König von Frankreich sein Glück recht zu brauchen gewußt hätte, so wäre er der Mann danach, der bei meinem Herzog hätte Haushofmeister werden können. – Seine Imagination konnte sich bis zu keiner größeren Höhe erheben als der seines Fürsten und Herrn.

Wir sind alle, weniger oder mehr, in diesem Irrtum. Ein Irrtum von großem und nachteiligem Einfluß. Wer sich aber das große Bild unserer Mutter Natur gleichsam wie in einem Gemälde in ihrer ganzen Majestät vorstellt; wer in ihrem Gesichte eine so allgemeine, so beständige Abänderung sieht; wer sich darin betrachtet, und nicht bloß sich selbst, sondern ein ganzes Reich, wie den Strich von einer sehr zarten Spitze – nur der schätzt die Dinge nach ihrer wahren Größe. Diese große Welt, welche einige noch wie Spezies unter ein Genus multiplizieren, ist der Spiegel, in den wir schauen müssen, um unseren wackeren Balken wahrzunehmen. Kurz, ich verlange, daß *sie* das Buch meines Schülers sein soll. So vielerlei Charaktere, Sekten, Urteile, Meinungen, Gesetze und Gewohnheiten lehren uns, richtig von unseren eigenen zu urteilen, und überzeugen unseren Verstand von seiner Unvollkommenheit und von seiner natürlichen Schwäche; und das ist keine leichte Lektion. So manche Staatsrevolutionen und Umkehrungen der öffentlichen Glückseligkeit so mancher Reiche lehren uns, aus unserem eigenen kein so großes Wunderwerk machen. So viele Heldennamen, so viele Siege und Eroberungen, die in der Vergessenheit begraben liegen, machen die Hoffnung lächerlich, durch Gefangennehmung von zehn Landmilizen und die Eroberung eines mit Zaum und Schlagbaum befestigten Ortes, den vor der Einnahme kein Mensch dem Namen nach kannte, unseren Namen zu verewigen. Der Hochmut und Dünkel mancher fremden Prunkgepränge, die so aufgeblasene Majestät mancher Höfe und Großen befestigt und stärkt unsere Sehkraft, daß sie den schimmernden Glanz der unsrigen ausstehn kann, ohne zu blinzeln. So viele Millionen, die vor uns begraben sind, machen uns beherzt, uns nicht davor zu fürchten, so guter Gesellschaft in die andere Welt zu folgen; und so im übrigen. Unser Leben, sagt Pythagoras, ist gleich einem Zuge nach der großen und volkreichen Versammlung bei den olympischen Spielen. Einige üben den Körper, um dadurch den Preis zu erringen, einige sind darunter (und das sind nicht die verächtlichsten), die dort keinen anderen Vorteil suchen, als zu sehn, wie und warum jede Sache so und nicht anders gemacht wird, die sich bloß als Zuschauer bei dem Leben anderer Menschen verhalten, um danach ihr eigenes zu beurteilen und einzurichten. Mit den Beispielen kann man sehr füglich die anwendbarsten Vorschriften der Philosophie verbinden, an welchen man die Handlungen der Menschen, als das Gold am Probierstein, reiben muß. Man muß ihm sagen:

> – – *quid fas optare, quid asper*
> *Utile nummus habet; patriae carisque propinquis*
> *Quantum elargiri deceat: quem te deus esse*
> *Jussit, et humana qua parte locatus es in re;*
> *Quid sumus, aut quidnam victuri gignimur.*[65]

Was Wissen ist und was Unwissenheit; was der Endzweck alles Lernens ist; was Tapferkeit ist, was Mäßigkeit und Gerechtigkeit; was

---

[65] Persian, Satiren III, 69: Was zu wünschen vergönnt, was Nutzen uns die neugeprägte Münze schafft? Was wir für unsere Lieben und fürs Vaterland zu tun vermögen, was Gott zu sein uns auferlegt, und was wir wirklich sind?
Was unsere Pflicht in dieser Welt? Wozu wir geboren sind?

sich zwischen Ehrgeiz und Geldreiz bemerken läßt; was zwischen Knechtschaft und Folgsamkeit; zwischen Zügellosigkeit und Freiheit. An was für Kennzeichen man die wahre und dauernde Zufriedenheit erkennt. Inwieweit man Tod, Schmerz und Schande zu fürchten hat.

Et quo quemque modo fugiatque feratque laborem.[66]

Was für Triebfedern uns in Bewegung setzen und was uns auf so mancherlei Art wünschen und handeln läßt. Denn nach meiner Meinung müssen die ersten Weisheitslehren, womit man seinen Verstand erquickt, darin bestehn, daß sie seine Sitten lenken und seine Empfindungen; daß sie ihn lehren, sich selbst erkennen, gut leben und gut sterben. Unter den freien Künsten laß uns mit der Kunst anfangen, die uns frei macht. Sie dienen freilich alle, ohne Widerrede, auf gewisse Weise zum Unterricht für unser Leben und dessen Anwendung; wie alle anderen Dinge gewissermaßen dazu ebenfalls dienen. Aber laß uns diejenigen wählen, welche uns geradewegs und vermöge ihrer Natur dienen. Wenn wir die Bedürfnisse unseres Leben in ihre richtigen und natürlichen Grenzen einzuschränken wüßten, so würden wir finden, daß der größte Teil der Wissenschaften, welche im Gebrauch sind, für uns von keinem Gebrauch sind. Und daß selbst bei denen, welche es sind, es solche unnütze Ausdehnungen und Vertiefungen gibt, über die wir besser täten, hinwegzusehn; und daß wir nach dem Rat des Sokrates uns mit unserem Studieren bloß an die halten sollen, welche nützen:

> *– – Sapere aude,*
> *Incipe: Vivendi qui recte prorogat horam,*
> *Rusticus expectat dum defluat amnis, at ille*
> *Labitur, et labetur, in omne volubilis aevum.*[67]

Es ist eine Herzenseinfalt, unsere Kinder lehren:

> *Quid moveant Pisces, animosaque signa Leonis,*
> *Lotus et Hesperia quid Capricornus aqua*[68]

---

[66] Vergil, Aen. II, 459: Und wie und wann man Ungemach vermeiden und wann und wie ertragen soll.

[67] Horaz, Epist. I, 2, 40: Ermanne dich und beginne weise zu sein! Wer die Stunde verschiebt, sich selbst zu bessern, gleicht jenem Toren, welcher steht und harrt, bis der Fluß versiegt, der Jahrhunderte noch in seinem Bette fließen wird.

[68] Properz IV, 1, 89: Was für Einfluß das Sternbild der Fische oder des stolzen Löwen verbreite, oder auch des Steinbocks, wenn er sich ins hesperische Meer senkt.

die Wissenschaft der Gestirne und Kenntnis des Ganges der achten
Sphäre, eh' sie noch ihre eigenen kennen.

> *Tì δ 'ἀστράσιν Βοώτεω,*
> *Tì Πλειάδεσσι κάμοι;*[69]

Anaximenes schrieb an Pythagoras: Aus welcher Absicht könnte ich
mich mit dem Geheimnis der Gestirne befassen, da ich Tod und
Knechtschaft beständig vor meinen Augen schweben sehe? Denn
damals rüsteten sich die persischen Könige zum Kriege gegen sein
Vaterland. Ein jeder muß so sagen, der von Ehrsucht, Geldgeiz,
Übermut, Aberglauben bekämpft wird und in seinem Inneren noch
dergleichen andere Feinde des Lebens hegt: Soll ich mich um den Lauf
der Dinge dieser Welt bekümmern?

Nachdem man den Zögling gelehrt hat, was nötig ist, um ihn weiser
und besser zu machen, so mag man ihn mit der Logik, Physik,
Geometrie und Rhetorik bekannt machen; und welche Wissenschaft er
dann auch wählt, da einmal sein Verstand gebildet worden, so wird er
davon bald Meister werden. Sein Unterricht werde ihm bald durch
trauliche Gespräche, bald durch Bücher beigebracht. Zuweilen gebe
ihm der Lehrer die Schriftsteller selbst in die Hände, die zu diesem
Zwecke tauglich sind; zuweilen gebe er ihm daraus Saft und Mark ganz
zubereitet. Sollte der Lehrer selbst nicht hinlängliche Bekanntschaft
mit den Büchern haben, um die zu seiner Absicht dienlichen Stellen
auffinden zu können, so muß man ihm einen Literator zugeben, der, so
oft es nötig tut, die erforderliche Munition herbeischaffe, um solche
seinem Zögling zuzuteilen. Und wer kann wohl daran zweifeln, ob
diese Lehrart leichter sei als die Lehrart des Gaza? Diese gibt trockene,
nahrlose Vorschriften und hohle Worte und leere Schalen ohne Kern,
nichts, das dem Geist Nahrung gäbe; in unserer findet die Seele eine
frische, gesunde Weide. Unsere Frucht ist bei weitem größer und
gedeiht weit eher zur Reife.

Es ist seltsam, daß es in unserem Jahrhundert mit uns dahin gekommen,
daß selbst bei Leuten von Verstand die Philosophie bis zu einem
bedeutungsleeren Worte, ohne allen Nutzen, ohne allen Wert, weder in
Meinung noch in Wirkung, herabgesunken ist. Ich glaube, die Ergos,

---

[69] Anacreon, Oden XVII, 10: Was hab' ich mit Bootes zu tun, was gehen
Plejaden mich an?

die sich ihrer Zugänge bemächtigt haben, sind schuld daran. Man hat groß unrecht, sie den Kindern als unzugänglich vorzumalen und ihnen solche mit mürrischem, grämlichem und schreckendem Gesicht abzubilden. Wer hat sie in diese bleiche, runzlige Larve vermummt? Nichts ist heiterer, munterer, fröhlicher; fast möcht' ich sagen, scherzhafter! Sie predigt nichts als Frohsinn und Wohlleben. Trübe und finstere Mienen sind ein Zeichen, daß sie da nicht herbergt. Als Demetrius der Grammatiker im Tempel zu Delphos einen Haufen Philosophen beisammensitzen sah, sagte er: Entweder ich betrüge mich, oder euere so heiteren, friedlichen Gesichter sagen mir, daß ihr eben in keiner wichtigen Unterredung begriffen seid. – Worauf einer unter ihnen, Heracleon der Megarier, antwortete: Mögen diejenigen, welche untersuchen, ob das Futurum von $\beta\acute{\alpha}\lambda\lambda\omega$ ein doppeltes $\lambda\lambda$ hat, oder welche die Abstammung der Komparative $\chi\varepsilon\iota\rho o\nu$ und $\beta\acute{\varepsilon}\lambda\tau\iota o\nu$ oder der Superlative $\chi\varepsilon\acute{\iota}\rho\iota\sigma\tau o\nu$ und $\beta\acute{\varepsilon}\lambda\tau\iota\sigma\tau o\nu$ ausfindig machen wollen, die Stirnen runzeln, wenn sie sich von ihrer Wissenschaft unterhalten; was aber die philosophischen Untersuchungen anlangt, so machen solche gewöhnlich diejenigen froh und munter, die sich damit abgeben, und nichts weniger als finster und mürrisch.

> *Deprendas animi tormenta latentis in aegro*
> *Corpore; deprendas et gaudia: sumit utrumque*
> *Inde habitum facies.*[70]

Eine Seele, in welcher die Philosophie ihre Wohnung genommen hat, muß durch ihre Gesundheit auch ihren Körper gesund machen. Sie muß ihre Ruhe und ihr Wohlbehagen selbst von außen scheinen und leuchten lassen; muß das Betragen des Körpers nach dem ihrigen abmessen und es folglich mit einem angenehmen, festen Mute bewaffnen, mit lebhaften, frohen Bewegungen und mit einem zufriedenen und gefälligen Anstand. Der sicherste Stempel der Weisheit ist ein ununterbrochener Frohsinn: ihr Anblick ist wie der Luftraum über dem Monde, beständig heiter. Baroco und Baralipton aber machen ihre Leute so schmutzig und räucherig, nicht die Weisheit, denn die kennen sie nur aus Hörensagen. Wie? Ihr Geschäft ist, die Stürme in der Seele zu legen und Hunger und Fieber lachen zu

---

[70] Juvenal IX, 18: Verbirg die Freude, verbirg den Gram deines Herzens in deiner Brust, so tief du willst. Dennoch wird von beiden die Spur auf deinem Gesicht sich zeigen.

lehren: nicht durch Täuschung und Vorspiegelung, sondern durch vernünftige, faßliche Gründe. Sie leitet gerade hin zur Tugend, die nicht, wie die Schule lehrt, auf der Spitze eines steilen, schroffen, unzugänglichen Berges gepflanzt ist. Diejenigen, welche bis zu ihr gelangt sind, sagen im Gegenteil, sie wohne in einer fruchtbaren, lieblichen Ebene, von daraus sie zwar alle Dinge in der Tiefe unter sich sieht, zu welcher man aber gleichwohl, wenn man richtige Anweisung hat, durch schattige, von Blumenduft umwehte, leicht sich hebende, eben gebahnte Wege (wie die Wege am Gewölbe des Himmels) gelangen kann. Weil sie keine Bekanntschaft mit dieser erhabenen Tugend gemacht haben, die so schön, so mächtig, so lieblich, so reizend und zugleich so mutvoll, eine offenbare und unversöhnliche Feindin alles Haders, alles Mißvergnügens, aller Furcht und alles Zwanges ist, deren Führer Natur, deren Begleiter Glück und Wonne sind, so haben sie in ihrer Schwachheit sich beigehen lassen, jenes dumme Bild, das so trübselig, zänkisch, hämisch, drohend und grinsend aussieht, zu formen und es auf einem abwärts gelegenen Felsen, zwischen Dornen und Hecken, als ein Scheusal aufzustellen, um die Menschen zu schrecken. Mein Edukator, welcher weiß, daß er den Willen seines Zöglings mit ebensoviel oder noch mehr Zuneigung zur Tugend als Ehrerbietung für sie anfüllen muß, wird ihm sagen, daß die Dichter dem Hange des großen Haufens folgen, und wird es ihm einleuchtend machen, daß die Götter den Steig zu den Lauben der Göttin Venus viel beschwerlicher gemacht haben als zum Tempel der Pallas, und wenn der Jüngling beginnt, sich zu fühlen, so wird er ihm Bradamante oder Angelika zu Gegenständen seiner verliebten Sehnsucht vorschlagen: die eine von ungekünstelter Schönheit, Munterkeit und erhabenem Geiste, zwar nicht von männlichem Wuchs, aber doch von männlicher Seele; auf Kosten einer zärtlichen Schönheit, die geziert ist und von erkünsteltem Reiz; die eine verkleidet als Jüngling im blanken Helm, die andere verkleidet als Buhlerin, den Haarschmuck mit Perlen durchflochten. Er wird des Zöglings Liebe selbst für männlich erkennen, wenn solcher gerade umgekehrt wählt als jener weibische, phrygische Schäfer. Er wird ihm diese neue Lehre beibringen, daß Preis und Würde der wahren Tugend in der Leichtigkeit, Nützlichkeit und Beharrlichkeit bei ihrer Ausübung besteht; so entfernt von aller Schwierigkeit, daß Kinder sowohl als Männer, die Einfältigen sowohl als die Klugen dazu die Fähigkeit haben. Sie wirkt mehr durch richtige Anwendung der Werkzeuge als durch Stärke. Sokrates, ihr vornehmster Liebling, entsagt wissentlich seiner Stärke, um desto behender und zwangloser in ihr weiterzukommen. Sie ist die Pflegerin menschlicher Freuden. Sie bestimmt ihr Maß und macht sie dadurch sicher und rein. Sie hält solche in ihren Grenzen und erhält sie dadurch frisch und von lieblichem Geschmack. Sie versagt uns solche, die sie uns verweigern muß, und schärft dadurch unser Verlangen nach jenen, die sie uns vergönnt; und vergönnt uns alle diese in reichem Maße, die die Natur uns nicht verbeut; wo nicht zum Überdruß, doch wie eine gütige Mutter bis zur Sättigung. Da wir doch auch wohl nicht sagen wollen, daß die Mäßigkeit, die dem Säufer vor dem Rausch, dem Fresser vor der Überladung des Magens, dem Wollüstling vor der Glatze noch Einhalt tut, eine Feindin unseres Vergnügens sei. Wenn das gemeine Glück ihr sauer sieht, entflieht sie seinem Dienst oder weiß sein zu entbehren und schmiedet eines, das ganz nach seinem Sinn und nicht wankend ist und unbeständig.

Sie hat den Verstand dazu, reich zu sein und mächtig und auf weichen Polstern zu schlafen. Sie liebt das Leben, sie liebt die Schönheit, den Ruhm und die Gesundheit. Ihr eigentlicher und besonderer Dienst aber besteht darin, daß sie lehrt, diese Dinge zu gebrauchen und ohne Schmerz verlieren. Ein Dienst, der viel edler ist als beschwerlich, ohne welchen der ganze Lauf des Lebens Unnatur, Unheil und Unfügigkeit ist, dem man mit Recht Klippen, Dornen und Ungeheuer zuschreiben kann.

Sollte der Zögling von so sonderbarem Gemüt sein, daß er lieber ein Märchen als die Erzählung einer schönen Reise hören möchte oder sonst ein vergnügtes Gespräch, das nicht über seine Begriffe ginge; oder sollte er beim Schall der Trommel, die seine jungen Spießgesellen mit Mut anfüllt, auf den Ton einer anderen horchen, die zur Gaukelbude lockt; sollte er etwa nicht mehr Lust und Freude daran finden, bestaubt und als Sieger aus einem Gefecht als vom Tanz- oder Fechtboden mit den bei diesen Übungen gewöhnlichen Preisen zurückzukommen, nun, so weiß ich keinen besseren Rat, als man tu' ihn in irgendeiner Stadt zu einem Pastetenbäcker, und wär's auch der Sohn eines Grafen und Herrn, nach der Lehre des Plato, welcher will, man solle die Kinder nicht nach dem Vermögen ihrer Väter anstellen, sondern nach dem, was ihre eigenen Seelen vermögen.

Weil es die Philosophie ist, die uns lehrt, wie wir leben sollen, und sie auch der Jugend ebensowohl Lehren erteilt, als dem Alter, warum macht man sie nicht mit ihr bekannt!

> *Udum et molle lutum est; nunc, nunc properandus, et acri*
> *Fingendus sine fine rota.*[71]

Man lehrt uns die Kunst zu leben, wenn unser Leben dahin ist. Hundert Schüler haben sich Krankheiten der Unzucht zugezogen, bevor sie in ihrem Aristoteles bis an das Kapitel der Mäßigung gekommen waren. Cicero sagt, wenn er auch das Alter zweier Menschen leben sollte, würde er sich doch nicht die Zeit nehmen, die lyrischen Dichter zu studieren. Und ich halte die Ergotisten auf eine weit kläglichere Weise für unnütz.

Mit unserem Kinde hat es größere Eile: nur die ersten fünfzehn oder sechzehn Jahre des Lebens gehören der Schulerziehung, das übrige gehört fürs Handeln. Eine so kurze Zeit müssen wir auf den *notwendigen* Unterricht verwenden. Man schaffe den Mißbrauch aus dem Wege! Man entferne die verworrenen Spitzfindigkeiten der Disputierkunst, die unser Leben nicht bessern können, und halte sich an die einfachen Sätze der Philosophie; nur verstehe man, sie richtig zu wählen und vorzutragen; sie sind leichter zu fassen als eine Erzählung des Boccaccio. Ein Kind, das eben der Amme entnommen wird, kann sie begreifen, weit leichter als Lesenlernen oder Schreiben. Die Philosophie hat Lehren für die Kindheit des Menschen wie für sein hinfälliges Alter. Ich bin der Meinung Plutarchs, daß Aristoteles seinen großen Zögling nicht sowohl dabei aufhielt, ihn künstliche Syllogismen drechseln zu lassen oder geometrische Aufgaben zu berechnen, als er ihm vielmehr sichere Anleitung zur Herzhaftigkeit, Tapferkeit, Größe der Seele, Mäßigung und Unerschrockenheit gab. Mit diesen Eigenschaften ausgerüstet, schickte er ihn noch als Kind hin, die Welt zu erobern, mit nicht mehr als dreißig tausend Mann zu Fuß und viertausend zu Roß, mit bloß zweiundvierzigtausend Talern im Kriegsschatz. Die übrigen Künste und Wissenschaften, sagte er, ehrte Alexander zwar und rühmte ihre Vortrefflichkeit und Vorzüge, allein, so viel Vergnügen er daran fand, so war es doch nicht leicht,

---

[71] Persian, Satiren III, 23: Jetzt ist der Ton noch biegsam und geschmeidig; jetzt gleich damit auf die Drehscheibe, um das Gefäß zu bilden.

ihm die Lust beizubringen, sich mit ihrer Ausübung selbst zu befassen.

> *Petite hinc, iuvenesque senesque,*
> *Finem animo certum, miserisque viatica canis.*[72]

Das ist es, was Epikur im Anfang seines Briefes an Menikäus sagt: Laß den Jüngling sich nicht weigern zu philosophieren noch den Ältesten darob zu ermüden. Wer das Gegenteil tut, scheint dadurch zu sagen, seine Zeit, glücklich zu leben, sei noch nicht gekommen oder sie sei für ihn dahin. Gleichwohl will ich mit diesem allen nicht sagen, daß man den Jüngling einkerkern solle. Ich verlange nicht, daß man ihn dem Zorn und der düsteren Laune seines Schulmeisters überlasse: meine Meinung ist nicht, seinen Geist ins Joch oder auf die Folter zu spannen oder ihn nach der Weise einiger seine vierzehn bis fünfzehn Stunden des Tages wie einen Lastträger unter den Büchern schwitzen zu lassen. Ich würde es nicht einmal billigen, wenn er aus düsterem, melancholischem Temperament unmäßigerweise über den Büchern läge und man ihn darin bestärken wollte. Dergleichen macht junge Leute ungeschickt zum artigen Umgang und hält sie ab von besseren Beschäftigungen. Wie manchen Menschen hab' ich in meinem Leben wegen zu großer Gier nach Wissenschaft verdummt gesehen!

Carneades war darauf so närrisch erpicht, daß er sich darüber nicht die Zeit ließ, sich den Bart zu scheren und die Nägel zu küppen.

Auch möchte ich unserem Jüngling nicht gern die großmütigen Sitten durch die Rauheit und Grobheit anderer verderben. Ehemals war die französische Lebensart zum Sprichwort geworden als eine Lebensart, die sich früh bei jungen Leuten äußerte, aber nicht lange aushielt. In der Tat sehen wir noch, daß nichts so artig sei als die kleinen Kinder in Frankreich; gewöhnlich aber täuschen solche die Hoffnung, die man sich von ihnen machte, und zeigen als erwachsene Menschen gar keine Vortrefflichkeit. Von gar verständigen Leuten hab' ich sagen gehört, daß die Erziehungsanstalten, wohin man sie zu senden pflegt und deren es in Frankreich so viele gibt, sie so verdummen sollen. In der unsrigen müssen ihm immer Garten, Tisch, Bett, Einsamkeit, Gesellschaft, Vormittag, Nachmittag, alle Stunden einerlei sein. Jeder Ort gut zum Studieren; denn die Philosophie, welche als eine Bildnerin des

---

[72] Persian V, 64: Hieraus nehmt Alt' und Junge was eurer Seele, sei sie stark oder schwach, zur Lebensweise dienen kann.

Verstandes und der Sitten sein hauptsächlichstes Studium ist, hat das Privilegium, allenthalben gegenwärtig zu sein.

Als Isokrates der Orator bei einem Gastmahl ersucht wurde, von seiner Kunst zu sprechen, antwortete er nach jedermanns Urteil sehr richtig: Es ist jetzt nicht die Zeit, von dem zu sprechen, was ich verstehe, und auf dasjenige, wozu es jetzt Zeit wäre, verstehe ich mich nicht. – Denn eine Gesellschaft, die sich versammelt hat, um zu lachen und Wohlleben zu treiben, mit zierlichen Reden oder ästhetischen Abhandlungen unterhalten, hieße ein Mischmasch von Tönen ohne Zusammenhang vortragen. Und dasselbe ließe sich von allen übrigen Wissenschaften sagen. In Ansehung der Philosophie aber, insofern sie vom Menschen und seinen verschiedenen Pflichten handelt, sind alle Weisen der einstimmigen Meinung gewesen, daß man solcher ihrer anmutigen Unterhaltung wegen zu keiner fröhlichen Versammlung oder keinen Spielen den Zutritt versagen dürfe.

Und wir sehen, wie sie beim Plato, der sie zu seinem Kränzchen als Gast eingeladen hatte, die Gesellschaft auf eine gefällige, dem Ort und der Zeit angemessene Weise unterhält, obgleich sie von den erhabensten und nützlichsten Sachen spricht.

Aeque pauperibus prodest, locupleribus aeque;
Aeque neglectum pueris senibusque nocebit.[73]

Also wird er auch gewiß weniger Feierstunden machen wie ein anderer. Aber, gleich wie die Schritte, die wir in einer Galerie spazierend tun, uns nicht so ermüden, täten wir ihrer auch dreimal soviel als auf einem vorgeschriebenen Wege: ebenso werden unsere Lektionen, die wir bei allem unserem Tun so gleichsam als zufälligerweise mitnehmen, ohne an Zeit und Ort gebunden zu sein, hingehen, ohne uns im geringsten zu ermüden. Selbst unsere Spielstunden und unsere Leibesübungen, Laufen, Ringen, Musik, Tanzen, Reiten, Fechten und die Jagd werden einen guten Teil unseres Studierens ausmachen. Ich will, daß ein äußerer Anstand des Körpers, ein gefälliges Wesen der Person im Umgang zu gleicher Zeit gebildet werde als die Seele. Es ist nicht eine Seele, nicht ein Körper, den wir erziehen; es ist ein Mensch. Aus dem müssen wir keine zwei machen. Und wie Plato sagt: man muß den einen nicht abrichten ohne den

---

[73] Horaz, Epist. I, 1, 25: Gleiche Dienste erweist sie dem Armen wie dem Reichen, Geringschätzung bestraft sie auch, am Alten wie am Jüngling.

anderen, sondern sie beide gleich führen und leiten, wie ein Paar an eine Deichsel gespannter Pferde. Und scheint es nach seiner Meinung nicht mehr Zeit und Mühe zu erfordern, den Körper auszubilden als den Geist; und nicht umgekehrt? Übrigens muß bei unserer Erziehungsmethode mit strenger Sanftmut verfahren werden, und nicht, wie wohl es bisher gewöhnlich war. Anstatt den Kindern Lust zum Lernen einzuflößen, machte man ihnen davor Furcht und Grauen. Weg mit Zwang und Gewalt! Nichts erniedrigt und verdummt nach meiner Meinung so arg eine sonst gutgeartete Natur.

Verlangt ihr, daß ein Zögling Schimpf und Strafe fürchtet, so verhärtet solchen nicht dagegen. Härtet ihn ab gegen Schweiß, Kälte, Wind, Sonne und Zufälligkeiten, die er nicht achten lernen muß. Entwöhnt ihn aller Weichlichkeit und Verzärtelung in Kleidung, Essen, Trinken und Schlafen. Gewöhnt ihn an alles.

Macht daraus kein schönes Söhnchen und Jungferngesichtchen, sondern einen derben, kräftigen Jüngling. Als Kind, Mann und Greis habe ich immer gleich geglaubt und geurteilt. Unter anderen aber hat mir die innere Einrichtung der meisten Erziehungsanstalten beständig mißfallen. Man hätte gewiß nicht weniger Unheil gestiftet, wenn man mehr der Nachsicht Raum gegeben hätte. Es sind wahre Kerker der gefangenen Jugend. Man macht sie faul und liederlich, indem man sie als faul und liederlich bestraft, bevor sie es noch ist. Man komme nur in die Klassen beim Verhör der Lektionen! Da hört man nichts als Schreien der Kinder unter Schlägen und sieht nichts als zorntrunkene Präzeptoren.

Eine vortreffliche Art, den zarten und furchtsamen Seelen der Kinder Lust zum Lernen zu machen, sie mit fürchterlicher Kupfernase dazu anzuleiten, die Hände bewaffnet mit der gottlosen Rute von abscheulicher Gestalt. Hinzugefügt noch, was Quintilian darüber sehr richtig bemerkt hat, daß das hochgebietende Ansehen sehr gefährliche Folgen nach sich zieht und vorzüglich bei unserer Art der Züchtigung. Viel anständiger wäre es, wenn die Klassen mit Blumen und Blättern bestreut wären als mit Fasern von blutigen Birken. Ich würde die Munterkeit, die Freude, Flora und Grazien zu den Lehrstunden einladen, so wie es der Philosoph Speusippus mit seiner Schule machte. Wo ihr Gewinn liegt, da laß auch ihr Geschäft walten. Dem Kinde muß man gesunde Speisen verzuckern, solche aber, die ihm schädlich sind, vergällen.

Es ist fast unglaublich, wie Plato in den Gesetzen für seine neue Republik so äußerst sorgfältig für die Fröhlichkeit und den Zeitvertreib der Jugend bedacht ist und wie lange er sich bei ihren Wettlaufen, Spielen, Gesängen, Springen und Tänzen aufhält, welche, wie er sagt, vom Altertum der Aufsicht und dem Schutz der Götter übergeben waren, dem Apoll, den Musen und der Minerva. Er breitet sich aus über tausenderlei Vorschriften für die gymnastischen Spiele. Über die gelehrten Wissenschaften sagt er nur sehr wenig und scheint er besonders die Dichtkunst nur bloß der Musik wegen zu empfehlen. Alles Affektierte und Sonderbare in unseren Sitten und Ständen ist zu vermeiden, weil es der bürgerlichen Gesellschaft nachteilig ist. Wer wundert sich nicht über die Komplexion Demophons, des Haushofmeisters Alexanders, welcher im Schatten schwitzte und im Sonnenschein vor Frost zitterte? Ich habe Leute gekannt, welche vor dem Geruch von Äpfeln schneller flohen als vor Flintenschüssen; andere, die vor einer Maus erschraken; noch andere, die sich übergaben, wenn sie Milch abrahmen; andere, wenn sie ein Federbett wärmen sahen: wie Germanicus, der so wenig den Anblick eines Hahnes als sein Krähen vertragen konnte. Dergleichen Abscheu mag vielleicht in verborgenen Eigenschaften gegründet sein: man würde ihn aber tilgen, bin ich überzeugt, wenn man früh genug dazu täte. Über mich hat die Erziehung so viel vermocht, freilich nicht ohn alle Mühe, daß ich, Bier ausgenommen, alles übrige, was eß- und trinkbar ist, ohne Ekel essen und trinken kann. Noch ist der Körper biegsam, deswegen muß man ihn in alle Falten und Gewohnheiten bringen, und wenn man nur den Willen und die Begierden im Zaume halten kann, so darf man den jungen Menschen dreist für alle Nationen und für alle Gesellschaften zustutzen, selbst, falls es nötig sein sollte, zur Unregelmäßigkeit und Ausschweifung. Er füge sich den Sitten und der Gewohnheit. Er muß alles mitmachen können, nie aber gern etwas mitmachen, was nicht gut und heilsam ist. Selbst die Philosophen wollen es nicht loben, daß Callisthenes dadurch die Gunst des Alexander verscherzte, daß er nicht ein Glas Wein über den Durst mit ihm trinken wollte. Mein Zögling müßte mit dem Prinzen lachen, scherzen und zechen. Ich verlange sogar, daß er selbst in einer Schwelgerei seinen Gesellen in Festigkeit und Ausdauer überlegen sein soll und daß er nicht aus Mangel an Kraft oder Mangel an Wissen tolle Streiche vermeide, sondern aus bloßem Mangel an Willen.

Multum interest, utrum peccare aliquis nolit, an nesciat.[74]

Ich meinte wirklich einen Herrn vom Stande, der sowenig als nur irgendein Mensch in ganz Frankreich zur Unmäßigkeit geneigt war, dadurch zu ehren, daß ich ihn in guter Gesellschaft fragte, wie oft er sich wohl in Deutschland, aus Notwendigkeit wegen der Geschäfte des Königs, betrunken hätte. Er nahm es auch im rechten Sinn auf und antwortete, es sei dreimal geschehen, und erzählte dabei die Umstände. Ich kenne Personen, die aus Mangel dieser Fähigkeit sich, weil sie mit dieser Nation zu verhandeln hatten, in schlimmer Verlegenheit befunden haben. Oft habe ich mit großer Bewunderung die vortreffliche Natur des Alcibiades bemerkt, der sich so geschmeidig in ganz verschiedene Lagen fügen konnte, ohne daß seine Gesundheit dabei litt, indem er zuweilen die persische Pracht und Üppigkeit übertraf und zuweilen die Mäßigkeit und Strenge der Lakedämonier, ebenso nüchtern in Sparta war als schlemmend in Ionien.

Omnis Aristippum decuit color, et status, et res.[75]

So müßte mein Jüngling erzogen sein.

> *– – quem duplici panno patientia velat*
> *Mirabor, vitae via si conversa decebit,*
> *Personamque feret non inconcinnus utramque.*[76]

So sind meine Lehren beschaffen. Der hat sie besser studiert, der sie ausübt, als der sie auswendig gelernt hat. Wenn man ihn sieht, so hört man ihn: wenn man ihn hört, so sieht man ihn. Gott wolle nicht, sagt jemand beim Plato, daß Philosophieren soviel heiße als Dinge lernen und sich der Künste befleißigen!

> *Hanc amplissimam omnium artium bene vivendi disciplinam,*
> *vita magis, quam litteris, persecuti sunt.*[77]

Als Leo, Fürst der Phliasier, sich beim Heraclides Ponticus erkundigte, von welcher Kunst oder Wissenschaft er eigentlich Profession mache,

---

[74] Seneca, Epist 90: Groß ist der Unterschied zwischen dem, der nichts Böses tun kann, und dem, der's nicht tun will.

[75] Horaz, Epist. I, 17, 23: In jedes Kleid, in jede Lage weiß Aristipp sich zu fügen.

[76] Horaz, Epist. I, 17, 25: Ihn, der geduldig sich in den Philosophenmantel hüllt, und wenn das Glück ihn hebt, mit Anstand auch in besserem Stoff einhergeht, ihn bewundere ich, wenn er beide Rollen schicklich spielt.

[77] Cicero, Tusc. disp. IV, 3: Mehr durch ihr tätiges Leben als durch Regeln haben sie die Kunst aller Künste, das Leben richtig anzuwenden, gelernt und getrieben.

antwortete ihm dieser: »Ich weiß weder Kunst noch Wissenschaft, sondern ich bin ein Philosoph.« Man machte dem Diogenes den Vorwurf, daß er als ein Ungelehrter sich mit der Philosophie abgäbe. »Eben darum«, sagte er, »bin ich dazu fähiger.« Hegesias bat ihn, er möchte ihm aus einem Buche vorlesen. »Du bist doch sonderbar«, sagt er zu ihm, »du wählst wahre, natürliche und nicht gemalte Feigen: warum wählst du nicht zu deiner Geistesnahrung wahre, natürliche und nicht geschriebene Sachen?« Mein Schüler soll seine Lektion nicht sowohl aufsagen als ausüben.

Er wird solche durch Handlungen in sein Gedächtnis prägen. Man wird sehen, ob er bei seinen Unternehmungen Klugheit braucht; ob bei seinem Betragen Güte und Gerechtigkeit vorwaltet; ob in seinen Reden Verstand und Anmut herrscht; ob Standhaftigkeit in seinen Krankheiten; ob Bescheidenheit in seinen Spielen; ob Mäßigkeit in seiner Wollust; Ordnung in seiner Haushaltung; ob Gleichgültigkeit in seinem Geschmack an Fleisch oder Fischen, an Wein oder Wasser. Qui disciplinam suam non ostentationem scientiae, sed legem vitae putet, quique obtemperet ipse sibi, et decretis pareat.[78] Der wahre Spiegel unserer Vernunft ist der Lauf unseres Lebens. Zeuxidamus antwortete jemand, der ihn fragte, warum die Lakedämonier die Verordnungen über die Kriegszucht nicht schriftlich abfaßten und ihrer Jugend zu lesen gäben, das geschehe deswegen nicht, weil sie solche an Taten und nicht an Worte gewöhnen wollten. Hiermit vergleiche man nach fünfzehn oder sechzehn Jahren einen von diesen Latinisten aus den Schulklassen, der ebensoviel Zeit daran gewendet hat, bloß sprechen zu lernen. Die Welt treibt nichts als Schwatzen, und ich habe noch keinen Menschen gesehen, der nicht eher mehr als weniger gesprochen hätte, als nötig war. Gleichwohl geht unsere halbe Lebenszeit damit hin. Man hält uns fünf bis sechs Jahre dabei auf, Worte verstehn zu lernen und solche aneinanderzureihen; noch ebenso lange, einen großen Haufen derselben, welcher in vier oder fünf Teile ausgedehnt wird, in ein richtiges Verhältnis zu stellen. Nun noch andere fünf, aufs wenigste, um die Kunst zu wissen, sie behende und geschickt durcheinander-zumischen und zu verweben. Das können wir aber denen überlassen, die davon ausdrücklich Profession machen. Eines

---

[78] Cicero, Tusc. disp. II, 4: Der sein Wissen nicht zur Schau trägt, sondern für die Regel seines Lebens hält; der sich selbst beherrscht und seinen eigenen Geboten gehorcht.

Tages, als ich nach Orléans reiste, traf ich in der Ebene diesseits Cléry fünfzig Schritte entfernt hintereinander zwei Schullehrer an, die nach Bordeaux gingen; weiter hinter ihnen sah ich einen Haufen Reiter mit einem Offizier an der Spitze, welches der Comte de Rochefoucault war. Einer meiner Leute erkundigte sich bei dem ersten Schulmann, wer dieser Kavalier sei. Dieser, der den Trupp nicht gesehen hatte, der hinter ihm war und meinte, man spräche von seinem Kollegen, antwortete gar drollig: »Es ist kein Kavalier; er ist ein Grammatikus, und ich bin ein Logikus.« Wir nun aber, die wir nicht darauf ausgehen, weder einen Grammatikus noch einen Logikus zu bilden, sondern einen wackeren Edelmann, wir wollen sie ihre Muße mißbrauchen lassen, wie sie wollen; wir haben wohl sonst was zu tun! Wenn unser Zögling nur einen guten Vorrat von Sachen hat, die Worte werden von selbst kommen, und wollen sie nicht kommen, so wird er sie schon herbeiholen. Ich höre einige sich damit entschuldigen, daß sie sich nicht gehörig ausdrücken können, wobei sie merken lassen wollen, als hätten sie den Kopf voll schöner Sachen, die sie aber aus Mangel an Beredsamkeit nicht von sich geben könnten. Das sind Luftstreiche! Soll ich sagen, was ich davon halte? Es sind Wolkenbilder, die sie sich von dunkeln Begriffen in den Kopf setzen, die sie nicht in ihrer Seele auseinandersetzen, sich nicht deutlich machen und folglich anderen nicht mitteilen können. Sie verstehen sich selbst noch nicht. Man sehe sie nur ein wenig darüber stottern, wenn sie solche zur Welt bringen wollen, so wird man leicht urteilen, daß es nicht Schmerzen der Geburt sind, sondern der Schwangerschaft, und daß sie höchstens an ein Mondkalb lecken.

Meinerseits halt' ich dafür, und Sokrates behauptet, daß jedermann, der in seinem Geist eine lebhafte, deutliche Idee hat, solche darstellen wird, sei's durch Provinzialismen, sei's auch nur durch Gebärden, wenn er stumm ist.

Verbaque praevisam rem non invita sequentur. [79]

Und wie jener in seiner Prosa ebenso poetisch sagte:

quum res animum occupavere, verba ambiunt [80],

---

[79] Horaz, Ars poet. 311: Die Worte folgen von selbst, hat man die Sache nur inne.
[80] Seneca, Controvers. III: Ist der Geist der Sachen Herr, so sind die Worte leicht.

und jener andere: *ipsae res verba rapiunt.*[81]

Er weiß so wenig von Ablativ, Konjunktiv, Substantiv oder Grammatik als sein Schuhputzer oder Heringshökerin an der Ecke eines Gäßchens, und doch werden uns diese genug vorschwatzen, wenn uns danach gelüstet, und werden sich vielleicht dabei ebensowenig von den Regeln ihrer Muttersprache entfernen als der beste Schulmagister im Lande. Er weiß nichts von der Redekunst, nicht wie man eingangsweise das Wohlwollen des günstigen Lesers erschleichen müsse, und weiß auch nicht, wozu es nötig wäre. Im Ernst, diese ganze schöne Malerei verbleicht gar schnell vor dem Glanze einer ungeschmückten Wahrheit. Dergleichen Kußhandkünste dienen zu nichts weiter, als dem großen Haufen Honig ums Maul zu schmieren, der noch nicht imstande ist, kräftigere und derbere Speisen zu verdauen, wie Afer dies beim Tacitus deutlich zeigt. Die Abgeordneten von Samos waren zum König Cleomenes von Sparta gekommen, vorbereitet auf eine schöne lange Rede, die ihn zum Kriege gegen den Tyrannen Polykrates aufreizen sollte. Nachdem Cleomenes solche der Länge nach angehört hatte, gab er ihnen zur Antwort: »Des Anfangs und Eingangs euerer Rede erinnere ich mich nicht mehr, folglich auch nicht des Hauptteils derselben; was aber eueren Beschluß anlangt, so kann ich mich darauf nicht einlassen.« – Das war, deucht mich, eine schöne Antwort und machte die Nasen der Redner um viele Zoll länger. Und wie ging's jenen anderen? Die Athenienser hatten einen großen Bau aufzuführen und versammelten sich, unter zwei Baumeistern einen zu wählen. Der erste davon, voller Anmaßungen, trat mit einer wohlstudierten Rede auf, über den Gegenstand dieser Unternehmung und riß das Urteil des Volkes für sich dahin. Der andere aber hatte nur drei Worte: »Ihr Herrn von Athen«, sagt er, »was mein Mitwerber da gesagt hat, das will ich leisten.«

Als Cicero einst eine wohlausgearbeitete Rede hielt, traten viele mit Bewunderung auf seine Seite. Cato aber tat dabei nichts als lachen und sagte: »Wir haben da einen redseligen Konsul.« – Vor- oder nachher gesagt, ein nützlicher Spruch, ein schöner Zug stehen immer am rechten Orte. Schickten sie sich nicht auf das Vorgehende oder Nachfolgende, so sind sie doch schön an und für sich selbst.

---

[81] Cicero, De fin. III, 5: Die Sachen führen die Worte herbei.

Ich bin keiner von denen, welche dafür halten, der hübsche Reim mache das gute Gedicht. Mag unser junger Mann eine lange Silbe kurz brauchen, was hängt daran? Wenn seine Erfindung sinnreich ist, wenn Witz und Verstand dabei ihre Pflicht getan haben, so werde ich sagen: Es ist ein

guter Dichter, obgleich ein schlechter Versemacher.

> *Emunctae naris, durus componere versus.*[82]

Man nehme, sagt Horaz, seinem Gedicht Silbenmaß und Klangfuß,

> Tempora certa modosque, et, quod prius ordine verbum est,
> Posterius facias, praeponens ultima primis ...
> Invenias etiam disiecti membra poetae,[83]

dadurch wird es nicht aufhören, Poesie zu sein; selbst die einzelnen Brocken davon werden schön bleiben. Das ist es, was Menander dem antwortete, der ihn ausforschen wollte, als der Tag annahte, an dem er ein Schauspiel versprochen, an welches er aber noch keine Hand gelegt hatte: »Das Schauspiel ist fertig und bereit; ich muß nur erst noch die Verse dazu machen.« Nachdem er Materie und Plan in seinen Gedanken geordnet hatte, hielt er das übrige für sehr leicht. Seitdem Ronsard und Bellay unsere französische Dichtkunst in Aufnahme gebracht haben, wüßte ich nicht den geringsten Lehrling, der nicht Worte aufblase und nicht, ungefähr wie jene, einen Vers auf seine Füße stelle. Aber plus sonat quam valet[84]; es ist Theaterdonner. Für den großen Haufen haben wir niemals so viele Dichter gehabt. So leicht es ihnen aber geworden ist, ihre Reime nachzuklingeln, so weit sind sie zurück, wenn sie die unerschöpfliche Darstellungskunst des einen und die so große Feinheit der Erfindungen des anderen nachahmen wollen. Recht gut! Aber, was wird unser Jüngling tun, wenn man ihm mit der Spitzfindigkeit sophistischer Syllogismen auf den Leib rückt? Wie z.B. Schinken essen reizt zum Trinken; trinken löscht den Durst: ergo löscht Schinkenessen den Durst! Laß ihn darüber lachen; drüber lachen ist viel gescheiter, als darauf antworten. Laß ihn vom Aristipp die spaßhafte Gegenlist borgen: »Warum sollte ich *euer* Rätsel auflösen,

---

[82] Horaz, Sat. I, 4, 8: Macht einen stumpfen Vers mit scharfer Nase.
[83] Horaz, Sat. I, 4, 58: Verwandle die Zeiten und Arten der Worte, zerstöre den Versbau, setze hinten hin, was vorne stand, auch dann noch wirst du Spuren des Dichters finden.
[84] Seneca, Epist. 40: Es klimpert, aber es gilt nicht.

da es mir gebunden schon so viel zu schaffen macht?« Chrysippus sagte zu jemand, der den Cleanthes mit logischen Spitzfindigkeiten zerren wollte: »Necke die Kinder mit deinen Foppereien, aber komm damit den ernsthaften Gedanken eines verständigen Mannes nicht in die Quere!«

Wenn solche gelehrten Schwänke, contorta et aculeata sophismata[85], ihm Unwahrheit zur Wahrheit machen sollten, so wären sie freilich gefährlich. Wenn sie aber ohne Wirkung abglitschen und ihm bloß zu lachen geben, so seh' ich nicht, warum er dagegen so ängstlich auf seiner Hut zu sein braucht. Es gibt so dumme Hänse, die zu halben Meilen von ihrem geraden Wege abschweifen können, um einen witzigen Einfall zu haschen. Aut qui non verba rebus aptant, sed res extrinsecas arcessunt quibus verba conveniant[86] und der andere: qui alicuius verbi decore placentis vocentur ad id quod non proposuerant scribere.[87] Ich mag lieber einem anderen einen brav gesagten Gedanken abdrehn und solchen den meinigen einflicken, als den Faden meiner eigenen auftrieseln, um ihn einzudrillen. Umgekehrt, sag' ich, die Worte müssen nachtreten und das Buch tragen, und wenn der Franzose nicht dahin reichen kann, der Gaskogner kann alles. Ich fordere, daß ein Hörer oder Leser von den Sachen überwältigt und seine Imagination davon solchermaßen angefüllt werde, daß er sich der Worte darüber gar nicht bewußt sei. Die Sprache, die ich vorzüglich liebhabe, ist eine Sprache ohne künstliche Ziererei, aber von natürlichem Ausdruck, gleichviel abgeschrieben oder gesprochen, eine kräftige, nachdrückliche Sprache, kurz und gedrungen, nicht sowohl zart, geschmückt und gekrümmt, als andringlich und hastig.

Haec demum sapiet dictio, quae feriet[88],

lieber schwer, als langweilig; ohne Affektation, ohne Rute, den Zügel der Regel leicht tragend und kühn. Jeder Wurf muß darin seine Stelle füllen; sie muß nicht pedantisch sein, nicht mönchisch, nicht zungendrescherisch, sondern vielmehr soldatisch, wie Sueton die

---

[85] Cicero, Acad. II, 24: Verflochtene, zugespitzte Trugschlüsse.
[86] Quintilian VIII, 3: Die nicht die Worte den Gedanken anpassen, sondern weit umher nach fremden Gedanken haschen, die sie in die Worte hinein-schieben können.
[87] Seneca, Epist. 59: Die sich durch sein hübsches Wort, das ihnen hübsch vorkommt, gängeln lassen, etwas zu schreiben, das nicht ihr Vorsatz war.
[88] Nur die Ausdrucksweise wird geschmackvoll sein, die auch treffend ist. (Epitaph des Lukan, zitiert in der lateinischen Bibliothek de Fabricius, II, 10. C.)

Sprache des Julius Cäsar nennt, ob ich gleich nicht recht einsehe, warum. Ich habe mit Fleiß diese Ungebundenheit nachgeahmt, die man an unserer Jugend, in ihrer Art die Kleidung zu tragen, wahr nimmt. Das trägt seinen Mantel quer über Brust und Rücken, läßt die Kappe herunterhängen bis auf die Schultern und läßt die Strümpfe am Beine schlottern, und das zeigt dann in dieser sonderbaren Zier und künstlichen Nachlässigkeit so ein gewisses stolzes Freiheitsgefühl. Ich finde diese Ungebundenheit aber noch besser angebracht in der Form der Sprache.

Eine Affektation, besonders bei der französischen Lebhaftigkeit und Freiheit, kann einem Hofmann wohl anstehn; und in einer Monarchie muß jeder von Adel auf den Hofton gestimmt sein. Deshalb tun wir wohl, ein wenig auf der Seite des Ungezwungenen und des Kopfwerfens zu hinken. Ich habe ein Gewebe nicht gern, worin die Weberknoten und Nähte sichtbar sind; sowenig wie man an einem schönen Körper die Knochen und Adern muß zählen können.

> *Quae veritati operam dat oratio, incomposita sit et simplex*[89]
>
> *Quis accurate loquitur, nisi qui vult putide loqui?*[90]

Die Beredsamkeit, welche uns auf sich selbst zieht, tut den Sachen Gewalt und Unrecht. So wie es bei unsern Kleidungen kindisch ist, sich durch irgend etwas Besonderes und Auffallendes auszuzeichnen, so ist es auch mit der Sprache; das Haschen nach neuen Wendungen und wenig bekannten Worten bezeichnet einen schülerhaften kindischen Ehrgeiz. Möchte mir doch nie ein ander Wort oder andere Redensarten entfahren, als die man in der Residenz auf dem Fischmarkte versteht! Aristophanes der Grammatiker wußte nicht, was er wollte, da er am Epikur die Kunstlosigkeit seiner Worte tadelte und den Zweck seiner Kunst zu reden, welcher bloß auf Deutlichkeit der Sprache zielte. Das Nachahmen der Sprache ist so leicht, daß es sich ohne Anstand unter einem ganzen Volke verbreitet. Mit dem Nachahmen im Urteilen, im Erfinden geht es nicht so geschwind. Die meisten Leser irren gewaltig, wenn sie meinen, sie hätten einerlei Körper, weil sie Kleider von

---

[89] Seneca, Epist. 40: Die Rede, welche Wahrheit darstellen soll, sei nicht gesucht und künstlich im Ausdruck.
[90] Seneca, Epist. 75: Wer spricht langweiliger als der, welcher immer schön sprechen will?

einerlei Schnitt tragen. Mark und Sehnen borgt man nicht, wie man wohl Mantel und Kleid borgt.

Die meisten Personen, mit denen ich umgehe, sprechen wie mein Buch. Ob sie aber ebenso denken wie ich, das weiß ich nicht.

Die Athenienser, sagt Plato, haben zu ihrem Anteil die Sorge für den Reichtum und die Zierlichkeit der Sprache; die Lakedämonier für ihre Kürze; die von Kreta aber für die Fruchtbarkeit der Gedanken vielmehr als für die Sprache. Diese letzten sind die besten. Zenon sagt, er habe zwei Gattungen von Schülern: die einen, die er *φιλόλογος,* gierig Sachen zu lernen, nannte, wären seine Lieblinge; die anderen *λογόφιλος,* dächten auf nichts als auf die Sprache. Das heißt aber nicht soviel gesagt, als sei es nicht eine recht hübsche Sache um die Reinheit und Richtigkeit der Sprache! Nur ist es nicht so wichtig, als wozu man's macht, und ich ärgere mich nur darüber, daß wir unser ganzes Leben darauf verwenden sollen.

Ich würde erstlich meine Muttersprache und die Sprache meiner Nachbarn, mit denen ich gewöhnlich den meisten Verkehr habe, gut wissen wollen.

Es ist allerdings ein fein und lieblich Ding um das Griechische und das Latein, nur kauft man es gar zu teuer. Ich will hier eine Art und Weise sagen, wie man es wohlfeileren Kaufs wie gewöhnlich haben kann. Man hat solche mit mir selbst eingeschlagen. Wer will, mag sich derselben bedienen. Nachdem sich mein Vater seliger auf alle menschenmögliche Weise bei gelehrten und sachkundigen Männern nach einer vorzüglichen Erziehungsart erkundigte, ward er von dem Nachteil belehrt, der sich bei der gewöhnlichen Weise befindet, und ward ihm gesagt, daß diese Länge der Zeit, welche wir darauf verwenden, die Sprachen der Griechen und Römer zu lernen, die ihnen nichts kostete, die einzige Ursache sei, warum wir uns nicht bis zur Größe der Seele und der Höhe der Wissenschaften erheben könnten, die man bei diesen alten Völkern wahrnähme. Ich glaube gleichwohl nicht, daß das die einzige Ursache sei. Indessen war das Mittel, welches mein Vater ergriff, folgendes: Noch an der Brust und noch bevor sich meine Zunge gelöst hatte, übergab er mich einem Deutschen, der nachmals als ein berühmter Arzt in Frankreich starb. Dieser verstand gar kein Französisch, aber um so besser das Lateinische. Er hatte ihn ausdrücklich verschrieben und sehr gute Bedingungen gemacht, und dieser hatte mich beständig auf den Armen.

Neben sich hatte er noch zwei andere von minderer Wissenschaft, die beständig um mich sein mußten, um es dem ersten zu erleichtern. Diese nun sprachen kein ander Wort mit mir als Latein. Für die übrigen Personen des Hauses war es eine unverbrüchliche Regel, daß weder mein Vater noch meine Mutter, weder männliche noch weibliche Bediente in meiner Gegenwart ein Wort sprechen durfte als die paar lateinischen Brocken, die jeder gelernt hatte, um mit mir zu pappeln. Groß bis zum Bewundern waren die Fortschritte, die ein jeder darin machte. Mein Vater und meine Mutter lernten darüber Latein genug, um es zu verstehn, und selbst genug, um sich im Notfall darin auszudrücken, ebenso wie diejenigen von den Bedienten, welche am meisten mit mir zu tun hatten. Kurz, wir latinisierten uns dermaßen, daß noch für die Dörfer um uns her etwas abkrümmelte, woselbst man noch Überbleibsel findet und wo es zur Gewohnheit geworden ist, verschiedene Handwerker und ihr Gerät mit lateinischen Namen zu nennen. Mich selbst anlangend, so wußte ich in meinem siebenten Jahre ebensowenig von der französischen oder perigordischen Sprache als von der arabischen; und ohne Kunst, ohne Buch, ohne Grammatik oder Vokabelbuch, ohne Rute und ohne Tränen hatte ich ein so echtes, reines Latein gelernt, als mein Lehrer es wußte; denn wodurch hätte ich es vermischen oder verderben sollen? Wenn man mir zur Übung, wie es in Schulen gebräuchlich ist, ein Thema aufgeben wollte, so gab man es mir, wie sonst den andern auf französisch, in schlechtem Latein, um es in gutes zu bringen. Und Nicolas Grouchi, der de comitiis Romanorum geschrieben hat, Wilhelm Guerente, der den Aristoteles kommentiert hat, Georg Buchanan, der große schottländische Dichter, Marc Anton Muret (welchen Frankreich und Italien für den größten Redner seinerzeit erkennen), meine Hauslehrer haben mir oft gesagt, daß ich in meiner Kindheit diese Sprache solchergestalt am Schnürchen gewußt habe, daß sie sich fürchteten, mir zu nahezukommen. Buchanan, den ich nachher wieder im Gefolge des verstorbenen Marschalls de Brissac gefunden habe, sagte mir, er arbeite an einem Plan der Erziehung der Kinder und daß er die meinige zum Muster nähme; denn ihm war damals die Erziehung dieses Grafen de Brissac aufgetragen, der sich hernach so brav und so tapfer bewiesen hat.

Betreffend das Griechische, das ich nun fast ganz wieder ausgeschwitzt habe, so machte mein Vater den Plan, solches mich durch einen

Sprachmeister lehren zu lassen; jedoch nach einer neuen Methode; spielend und im Spazierengehen. Wir warfen uns die Deklinationen zu, so wie diejenigen zu tun pflegen, welche vermittelst gewisser Karten und Spielzeuge die Arithmetik und die Geometrie lernen. Denn unter anderem war auch meinem Vater geraten worden, meinen Willen ohne Zwang so zu leiten, daß ich aus eigenem Antrieb die Wissenschaften und meine Pflichten liebte, und meine Seele mit Liebe und Sanftmut zu bilden, ohne Strenge und Härte. Das ging bis zu der, möcht' ich sagen, Schwärmerei, daß, weil einige Menschen der Meinung sind, es schade dem zarten Gehirne der Kinder, wenn man sie des Morgens plötzlich und mit Gewalt aus dem Schlafe wecke, indem sie tiefer und fester schlafen als erwachsene Personen, er mich immer durch Musik aufwecken ließ und also beständig jemand im Dienste hatte, der ein Instrument spielen konnte.

Dieser Zug mag hinreichend sein, um vom übrigen zu urteilen, und auch die Fürsorge und zärtliche Liebe eines so guten Vaters zu preisen, dem man die Schuld nicht beimessen kann, wenn er keine Früchte eingeerntet hat, die einer so sorgfältigen Kultur entsprächen.

Das lag an zwei Ursachen: Die erste war die Unfruchtbarkeit und Ungeschlachtheit des Ackers; denn ob ich gleich von guter und fester Gesundheit war und dabei zugleich von mildem und biegsamem Naturell, so war ich doch mitunter so träge, weichlich und schläfrig, daß man mich dem Müßiggang nicht zu entreißen vermochte, nicht einmal um zu spielen. Das was ich sah, sah ich richtig; und unter dieser schwerfälligen Komplexion unterhielt ich kühne Ideen und solche Meinungen, die über mein Alter gingen. Mein Witz war langsam und ging nicht weiter, als man ihn leitete; von Begriff war ich schleppend, meine Erfindungskraft war schlaff, und dabei war noch mein Gedächtnis unglaublich schwach. Zweitens: so wie diejenigen, welche ein heftiger Wunsch treibt, von irgendeinem Übel zu genesen, endlich jeden Rat ohne Unterschied befolgen, so ließ sich endlich mein guter Vater bei seiner gewaltigen Furcht, ich möchte ihm mit einer Sache fehlschlagen, die ihm so sehr am Herzen lag, vom allgemeinen Wahne hinreißen, welcher immer demjenigen nachschlendert, welcher vorangeht (wie die Kraniche), und fügte sich in die gewöhnliche Weise; denn er hatte die Männer nicht mehr um sich, die ihm den ersten Erziehungsplan an die Hand gegeben, den er aus Italien mitgebracht hatte, und sandte mich, da ich ungefähr sechs Jahre alt war, ins

Guyenner Kolleg, das damals sehr blühend und das beste in Frankreich war. Hier wendete er alle mögliche Sorgfalt an, sowohl um mir die gelehrtesten Privatlehrer auszuwählen, als die übrigen Umstände meines Unterhalts einzurichten, worin er sich verschiedene besondere Punkte vorbehielt, die in der Schulanstalt nicht gewöhnlich waren. Unterdessen war's und blieb's eine öffentliche Schule. Mein Latein ward von Stund an verdorben, und nachher hab' ich all meine Fertigkeit darin aus Mangel an Übung verloren. Und meine bisherige ungewöhnliche Erziehung diente weiter zu nichts, als mich gleich bei meiner Ankunft den Sprung in die ersten Klassen tun zu lassen. Denn mit dreizehn Jahren, da ich das Kollegium verließ, hatte ich meinen Kursum (wie sie es nennen) vollendet; und zwar ohne irgendeinen Nutzen, den ich gegenwärtig in Rechnung zu bringen wüßte.

Die erste Neigung, die ich zum Lesen bekam, entsprang aus dem Vergnügen an den Fabeln der Verwandlungen von Ovid. Denn in meinem siebenten oder achten Jahre entzog ich mich jedem andern Vergnügen, um solche zu lesen; um so mehr, da die Sprache gleichsam meine Muttersprache war und das Buch das leichteste für mich, das ich kannte, und zugleich, wegen seines Inhalts, für mein Alter das angemessenste. Denn die Lancelots du Lac, die Amadis, die Huons de Bordeaux und dergleichen alte Tröster von Romanen, woran sich die leselustige Jugend erfreute, kannte ich nicht einmal dem Titel nach, wie ich solche noch bis auf diese Stunde dem Inhalt nach nicht kenne; so genau war die Enteilung meiner Zeit. Ich ward dadurch nachlässiger, meine andern mir vorgeschriebenen Lektionen zu treiben. Hierbei kam es mir außerordentlich zustatten, daß ich es mit einem verständigen Manne von Präzeptor zu tun hatte, der bei dieser und ähnlichen Ausschweifungen auf eine sehr feine Art ein Auge zuzudrücken wußte. Denn dadurch las ich die Aeneis des Vergil in einem Zuge ganz durch, und dann den Lukrez, hierauf den Plautus und italienische Komödien, die mich alle durch den Reiz der Fabel anlockten. Wäre er töricht genug gewesen, mich in diesem Gang zu stören, so hätte ich, wie ich glaube, aus dem Collegio nichts mitgebracht als die Bücherscheu, wie es fast mit unserem ganzen Adel der Fall ist. Er betrug sich dabei sehr klüglich und tat, als ob er davon nichts merkte; er verschärfte meinen Hunger, indem er mich diese Bücher nur verstohlenerweise verschlingen ließ und mich sanfterweise zu meiner Schuldigkeit für die übrigen regelmäßigen Studien anhielt.

Denn das vornehmste, was mein Vater bei denjenigen suchte, welchen er mich anvertraute, war Gutmütigkeit und ein sanfter Charakter; auch hatte mein eigener keine anderen Fehler als Langsamkeit und Trägheit. Es war nicht zu befahren, daß ich etwas Böses täte, sondern daß ich nichts täte. Niemand prophezeite, daß ich ein schlechter Mensch werden würde, aber wohl ein unnützer Mann. Man sah voraus, ich würde ein Faulenzer werden, aber kein böser Mensch. Ich fühle wohl, daß es so eingetroffen sei. Die Klagen, die mir in den Ohren gellen, laufen darauf hinaus: er tut nichts; er ist kalt in den Pflichten der Freundschaft, der Verwandtschaft und des bürgerlichen Lebens; ist zu eigenwillig, zu wegwerfend. Die Beleidigendsten selbst sagen nicht, warum hat er gekauft, warum hat er nicht bezahlt?, sondern: warum quittiert er nicht, warum gibt er nicht? – Ich würde es für eine große Güte aufnehmen, wenn man keine anderen Wirkungen von meinen verdienstlichen Werken verlangte. Aber sie sind ungerecht, daß sie, was ich nicht schuldig bin, viel strenger fordern, als von sich selbst zu fordern, wofür sie Schuldner sind. Indem sie mich dazu verdammen, tilgen sie den Wert der Handlung und den Dank, der mir dafür gebührte, da erzeigte Wohltaten von meiner lässigen Hand um so wichtiger sein sollten, in Rücksicht dessen, daß die Reihe des Nehmens noch niemals an mir gewesen ist. Ich kann um so freier über das meinige schalten, weil es mehr mein ist, und über mich selbst, weil ich mehr der meinige bin. Wäre ich indessen der Mann, der sein Tun hübsch herausstreichen möchte, so könnte ich vielleicht diese Vorwürfe zurückgeben und könnte einigen der guten Leute begreiflich machen, daß sie eigentlich nicht darüber böse sind, daß ich nicht genug tue, sondern darüber, daß ich mehr tun könnte, als ich wirklich tue.

Meine Seele war nichtsdestoweniger dabei für sich, in der Stille, ganz geschäftig und urteilte sicher und frei über die Dinge, die sie kannte, und dachte für sich selbst nach, ohne sich gängeln zu lassen. Und unter anderem glaub' ich wirklich, daß sie ganz und gar unfähig gewesen sein würde, der Gewalt und dem Zwange nachzugeben. Darf ich aus meiner Kindheit dies noch anführen, daß es mir leicht ward, ohne Blödigkeit aufzutreten, und daß ich Biegsamkeit genug in Stimme und Gebärden besaß, um die Rollen gut auszuführen, die ich übernahm.

Alter ab undecimo tum me vix ceperat annus.[91]

Ich habe die Hauptrollen aus Buchanans, aus Guerentes und Murets lateinischen Tragödien gespielt, welche in unserm Collegio zu Guyenne mit Würde vorgestellt wurden. In diesem Punkte war Andreas Goveanus, wie in allen übrigen seines Amtes, ohn allen Vergleich der größte Schuldirektor in Frankreich; und mich hielt man darin für Meister oder wenigstens für einen Altgesellen. Es ist eine Übung, auf welche ich für vornehmer Leute Kinder nichts zu sagen habe; und habe ich seitdem unsere Prinzen selbst damit abgeben gesehen; nach edlem, ehrlichem und löblichem Beispiel einiger unter den Alten, bei denen es Leuten von Stand und Ehre sogar erlaubt war, daraus ein Gewerbe zu machen; und in Griechenland Aristoni tragico actori rem aperit: huic et genus et fortuna honesta erant; nec ars, quia nihil tale apud Graecos pudori est, ea deformabat.[92] Denn ich habe immer die Leute für unbesonnen gehalten, welche diese Ergötzlichkeit verdammen; und diejenige für ungerecht, welche solchen Schauspielern, die Verdienste haben, keine Erlaubnis erteilen wollen, in unseren guten Städten zu spielen, und den Einwohnern diese öffentliche Lustbarkeiten nicht gönnen.

Gute Polizeianstalten sorgen dafür, die Bürger zu versammeln und zu vereinigen, sowohl zur feierlichen Übung der öffentlichen Andacht als auch zur Übung fröhlicher Spiele; dadurch wird Geselligkeit und Freundschaft befördert, und überdem könnte man dem Volke keinen besser geordneten Zeitvertreib verstatten als einen solchen, der in aller Gegenwart und selbst unter den Augen obrigkeitlicher Personen stattfindet. Ich würde es nicht mehr als billig finden, wenn der Landesherr zuweilen, zum Zeichen seiner väterlichen Huld und Gewogenheit, auf seine Kosten den Untertanen damit ein Vergnügen machte und wenn man in volkreichen Städten besondere Anstalten und Gebäude für solche Schauspiele errichtete; dadurch würden schlimmere Gelage und heimliche Lustarten sich vermindern. Aber wieder auf meine Materie zu kommen: Man muß hauptsächlich darauf

---

[91] Vergil, Eclog. VIII, 39: Kaum war ich aus dem zwölften Jahre getreten.
[92] Livius XXIV, 24: Er entdeckte es dem Tragiker Aristo, dessen Geschlecht und Glücksgüter achtbar waren und dessen Kunst, die bei den Griechen als solche keinen entehrt, ihm nichts an Würde benahm.

arbeiten, Lust und Liebe zum Studieren zu erregen; sonst erzielt man weiter nichts als mit Büchern bepackte Esel.

Man gibt ihnen mit Karbatschenhieben den ganzen Schulbeutel voll Wissenschaft zum Aufheben und Bewahren, welche man, um es recht zu machen, nicht bloß bei sich zur Herberge nehmen, sondern als trautes Gemahl heimführen muß.

Über die Freundschaft.

Nachdem ich das Benehmen eines Malers, den ich im Hause habe, betrachtete, ist mir die Lust angekommen, in seine Fußtapfen zu treten. Er wählt den schönsten Platz auf der Mitte jeder Wand, worauf er ein Gemälde zeichnet und mit aller seiner Kunst ausführt, und den leeren Raum ringsherum füllt er aus mit Grotesken, deren einziger Wert in der Mannigfaltigkeit und Laune besteht. Was enthält dies Buch hier, beim Lichte besehen, anderes als Grotesken und phantastische Körper, die aus verschiedenen Gliedern zusammengestoppelt sind, die keine bestimmte Gestalt haben, in keine Ordnung gehören, außer der Natur, außer allem Verhältnis sind, es müßte denn ein bloß zufälliges sein?

Desinit in piscem mulier formosa superne.[93]

Ich gehe nun zwar wohl mit meinem Maler bis zu diesem zweiten Punkt; bei dem ersten und besten aber da hapert's! Denn so weit reicht meine Kunst nicht, daß ich mich unterstehen könnte, mich an ein reiches, schönes, nach den Regeln der Kunst geordnetes Gemälde zu wagen. Ich bin darauf verfallen, eins von Etienne de la Boétie zu borgen, welches all meinem übrigen Gepinsel Ehre machen soll. Es ist eine Abhandlung, der er den Namen gab: *Freiwillige Knechtschaft.* Diejenigen aber, die nichts davon wußten, haben sie nachdem weit schicklicher *Wider einen* getauft. Er schrieb sie als eine Übungsarbeit in seiner frühen Jugend, zu Ehren der Freiheit, wider die Despoten. Sie ist unter sachkundigen Männern von Hand zu Hand gegangen und hat viel Lob und Beifall erhalten, denn sie ist artig geschrieben und sehr reichen Inhalts. Dennoch läßt sich wohl dabei sagen, daß es nicht das

---

[93] Horaz, De art. poet. 4: Das von oben schöne Weib geht aus in einen Fisch.

beste sei, was er hätte schreiben können. Und hätte er in einem reifern Alter, da ich ihn kannte, einen solchen Vorsatz gefaßt, wie der meinige ist, seine Einfälle zu Papier zu bringen, so würden wir manche vortreffliche Sachen, welche dem Ruhm des Altertums sehr nahekommen dürften, von ihm erhalten haben; denn ich wüßte niemand, den ich ihm, vorzüglich was Naturgaben betrifft, an die Seite stellen könnte. Er hat aber nichts weiter hinterlassen als diese Abhandlung, und diese auch nur durch Zufall; dennoch glaube ich nicht, daß er sie wieder vor die Augen bekommen hat, nachdem er sie einmal hatte entwischen lassen; und noch ein paar Aufsätze über das Jänneredikt, das so berufen durch die innern Kriege ist, welche vielleicht auch noch anderwärts ihren Platz bekommen. Das ist es alles, was ich von seinem Nachlaß habe sammeln können (ob er meiner gleich noch, da ihm der Tod schon an der Kehle saß, so höchst freundschaftlich gedachte und mir in seinem Testament seine Bücher und seine Papiere vermachte) außer dem einen Bande von seinen Werken, den ich herausgegeben habe. Und habe ich diesem Stücke außerordentlich viel zu verdanken, weil es die Veranlassung zu unserer Bekanntschaft gab. Denn es ward mir lange vorher mitgeteilt, ehe ich ihn persönlich kannte, und erfuhr ich zuerst dadurch seinen Namen; solchergestalt beförderte es diejenige Freundschaft, welche wir, solange es Gott gefiel, miteinander gepflogen haben und welche so innig, so vollkommen war, daß man gewiß von viel dergleichen nicht lesen wird; und unter den Menschen heutigen Tages findet sich davon gar keine Spur mehr. Um eine solche Freundschaft zu stiften, werden so viele Zufälligkeiten erfordert, daß es schon viel ist, wenn das Glück solche nur alle dreihundert Jahre einmal zusammentreffen läßt.

Es scheint, die Natur habe uns zu nichts eigentlicher und näher bestimmt als zur Geselligkeit. Und Aristoteles sagt, die besten Gesetzgeber haben mehr Sorge für die Freundschaft als für die Gerechtigkeit getragen. Nun aber macht diese den höchsten Grad ihrer Vollkommenheit aus. Denn überhaupt sind alle die Freundschaften, welche aus Wollust, aus Eigennutz und Not, öffentliche oder häusliche, errichtet werden, um so weniger schön und herzlich und daher um so minder Freundschaft, als sich andere Ursachen, andere Zwecke und anderer Genuß hineinmischen als die Freundschaft selbst. Ebensowenig machen die vier Arten des Altertums, getrennt und jede für sich oder zusammengenommen, den eigentlichen wahren Charakter der Freundschaft aus, als da sind: Verbindungen des Naturverhältnisses, der Geselligkeit, des Gastrechts oder der physischen Liebe. Vom Vater zum Kinde ist es vielmehr Ehrerbietung.

Die Freundschaft nimmt ihre eigentliche Nahrung von der vertraulichen Mitteilung, welche unter Eltern und Kindern, wegen des zu großen Abstandes der Jahre, nicht stattfinden kann und wohl gar die Pflichten der Natur beleidigen könnte; denn teils lassen sich alle geheimen Gedanken des Vaters dem Kinde nicht mitteilen, weil das eine unschickliche Gleichheit nach sich ziehen würde, teils können die Belehrungen und Warnungen, welche unter die vornehmsten Pflichten der Freundschaft gehören, vom Kinde zum Vater nicht stattfinden.

Es sind Völkerschaften bekannt geworden, wo die Kinder, nach eingeführter Gewohnheit, ihre Väter töteten; und andere, wo die Väter ihre Kinder umbrachten, um der Beschwerde auszuweichen, sie zuweilen mit sich zu schleppen, und natürlicherweise hängt die Unterhaltung der einen ab von dem Verderben der andern. Es hat Philosophen gegeben, welche dies Band der Natur verachtet haben; zum Beispiel Aristipp, welcher, als man ihm die Neigung zu Gemüt führte, die er seinen Kindern schuldig wäre, weil sie von ihm ihren Ursprung hätten, von seinem Speichel auswarf und dabei sagte: der hätte auch seinen Ursprung von ihm!, erzeugte der Mensch doch auch Ungeziefer und Würmer.

Und jener andere, den Plutarch bereden wollte, sich mit seinem Bruder zu versöhnen, sagte: »Ich mache mir deswegen nicht mehr aus ihm, weil ich mit ihm aus einer Höhle abstamme.« Allerdings ist der Name Bruder schön und voller Süßigkeit, deswegen ich auch unser Bündnis darauf gründete; allein das ineinander verwickelte Interesse, die Teilung der Erbschaften und der Umstand, daß der Reichtum des älteren Bruders die Armut der jüngeren verursacht, macht sehr große Erkältungen und erschlafft die Banden der Bruderliebe; die Brüder, welche ihr Fortkommen in der Welt auf einerlei Wegen und mit einerlei Mitteln bewirken sollen, die können nicht umhin, sie müssen sich zuweilen stoßen und einander ins Zeug geraten. Noch mehr! Warum findet man die trauliche Eintracht und die gegenseitige Mitteilung, welche wahre und vollkommene Freundschaften erzeugen, bei dieser hier nicht? Der Vater und der Sohn können ganz entgegengesetzter Gemütsart sein; ebenso Brüder. Es ist mein Sohn, es ist mein Verwandter; aber es ist ein störrischer Mensch, ein Bösewicht, oder ein

Narr. Dazu kommt dann noch, daß dies Freundschaften sind, wozu uns die Gesetze und Pflichten der Natur verbinden, wobei keine Wahl stattfindet und dabei der freie Wille nicht mitwirken kann wie bei der bloßen Herzensfreundschaft. Ich kann wohl sagen, daß ich Familienfreundschaft im höchstmöglichen Maße empfunden und genossen habe, denn mein Vater war bis in sein graues Alter der beste und gütigste, den jemals die Welt gesehen hat, und dabei bin ich von einer Familie, die von seiten der brüderlichen Liebe und Eintracht, von Vater auf Sohn, als musterhaft berühmt ist.

> *Et ipse*
> *Notos in fratres animi paterni.*[94]

Wenn man damit die Neigung zum weiblichen Geschlecht vergleicht, so wird man finden, daß, ob solche gleich aus unserer Wahl entspringt, man sie doch nicht in dies Verzeichnis bringen könne. Ihr Feuer, das bekenne ich,

> *Neque enim est Dea nescia nostri*
> *quae dulcem curis miscet amaritiem*[95]

ist heftiger, durchdringender und angreifender. Aber, ein unbesonnenes, wildes Feuer, flatterhaft und ungleich; eine Fieberhitze, die bald steigt, bald fällt und die uns nur bei einem Zipfel hält. In der Freundschaft ist es überall verbreitete Wärme, im übrigen gemäßigt und immer sich gleich; eine Wärme, die anhält und nicht verfliegt; durchgängig lieblich und sanft schmelzend, die nichts Brennendes oder Stechendes bei sich führt. Was noch mehr ist, in der Liebe ist es nur ein ungestümes Begehren nach dem, was uns flieht.

> *Come segue la lepre il cacciatore*
> *Al freddo, al caldo, alla montagna, al lito,*
> *Nè più l'estima poi che presa vede;*
> *E sol dietro a chi fugge affretta il piede.*[96]

---

[94] Horaz, Od. II, 2, 6: Und ich selbst bin dafür bekannt, daß ich meine Brüder väterlich liebe.

[95] Catull LXVIII, 17: Auch wir sind nicht unbekannt der Göttin, die dem Wermut des Lebens Honig zumischt.

[96] Ariost X, 7: Wie der Weidmann dem Hasen nachsetzt, in Frost, in Hitze, durchs Tal und über Berge; und hat er ihn erhascht, nicht mehr sein achtet, nur bloß den, der ihn flieht, verfolgt.

Sobald sie sich in Freundschaft umwandelt, das heißt nach Gutbefinden des Willens beider, verraucht sie, erkrankt; Genuß, weil er nur am Körperlichen hängt und Sättigung hervorbringt, vernichtet sie. Die Freundschaft hingegen gibt in eben dem Maße Genuß, als sie begehrt. Sie sproßt, nährt sich und wächst bloß durch den Genuß, weil sie geistig ist und die Seelen durchs Annahen sich immer mehr einigen. Unter dieser vollkommenen Freundschaft haben jene flüchtigen Neigungen ehedem auch bei mir Platz gefunden; damit ich nichts von meinem Freunde sage – er hat es nur zu deutlich durch seine Gedichte bekannt. Also sind diese Leidenschaften beide mir nicht unbekannt geblieben; nie aber tat es eine der andern gleich. Die erste nimmt immer einen sehr hohen, stolzen Flug und sieht mit Verachtung auf die andere herab, die mit ihren Kräften tief unter ihr flattert.

Anlangend die eheliche Verbindung, außerdem, daß es damit weiter nichts ist als ein Handelskontrakt, der nur beim Eingehen frei ist, dessen Dauer aber unfreiwillig und gezwungen, weil sein Widerruf von andern Rücksichten als unserm Wollen abhängt, und ein Handelskontrakt, der gemeiniglich aus verheimlichten Absichten geschlossen wird: so kommen darin tausenderlei Knäuel für beide abzuwickeln vor, die so ineinandergewirrt sind, daß der Faden und der Lauf einer lebhaften Zuneigung dadurch leicht zerrissen wird. Wohingegen in der Freundschaft kein anderer Handel oder Geschäft stattfindet als über die Freundschaft selbst. Hierzu kommt dann noch, daß, die Wahrheit zu sagen, das schöne Geschlecht gewöhnlicherweise nicht hinlänglichen Stoff zur Unterhaltung besitzt, um dem Bedürfnis der Ideenmitteilung im täglichen Umgang, der Stärkung dieses heiligen Bandes, zu entsprechen; dabei scheinen ihre Seelen nicht fest genug zu sein, um den Druck eines so scharf geschürzten und dauerhaften Knotens auszuhalten. Und wahrlich, wenn ohne diese Unbequemlichkeiten ein solches freies ungezwungenes Bündnis geschlossen werden könnte, in welchem die Seelen nicht nur diesen völligen Genuß hätten, sondern wo auch die Körper ihren Teil an der Vereinigung nähmen und wo also der ganze Mensch in Wirksamkeit wäre – so ist gewiß, daß die Freundschaft dadurch an Fülle und Vollkommenheit gewinnen müßte. Aber die schöne Hälfte der Schöpfung ist noch durch kein Beispiel bis dahin gelangt und ist von den Schulen des Altertums davon ausgeschlossen. Und jene unnatürlichen Liebschaften bei den Griechen sind uns nach unseren

Sitten mit Recht ein Greuel; welche bei alledem auch nach ihrem Gebrauch notwendig einen so großen Unterschied an Jahren und an Obliegenheiten unter den Liebenden erheischten, daß sie auch nicht der vollkommenen Einigkeit und Übereinstimmung der Seelen fähig sind, welche wir hier verlangen. Quis est enim iste amor amicitiae? Cur neque deformem adolescentem quisquam amat, neque formosum senem?[97] Denn das Gemälde, welches die Akademie des Altertums davon macht, widerspricht mir nach meiner Meinung nicht in dem, was ich ihr nachspreche: daß diese erste Begierde nämlich, welche der Sohn der Venus dem Herzen des Liebhabers nach der Blume der zarten Jugend des geliebten Gegenstandes einflößte, welcher sie alle die ungezähmten und leidenschaftlichen Anfälle einräumt, die eine zügellose Begierde erregen kann, sich bloß auf eine äußere Schönheit gründete, auf das falsche Bild der körperlichen Fortpflanzung. Denn auf den Geist konnte sie sich nicht gründen, dessen Anschein selbst noch verborgen war; der erst noch im Keime lag und noch nicht gekeimt hatte: daß, wenn sich diese Gier eines schlechten Menschen bemeisterte, seine Mittel zu siegen, Reichtümer waren und Geschenke, Fürsprache zu dem Behuf, Ehrenämter zu erlangen und andere dergleichen niedrige Waren, welche die Akademiker tadeln. Befiel solche einen Mann von edleren Gesinnungen, so waren auch die Anlockungsmittel von edlerer Art. Bald waren es Unterricht in der Philosophie, bald Anweisung in der Verehrung der Religion, im Gehorsam gegen die Gesetze, für das Vaterland zu sterben, Beispiele der Tapferkeit, der Klugheit, der Gerechtigkeit. Im Bestreben des Liebhabers, sich durch Anmut und Schönheit seines Geistes angenehm zu machen, weil sein Körper bereits erbleicht war, und in der Hoffnung, daß diese geistige Verbindung ein festeres und dauerhafteres Bündnis befestigen würde. Wann diese Absicht zur rechten Zeit erreicht ward (denn das, was sie beim Liebenden nicht forderten, daß er nämlich in seiner Unternehmung nichts übereile und Klugheit anwende, das verlangten sie unumgänglich von dem Geliebten, um so mehr, da er über eine innerliche Schönheit urteilen mußte, welches keine leichte Kenntnis ist und eine abstrakte Entdeckung erfordert), so erzeugte sich in dem Geliebten ein

---

[97] Cicero, Tusc. disp. IV, 34: Was ist's denn eigentlich mit dieser Freund-schaftsliebe? Warum verfällt sie nicht auf häßliche Jünglinge, nicht auf schöne Greise?

Verlangen nach einer geistigen Empfängnis vermittelst einer geistigen Schönheit. Diese letzte war hierbei das vornehmste. Die körperliche war nur zufällig und stand der ersten nach. Ganz umgekehrt verhielt es sich mit dem Liebenden. Aus dieser Ursach ziehen sie den Geliebten vor und beweisen, daß auch die Götter ihn vorziehen, und tadeln den Dichter Aeschylus gar weidlich, daß er in der Liebe zwischen Achilles und Patroklus dem Achilles die Rolle des Liebenden gegeben, der in der ersten bartlosen Blute seiner Jünglingsjahre und der Schönste unter den Griechen war. Nächst dieser allgemeinen Übereinkunft, wobei der Geliebte und würdigste Teil seine Obliegenheit übte und der herrschende war, sagten sie auch, daß daraus viel nützliche Früchte fürs häusliche und fürs gemeine Wesen erwüchsen. Es sei die Kraft des Staates, dieser habe den besten Nutzen davon. Es sei der beste Schild der Billigkeit und Freiheit, wie die heilsame Liebschaft zwischen Harmodius und Aristogiton bezeugen soll. Gleichwohl nennen sie solche heilig und göttlich und stehe ihr nichts im Wege nach ihrer Meinung, weder die Gewalt der Tyrannen noch die Feigheit des Volkes. Kurz, alles was man der akademischen Schule zugunsten einräumen kann, ist, wenn man sagt:

Es war eine Liebe, die sich in Freundschaft auflöste. Wie sich denn das nicht übel mit der stoischen Definition von der Liebe verträgt:

Amorem conatum esse amicitiae faciendae ex pulchritudinis specie.[98]

Ich komme wieder auf meine Beschreibung, welche billiger und passender ist:

> *Omnino amicitiae, corroboratis jam confirmatisque et ingeniis et aetatibus, judicandae sunt.*[99]

Im übrigen ist das, was wir gewöhnlich Freundschaft nennen, wo Leute sich einander sehen, die Geschäfte miteinander haben und wodurch unsere Seelen sich miteinander unterhalten, eigentlich nur Bekanntschaft. In derjenigen Freundschaft, wovon ich rede, vermischen und schmelzen sie sich solchergestalt ineinander, daß ein so durchaus Zusammengesetztes daraus wird, daß auch die Spur der Naht davon verschwindet, welche sie aneinander geheftet hat.

---

[98] Cicero, Tusc. disp. IV, 34: Liebe sei der Drang, mit der Schönheit Freundschaft zu errichten.
[99] Cicero, De amic. 20: Jede Freundschaft läßt sich nur nach der Reife und Stärke des Alters und des Geistes beurteilen.

Wenn man in mich dringt, ich soll sagen, warum ich meinen Freund Boëtius liebte, so fühle ich wohl, daß sich das nicht anders ausdrücken läßt, als wenn ich antworte: »Weil's er war, weil ich's war.« Es ist dabei etwas, das über meinen Verstand geht; und alles, was ich besonders davon sagen kann, ist, diese Vereinigung ward durch eine unbegreifliche, unwiderstehliche Macht vermittelt. Wir suchten uns, bevor wir uns noch gesehen hatten, und zwar durch Ähnlichkeiten in der Gemütsstimmung, die wir voneinander hörten und welche auf unsre Neigung stärker wirkten, als nach ihrem berechneten Verhältnis zu er warten gestanden hätte; ich glaube, es geschah auf Verordnung des Himmels. Wir umarmten uns durch unsere Namen; und bei unserer ersten Begegnung, die bei einem großen Feste und einer feierlichen Stadtgesellschaft geschah, fanden wir uns so aneinandergezogen, so bekannt miteinander, so verbunden, daß von der Stunde an uns nichts so nahe war als wir uns einer dem andern. Er schrieb eine vortreffliche lateinische Satire, welche gedruckt worden, worin er die Schnelligkeit unsers Einverständnisses, welches so stracks fort zu seiner Vollkommenheit gedieh, entschuldigt und erklärt. Da es nur so kurz von Dauer sein sollte und so spät begonnen hatte (denn wir waren beide schon Männer an Alter und er schon einige Jahre weiter), so hatte es keine Zeit zu verlieren und durfte sich nicht nach dem Muster der schlaffen und regelgerechten Freundschaften richten, wobei so viele Behutsamkeit und so lange vorausgehende Bekanntschaft erfordert wird. Diese hier hat keine andere Idee als von sich selbst und kann sich auf nichts anderes beziehen als auf sich selbst. Es ist nicht eine besonders beabsichtigte Sache dabei, nicht zwei, nicht drei, nicht vier, nicht tausend; es ist, ich weiß nicht was für eine Quintessenz aus all diesem Gemische, welche sich meines ganzen Willens bemächtigt hatte und ihn dahin trieb, sich ganz in den seinigen zu stürzen und sich darin zu verlieren, und der, nachdem er sich völlig des seinigen bemächtigt, denselben gleichfalls antrieb, sich in den meinigen zu stürzen und zu verlieren, von einerlei Hunger getrieben mit ähnlichem Eifer. Ich sage mit Fleiß ineinander verlieren, denn sie behielt sich nicht das geringste als Eigentum vor oder etwas, das sein oder mein gewesen wäre.

Als Lälius in Gegenwart der römischen Konsuln, welche, nachdem Tiberius Gracchus verurteilt worden, alle diejenigen, die mit ihm im Einverständnis gestanden, zur Untersuchung brachten, nun den Cajus

Blosius, den wichtigsten Freund des Gracchus, im Verhöre fragte: »Wieviel er hätte für ihn tun wollen« und dann dieser antwortete: »Alles!«, so fuhr er fort: »Was, alles? Wie nun aber wenn er dir befohlen hätte, unsere Tempel anzuzünden?« – »Das hätte er mir gewiß nicht befohlen«, versetzte Blosius. – »Wenn er's nun aber getan hätte?« setzte Lälius hinzu. – »So hätte ich gehorcht!« antwortete er. War er des Gracchus so inniger Freund als die Geschichte sagt, so war es überflüssig, die Konsuln durch dies letzte kühne Geständnis aufzubringen; und durfte er nur auf der Zuversicht beharren, die er von dem Willen des Gracchus bezeugt hatte. Indessen verstehen diejenigen, welche diese Antwort für aufrührerisch erklären, das wahre Geheimnis doch nicht, und sehen über den Punkt weg, daß er den Willen seines Freundes in Händen hatte, indem er ihn kannte und ihn lenken konnte.

Sie waren mehr Freunde als Staatsbürger; mehr Freunde als Patrioten oder Rebellen oder als ehrgeizige Aufrührer. Sie hatten sich einer dem andern so völlig übergeben, daß jeder völlig den Zaum der Neigungen des andern in Händen hatte. Nun lasse man das Leitseil von der Tugend und der Vernunft regieren, wie es dann auch ohnedem völlig unmöglich wäre, den Zug anzuspannen, so ist die Antwort des Blosius so, wie sie sein mußte. Waren ihre Handlungen und Unternehmungen nicht Kinder ihres genauesten Einverständnisses, so waren sie, nach meinem Maßstabe, weder Freunde einer des andern noch Freunde ihrer selbst. Übrigens führt diese Antwort nichts weiter mit sich, als wenn sich jemand mit folgender Frage an mich wendete: »Wenn Ihr Wille Ihnen geböte, Ihre Tochter zu töten, würden Sie es tun?« und ich es bejahete. Denn das enthält noch kein Zeugnis, daß ich in die Tat willige, weil ich über meinen Willen gar keinen Zweifel hege, und ebensowenig über den Willen eines solchen Freundes. Es steht nicht in der Macht aller Beredungskünste von der ganzen Welt, mich aus meiner Gewißheit zu bringen, die ich von dem Willen und dem Verstand des meinigen habe. Man sollte mir keine einzige von seinen Handlungen vorlegen, was für eine Gestalt sie auch habe; davon ich nicht augenblicklich die Triebfeder auffinden wollte. Unsere Seelen sind so einstimmig miteinander am Joch gegangen, haben sich mit so warmer Zuneigung betrachtet, sich einander diese gegenseitige gleiche Zuneigung bis auf den tiefsten Grund ihres Innern schauen lassen – so daß ich nicht nur die seinige kenne wie meine eigene, sondern ich hätte mich, in Ansehung meiner, gewiß lieber ihm vertraut als mir selbst.

Komme man mir ja nicht und setze in diesen Rang jene andern Alltagsfreundschaften; ich habe davon ebensoviel Kenntnis wie ein anderer und das von den vollkommensten in ihrer Art; allein ich rate nicht, ihre Regeln miteinander zu verwechseln; man würde sich mächtig irren. Bei diesen andern Freundschaften muß man ja sehr bedächtig und vorsichtig verfahren und nie den Zügel aus der Hand lassen, die andere Verbindung ist so sicher geknüpft, daß es keines Mißtrauens bedarf. Liebe deinen Freund, sagte Chilon, als ob du ihn eines Tages hassen müßtest, und hasse deinen Feind so, als ob du ihn einst lieben müßtest. Dieser Rat, der in dieser hohen und erhabenen Freundschaft so scheußlich ist, hat gleichwohl bei gewöhnlichen und Alltagsverbindungen seinen heilsamen Nutzen; indessen ist's doch besser, wenn man statt dieses Rates Chilons, Aristoteles' gewöhnliches Sprichwort einführt: »O meine Freunde, man findet keinen Freund mehr.« In dieser noblen Freundschaft verdienen die Dienste und Wohltaten, welche die anderen Freundschaften stärken und nähren, kaum daß man ihrer erwähne und daran ist die äußerste Verwechslung unseres Willens schuld, denn eben wie die Freundschaft, die ich zu mir selbst trage, durch die Hilfe, die ich mir im Notfall suche, nicht verstärkt wird, was auch die Stoiker darüber sagen mögen; und wie ich mir selbst keinen Dank für den Dienst weiß, den ich mir leiste, ebenso vernichtet die Vereinigung solcher Freunde, wenn sie ungeheuchelt wahr ist, das Andenken und selbst das Gefühl solcher Pflichten und haßt und verbannt sie; und mit ihnen die Worte, welche Frost und Entfernung veranlassen als Wohltaten, Verbindlichkeit, Erkenntlichkeit, Bitte, Dank und dergleichen mehr. Da alles unter ihnen gemeinschaftlich ist, Wille, Denkart, Urteil über vorkommende Dinge, Güter, Weiber, Kinder, Ehre und Leben, und ihre äußere Sorgfalt nur zwei Gegenstände hat, eine Seele nämlich und zwei Körper, wie Aristoteles es sehr richtig definiert hat, so können sie sich einander weder etwas leihen noch geben.

Hierauf gründet es sich, warum die Gesetzfabrikanten, um die Ehe mit einiger eingebildeten Ähnlichkeit mit dieser göttlichen Einigkeit zu beehren, die Schenkungen zwischen Ehemann und Ehefrau verboten haben. Sie wollten dadurch zu verstehen geben, daß unter ihnen alles gemeinschaftlich sein sollte und daß unter ihnen nichts Geteiltes oder zu Verteilendes statt finde. Wenn in der Freundschaftsverbindung, von der ich hier rede, der eine dem andern etwas zu schenken hätte, so wäre es derjenige, welcher die Wohltat erhält, welcher seinen Genossen verbindlich machte. Denn einer würde den andern vor allen Dingen sich verbindlich zu machen suchen durch Wohltun; sowohl der, welcher die Materie und die Gelegenheit gibt, als der, welcher der Freigebige ist, indem er seinen Freund das Vergnügen macht, was er seinerseits am meisten wünscht.

Wann der Philosoph Diogenes Mangel hatte an Geld, so sagte er, daß er's von seinen Freunden wieder begehrte, nicht daß er solche darum bäte. Und um zu zeigen, wie das der Tat nach geschah, will ich ein sehr sonderbares Beispiel aus dem Altertum anführen. Der Korinther Eudamidas hatte zwei Freunde, einen Charixenus aus Sycion und einen andern namens Aretheus aus Korinth. Bei der Annäherung seines Todes, da er arm war und seine Freunde reich, machte er folgendes Testament:»Meinem Freund Aretheus vermache ich meine Mutter, um solche zu nähren und in ihrem Alter zu pflegen. Meinem Freund Charixenus vermache ich meine Tochter, um sie zu verheiraten und ihr einen so großen Brautschatz als nur möglich zur Aussteuer zu geben, und in dem Falle, da einer vor dem andern sterben sollte, so substituiere ich ihm den andern, der ihn überlebt.«

Diejenigen die zuerst das Testament sahen, trieben darüber ihren Spott; als aber die Erben davon Nachricht erhielten, nahmen sie's mit großem Vergnügen an; und als einer von ihnen, Charixenus, fünf Tage darauf starb, welchem Aretheus substituiert war, so unterhielt dieser die Mutter mit der fleißigsten Sorgfalt, und von den fünf Talenten, die er im Vermögen hatte, gab er seiner einzigen leiblichen Tochter zwei und ein halbes und die übrigen drittehalb Talente der Tochter des Eudamidas, die er mit seiner eigenen Tochter zugleich verheiratete.

Dies Beispiel ist sehr sprechend. Was daran auszusetzen sein möchte, wäre die Mehrheit der Freunde; denn die vollkommene Freundschaft, von der ich hier rede, ist unteilbar. Jeder von beiden übergibt sich seinem Freund so gänzlich, daß ihm nichts übrigbleibt, was er einem andern geben könnte. Es tut ihm vielmehr leid, daß er nicht zweifach sei, dreifach und vierfach, und daß er nicht mehr Seelen habe denn eine und mehr als einen Willen, um das alles dem einzigen Gegenstand zu übertragen. Alltagsfreundschaften lassen sich teilen, man kann in dem einen die Schönheit liebhaben, in dem andern die sanften Sitten, in einem andern die Freigebigkeit, in diesem die Zärtlichkeit des Vaters, in jenem des Bruders usw. Bei dieser Freundschaft aber, welche sich der Seele bemächtigt und solche unumschränkt regiert, ist es unmöglich, daß sie zweifach ist. Wenn deine zwei Freunde zu gleicher Zeit von dir Beistand verlangten, welchem von beiden würdest du zur Hilfe eilen? Wenn sie sich widersprechende Pflichten von dir forderten, nach welcher Ordnung würdest du verfahren? Wenn dir der eine ein Geheimnis anvertraute, das dem andern ersprießlich wäre zu wissen, wie würdest du dich dabei benehmen? Die einzige und vornehmste Freundschaft läßt keine Verbindung der Seele weiter zu, das Geheimnis, was ich zu bewahren beschworen habe, kann ich ohne Meineid demjenigen mitteilen, der eigentlich mein anderes Ich ist. Es ist ein nicht kleines Wunder, sich selbst zu verdoppeln. Und diejenigen kennen seine Größe nicht, welche von triplieren schwatzen. Nichts ist über sein Maß hinaus, das seinesgleichen hat. Und wer für bekannt annimmt, daß ich von zweien den einen ebenso stark liebe als den andern und daß jeder von ihnen sich untereinander und mich ebenso lieben als ich sie, der vervielfacht in der Seelenbrüderschaft eine Sache, die nur einfach und einzig und wovon eine noch dazu die seltenste ist, die man auf dieser Welt finden kann. Das übrige dieser Geschichte schickt sich sehr gut zu dem, was ich sagte; denn Eudamidas vermacht seinen Freunden aus Liebe und Gefälligkeit die Gelegenheit, ihm in seinem Bedürfnis zu helfen; er setzt sie zu Erben derjenigen Freigebigkeit ein, die darin besteht, ihnen die Mittel an die Hand zu geben, wodurch sie ihm wohltun können. Und in seiner Handlung zeigt sich ohne Zweifel die Stärke der Freundschaft viel heller als in der Tat des Aretheus. Kurz, es sind Effekte, die für denjenigen undenkbar sind, der nicht selbst einige Erfahrung davon hat, und die mir die Antwort so äußerst ehrwürdig machen, welche jener junge Krieger dem Cyrus gab, da er von ihm befragt wurde, für wieviel er das Pferd weggeben wollte, mit dem er den Preis im Wettrennen gewonnen hatte; ob er es wohl gegen ein Königreich vertauschen möchte. »Nein Herr, gewiß nicht; gern aber gäb' ich's hin, wenn ich dadurch einen Freund gewinnen könnte; ich müßte aber einen Mann finden, der des Bündnisses wert wäre.« Er sagte ganz richtig, »ich müßte finden«; denn man findet Menschen genug, die sich zu einer oberflächlichen Bekanntschaft schicken; bei dieser Freundschaft aber, wo es auf alles ankommt, was wir sind und haben, nichts ausgenommen, ist es nötig, daß alle Bewegursachen rein und vollkommen sicher sind. Bei Verbindungen, die nur auf einen Zweck zielen, sind nur solche Unvollkommenheiten zu vermeiden, welche sonderlich diesem Zweck hinderlich wären. Es ist gleichgültig, von was für Religion mein Arzt ist und mein Anwalt. Dieser Umstand hat mit den Freundschaftsdiensten, die sie mir zu leisten haben, nichts zu schaffen. Und mit der häuslichen Verbindung, welche die Leute mit mir eingehen, die mir dienen, verfahre ich ebenso; und erkundige mich, wenn ich einen Lakaien annehme, wenig danach, ob er keusch, sondern ob er fleißig ist und seinen Dienst versteht; und fürchte nicht so sehr, einen Reitknecht zu bekommen, der sein Geld verspielt, als einen, der ein Dummkopf ist; noch einen Koch, der flucht und schilt, als einen, der nichts versteht. Es ist meine Sache nicht, zu sagen, was man in der Welt tun soll, es gibt andere genug, die sich damit abgeben; weiß ich nur, was ich darin tue.

Mihi sic usus est: tibi, ut opus est facto, face.[100]

Bei Tische habe ich lieber aufgeweckte als fürsichtige Gäste; im Bett lieber Schönheit des Körpers als Schönheit des Geistes; beim geselligen Gespräch lieber Verstand und Witz als schulgerechte Weisheit und so im übrigen. Gerade so wie derjenige, den man mit seinen Kindern spielend auf einem Stecken reitend antraf, den Mann, der ihn ertappte, bat, er möchte es nicht eher ausbringen, bis er erst selbst Vater geworden wäre, weil er meinte, die väterliche Zärtlichkeit, die alsdann in seiner Seele lebendig werden müßte, würde ihn zum billigen Richter über diese Tat machen, so wünschte ich, mit Leuten zu reden, die das erfahren hätten, wovon ich spreche; allein da ich weiß, wie selten eine solche Freundschaft und wie hoch sie über den gewöhnlichen Brauch der Welt hinaus ist, so erwarte ich darüber keinen guten Richter. Denn selbst die Meinungen, die das Altertum uns über diesen Gegenstand hinterlassen hat, kommen mir, gegen die Gefühle, die ich davon habe, als seicht und flach vor. Und in diesem Punkte übertreffen die Wirkungen die Lehren der Philosophie selbst.

---

[100] Terenz, Heautont. I, 1, 28: So mach' ich's. Du magst es treiben, wie dir's die Umstände gebieten.

Nil ego contulerim jucundo sanus amico. [101]

Der alte Menander pries den glücklich, der nur den Schatten von einem Freund hätte finden können. Er hatte gewiß recht, das zu sagen; selbst wenn er aus Erfahrung gesprochen. Denn, in Wahrheit, wenn ich das übrige meines Lebens, das ich zwar durch die Gnade Gottes ganz gemächlich und bequemlich und außer dem Verlust eines solchen Freundes frei von drückendem Kummer, mit ganz ruhigem Gemüt hingebracht habe, indem ich das, was mir der Himmel bescherte, mit Danksagung genoß und nicht mehr Überfluß begehrte; wenn ich es ganz durchgängig vergleiche, sage ich, mit den vier Jahren, da mir's so gut ward, des süßen Umgangs mit diesem Manne zu genießen, so ist's ein bloßer Rauch, nichts weiter als eine dunkle freudenleere Nacht. Seit dem Tage, da ich ihn verlor:

> *Quem semper acerbum,*
> *semper honoratum (sic Di, voluistis!) habebo* [102],

schleich' ich hinwelkend umher, und die Freuden selbst, die sich mir darbieten, anstatt mich aufzuheitern, verdoppeln meinen Schmerz über seinen Verlust. Wir gingen beständig zur Hälfte: mich dünkt, ich raube ihm jetzt seinen Anteil.

> *Nec fas esse ulla me voluptate hic frui*
> *Decrevi, tantisper dum ille abest meus particeps.* [103]

Ich war dergestalt daran gewöhnt, überall selbander zu sein, daß mir deucht, ich sei nur noch halb.

> *Illam meae si partem animae tulit*
> *Maturior vis, quid moror altera?*
> *Nec carus aeque, nec superstes*
> *Integer. Ille dies utramque Ducet ruinam.* [104]

---

[101] Horaz, Sat. I, 5, 44: Allen Dingen den frohen Genuß eines Freundes vorzuziehen, treibt mich die Vernunft.

[102] Vergil, Aen. V, 49: Tag, der mir ewig schmerzhaft (so wollen's die Götter), Tag, der mir ewig heilig sein wird.

[103] Terenz, Heautont. I, 1, 97: Und das ist mein Schluß auf immer, nie eine Freude zu genießen, solang er sie nicht mit mir teilt. Ihm nie sein Recht zu nehmen.

[104] Horaz, Od. II, 17, 5: Wenn meinen besten Teil der Seele die Parzen vor der Zeit abrissen, was zaudert der andere, der mir nicht lieber, nicht überlebender ist! Ein Tag stürzt uns beide ins Grab.

Bei jeder Handlung, bei jedem Gedanken finde ich Gelegenheit zu dieser Klage, so wie er getan haben würde, wenn er mich überlebt hätte; denn, so wie er mich in jeder andern Wissenschaft und Tugend unendlich weit übertraf, so tat er's auch in der Pflicht der Freundschaft.

> *Quis desiderio sit pudor aut modus*
> *Tam cari capitis.*[105]

> *O misero frater adempte mihi!*
> *Omnia tecum una perierunt gaudia nostra,*
> *Quae tuus in vita dulcis alebat amor.*
> *Tu mea, tu moriens fregisti commoda, frater;*
> *Tecum una tota est nostra sepulta anima,*
> *Cuius ego interitu tota de mente fugavi*
> *Haec studia, atque omnes delicias animi.*[106]

> *Alloquar? Audiero nunquam tua verba loquentem?*
> *Nunquam ego te, vita frater amabilior,*
> *Adspiciam posthac? at certe semper amabo.*[107]

Aber laß uns ein wenig hören, was der Jüngling von sechzehn Jahren zu sagen hat.

Weil ich gefunden habe, daß dies Werk seitdem von solchen Menschen aus böser Absicht in den Druck gegeben worden, welche den Staat zu beunruhigen und seine Verfassung zu ändern trachten, ohne eben zu wissen, ob sie solche auch verbessern möchten, und weil sie dies Werk mit andern Schriften von ihrem eignen Machwerk zusammengemengt haben, so hab' ich mich eines andern besonnen und werde es hier nicht einrücken. Und damit das Andenken des Verfassers nicht bei denen darunter leide, welche seine Meinungen und Handlungen nicht in der Nähe gekannt haben, so berichte ich ihnen, daß diese Materie von ihm schon in seinen Knabenjahren, gleichsam als zur bloßen Übung, ist bearbeitet worden, als eine Materie, die alltäglich genug und schon in

---

[105] Horaz, Od. I, 24, 1: Der Sehnsucht sollt ich mich und ihrer Heftigkeit schämen? Sie mäßigen bei einem so schmerzlichen Verlust?
[106] Catull LXVIII, 20: Oh, wie elend macht, Bruder, mich dein Verlust! Dahin mit dir ist meine Freude! Mit dir starb jeder Genuß mir, der mir durch den Besitz deiner edeln Seele, solang du hier walltest, geschenkt ward. Dein Tod hat mir meine Seele geraubt, hat alle Musen, alle Grazien mir verscheucht.
[107] Catull LXV, 9: Soll ich nie dich wieder sprechen? Nie, liebenswürdigster Bruder, dein Antlitz wieder sehen? Doch werd' ich gewiß ewig dich lieben.

tausend Stellen in Büchern abgedroschen worden. Ich zweifle im geringsten nicht daran, daß er glaubte, was er schrieb, denn er war gewissenhaft genug, um selbst im Scherz keine Unwahrheit zu sagen. Dabei weiß ich noch, daß, wenn die Wahl bei ihm gestanden hätte, er lieber zu Venedig als zu Sarlat geboren wäre; und zwar mit Recht.

Er hatte aber einen andern Grundsatz unauslöschlich in seine Seele geprägt: sich den Gesetzen des Landes, wo er geboren worden, zu unterwerfen und ihnen getreulich zu gehorchen. Es war kein besserer Bürger zu erdenken, oder der mehr die Ruhe seines Landes wünschte, oder ein größerer Feind von den Friedensstörern und Neuerern seiner Zeit gewesen wäre. Er hätte viel lieber seine Kräfte angewendet, das Feuer zu löschen, als es weiter anzufachen. Er hatte seinen Geist nach dem Muster anderer Jahrhunderte als des gegenwärtigen gebildet ...

Von der Mäßigung.

Gleichsam als ob unsere Berührung etwas Ansteckendes hätte, verderben wir durch unser Behandeln solche Dinge, die an und für sich selbst schön und gut sind. Wir können die Tugend auf eine Art ergreifen, daß sie dadurch fehlerhaft wird; wenn wir solche mit zu großer Hitze und zu heftiger Gier umarmen. Diejenigen, welche sagen, in der Tugend könne niemals ein Übermaß stattfinden, spielen mit Worten, und erwägen nicht, daß da keine Tugend mehr ist, wo sich Übermaß befindet.

> *Insani sapiens nomen ferat, aequus iniqui,*
> *Ultra quam satis est, virtutem si petat ipsam*[108]

ist eine feine Bemerkung der Philosophie. Man kann sowohl die Tugend übermäßig lieben als sich ausschweifend bei einer gerechten Handlung benehmen. Auf diese Behutsamkeit zielt die Schrift, wenn sie sagt: »Seid nicht weiser, als sich gebührt, sondern seid weise mit Zucht!« Ich habe an einem Großen erlebt, daß er die Ehre seiner Religion dadurch verkleinerte, daß er, über alle Beispiele von Personen seines Standes hinaus, sich religiös bezeigte.

---

[108] Horaz, Epist. I, 6, 15: Ja, selbst den Weisen heißt man toll, den frommen Schalk, der's mit der Tugend weiter treibt, als seine Pflicht erheischt.

Ich liebe die gemäßigten Naturen, welche die Mittelstraße halten. Wenn mich auch die Unmäßigkeit, selbst im Guten, nicht in Harnisch bringt, so setzt sie mich doch in Erstaunen und macht mich irre über den Namen, den ich ihr geben soll. Weder die Mutter des Pausanias, welche den ersten Wink gab und den ersten Stein zum Tode ihres Sohnes herbeibrachte, noch der Diktator Posthumius, welcher den seinigen hinrichten ließ, den die Hitze der Jugend so glücklich hingerissen hatte, ein wenig aus seinem Glied hervorzutreten, scheinen mir so gerecht als auffallend. Und ich möchte eine so wilde und eine so teuer erkaufte Tugend weder anraten noch nachahmen. Der Schütze, welcher über die Scheibe hinschießt, fehlt ebensowohl als der, welcher zu kurz schießt. Und die Augen werden mir ebensowohl geblendet, wenn ich plötzlich in ein helles Licht sehe als in eine große Dunkelheit. Callicles sagt beim Plato, die äußerste Grenze der Philosophie sei nachteilig, und rät an, sich nicht tiefer hinein zu wagen, als sofern sie Nutzen gewährt; mäßig getrieben sei sie angenehm und gefällig; am Ende aber mache sie den Menschen wild und unbändig, zum Verächter der Religion und der bürgerlichen Gesetze; zum Feinde des geselligen Umgangs; zum Feinde der menschlichen Freuden; mache unfähig zur Verwaltung öffentlicher Geschäfte, oder dem Nebenmenschen beizustehn, oder sich selbst zu helfen: mache bloß geschickt, sich umsonst nasenstübern zu lassen. Er hat recht! Denn so bald sie übertrieben ist, legt sie unsre natürliche Freiheit in Sklavenketten und verleitet uns durch ihre lästige Spitzfindigkeit, den schönen, ebenen Weg zu verlassen, den die Natur uns anweist. Es ist nach allen Gesetzen erlaubt und recht, unsre Gattin zu lieben: gleichwohl hat die Theologie nötig erachtet, dieser Liebe einen Zaum anzulegen und sie in gewissen Schranken zu halten. Wo ich nicht irre, so las ich einst beim Sankt Thomas, in einer Stelle, wo er die Ehen im verbotenen Grade verdammt, unter andern angeführten Gründen auch diesen: Es stehe zu befahren, die Neigung zu einer solchen Gattin möchte unmäßig werden. Denn befände sich dabei die eheliche Liebe ganz und völlig, wie sich zieme, und man überlade sie noch dazu mit jener Liebe, die man der Blutsfreundin schuldig, so sei kein Zweifel, dies Übergewicht müsse einen solchen Ehemann über den Schlagbaum der Vernunft hinaustreiben.

Die Wissenschaften, welche die menschlichen Sitten anordnen, als z.B. die Theologie und Philosophie, befassen sich mit allen Dingen.

Keine Handlung, sie sei noch so verborgen oder geheim, kann sich ihren Urteilen und ihrer Gerichtsbarkeit entziehen. Wahre Lehrlinge sind es, die ihre Freiheit verfechten. Die Weiblein lassen nach Lust und Belieben den Buhlen ihre Heimlichkeiten erfahren; den Arzt aber? Ja, das verbietet die Schamhaftigkeit. Ich will also, in ihrem Namen, die Männer folgendes lehren, wenn es noch welche geben sollte, die die Sache zu hitzig betreiben, nämlich, das Vergnügen selbst, das sie in Erkenntnis ihrer Frauen genießen, ist verwerflich, wenn nicht Mäßigung dabei beobachtet wird; und können sie in dieser Sache ebensowohl als in einer unerlaubten durch Übermaß und Ausschweifung in Fehler verfallen. Diese unehrbaren Liebesbeweise, zu denen uns die erste Hitze in diesem Spiel treibt, werden nicht bloß nur unanständiger-, sondern sehr schädlicherweise gegen unsre Weiber verwendet. Laß sie doch wenigstens von andrer Hand lernen, unverschämt sein! Sie sind immerdar willig genug zu unseren Bedürfnissen. Ich habe mich dabei immer an die natürliche und einfache Anweisung gehalten.

Der Ehestand ist eine fromme heilige Verbindung. Das ist der Grund, warum das Vergnügen, welches man daraus zieht, ein bedächtliches, ernsthaftes und mit einiger Strenge vermischtes Vergnügen sein muß. Es muß eine gewissermaßen kluge und gewissenhafte Wollust sein. Und, weil ihr Hauptzweck Erhaltung und Fortpflanzung ist, so gibt es einige, die es in Zweifel ziehen, ob, wann die Beschaffung dieses Endzwecks nicht zu hoffen ist, als z.B., wenn schon die Frau über Jahre hinaus ist oder bereits ihre Bürde trägt, es erlaubt sei, dann noch diesen Beweis der Liebe zu begehren. Nach dem Plato wäre es ein Menschenmord. Gewisse Nationen (unter andern die mohammedanische) verabscheuen die Vereinigung mit einer Frau, während daß sie hohen Leibes ist. Verschiedene andre berühren keine Frau, solange ihr Rosenstock blüht. Zenobia erlaubte ihrem Ehgemahl nur eine Umarmung, hernach enthielt sie sich von ihm entfernt, die ganze Zeit, bis sie entbunden worden; da sie ihm dann erst wieder gestattete, den Zweck der Fortpflanzung zu bezielen. Ein herrliches, großmütiges Beispiel eines Ehebündnisses!

Plato hat von einem Dichter, der auf diesen Handel sehr gierig und heißhungrig gewesen sein mag, folgende Erzählung entlehnt: Jupiter erkannte einst seine Juno mit solcher Glut, daß er nicht Geduld genug hatte, sie zu ihrem Liebeslager zu führen; sondern den harten Fußboden zum Thalamo erhob und über der Freude alle die großen und wichtigen Entschlüsse vergaß, die er mit den übrigen auf dem Olymp versammelten Göttern genommen hatte. Er rühmte dabei, er habe sie diesmal ebenso entzückend befunden, als da er ihr, ihren Eltern unbewußt, das erstemal den Gürtel gelöst.

Die Könige von Persien nahmen ihre Gemahlinnen mit in die Gesellschaft, bei ihren Hoffesten; wenn sie aber fühlten, daß der Wein anfing sie zu erhitzen und daß sie die Wollust gar nicht mehr im Zügel halten könnten, so schickten sie solche zurück nach ihren Wohnungen im Innern des Palastes, um sie an ihren unmäßigen Begierden keinen teilnehmen zu lassen, und ließen dann statt ihrer solche Weibsbilder herbeiführen, denen sie nicht schuldig waren, mit Achtung zu begegnen. Alle Ergötzungen und alle Befriedigungen herbergen nicht wohl zusammen bei aller Art Menschen. Epaminondas hatte einen liederlichen Burschen ins Gefängnis werfen lassen. Pelopidas bat ihn, solchen, ihm zu Gefallen, auf freien Fuß setzen zu lassen. Er schlug es ihm ab, verwilligte es aber einer seiner Dirnen, die ihn gleichfalls darum bat, und sagte dabei, es sei eine Gefälligkeit, die man wohl einer Freundin gewährte, sie sei aber unter der Würde eines Generals. Als Sophokles mit Perikles das Amt der Prätur verwaltete und eben zufälligerweise einen schönen Knaben vorbeigehen sah, sagte er zum Perikles: »Ei, sieh einmal den schönen Knaben!« – »Das wäre so etwas,« antwortete Perikles, »für einen, der nicht Prätor wäre; denn ein Prätor muß nicht nur reine Hände, sondern auch reine Augen haben.«

Der Kaiser Älius Verus antwortete seiner Gemahlin, als sie sich darüber beschwerte, daß er andern Weibern nachginge, das täte er aus Gewissensdrang; denn der Ehestand sei eine Benennung von Ehre und Würde und hätte mit Tändeleien und sinnlichen Begierden nichts zu tun: und unsere Kirchengeschichte hat uns das Andenken jener Frau in allen Ehren auf bewahrt, die sich von ihrem Ehemann scheiden ließ, weil sie seine unverschämten und häufigen Betastungen weder begünstigen noch dulden wollte. Kurz, es gibt keine noch so erlaubte Wollust, deren unmäßiger Genuß uns nicht zum Vergehen angerechnet werden müßte.

Ganz aufrichtig gesprochen aber, ist der Mensch nicht ein armseliges Tier? Kaum steht es, in seinem natürlichen Zustand, in seiner Macht, ein einziges Vergnügen ganz und rein zu genießen! Und dabei gibt er sich noch Mühe, ihrer aus Überlegung zu entbehren! Als ob er noch nicht elend genug wäre, wenn er sein Elend nicht noch durch Kunst und Nachsinnen vermehrte?

Fortunae miseras auximus arte vias.[109]

Die menschliche Weisheit gibt sich die dumme Mühe, die Wollust nach Zahl und Süßigkeit zu vermindern, die unser Erbteil ist; eben wie sie sich mit aller Vorliebe beschäftigt, ihre ganze Kunst daran zu verschwenden, die Übel zuzuputzen, zu kämmen und zu schminken, um sie uns weniger scheußlich zu machen. Wäre ich Haupt einer Sekte gewesen, ich hätte einen natürlicheren Weg eingeschlagen, ich will sagen, einen wahreren, bequemeren und heiligeren, und hätte mich vielleicht mächtig genug gemacht, um ihn vorzuschreiben. Obgleich unsre geistlichen und leiblichen Ärzte, nach einem unter sich gemachten Komplotte, keinen Weg zur Genesung finden noch Mittel gegen die Krankheiten der Seele oder des Leibes als durch Qualen, Schmerzen und Leiden. Wachen, Fasten, härne Kleidung, Verbannung in Wüsten und Einsiedeleien, ewige Gefängnisse, Geißeln und andre Büßungen sind des Endes eingeführt; aber unter solchen Umständen, daß es wahre Leiden sein und herbe Bitterkeit bewirken sollen. Wie einem Gallio, von dem man, als er auf die Insel Lesbos ins Elend verwiesen worden, in Rom Nachricht erhielt, daß er sich's dort ganz wohl sein ließe und daß, was man ihm als Strafe auferlegt hätte, zu seiner Bequemlichkeit gedeihe; weswegen man denn einen andern Entschluß faßte und ihm heimzukommen befohlen und bei seiner Frau in seinem Hause zu wohnen, mit dem Beifügen, sich da ruhig zu halten, um ja die Strafe so einzurichten, daß ihn solche schmerzte. Denn für denjenigen, dem das Fasten die Gesundheit stärkte und Heiterkeit gäbe, dem das Gift besser schmeckte und besser bekäme als Fleisch, ruf den wäre es keine heilsame Arznei; sowenig, als in der andern Arzneikunde solche Medizin Wirkung tut, die er mit Vergnügen und Wohlgefallen einnimmt. Bitterkeit und Widerwille sind Umstände, die zur Wirkung behilflich sind. Die Natur, welche den Rhabarber als ein gewöhnliches Nahrungsmittel annähme, würde ihre medizinische Kraft stören. Es muß etwas sein, das unsern Magen angreift, um ihn zu heilen; und hier

---

[109] Properz III, 7, 44: Ein Unbill aus des Schicksals Hand erhöhen wir durch Kunst zum Jammer.

hinkt die gemeine Regel, daß die Sachen nur durch entgegenstehende Dinge geheilt werden. Denn ein Übel heilt hier das andre.

Dieser Eindruck bezieht sich auch gewissermaßen auf jene sehr alte Meinung, da man dem Himmel und der Natur sich durch Mord und Totschlag angenehm zu machen dachte; welche Meinung in allen Religionen aufgenommen war. Noch zur Zeit unsrer Väter würgte Amurath, als er den Isthmus eroberte, der Seele seines Vaters sechzehnhundert junge Griechen, damit dies Blut als Reinigungsbad bei der Aussöhnung der Sünden des Verblichenen dienen möchte. Und in diesen neuen Ländern, die man zu unsrer Zeit entdeckt hat, die, in Vergleichung mit den unsrigen, noch rein, unschuldig und jungfräulich sind, ist der Gebrauch so ziemlich allgemein. Alle ihre Götzen schlürfen Menschenblut, und es gibt dort manche Beispiele von Grausamkeit. Man verbrennt die Menschenopfer lebendig, und halb gebraten nimmt man sie vom Kohlenhaufen weg, um ihnen Herz und Eingeweide aus dem Leibe zu reißen. Andre, besonders Weiber, schindet man lebendig, und mit ihrer blutigen Haut bekleidet oder verlarvt man andre. Auch sieht man nicht weniger Beispiele von Standhaftigkeit und Entschlossenheit. Denn diese armen, zum Opfer erkiesten Menschen, Greise, Weiber, Kinder, gehen einige Tage vorher selbst, herum und betteln die Almosen zusammen, wovon die Kosten bei ihrer Opferung bestritten werden, und beim Schlachtaltar stellen sie sich ein, singend und tanzend mit den übrigen Anwesenden.

Als die Abgesandten des Königs von Mexiko dem Ferdinand Córtez die Größe ihres Herrn begreiflich machen wollten und ihm bereits erzählt hatten, er habe dreißig Fürsten unter sich, deren jeder hunderttausend Krieger auf die Beine bringen könnte, und daß er in der schönsten und festesten Stadt unterm Himmel seine Wohnung habe, so fügten sie noch hinzu, er habe jährlich fünfzigtausend Menschen den Göttern zu opfern. Man sagt wirklich, dieser König habe mit verschiedenen großen benachbarten Völkerschaften Krieg unterhalten, nicht bloß, um die Jugend des Landes zu üben, sondern vornehmlich deswegen, damit er jene Opfer mit Kriegsgefangenen beschicken könne. Anderwärts, in einem gewissen Marktflecken, opferte man, um Córtez zu bewillkommen, fünfzig Menschen auf einmal. Laß mich noch diese Erzählung anführen: Nachdem einige von diesen Völkern vom Córtez geschlagen worden, schickten sie Abgeordnete an ihn, um zu kundschaften und ihn um seine Freundschaft zu bitten. Diese

Botschafter überbrachten dreierlei Gattungen von Geschenken auf folgende Weise: »Herr«, sagten sie, »hier sind fünf Sklaven! Bist du ein strenger Gott und nährest du dich von Menschenfleisch und Blut, verzehre sie und wir wollen dir mehr herbringen; bist du ein Gott von sanftmütigem Sinn, so sind hier Federn und Räucherwerk, zum Geschenk für dich; bist du ein Mensch, so nimm dies Geflügel und diese Früchte, die wir dir überbringen.«

Über die Einsamkeit.

Die weitläufige Vergleichung des einsamen mit dem tätigen oder geselligen Leben wollen wir linker Hand liegen lassen. Und was die glatten Worte anlangt, hinter welche sich die Ehrsucht und der Geldgeiz verbergen wollen, »daß wir nicht bloß unsertwegen, sondern für das allgemeine Beste auf dieser Welt sind«, so wollen wir es denen, die eben am Tanze sind, ganz dreist ins Gewissen schieben, und sie mögen die Hand aufs Herz legen und sagen, ob man nicht, gerade im Gegenteil, Stand und Ämter und den Wirrwarr der Welt nur deswegen sucht, um vom allgemeinen Wesen seinen eigenen und besondern Vorteil zu ziehen; die elenden Mittel, wodurch man sich zu unsern Zeiten hineindrängt, zeigen deutlich, daß der Zweck nicht viel taugt. Der Ehrsucht laß uns antworten: daß es gerade sie selbst sei, die uns Gefallen an der Einsamkeit einflößt; denn was flieht sie geflissentlicher als gesellschaftlichen Umgang, was sucht sie emsiger als weiten Spielraum für sich allein? Es läßt sich allenthalben Gutes tun und Böses; wenn indessen der Spruch des Bias wahr ist, daß der schlechteste Teil der größere ist, oder auch der Spruch des Predigers Salomon: Unter tausend ist auch nicht einer, der gut sei:

> *Rari quippe boni: numero vix sunt totidem quot*
> *Thebarum portae, vel divitis ostia Nili*[110],

so ist die Ansteckung im Gedränge sehr gefährlich. Man muß die verderbten Menschen entweder nachahmen oder sie hassen. Beides aber ist gefährlich, sowohl daß man sie nachahme, weil ihrer so viele;

---

[110] Juvenal XIII, 24: Nur selten sieht man der Guten so viel als Pforten von Theben, als Arme vom Nil.

als so viele zu hassen, weil sie uns unähnlich sind. Und haben die Kaufleute recht, welche Seereisen tun, darauf zu sehen, daß keine liederlichen Menschen, Gotteslästerer oder andere Bösewichter mit ihnen ein Schiff besteigen, weil solche Gesellschaft Unglück bringt. Daher sagte Bias gar treffend zu einigen Menschen von solchem Schlage, die in einem wackern Seesturm mit ihm auf einem Schiffe sich befanden und die Götter um Hilfe anflehten: »Haltet doch 's Maul,« sagte er, »damit sie nicht merken, daß ich euch bei mir habe!« Und ein noch bündigeres Beispiel gibt der portugiesische Vizekönig in Indien, Albuquerque: Als er sich auf dem Meere in großer Gefahr befand, nahm er einen jungen Knaben auf die Schultern, in der einzigen Absicht, ihm werde die Unschuld des Kindes in der gemein- schaftlichen Not zur Rettung und zur Empfehlung in die Gunst des Himmels dienen, um ihn an Land zu bringen.

Es ist nicht zu leugnen, der Weise kann allenthalben zufrieden leben; ja selbst im Gedränge der Paläste einsam sein und sich selbst genießen: hat er aber die Wahl, so wird er, sagt die Schule, selbst ihren Anblick fliehen; er wird, wenn es nötig ist, das erste ertragen; steht's aber bei ihm, so wird er das letztere wählen. Ihn dünkt, er habe sich noch nicht hinlänglich der Fehler entschlagen, solange er mit den Lastern andrer kämpfen soll. Charondas belegte diejenigen mit Strafen, welche überzeugt wurden, daß sie sich in schlechten Gesellschaften befunden hätten. Nichts in der Welt ist so ungesellig und zugleich so gesellig als der Mensch; das eine durch seine Schuld und das andre nach seiner Natur. Und deucht mich, Antisthenes habe denjenigen nicht befriedigt, der ihm seinen Umgang mit schlechten Leuten vorrückte, wenn er darauf erwiderte: »Halten doch die Ärzte mit den Siechen Umgang; denn wenn sie den Siechen zur Gesundheit dienen, so schwächen sie ihre eigene durch die Ansteckung, durch fortwährende Besuche und durch häufigen Umgang mit ihnen.« Also ist, nach meiner Meinung, das Resultat einerlei, nämlich: mehr für sich und nach seiner eigenen Gemächlichkeit zu leben. Man sucht aber nicht immer ernsthaft den Weg dahin. Oft meint man den Geschäften entsagt zu haben, und man hat nur damit gewechselt. Es ist nicht viel weniger Last dabei, eine Haushaltung zu regieren als einen ganzen Staat. Womit die Seele einmal beschäftigt ist, daran hängt sie sich ganz; und wenn auch die häuslichen Angelegenheiten minder wichtig sind, so sind sie doch nicht minder lästig. Noch mehr! Wenn wir auch dem Hofe und den öffentlichen Ämtern entsagt haben, so sind wir deswegen doch noch nicht von den vornehmsten Sorgen unsers Lebens entledigt.

> *Ratio et prudentia curas,*
> *Non locus effusi late maris arbiter aufert.[111]*

Ehrsucht, Geiz, Unentschlossenheit, Furcht und andre Leidenschaften und Begierden verlassen uns deswegen nicht, weil wir die Gegend verändern!

> *Et Post equitem sedet atra cura.[112]*

Sie folgten uns oft nach bis in die Klausen und in die Schulen der Philosophie. Weder Wüsten noch Höhlen in Felsen, noch härenes Gewand, noch Fasten schützen uns dagegen:

> *Haeret lateri letalis arundo.[113]*

Man sagte dem Sokrates, ein gewisser Mensch habe sich auf seinen Reisen um nichts gebessert. »Das glaub' ich wohl,« sagte er, »er hatte sich ja selbst mitgenommen.«

> *Quid terras alio calentes*
> *Sole mutamus? Patria quis exsul*
> *Se quoque fugit?[114]*

Wer nicht zuvor seine Seele und sich selbst von der Last erleichtert, die ihn drückt, dem wird sie durchs Rütteln und Schütteln noch schwerer zu tragen werden, so wie ein Schiff leichter segelt, wenn die Ladung gut gestaut ist. Man tut dem Kranken mehr weh als wohl, wenn man ihn den Ort verändern läßt! Das Übel sackt sich wie Mehl, wenn man es stark rüttelt; und ein Pfahl geht tiefer in die Erde, wenn man ihn dreht und wendet. Deswegen ist es nicht genug, sich vom Volke entfernt zu haben, nicht genug, den Ort zu verändern, man muß sich von der Weise des Volks entfernen; man muß sich selbst zu lösen und zu binden verstehen.

> *Rupi jam vincula dicas:*

---

[111] Horaz, Epist. I, 11, 25: Was Sorgen zerstreut, ist Weisheit und Ruhe, nicht schöne Aussicht nach Hügeln und Meeren.

[112] Horaz, Od. III, 1, 40: Die Sorge schwingt zum Reiter sich im Sattel.

[113] Vergil, Aen. IV, 73: Der tödliche Pfeil haftet tief im Fleische.

[114] Horaz, Od. II, 16, 18: Warum entfliehst du deiner Wohnstadt? Und ziehst in kältre oder wärme Länder? Ach, du entfliehst dir selber nie!

Nam luctata canis nodum arripit; attamen illi,
Cum fugit, a collo trahitur pars longa catenae.[115]

Wir nehmen unsre Ketten mit uns. Das ist keine völlige Freiheit. Wir sehen zurück nach den Sachen, die wir dahinten lassen; unser Dichten und Trachten ist darauf gerichtet.

Nisi purgatum est pectus, quae proelia nobis
Atque pericula tunc ingratis insinuandum?
Quantae conscindunt hominem cuppedinis acres
Sollicitum curae? quantique perinde timores?
Quidve superbia, spurcitia ac petulantia, quantas
Efficiunt clades? quid luxus desidiesque?[116]

Unser Übel liegt in der Seele; die aber kann sich selbst nicht vermeiden:

In culpa est animus, qui se non effugit unquam.[117]

Also muß man sie bei uns zu Hause führen und ihr ihre Wohnung heimlich machen. Das ist die wahre Einsamkeit, deren man mitten in Städten und an den Höfen der Könige genießen kann; freilich aber genießt man ihrer für sich allein mit mehr Bequemlichkeit. Da es nun aber unser Vorsatz ist, allein zu leben und der Gesellschaft zu entsagen, so laß es uns auch so anfangen, daß unsre Zufriedenheit nur bei uns stehe. Laß uns auf alle Verbindungen Verzicht tun, welche uns an andre Menschen heften. Wir müssen so viel über uns gewinnen, daß wir mit vollem Wissen und Willen allein leben und daran Behagen finden können. Stilpon war aus der allgemeinen Feuersbrunst seiner Stadt entflohen, worin er Frau, Kinder und Fahr und Habe verloren hatte. Demetrius Poliorcetes, der ihn nach dieser großen Verwüstung seiner Geburtsstadt mit unerschrockenem Gesicht einhergehen sah, fragte ihn, ob er keinen Schaden erlitten. Er antwortete, nein, und habe er, gottlob, nichts von dem Seinigen verloren. Ebenso angenehm hört

---

[115] Persius, Sat. V, 158: Du sprichst: Strick ist entzwei und ich bin frei? Ach ja, so sprach der Hofhund auch und schleppte im Fliehen Kett' und Knüppel mit.

[116] Lukrez. V, 44: Doch ist der Geist nicht geläutert, was müssen wir dann für Gefahren, was für Kämpfe bestehn, auch wenn wir selbst es nicht wollen! Was für fressende Sorgen zerfleischen die menschlichen Herzen, wenn die Begierde sie reizt, und ebenso quälende Ängste! Wie kommt Hochmut zu Fall, wie Geiz und freches Gebaren, welcher Ruin entsteht durch üppiges Protzen und Nichtstun.

[117] Horaz, Epist. I, 14, 13: Nur unser Geist ist schuld daran, der nie sich selbst entflieht.

sich's, was der Philosoph Antisthenes sagte, der Mensch müsse sich mit solchem Vorrat versorgen, welcher auf dem Wasser schwimmen und solchergestalt mit ihm dem Schiffbruche entgehen könnte. Gewiß, der Mensch von Verstand hat nichts verloren, solang er sich selbst besitzt. Als die Barbaren die Stadt Nola verwüsteten, hatte dabei Paulinus, der daselbst Bischof war, alles das Seinige eingebüßt und war obendrein gefangengenommen. Dennoch betete er folgendermaßen: »Behüte mich, lieber Herr Gott, daß ich diesen Verlust nicht fühle, denn du weißt, daß sie noch nichts von dem berührt haben, was mein ist.« – Die Reichtümer, die ihn reich, die Güter, die ihn gut machten, waren noch unangetastet.

Darin eben besteht die Richtigkeit der Wahl der Schätze, die weder Motten noch Rost fressen, und des Orts ihrer Niederlage, wozu niemand gelangen und den niemand verraten kann als wir selbst. Sorge derjenige, der's vermag, daß er Weib, Kinder, Vermögen und vor allen Dingen Gesundheit habe; aber laß ihn seine Seele nicht so fest daran hängen, daß er sein ganzes Glück darauf baue. Man muß ein Hinterstübchen für sich absondern, in welchem man seinen wahren Freiheitssitz und seine Einsiedelei aufschlagen kann. Hier müssen wir vernünftigen Umgang mit uns selbst unterhalten; und zwar so abgesondert, daß darin keine andre Bekanntschaft oder Mitteilung fremder Dinge stattfinde. Hier mache man ernsthafte Überlegungen, und hier lache man, als ob man weder Frau noch Kinder, noch Verwandte, noch Hausgesinde hätte, damit, wenn der Fall eintreten sollte, daß man sie verlöre, es einem nicht schwer sei, sich ohne sie zu behelfen. Unsre Seele ist, ihrer Natur nach, für alle Lagen geschickt. Sie ist fähig, sich selbst Gesellschaft zu sein; fähig anzugreifen; fähig sich zu verteidigen, zu empfangen und zu geben; in dieser Einsamkeit haben wir nicht zu besorgen, daß wir vor langweiligem Müßiggange verrosten werden.

In solis sis tibi turba locis.[118]

Die Tugend ist sich selbst genug; ohne Vorschrift, ohne Worte, ohne Wirkung nach außen. Unter unsern gewöhnlichen Handlungen ist nicht eine unter tausend, die uns selbst angehe. Jenen dort, den du, außer sich selbst vor Wut, die durchlöcherte Mauer hinan klimmen und so vielen

---

[118] Tibull IV, 13, 18: Sei in der Einsamkeit dir selbst ein ganzer Klub.

Feuerschlünden bloßgestellt siehst, und diesen andern, den du bedeckt mit Narben, vor Hunger bleich und kraftlos erblickst, fest entschlossen gleichwohl eher zu sterben als jenem das Tor zu öffnen: meinst du, sie wären da für ihr eignes Interesse? Es hat sich wohl! Für das Interesse einer Person vielleicht, die sie nie mit Augen gesehen haben und die sich um ihre Taten gar nicht bekümmert und während der Zeit im Müßiggang und Wohlleben ihr Leben verträumt. Diesen hier, den du mit keuchender Brust, triefenden Augen, ungewaschen und ungekämmt nach Mitternacht aus seiner Bücherkammer hervorschleichen siehst, von dem denkst du wohl, er forsche in den Büchern, wie er immer mehr und mehr ein rechtschaffener Mann, zufriedener und weiser werden könne? Nichts von alledem! Er will, und sollt's ihm auch das Leben kosten, die Nachwelt das Silbenmaß des plautinischen Verses lehren und die wahre Lesart eines lateinischen Wortes herstellen. Wer gibt nicht gern Gesundheit, Ruhe und Leben hin, um Ehr und Ruhm, so unnütz, leicht und falsch die eingetauschte Münze auch sein mag? Unser Tod machte uns noch nicht Furcht genug, laß uns ja noch die Furcht für unsre Frauen, Kinder und Hausgenossen auf unsre Achseln laden! Unsre Geschäfte machten uns noch nicht genug Sorgen, so laß uns, das Maß voll zu machen und uns den Kopf zu zerbrechen, die Sorgen unsrer Nachbarn und Freunde noch dazu nehmen!

> *Vah quemquamne hominem in animum instituere, aut!*
> *Parare, quod sit carius, quam ipse est sibi?*[119]

Die Einsamkeit, deucht mich, habe mehr Anschein von vernünftigen Gründen für diejenigen Menschen, welche nach dem Beispiel von Thales der Welt ihre tätigen wirksamen Jahre geweiht hatten. Wenn man genug für andre gelebt hat, so kann man das letzte Endchen des Lebens wenigstens auch für sich selbst leben, auf uns und unsre Ruhe laß uns unsere Gedanken und Vorsätze hinlenken. Es ist keine so leichte Sache, sich mit Sicherheit zurückzuziehen. Ein solcher Rückzug gibt uns alle Hände voll zu tun, ohne daß es noch andrer Unternehmungen bedürfe. Weil Gott uns Zeit und Muße gibt, für die Räumung unsrer Wohnung Einrichtung zu treffen; so laß uns beizeiten die Anstalten machen, unsre Sachen einpacken und von der

---

[119] Terenz, Adelph. I, 1, 13: Ha! Des Toren, der für sein Herz nach Dingen sucht, die es mehr lieben soll als sein selbsteignes Ich!

Nachbarschaft Abschied nehmen, uns loswinden von den leidenschaftlichen Banden, die uns an andre fesseln und uns von uns selbst entfremden.

Unsre so starken Verbindlichkeiten müssen wir auflösen; dann und wann dies lieben und jenes: aber kein ewiges Band als mit uns selbst knüpfen; das heißt, das übrige sei unser, nur nicht so mit uns verfugt und verleimt, daß es nicht anders von uns abgetrennt werden könne, als daß unsre Haut dran klebe oder ein Stück von uns selbst daran hängenbleibe. Es ist Zeit, uns von der Gesellschaft loszusagen, weil wir ihr nicht weiter frommen können. Denn wer nicht mehr leihen kann, der muß sich nicht erlauben, auf Borg zu nehmen. Unsre Kräfte schwinden: laß uns davon sparen und zusammenhalten, was noch übrig ist. Wer solch eine Menge Pflichten der Freundschaft und der Geselligkeit durcheinandermengen und in seinem Unvermögen verwechseln und auf sich selbst ziehen kann, der mag es tun. In diesem Unfall aber, der ihn seinen Freunden unnütz, lästig und beschwerlich macht, mag er sich in acht nehmen, daß er nicht ihm selbst unnütz werde und beschwerlich und lästig. Mag er sich streicheln und liebkosen, besonders aber den Zügel anhalten, damit er vor seiner Vernunft und seinem Gewissen die gehörige Ehrfurcht erhalte und sich scheue, in ihrer Gegenwart zu straucheln.

Rarum est enim, ut satis se quisque vereatur.[120]

Sokrates sagt: Jünglinge müssen sich belehren lassen, Männer sich üben, richtig zu handeln; die Alten sich aber von allen Kriegs- oder Staatsgeschäften abziehen, nach ihren eignen Einsichten leben, ohne zu gewissen Pflichten genötigt zu sein!

Unter den verschiedenen Temperamenten sind einige nach diesen Vorschriften für die Einsamkeit tauglicher als andre. Diejenigen, welche von langsamem, schlaffem Geiste sind, von so verweichelten Neigungen und verzärteltem Willen, daß sie sich nicht leicht an Steuer und Ruder stellen lassen, worunter ich mit gehöre, sowohl von Natur als aus Überlegung; die werden sich diesem Rate eher fügen als die wirksamen, tätigen Seelen, welche alles umfassen, sich in alles einlassen, an allem warmen Anteil nehmen; welche ihren Beistand

---

[120] Quintilian X, 7: Selten ist der Mann, der nicht vergißt, daß er sich Ehrerbietung schuldig ist.

anbieten, herbeieilen und bei jeder Gelegenheit sich hergeben. Man muß sich der zeitlichen Güter, so zufällig und unsicher sie an sich sein mögen, bedienen, solange sie uns Vergnügen machen, aber niemals daraus unsre Hauptstütze machen; das verbieten Natur und Vernunft. Und warum wollten wir, gegen deren Gebot, unsre Zufriedenheit von einer fremden Gewalt abhängig machen? Gegen ihr Gebot schon im voraus die Schläge des Glücks fühlen? Uns der Gemächlichkeiten berauben, die wir in Händen haben, wie solches schon viele aus Andächtelei und einige Philosophen aus Vernünftelei getan haben? – Sich ohne alle Bedienung behelfen? Auf hartem Lager schlafen? Sich selbst die Augen ausstechen? Seine Reichtümer in den Fluß werfen? Sich mit Fleiß Schmerzen machen? – Wenn dies einige tun, um gegen Qualen dieses Lebens die Seligkeiten eines andern einzutauschen, und andre wieder, um, wenn sie sich auf die niedrigste Stufe stellen, gegen einen neuen Sturz um so sicherer zu sein: so sind das Handlungen einer übermäßigen Tugend. Laß andre, die steifer und stärker sind, selbst ihre Abgeschiedenheit von der Welt zum glänzenden Beispiele erheben.

> Tuta et parvula laudo,
> Cum res deficiunt, satis inter vilia fortis:
> Verum, ubi quid melius contingit et unctius, idem
> Hos sapere, et solos aio bene vivere, quorum
> Conspicitur nitidis fundata pecunia villis.[121]

Mir wird es schon sauer genug, ohne so weit zu gehen. Mir genügt es schon, wenn ich mich während der Gunst des Glücks auf seine Ungnade vorbereiten kann und mir, solange mir's wohl ist, das künftige widrige Schicksal, soweit meine Einbildung reicht, vorstellen kann: so ungefähr, wie wir uns an Ringen und Fechten gewöhnen und mitten im tiefen Frieden Kriegsspiele treiben. Ich schätze den Philosophen Arcesilaus deswegen nicht minder, weil ich weiß, daß er aus goldnen und silbernen Gefäßen aß und trank, da es ihm seine Glücksumstände verstatteten, und halte ihn um so höher, weil er sich derselben mit

---

[121] Horaz, Epist. I, 15, 42: Sichre, kleine Renten lieb' ich freilich, und fehlten sie mir auch, so leb' ich doch bei Mangel zufrieden und vergnügt: Fiel aber mir ein größres Los an reichern Saaten, fettern Weiden, so sagt' ich auch: Nur der ist weise, versteht des Lebens Lehren besser, der sein Vermögen nützt und es auf Land- und Hausbau wendet.

Bescheidenheit und Freigebigkeit bediente, als wenn er seinen Reichtum im Kasten verschlossen hätte.

Ich kenne die Schranken der natürlichen Bedürfnisse, und wenn ich den armen Bettler vor meiner Tür betrachte, der oft froher und gesunder ist als ich, so versetz' ich mich an seine Stelle und versuche, wie meine Seele in seinen Schuhen gehen würde; und indem ich die andern Beispiele durchlaufe, so gut ich auch denke, daß Tod, Armut, Verachtung und Krankheiten mir auf den Versen folgen, so wird mir doch der Vorsatz leicht, nicht vor Unfällen zu erschrecken, die ein Geringerer als ich so geduldig ertragen kann; und ich will und mag nicht glauben, daß ein eingeschränkter Verstand mehr vermöge als ein stärkerer oder daß die Wirkung des Nachdenkens und der Überlegung nicht so weit reichen sollte als die Wirkung der Gewohnheit. Und da ich einsehe, an wie dünnen Faden die Nebengüter hängen, so ist mitten in meinem vollen Genuß meine vornehmste Bitte, die ich zu Gott schicke, er möge mich bei der Zufriedenheit mit mir selbst und mit den Gütern, die in mir selbst liegen, erhalten. Ich kenne junge, starke und frische Leute, welche gleichwohl einen Teig zu Pillen in ihren Koffern bei sich führen, um sich derselben zu bedienen, wenn sie ein Schnupfen befallen sollte; welchen sie dann um so weniger fürchten, weil sie in ihren Gedanken das Mittel dagegen bei der Hand haben. So muß man's machen und noch dazu, wenn man sich einer schlimmern Krankheit unterworfen fühlt, und sich mit solchen Mitteln versorgen, welche das kranke Glied betäuben und einschläfern.

Die Beschäftigung, die man für ein einsames Leben wählt, muß weder ermüdend noch langweilig sein; sonst haben wir vergebens darauf gerechnet, darin zu verweilen. Das hängt aber ab von dem besondern Geschmacke eines jeden. Der meinige verträgt sich gar nicht mit der Landwirtschaft. Wer sie liebt, muß sich mit großer Mäßigung darauf legen.

> *Conentur sibi res, non se submittere rebus.*[122]

Sonst ist's, wie Sallust es nennt, Knechtswerk. Sie hat Teile, die angenehmer sind; wie z.B. die Gartenpflege, wie solche Xenophon dem Cyrus zuschreibt, und es läßt sich ein Mittelweg denken zwischen dieser niedrigen, angestrengten und immerwährenden Sorge, die man

---

[122] Horaz, Epist. I, 1, 19: Sei du der Dinge Herr und nie der Dinge Sklave.

an den Menschen wahrnimmt, welche sich ganz hineinwerfen, und zwischen der tiefen und äußersten Nachlässigkeit, die man an andern bemerkt, welche alles zugrunde und zu Boden gehen lassen:

> *Democriti pecus edit agellos*
> *Cultaque, dum peregre est animus sine corpore velox.*[123]

Aber laß uns den Rat vernehmen, welchen der jüngere Plinius seinem Freunde Cornelius Rufus in Ansehung dieser Art von Einsamkeit erteilt: »Ich rate dir, in dieser fruchtbaren und fetten Einsiedelei, worin du bist, deinen Leuten die niedrige und verächtliche Aufsicht über die Landwirtschaft zu überlassen und dich aufs Studium der Wissenschaften zu legen, um von diesen etwas zu ernten, welches ganz dir eigen gehöre.« Er versteht darunter den Ruhm im Sinne des Cicero, welcher sagt, er wolle seine Einsamkeit und Ruhe von öffentlichen Geschäften dazu anwenden, um sich durch seine Schriften die Unsterblichkeit zu erwerben.

> *Usque adeone*
> *Scire tuum nihil est, nisi te sire hoc, sciat alter?*[124]

Soviel scheint billig zu sein, da man doch einmal davon spricht, sich der Welt zu entziehen, sie zu betrachten, als ob sie uns nichts weiter angehe. Diese Herren tun das aber nur halb; sie werben schon um einen Anhang, auf die Zeit, da sie nicht mehr auf der Welt sein werden. Die Früchte ihrer Bemühungen wollen sie gleichwohl noch dann von der Welt ziehen, wenn sie nicht mehr da sind. Das ist eine lächerliche Ungereimtheit.

Die Imagination, welche die Herzen derer, die aus frommer Andacht die Einsamkeit suchen, mit der Gewißheit der göttlichen Verheißungen des zukünftigen Lebens erfüllt, ist viel heiliger gestimmt. Ihr Verlangen ist auf Gott als auf das unendlich gütige und allmächtige Wesen gerichtet. Die Seele findet hier reichliche und freie Nahrung für ihre Wünsche. Die Leiden und Schmerzen gedeihen zu ihrem Vorteil, indem sie dafür ewige Gesundheit und unvergängliche Freuden erlangen, und die fleischlichen Begierden sind bald durch Enthaltung gedämpft und eingeschläfert; denn nichts unterhält sie stärker als die

---

[123] Horaz, Epist. I, 12, 12: Dem Demokrit fraß seine Herde das Kornfeld und den Weinberg kahl, indessen daß sein Geist in höhern Regionen wandelte.
[124] Persius, Sat. I, 23: Die Wissenschaft ist also nichts für dich, wenn andre nicht dich weise preisen?

Befriedigung. Dieser einzige Zweck eines zukünftigen seligen und ewigen Lebens verdient mit Recht, daß wir den Ergötzlichkeiten und Gemächlichkeiten dieses unseres gegenwärtigen Lebens entsagen. Und wer seine Seele wirklich und anhaltend von diesem lebendigen Glauben und dieser festen Hoffnung erwärmen kann, der baut sich in der Einsamkeit ein so herrliches Freudenleben, daß kein andres damit zu vergleichen ist. Vom Rate des Plinius gefallen mir hingegen weder der Zweck noch die Mittel. Wir fallen dabei aus der Traufe in den Schlagregen.

Diese Beschäftigung mit den Büchern ist ebenso beschwerlich als eine jede andre und der Gesundheit ebenso zuwider, auf welche doch hauptsächlich Rücksicht zu nehmen ist. Und muß man sich auch von dem Vergnügen nicht einschläfern lassen, das man daran findet. Gerade das Vergnügen ist es, das dem Landwirt, dem Geizhals, dem Wollüstling, dem Ehrsüchtigen so schädlich wird. Die Weisen lehren uns genug, uns vor der Verräterei unsrer Begierden hüten, und die wahren, unverfälschten Freuden von den gemischten und mit allerlei Mühseligkeit aufgefärbten Vergnügen unterscheiden. Denn die meisten Vergnügungen, sagen sie, kitzeln uns und umarmen uns nur, um uns zu ersticken, wie die Räuber taten, welche die Ägypter Phileten nannten; und wenn uns die Kopfschmerzen vor dem Rausche überfielen, so würden wir uns hüten, zuviel zu trinken; da geht aber die Wollust vorauf und verbirgt uns ihr Gefolge. Die Bücher sind angenehm allerdings; wenn aber der Umgang mit denselben uns zuletzt um unsre Munterkeit und Gesundheit bringt, welche das Beste sind, was wir haben, so laß uns sie weglegen! Ich gehöre zu denen, welche meinen, ihr Nutzen könne diesen Verlust nicht aufwägen. So wie Menschen, welche sich lange Zeit her von kränklichen Umständen geschwächt fühlen, sich endlich der Kunst des Arztes überlassen und sich Gesundheitsregeln vorschreiben lassen, um solche genau zu befolgen, so muß auch derjenige, der sich, weil er der Dinge satt und müde ist, dem gemeinen Leben entziehen will, die Einsamkeit den Vorschriften der Vernunft unterwerfen und solche im voraus nach reiflicher Überlegung einrichten. Er muß von aller Art Arbeit Abschied genommen haben, unter welcher Gestalt sie sich auch darbiete; und ganz vorzüglich alle Leidenschaften fliehen, welche die Ruhe des Leibes und der Seele stören, und dem Wege folgen, der seiner Sinnesart am besten behagt:

Unusquisque sua noverit ire via.[125]

In der Wirtschaft, beim Studieren, auf der Jagd und bei allen andern Übungen muß er sich innerhalb der äußersten Grenzen des Vergnügens halten und sich hüten, so weit hinauszugehen, wo sich der Verdruß darunter mischt.

Man muß sich so viel leichte Arbeit und Beschäftigung ausspüren, als nötig ist, um sich in Atem zu erhalten und sich vor der Unlust zu schützen, welche das andre Übermaß vom trägen, schläfrigen Müßiggang nach sich zieht. Es gibt trockne und heiklige Wissenschaften, die meistens nur Büchermacherwerk für Druckerpressen sind, die muß man denen überlassen, die im Dienste der Welt stehen. Ich, meinesteils, liebe nur die angenehmen, leichten Bücher, welche mich aufmuntern, oder solche, die mich trösten und mir Rat erteilen, wie ich es mit meinem Leben und mit meinem Tode halten soll.

> *Tacitum silvas inter reptare salubres,*
> *Curantem, quidquid dignum sapiente bonoque est.*[126]

Weisere Leute, die eine starke rüstige Seele haben, mögen sich eine ganz geistige Ruhe zuschneiden: bei meiner gemeinen Seele muß ich, um mich aufrechtzuerhalten, die körperlichen Bequemlichkeiten zu Hilfe nehmen, und da das Alter mir fast alle geraubt hat, die mehr nach meinem Gefallen waren, so richte und schärfe ich meinen Appetit auf solche, welche mehr mit meinen Jahren bestehen. Mit Zähnen und Fäusten muß man den Genuß der Vergnügungen des Lebens festhalten, welche uns unsre Jahre, eins nach dem andern, mit starken Klauen wegreißen:

> *Carpamus dulcia; nostrum est.*
> *Quod vivis; cinis et manes et fabula fies.*[127]

Was nun aber den Zweck des Ruhms anlangt, den Cicero und Plinius uns vorhalten, so ist solcher weit entfernt von meiner Rechnung. Die allerunverträglichste Gemütsart mit der Einsamkeit ist der Ehrgeiz. Ruhm und Ruhe sind Gäste, die nicht unter einem Dache herbergen

---

[125] Properz II, 25, 38: Laß jedem seine eigne Laune; laß jedem seinen eignen Weg.
[126] Horaz, Epist. I, 4, 4: Wann im balsamischen Haine ich still und ruhig wandle und auf die Dinge sinne, die würdig sind des Weisen und des Guten.
[127] Persius, Sat. V, 151: Laßt Blumen uns pflücken am Wege des Lebens! Nur Frohsinn heißt Leben. Bald werden wir Schatten, Asche und eine bloße Mär.

können. Nachdem, was ich sehe, bleiben Seele und Absicht solcher Menschen, die nur Arme und Beine befreit haben, ärger in den Banden verstrickt als jemals.

Tun', vetule, auriculis alienis colligis escas? [128]

Sie sind nur deswegen zurückgegangen, um einen stärkern Anlauf zu nehmen und durch einen kräftigern Sprung eine größere Lücke in dem Haufen zu tun. Hat man Lust zu sehen, wie sie um ein Gran zu leicht sind? Laß uns die Meinung zweier Philosophen auf die andre Schale legen. Sie waren von zwei sehr verschiedenen Sekten und schrieben, der eine an den Idomenäus, der andre an den Lucilius, ihre Freunde, um solche von der Verwaltung der Staatsgeschäfte abzumahnen, vor Standeshöhe zu warnen und ihnen zur Einsamkeit zu raten. Ihr habt, sagen sie, bisher auf Wellen treibend und schwimmend gelebt, kommt und beschließt euer Leben im Hafen. Euer voriges Leben lebtet ihr in der Sonnenhitze, lebt das folgende im lieblichen Schatten. Es ist unmöglich, den Geschäften zu entsagen, wenn ihr nicht ihren Früchten entsagt; zu diesem Ende entschlagt euch aller Sorgen für einen berühmten Namen. Es ist zu befürchten, daß der Glanz eurer vollbrachten Taten euch nur zu stark umglänze und euch bis in eure Landhütte folge. Mit den übrigen Wollüsten legt auch diejenige ab, welche aus dem Beifall andrer entspringt. Und was eure Gelehrsamkeit und Wissenschaft betrifft, so laßt die euch nicht so tief zu Herzen gehen; sie werden ihre Wirkung nicht verlieren, wenn ihr dadurch bessere Men schen werdet. Erinnert euch jenes Menschen, den man fragte, warum er sich's in einer Kunst so sauer werden lasse, für die es so wenige Kenner gebe. »Ich habe an einigen wenigen genug«, antwortete er, »ich habe genug an einem; ich habe genug an gar keinem.« Er sagte sehr wahr. Ihr und ein Genoß seid euch einander oder euch selbst ein hinlänglicher Schauplatz; das Volk sei euch einer, und einer sei euch ein ganzes Volk. Es ist doch eine ärmliche Ruhmsucht, aus seiner Geschäftslosigkeit und Abgeschiedenheit sich eine Ehre machen wollen. Man sollte es machen wie die Tiere, die vor dem Eingang ihrer Höhle die Spur auskratzen. Darauf kommt es nicht mehr, daß die Welt von euch spreche, sondern darauf, was ihr mit euch selbst zu sprechen habt. Kehrt in euch selbst zurück!

---

[128] Persius, Sat. I, 22: So, schwacher Graubart, sammelst du Köder für fremde Ohren?

Vorher aber bereitet euch darauf, euch da aufzunehmen: es wäre Torheit, euch selbst zu trauen, wenn ihr euch nicht zu beherrschen versteht.

Solange ihr euch nicht selbst dahin gebracht habt, daß ihr es nicht mehr wagt, ohne Zeugen zu strauchein, und bis ihr Ehrfurcht und Scheu vor euch selbst habt, solange könnt ihr so gut in der Einsamkeit unnütze Dinge tun als in voller Gesellschaft.

Obversentur species honestae animo.[129]

Stellt euch beständig in eurer Einbildung den Cato vor, und den Phocion und den Aristides, in deren Gegenwart selbst die Narren ihre Fehler verbargen, und bestellt sie zu Aufsehern aller eurer innern Gedanken. Sollten sie auf Nebenwege geraten, so wird die Ehrfurcht vor solchen Männern sie wieder auf die rechte Bahn leiten. Sie werden euch auf derselben erhalten und euch mit euch selbst zufrieden machen, damit ihr von niemand etwas borgt als von euch selbst, und so werden sich eure Seelen in gewissen gemäßigten Grenzen des Denkens erhalten und befestigen, worin sie sich wohl befinden werden; und wenn sie die wahren Güter richtig kennengelernt haben, deren man nur in dem Maße genießt, wie man sich darauf versteht, so werden sie sich damit begnügen, ohne der Verlängerung des Lebens oder der Vergrößerung des Ruhms zu begehren. So klingt der Rat der wahren und ungeschmückten Philosophie; nicht einer prahlerischen und geschwätzigen wie die Philosophie der andern beiden Ratgeber.

Unsere Begierden wachsen durch die Schwierigkeiten.

Es gibt keinen Grund, der nicht einen ihm entgegenstehenden habe, sagt die weiseste Partei der Philosophen. Neulich sann ich diesem schönen Spruche nach, den einer der Alten für die Verachtung des Lebens anführt: kein Gut kann uns Vergnügen gewähren, es sei denn dasjenige, auf dessen Verlust wir vorbereitet sind:

---

[129] Cicero, Tusc. disp. II, 22: Was schön und bieder ist, das schwebe stets vor unsrer Seele.

In aequo est dolor amissae rei, et timor amittendae[130]; wodurch er erweisen wollte, daß der Genuß des Lebens nicht wirklich angenehm sein könne, wenn wir in Furcht stehen, es zu verlieren. Man könnte indessen gerade im Gegenteil sagen, daß wir das Gute um desto fester umfassen und mit unserer Seele daran hängen, um so ungewisser uns sein Besitz ist, und je mehr wir finden, daß es uns geraubt werde. Denn man fühlt es ganz deutlich, daß, wie das Feuer durch den Beistand der Kälte heftiger

wird, auch unser Wollen durch Widerstand sich schärft.

> *Si nunquam Danaen habuisset ahenea turris,*
> *Non esset Danae de Jove facta parens.*[131]

Und daß unserm Geschmacke natürlicherweise nichts so sehr entgegensteht als die Sattheit, welche aus der Leichtigkeit der Befriedigung entsteht; daß nichts ihn mehr reizt als die Seltenheit und Schwierigkeit.

Omnium rerum voluptas ipso quo debet fugare, periculo crescit.[132]

Galla, nega; satiatur amor, nisi gaudia torquent.[133]

Um die eheliche Liebe in Atem zu erhalten, verordnete Lykurg, daß die verehelichten Lakedämonier sich nicht anders als verstohlnerweise begehen sollten und daß es gleich schimpflich sein solle, sie beide beieinander anzutreffen als mit einer fremden Person. Die Schwierigkeit, sich einander an einen sichern Ort zu bestellen, die Gefahr bei der Überraschung, die Gefahr des Schimpfs des folgenden Tages.

> *Et languor, et silentium,*
> *... et latere petitus imo spiritus.*[134]

---

[130] 1 Seneca, Epist. 98: Gleich unangenehm ist es, eine Sache verloren haben und sie zu verlieren fürchten.

[131] Ovid, Amor. II, 19, 27: Hätte Danaen nicht die eherne Warte umschlossen, Danae wäre traun Mutter vom Jupiter nicht.

[132] Seneca, De benef. VII, 9: Je gefährlicher eine Sache ist, je mehr sie uns fliehen heißt, desto größer ist das Vergnügen, ihr nachzujagen.

[133] Martial IV, 37: Galla, verweigre; die Liebe wird satt bei leichtem Genusse.

[134] Horaz, Epod. XI, 9: Hinsterben, schweigen, tiefatmend aus dem Busen seufzen.

Das ist es, was die Brühe so lecker macht. Wie viele sehr üppig angenehme Spiele entstehen nicht aus der bescheidenen und schamhaften Art, über die Werke der Liebe zu sprechen. Die Wollust selbst sucht sich durch den Stachel der Schmerzen zu reizen; sie ist viel verzuckerter, wenn sie kocht und wenn sie durch die Haut brennt. Die Kebse Flora sagte, sie habe den Pompejus niemals umarmt, ohne daß er Zeichen von ihren Bissen davongetragen habe.

> *Quod petiere, premunt arcte, faciuntque dolorem*
> *Corporis, et dentes inlidunt saepe labellis ...*
> *Et stimuli subsunt, qui instigant laedere id ipsum,*
> *Quodcumque est, rabies unde illae germina surgunt.*[135]

So geht es mit allem. Schwierigkeiten geben den Dingen einen größern Wert. Die Einwohner der Mark Ancona tun ihr Gelübde lieber dem St. Jakob, und die Einwohner von Galizien unser lieben Frauen von Loretto. Zu Lüttich macht man ein großes Werk aus den Bädern zu Lucca und in Toskana von den Spawassern. Auf den Fechtböden zu Rom sieht man wenig Römer, dagegen sind sie voll von Franzosen. Der große Cato fand sich ebensogut wie wir von seiner Frau bis zum Ekel gesättigt, solange sie die seinige war, und begehrte ihrer, nachdem sie einem andern angehörte. Ich habe einen alten Hengst aus der Stuterei geworfen, mit dem in seinem Harem nichts mehr anzufangen war. Die Leichtigkeit bei seinen gewöhnlichen Stuten ließ ihn alsbald die Ohren hängen; gegen fremde aber, wenn nur eine an seinem Weideplatz vorbeiging, ließ er sich immer mit seinem schändlichen Wiehern hören und geriet in die wütendste Hitze wie vorher. Unser Gelüsten verachtet, was ihm zur Hand liegt, und fährt darüber hin, um demjenigen nachzuhaschen, was ihm schwer zu erreichen ist.

> *Transvolant in medio posita, et fugienta capta.*[136]

Uns etwas verbieten, heißt uns darnach lüstern machen.

> *Nisi tu servare puellam Incipis, incipiet desinere esse mea.*[137]

---

[135] Lucrez IV, 1076: Was sie umarmen, das pressen sie heftig, tun wehe den Gliedern, mit den Lippen klappen die Zähn aufeinander; ein sondres Gelüste spornt sie, das selbst zu verletzen, was ihrem Gewüte den Stoff gibt.
[136] Horaz, Sat. I, 2, 108: Er läuft vorbei vor dem, was vor ihm liegt, und jagt dem nach, was vor ihm flieht.
[137] Ovid, Amor. II, 19, 47: Wenn du nicht die Geliebte verschließest, ja, dann hört sie auf, meine Geliebte zu sein.

Es uns völlig überlassen, heißt es uns verächtlich machen. Mangel und Überfluß tun ebendieselbe Wirkung.

Tibi quod superest, mihi quod defit, dolet. [138]

Die Begierde und der Genuß sind uns beide drückend. Die strenge Sprödigkeit der Geliebten verursacht uns Verdruß; aber ihre Willigkeit und Nachgiebigkeit tut es, die Wahrheit zu sagen, noch mehr; weil die Unzufriedenheit und der Zorn aus der Hochachtung entspringen, in der bei uns die gewünschte Sache steht, und die Liebe schärfen und erhitzen; die Sättigung aber gebiert Ekel. Es ist eine stumpfe, abgenutzte, müde und schläfrige Leidenschaft.

Se qua volet reguare diu, contemnat amantem.

Contemnite, amantes:
Sic hodie veniet, si qua negavit heri. [139]

Warum brauchte Poppäa die Erfindung, eine Larve vor ihr schönes Gesicht zu nehmen, als solchem bei ihren Liebhabern einen höhern Wert zu geben? Warum hat man bis über die Absätze diese Schönheiten verhüllt und verschleiert, welche jede zu zeigen wünscht, welche jeden gelüstet zu sehen. Warum verdecken sie mit so vielen Gewändern eins über das andere die Teile, die hauptsächlich der Gegenstand unserer Begierden und der ihrigen sind? Und wozu dienen diese großen Reifen, womit neulich unsre Weiber ihre Hüften bewaffnet haben, als unsre Begierden anzukörnen und uns dadurch anzuziehen, daß sie uns in der Ferne halten.

Et fugit ad salices, et se cupit ante videri. [140]

Interdum tunica duxit operta moram. [141]

Wozu dient diese jungfräuliche Verschämtheit? Diese ruhige Kälte, diese strengen Mienen, diese ausgekramte Unwissenheit in Dingen, die

---

[138] Terenz, Phorm. I, III, 9: Dich macht der Überfluß und mich der Mangel mürrisch.
[139] Ovid, Amor. II, 19, 33 und Properz II, 14, 19: Die Schöne, die recht lang Thron und Gewalt behaupten will, sei öfters stolz und kalt! Du, der du liebst, sei oft gleichgültig! Glaube mir, die gestern spröde war, kommt morgen selbst zu dir!
[140] Vergil, Eclog. III, 65: Flieht hinter die Weiden und wünscht gesehen zu werden.
[141] 12 Properz II, 15, 6: Manchmal hält sie das Halstuch fest und mehrt die Lust dadurch, daß sie sich bitten läßt.

sie besser wissen als wir, die wir sie darin unterrichten? Wozu anders, als unsern Wunsch nach ihnen zu verstärken; als unser Verlangen zu erhitzen und ihm endlich alle diese Zeremonien und Schwierigkeiten aufzuopfern? Denn es ist nicht nur Vergnügen, sondern auch Ehre dabei, dieses sanfte Widerstreben, diese kindliche Schamhaftigkeit zu überwinden und zu verführen, und eine kalte und gestrenge Ehrbarkeit der Gnade und Ungnade unserer Begierden zu unterwerfen. Es ist eine Ehre, sagt man, über die Bescheidenheit, die Keuschheit und die Mäßigkeit zu triumphieren: und wer den Weibern rät, diese Sitten abzulegen, der wird an ihnen und an sich selbst zum Verräter. Man muß sich stellen, als glaubte man, ihr Herz zittere vor Schrecken; der Schall unserer Worte beleidige die Reinigkeit ihrer Ohren; daß sie uns hassen und unserm Ungestüm aus notgedrungener Not nachgeben. Die Schönheit, so mächtig sie ist, kann sich doch ohne diese Nebenhilfen nicht recht genießbar machen. Man sehe nur in Italien, wo die meiste und die feinste Schönheit käuflich ist, wie sehr sie nach fremden Mitteln und andern Künsten suchen muß, um sie angenehm zu machen; und bei dem allen bleibt sie dennoch, was sie auch tun mag, da es eine käufliche Ware ist, schwach und wenig gesucht, gradeso wie es selbst mit der Tugend unter zwei ähnlichen Wirkungen geht. Wir halten diejenige für die schönste und die würdigste, welche die meisten Schwierigkeiten und Gefahren zu überwinden hat. Es ist eine Wirkung der göttlichen Vorsehung, zuzulassen, daß ihre heilige Kirche beunruhigt werde, wie wir sie von so vielen Stürmen und Ungewittern beunruhigt sehen, um durch diesen Kampf die frommen Seelen zu erwecken und aus der Lässigkeit und Schläfrigkeit zu reißen, in welche sie eine so lange Ruhe versenkt hatte. Wenn wir den Verlust, den wir durch die Anzahl derjenigen erlitten haben, welche den Weg des Irrtums betreten, gegen den Gewinn aufwägen, der uns dadurch wird, daß es uns wieder in Atem setzt, unsern Eifer und unsere Kraft von neuem belebt, daß wir Anlaß zum Kampf haben, so weiß ich nicht, ob der Schaden so groß sei als der Nutzen. Wir haben geglaubt, das Band unserer Ehen fester zu knüpfen, dadurch, daß wir es ganz und gar unauflösbar machten; aber in eben dem Maß, wie der Zwang fest zugeschürzt hat, in eben dem Maß hat die Verknüpfung des Willens und der Neigung nachgelassen und ist schlaffer geworden. Und im Gegenteil, was in Rom die Ehen so lange Zeit in Ehren und Sicherheit erhielt, war die Freiheit, daß jeder, wer nur wollte, sich scheiden konnte. Sie hielten ihre Weiber besser, weil sie solche verlieren konnten, und bei aller uneingeschränkten Freiheit der Scheidung vergingen fünfhundert und mehr Jahre, ohne daß sich jemand derselben bediente.

Quod licet, ingratum est; quod non licet, acrius urit. [142]

Zu dem Vorgesagten könnte man auch noch die Meinung eines Alten hinzufügen, daß die Todesstrafen die Verbrechen vielmehr häufen als verringern, daß sie nicht den Willen recht zu tun erzeugen (denn das ist das Werk der Vernunft und der Sittenlehre), sondern bloß die Behutsamkeit, sich nicht über den Übeltaten ertappen zu lassen.

Latius excisae pestis contagia serpunt. [143]

Ich weiß nicht, ob diese Meinung ganz wahr sei, aber dies weiß ich aus Erfahrung, daß niemals eine Polizei dadurch verbessert worden. Ordnung und Regelmäßigkeit der Sitten hängt von ganz andern Mitteln ab.

Die griechischen Geschichtschreiber erwähnen der Argippäer, eines in der Nachbarschaft von Skythien wohnenden Volks, welche ohne Ruten und Stöcke zum Schlagen lebten, die sich nicht nur niemand getraute anzugreifen, sondern jeder, der sich zu ihnen flüchtete, war in völliger Freiheit, wegen ihrer Tugend und der Heiligkeit ihres Lebens. Keiner war so kühn, dagegen zu verstoßen. Man wandte sich an sie, um Zwistigkeiten auszugleichen, die anderwärts unter Menschen entstanden. Es gibt Nationen, wo die Befriedigung der Gärten und Felder, die man einschließen will, in einem gesponnenen Faden bestehet, die sich sicherer befinden und eingeschlossener als durch unsere Gräben und Hecken. *Furem signata sollicitant ... Aperta effractarius praeterit.* [144] Vielleicht dient auch unter andern die Leichtigkeit, in mein Haus zu kommen, dazu, es vor Gewalttätigkeiten in unsern bürgerlichen Kriegen zu sichern. Verteidigungsanstalten reizen das Unternehmen und Mißtrauen den Angriff. Ich habe das Vorhaben der Kriegsmächte dadurch geschwächt, daß ich ihnen die Schwierigkeiten aus den Augen rücke und zugleich die Gefahr und

---

[142] 13 Ovid, Amor. II, 19, 3: Was uns erlaubt ist, das verschmähen wir, nach dem Verbotnen steht Sinn, Trachten und Begier.

[143] Rutilius, Itin. I, 397: Die vertriebene Pest verbreitet nur weiter umher sich.

[144] Seneca, Epist. 68: Der Stehler geht dem versiegelten Koffer nach, der Leiterdieb dem offnen Fenster vorüber.

jeden andern Stoff zum militärischen Ruhm, der ihnen gewöhnlicherweise zur Entschuldigung und Rechtfertigung dient. Das, was mit Mut getan wird, führt in den Zeiten, wo die Gerechtigkeit so gut als tot ist, immer Ehre bei sich. Ich mache ihnen die Eroberung meines Hauses zur Niederträchtigkeit und Dieberei. Einem jeden, der anklopft, steht mein Haus offen. Zu meiner ganzen Beschützung habe ich nichts weiter als einen Türsteher nach altem Brauch und alter Sitte, welcher nicht sowohl dazu dient, meine Tür zu verteidigen, als sie freundlicher und anständiger zu eröffnen. Ich habe keine andere Haus- oder Schildwache, als welche die Sterne für mich stehen. Ein Landedelmann hat sehr unrecht zu tun, als ob er sich verteidigen wollte, wenn er sich nicht richtig verteidigen kann. Wer nur von einer Seite schutzlos ist, der ist es allenthalben. Unsere Vorväter hatten keinen Gedanken daran, Grenzfestungen zu bauen. Die Mittel anzugreifen, ich meine unsere Häuser ohne Batterien und Kanonen zu überraschen, werden von Tage zu Tage stärker als die Mittel, sich davor hüten. Die Menschen werden von jener Seite immer pfiffiger. Verheeren und verwüsten ist die Sache fast aller; Verteidigen und Beschirmen bloß die Sache der Wohlhabenden.

Mein Landsitz war ziemlich befestigt für die Zeit, da er erbaut wurde; von dieser Seite habe ich nichts hinzugetan und würde fürchten, daß seine Haltbarkeit mir selbst zum Nachteil ausschlagen möchte. Dazu kommt noch, daß friedfertige Zeiten es notwendig machen könnten, die Verteidigungswerke zu vermindern. Es ist gefährlich, sie nicht wiederherstellen zu können, und unsicher, sich darauf zu verlassen. Denn in bürgerlichen Kriegen kann es unser Bedienter mit der Partei halten, die wir fürchten. Und wenn nun gar noch die Religion zum Vorwand dienet, da werden selbst Blutsverwandte unter dem Deckmantel der Gerechtigkeit Menschen, denen man nicht sicher trauen kann. Der öffentliche Schatz erhält unsere Hausbesatzung nicht. Dadurch würde er völlig erschöpft werden. Wir können solche nicht erhalten, ohne zu verarmen, oder wenigstens mit größerer Beschwerde und Lasten, wenn das Volk nicht dazu beitrüge. Der Staat wird durch meinen Untergang nicht sonderlich viel leiden. Übrigens, wenn man dabei zugrunde geht, so halten sich unsre Freunde selbst mehr über unsere Unvorsichtigkeit und Unklugheit auf, als daß sie uns unsere Unwissenheit und die Vernachlässigung unserer Geschäfte beklagen sollten. Daß so viele bewachte Landsitze zerstört sind, wenn andere sich erhalten haben, läßt mich den Verdacht fassen, daß sie sich dadurch geschadet haben, daß sie bewacht waren. Das gibt die Lust und den Vorwand, sie anzugreifen. Alles Bewachen gibt einen Anschein vom Kriege: der mag auch mich überfallen, wenn Gott es will; so viel ist aber gewiß, daß ich ihn nicht herbeirufen werde. Durch meine Ruhe hoffe ich, vor dem Kriege sicher zu sein. Ich tue, was ich kann, um diesen Winkel vom öffentlichen Sturme zu entfernen, wie ich es mit einem andern Winkel in meiner Seele mache. Mag doch unser Krieg die Gestalt verwandeln, sich vermehren und in verschiedene Parteien verändern, ich meinesteils wanke nicht aus der Stelle. Unter so vielen Landsitzen, die sich bewaffnet haben, bin ich, soviel ich weiß, der einzige meines Standes, der sich, in Ansehung des Meinigen, einzig und allein auf den Schutz des Himmels verlassen hat. Ich habe nicht einmal weder mein Silberzeug noch meine Familienpapiere oder Tapeten in Sicherheit bringen lassen. Ich will mich weder halb fürchten noch halb mich retten. Wenn ein völliges Vertrauen den Schutz des Himmels erwirbt, so wird er mir bis ans Ende angedeihen, wo nicht, so bin ich lange genug dagewesen, um mein Dasein merk- und denkwürdig zu machen. Wieso? Nun, seit dreißig Jahren her.

Über Lob, Preis und Ruhm.

Der Name ist nicht einerlei mit der Sache. Der Name ist artikulierter Schall, welcher die Sache bezeichnet und andeutet; der Name ist kein Teil der Sache oder ihres Wesens; es ist ein fremdes Teilchen, das der Sache beigefügt wird und außer ihr besteht. Gott, der einzig und allein in seiner eigenen Fülle besteht und die Fülle aller Vollkommenheit ist, kann in sich selbst weder wachsen noch sich vergrößern. Sein Name aber kann wachsen und zunehmen durch das Lob und den Preis, den wir ihm über seine geoffenbarten Werke beilegen: welche Lobpreisung wir ihm um so weniger einkörpern können, weil bei ihm kein Zuwachs am Guten möglich ist. Wir richten solche also an seinen Namen, welcher etwas außer ihm, aber ihm am nächsten ist. Dies ist die Art und Weise, wie Gott allein alles Lob und alle Ehre gebührt. Und nichts ist so fern von aller Vernunft, als das geringste davon für uns selbst zu begehren. Denn, da wir arm und inwendig nackt sind, da unser Wesen unvollkommen und unaufhörlich der Verbesserung bedürftig ist, so ist es dies, worauf unser Fleiß und unsere Beschäftigung gehen muß; wir sind alle leer und hohl, und also sollten wir uns nicht mit Wind und Schall anfüllen, wir bedürfen reeller Substanzen, um unsere Kräfte zu erneuern; ein hungriger Mensch wäre wohl sehr einfältig, wenn er eher nach einem hübschen Kleide langte als nach einer nahrhaften Mahlzeit. Nach dem Notwendigsten muß man trachten, wie unser gewöhnliches Gebet besagt: Ehre sei Gott in der Höhe und Friede auf Erden unter den Menschen. Wir leiden Mangel an Schönheit, Gesundheit, Weisheit, Tugend und mehr dergleichen wesentlichen Dingen; die äußerlichen Zierden lassen sich nachher suchen, wenn wir für die wesentlichen Bedürfnisse gesorgt haben. Die Theologie handelt weitläufiger und treffender über diesen Gegenstand, ich aber bin nicht sehr darinnen gewiegt. Chrysippus und Diogenes sind die ersten und standhaftesten Schriftsteller in Betracht der Verachtung des Ruhms gewesen, und unter allen Wollüsten, sagten sie, wäre keine gefährlicher und sorgfältiger zu vermeiden als diejenige, welche uns der Beifall anderer Menschen gewährt. Wirklich zeigt uns die Erfahrung dergleichen Verräterereien, welche höchst schädlich waren. Nichts in der Welt vergiftet die Fürsten mehr als die Schmeichelei; es ist nichts, wodurch gottlose Buben sich bei ihnen so leicht in Gunst setzen, und keine Kuppelei ist so geschickt oder gewöhnlicher, die Keuschheit der Weiber zu bestechen, als sie mit ihrem eigenen Lob zu beräuchern und zu nähren. Der vornehmste Zauber, welchen die Sirenen gebrauchen, um den Ulysses zu beschleichen, ist von dieser Natur.

Komm, preisvoller Odysseus, erhabner Ruhm der Achaier,
lenke das Schiff landwärts, um unsre Stimme zu hören.[145]

Jene Philosophen sagten: aller Ruhm von der ganzen Welt sei nicht so viel wert, daß ein verständiger Mensch nur einen Finger ausstrecke, um ihn aufzuheben.

Gloria quantalibet quid erit, si gloria tantum est?[146]

---

[145] Nach Voß. Homer, Odyssee XII, 224 f.
[146] Juvenal, Sat. VII, 81: Was ist der größte Ruhm, wenn er nichts ist als Ruhm?

Ich spreche von Ruhm an und für sich selbst. Denn er hat oft sehr nützliche Folgen, weswegen er wünschenswürdig werden kann: Er erwirbt uns Wohlwollen und schützt uns einigermaßen vor Anfällen und Beleidigungen von andern Menschen und so mehr dergleichen. Von dieser Beschaffenheit waren auch die Lehrsätze des Epikur. Denn diese Vorschrift seiner Sekte: verbirg dein Leben, welche den Menschen verbietet, sich mit öffentlichen Ämtern und Verhandlungen zu beladen, setzt auch notwendig voraus, daß man den Ruhm verachten müsse, welcher in dem Beifall besteht, den die Welt uns über die Handlungen erteilt, die wir vor ihren Augen verrichten. Derjenige, der uns gebeut, uns zu verbergen und für nichts anders Sorge zu tragen als für uns selbst; der nicht will, daß wir andern bekannt seien, der will auch noch weniger, daß wir von ihm geehrt und gerühmt werden; auch widerrät er dem Idomeneus, sich in seinen Handlungen nach der allgemeinen Meinung und Würdigung einzurichten, es sei denn, andern zufälligen Unbequemlichkeiten auszuweichen, welche ihm die Verachtung der Menschen zuziehen könnten. Diese Lehren sind meines Bedünkens unendlich wahr und vernünftig; aber wir sind, ich weiß nicht wie, doppelsinnig, welches macht, daß wir nicht glauben, was wir glauben, und daß wir uns von dem, was wir an uns selbst verdammen, nicht losmachen können. Man sehe nur die letzten Worte des Epikur, die er kurz vor seinem Tode sagte; ihr Sinn ist groß und eines solchen Philosophen würdig, indessen haben sie doch einen kleinen Anstrich von Empfehlung seines Namens und von diesem Hang zum Ruhm, welchen er durch seine Lehren so sehr verschrien hatte. Hier ist ein Brief, welchen er kurz vor seinem letzten Hauch in die Feder sagte:

Epikur dem Hermachus.

»Alles Heil zuvor.
Derweil ich den glücklichsten und damit den letzten Tag meines Lebens erlebte, schrieb ich dieses unter solchen Schmerzen in der Blase und andern Eingeweiden, die durch nichts vergrößert werden können, indessen werden sie mir einigermaßen vergolten durch das Vergnügen meiner Seele, wenn ich mich an meine Schriften und Abhandlungen erinnere. Du aber nimm Dich, wie es der Liebe und Zuneigung gebührt, die Du von Kindesbeinen an gegen mich bezeigt

hast, nimm Dich der Kinder des Metrodorus an und gewähre ihnen Deinen Schutz.«

So weit sein Brief, und das, was mich sein Vergnügen, welches er in seiner Seele über seine Schriften und Abhandlungen zu empfinden sagt, so auslegen läßt, daß er dadurch einigermaßen auf den Ruhm zielt, den er dadurch noch nach seinem Tode zu erhalten hofft, das ist die Verordnung in seinem Testament, worin er verlangt, daß Aminomachus und Timokrates seinen Erben jährlich zur Feier seines Geburtstages im Monat Januar die Kosten auszahlen sollen, die Hermachus dazu bestimmen, und auch den Aufwand, der jeden zwanzigsten Tag im Monat zu einer Mahlzeit für Philosophen aufgehen würde, mit denen er in einem vertraulichen Umgange gelebt, die sich zum Gedächtnis seiner und des Metrodorus versammeln sollten. Carneades war das Haupt der entgegenstehenden Meinung, und hat behauptet, daß der Ruhm an und für sich selbst wünschenswert sei; geradeso, wie wir uns derer ihrer selbst wegen annehmen, die nach unserm Tode geboren werden, die wir nicht kennen und wovon wir gar keinen Genuß haben. Diese Meinung hat nicht ermangelt, einen allgemeinen Beifall zu finden, und am gewöhnlichsten befolgt zu werden, wie es mit denen zu geschehen pflegt, die sich am füglichsten nach unsern Neigungen bequemen. Aristoteles gibt ihm den ersten Rang unter den äußern Gütern und sagt: »Vermeide, als zwei gefährliche Extreme, sowohl Ruhm zu suchen als ihn zu fliehen.« Hätten wir die Bücher, welche Cicero über diesen Gegenstand geschrieben hatte, so glaube ich, würden wir gar herrliche Sachen darüber lesen. Denn dieser Mann war dergestalt von dieser Leidenschaft beherrscht, daß er, wie mich deucht, wenn er sich es nur getrauet hätte, gern in das Übermaß gefallen wäre, in welches die andern verfielen, daß nämlich die Tugend selbst nur insofern wünschenswürdig sei, als sie uns die Ehre erwirbt, die eine beständige Folge derselben ist.

> *Paulum sepultae distat inertiae*
> *Celata virtus.*[147]

---

[147] Horaz, Od. IV, 9, 29: Dem Leben voll Verdienst ist vor dem Drohnenleben, vergißt man beide sie, nicht viel vorausgegeben.

Welche Meinung aber so falsch ist, daß es mich ärgert, daß sie jemals hat in den Kopf eines Menschen kommen können, der die Ehre hatte, ein Philosoph zu heißen. Wenn sie wahr wäre, so dürfte man nur öffentlich tugendhaft sein, und hätten wir mit dem Bestreben der Seele, worin sich eigentlich der wahre Sitz der Tugend befindet, nichts zu schaffen, um sie in Regel und Ordnung zu erhalten, als nur insofern es zur Kenntnis anderer gelangen müßte. Es käme also nur darauf an, mit Feinheit und Behutsamkeit lasterhaft zu sein. Wenn du weißt, sagt Carneades, daß an der Stelle eine Schlange liegt, wo sich ein Mann, ohne es zu vermuten, niedersetzen will, von dessen Tode du Vorteil hast, so handelst du als ein Bösewicht, wenn du ihn nicht warnest, und zwar um so mehr, weil deine Handlung nur dir allein bekannt bliebe. Wenn wir das Gesetz wohlzutun nicht aus uns selbst hernehmen, wenn Impunität für uns Gerechtigkeit ist; in wie viele Arten von Bosheit werden wir dann nicht täglich Gelegenheit haben, uns zu stürzen. Was S. Peduceus tat, als er dasjenige treu herausgab, was C. Plotius ihm ohne jemandes Mitwissen von seinen Reichtümern anvertraut hatte, und desgleichen ich auch selbst getan habe, das finde ich nicht eben so vieles Rühmens wert, als ich es schändlich finden würde, wenn wir es nicht getan hätten. Und finde es gut und nützlich zu unsern Tagen, das Beispiel des P. Sextilius Rufus anzuführen, welchen Cicero darüber anklagte, daß er wider besser Wissen und Gewissen eine Erbschaft an sich gerissen, obgleich nicht nur ohne Widerspruch der Gesetze, sondern selbst durch die Gesetze. Und M. Crassus und Q. Hortensius, welche wegen ihrer Macht und ihres Ansehens von einem Fremden angegangen wurden, gewisse Anteile aus einem falschen Testamente sich gefallen zu lassen, damit er daraus des Seinigen desto gewisser sein möchte, begnügten sich damit, daß sie mit der Verfälschung des Testaments nichts zu schaffen haben wollten, schlugen aber den Nutzen nicht aus und hielten sich für genug gedeckt, wenn sie vor Anklagen und vor Zeugen und dem Gesetze sicher wären.

> *Meminerint Deum se habere testem,*
> *id est (ut ego arbitror), mentem suam.*[148]

Es wäre um die Tugend ein elend jämmerlich Ding, wenn sie ihren Wert nur aus dem Ruhme zöge.

---

[148] Cicero, De off. III, 10: Sie sollen bedenken, daß sie Gott zum Zeugen haben, oder, welches meines Bedünkens gleichviel ist, ihr Gewissen.

Vergebens bestrebten wir uns, ihr einen eigenen Rang einzuräumen und sie vom Glück unabhängig zu machen; denn was ist wohl zufälliger als ein berühmter Name. Profecto fortuna in omni re dominatur: ea res cunctas ex libidine magis, quam ex vero, celebrat obscuratque.[149] Zu veranstalten, daß die Handlungen sichtbar und bekannt werden, ist bloß ein Werk des Glücks. Das blinde Glück ist es, welches uns aufs Geratewohl den Ruhm austeilt. Ich habe gesehen, wie es sehr oft vor dem Verdienst hergeht und oft in großer Länge über das Verdienst wegschreitet. Derjenige, welcher zuerst den Einfall hatte, den Ruhm mit einem Schatten zu vergleichen, sagte etwas Besseres, als er sagen wollte: beide sind höchst nichtige Dinge. Er geht zu weilen vor seinem Körper her, und zuweilen dehnt er sich weit über die Länge desselben hinaus. Diejenigen, welche den Adel lehren, in der Tapferkeit nichts anders als Ehre zu suchen, quasi non sit honestum quod nobilitatum non sit:[150] Was tun sie damit anders, als ihn anweisen, sich niemals anders in Gefahr zu begeben, als wo er gesehen wird, und wohl darauf zu merken, ob auch Zeugen vorhanden, welche die Zeitung von seiner Tapferkeit ausbreiten können; da sich doch tausend Gelegenheiten zu braven Taten ereignen können, ohne daß man sich dadurch merkwürdig mache. Wie viele schöne Taten von Gemeinen werden nicht im Gewühl einer Schlacht begraben? Wer sich aber damit abgibt, andere in einem solchen Treffen zu bemerken, der ist darin eben nicht sehr geschäftig und führt gegen sich selbst das Zeugnis, was er für das Betragen seiner Waffenbrüder aufstellt. Vera et sapiens animi magnitudo, honestum illud, quod maxime natura sequitur, in factis positum, non in gloria, judicat.[151] Aller Ruhm, auf den ich über mein Leben Anspruch mache, ist, daß ich solches ruhig durchlebt habe; ruhig, nicht nach der Meinung des Metrodorus oder des Arcesilaus oder des Aristipp, sondern nach meiner eigenen. Da die Philosophen keinen Pfad zu finden vermocht, der zur Ruhe führt und gut und allgemein wäre, so muß jeder einen besondern für sich suchen. Wem anders als dem Glücke haben Cäsar und Alexander die so unermeßliche Größe ihres Nachruhms zu verdanken? Wie viele

---

[149] Sallust, Bell. Cat. VIII: Wahrlich! Überall tyrannisiert das Glück: dieses erhebt und verdunkelt Dinge, nicht nach Wert und Verdienst, immer nach Laune und Eigensinn.
[150] Cicero, De off. I, 4: Als ob jeder ohne Adelbrief ein Schurke wäre.
[151] Cicero, De off. I, 19: Eine wahrhaft große und weise Denkungsart setzt jene Würde, die in allem der Regel und dem Maße der Natur folgt, nicht in Ruhm, sondern in Taten.

Menschen hat es bei den ersten Schritten auf ihrer Laufbahn umgeworfen, von welchen wir nie etwas gehört haben, welche ebensoviel Tapferkeit mit dahin brachten als jene, wenn ihr unglückliches Geschick sie nicht im ersten Beginnen ihrer Unternehmung plötzlich aufgehalten hätte. Durch alle die außerordentlichen Gefahren hindurch erinnere ich mich, nicht gelesen zu haben, daß Cäsar nur ein einziges Mal verwundet worden. Tausend sind getötet worden in mindern Gefährlichkeiten als die mindeste, durch welche er gegangen ist. Eine unendliche Anzahl schöner Handlungen müssen aus Mangel an Zeugen verlorengehen, bevor eine ihrem Täter zunutze kommt. Man ist nicht immer auf der Höhe einer Bresche oder an der Spitze eines Heers vor den Augen des Heerführers wie auf einem Schafott. Man wird zwischen einer Hecke und einem Graben überfallen; man muß sein Heil gegen eine Scheure versuchen, man muß vier Lumpen von Schützen aus einer Hütte vertreiben, man muß sich allein von seinem Haufen absondern und allein einen Streich wagen, nachdem es die eintretende Notwendigkeit befiehlt. Und wenn man genau darauf achtet, so wird man finden, wie mich wenigstens dünkt, daß die Erfahrung ergibt, wie die am wenigsten glänzenden Begebenheiten gerade die gefährlichsten sind und daß in den Kriegen, die zu unsern Zeiten geführt worden, mehr ehrliche Leute bei leichten und unwichtigen Gelegenheiten umgekommen sind und mehr bei Belagerungen und Verteidigungen von elenden Nestern als bei berühmten und ehrenvollen Örtern.

Wer sein Leben für verschleudert hält, wenn er es nicht bei ausgezeichneten Gelegenheiten verliert, der verdunkelt viel mehr sein Leben als er seinen Tod rühmlich macht, indem er manchen gerechten Anlaß, sich zu wagen, vorüberstreifen läßt. Und jeder gerechte Anlaß ist rühmlich genug. Das Gewissen wird jedwedem Trompete genug sein. *Unser Ruhm aber ist, daß wir ein gutes Gewissen haben,* sagt St. Paulus. Wer nur deswegen ein Biedermann ist, daß die Welt es wissen soll und ihn desto höher schätzen möge, nachdem sie es erfahren; wer nur deswegen richtig handelt, daß seine Tugend zur Wissenschaft der Menschen gelange, der ist nicht der Mann, von dem man viele Dienste ziehen wird.

> *Credo che 'l resto di quel verno cose*
> *Facesse degne di tenerne conto;*

Ma fur sin da quel tempo si nascose,
Che non è colpa mia, s'or non le conto;
Perchè Orlando a far l' opre virtuose,
Più ch' a narrarle poi, sempre era pronto:
Nè mai fu alcun de' suoi fatti espresso,
Se non quando ebbe i testimoni appresso. [152]

In den Krieg muß man ziehen aus Pflicht und dafür diejenige Belohnung erwarten, welche keiner schönen Tat entstehen kann, so unbekannt sie auch bleiben mag, selbst auch nicht einmal tugendhaften Gedanken; das ist die Zufriedenheit, welche ein reines Gewissen uns gibt, wenn wir recht tun. Man muß seiner selbst wegen tapfer sein und wegen des Vorzugs, der dabei ist, wenn man bei allen Anfällen des Glücks fest und standhaft bleibt.

Virtus, repulsae nescia sordidae,
Intaminatis fulget honoribus;
Nec sumit aut ponit securis
Arbitrio popularis aurae [153]

Es ist nicht zur äußern Schau, daß unsere Seele ihre Rolle spielen muß, sondern in uns und für uns selbst, wohin keine andern Augen blicken als unsere eigenen. Da deckt uns ihre Stärke vor der Furcht des Todes, vor dem Schmerz und selbst vor der Schande; da macht sie uns fest beim Verlust unserer Kinder und unserer Freunde und unserer Güter, und wenn die Gelegenheit sich dazu ergibt, führt sie uns auch in die Wagnisse des Kriegs.

Non emolumento aliquo, sed ipsius honestatis decore. [154]

Dieser Nutzen ist weit größer und weit wünschens-und hoffenswürdiger als die Ehre und der Ruhm, welche am Ende nichts

---

[152] Ariost, Orlando XI, 81: Unstreitig hat den Rest des Winters sich in Dingen sein Heldenarm gezeigt, die meines Sanges wert. Doch meine Schuld ist's nicht, wenn diese, mir zu singen, das tiefe Schweigen, das noch heute dauert, wehrt. Dem liegt nichts dran, sein Lob in Gang zu bringen, der wie Orlando schweigt und seine Taten mehrt. So ist auch keine Tat von ihm je ausgekommen, wenn nicht ein Zeuge sie mit sich hinweggenommen.
[153] Horaz, Od. III, 2, 17: Verdienst sieht nicht auf Schmach und Erniedrigung. Hehr strahlt es fort im ewigen Ehrenglanz. Der Würden, die ein wetterlaunisch Volk bietet und wieder entreißt, nicht achtend.
[154] Cicero, De fin. I, 10: Nicht um irgendeines glänzenden Lohns, sondern um der Schönheit und Würde der Tugend selbst willen.

anders sind als ein günstiges Urteil, das man über uns fällt. Um über einen Acker Landes zu urteilen, muß man aus einer ganzen Nation ein Dutzend Männer aussuchen; und über unsere Neigungen und unsere Handlungen zu urteilen, welches das schwerste und wichtigste Geschäft unter allen ist, überlassen wir der Stimme des gemeinen Haufens, der Mutter der Unwissenheit, der Ungerechtigkeit und der Unbeständigkeit! Ist wohl einiger Sinn dabei, das Leben eines weisen Mannes vom Urteile der Narren abhängig zu machen?

An quidquam stultius quam, quos singulos contemnas, eos aliquid putare esse universos?[155]

Wer es darauf angelegt, diesen zu gefallen, der ringet vergebens, und seinen Händen entwischt der Preis des Wettkampfs. Nil tam inaestimabile est quam animi multitudinis.[156] Demetrius sagte scherzhafterweise von der Stimme des Volks, er mache sich ebensowenig aus der, welche ihm von oben abginge, als aus der von unten. Ego hoc judico, si quando turpe non sit, tamen non esse non turpe, quum id a multiudine laudetur.[157]

Keine Kunst, keine Geschmeidigkeit des Geistes könnte unsere Schritte nach einem so irrigen und unwissenden Wegweiser leiten. In dieser Verwirrung von Windgeräusch, von Volksmeinung und Gerüchten, durch welche wir uns treiben lassen, läßt sich kein Weg ausmachen, der etwas tauge. Laßt uns kein so wankelhaftes, unbeständiges Ziel vorstecken, folgen wir immer geradewegs der Vernunft. Auf diesem Wege möge uns der öffentliche Beifall folgen, wenn er will, und weil er ganz vom Glück abhängt, so haben wir keinen Grund, ihn auf einem andern Wege zu erwarten als auf diesem. Ich würde ihm deswegen nicht folgen, weil der geradeste Weg der kürzeste ist, sondern ich würde ihm folgen, weil ich aus der Erfahrung weiß, daß er am Ende immer als der glücklichste und der nützlichste befunden wird.

---

[155] Cicero, Tusc. disp. V, 36: Ist wohl etwas Verrückteres, als auf deren Urteil im Ganzen etwas zu bauen, die man einzeln genommen für dumm und unwissend hält.

[156] Livius XXXI, 34: Nichts verdient mehr, verachtet zu werden, als die Gesinnungen und Meinungen des großen Haufens.

[157] Cicero, De fin. II, 15: Nach meinem Urteil muß das, was auch an sich nicht tadelnswürdig wäre, es schon dadurch werden, daß der dumme Haufen es preist.

Dedit hoc providentia divina munus, ut honesta magis juvarent. [158]

Ein alter Schiffer unter den Alten sagte folgendermaßen zu Neptun: »O Gott, du kannst mich retten, wenn du willst; wenn du willst, kannst du mich untergehen lassen, aber mein Ruder halte ich immer gerade.« Ich habe zu meiner Zeit tausend geschmeidige, ängstliche, doppelsinnige Menschen gesehen, von denen niemand zweifelte, sie besäßen mehr Weltklugheit als ich, und sie sind da zugrunde gegangen, wo ich mich gerettet habe.

Risi successu posse carere dolos. [159]

Als Paulus Ämilius nach seinem glorreichen Mazedonischen Feldzuge aufbrach, ermahnte er vor allen Dingen das römische Volk, über seine Handlungen die Zunge im Zaum zu halten, solange er abwesend sei! O welch eine große Störerin ist nicht die Zügellosigkeit im Urteilen! Um so größer, weil nicht jeder die Standhaftigkeit des Fabius gegen die widrige beleidigende Volksstimme besitzt, welche lieber seine Macht von den eitlen Einfällen der Menschen vermindern ließ, als seinen Auftrag mit günstigerm Ruhme und Volksbeifall weniger gut ausrichten wollte. Es liegt ein gewisses unnennbares, süßes Gefühl darinnen, sich loben zu hören; allein wir legen dennoch viel zuviel hinein.

Laudari haut metuam, neque enim mihi cornea fibra est,
Sed recti finemque extremumque esse recuso,
Euge tuum et belle. [160]

Ich kümmere mich nicht so viel darum, wie ich mit andern stehe, als ich mich darum bekümmere, wie ich mit mir selbst stehe. Ich will reich sein für mich und nicht auf Borg. Fremde sehen nur den äußern Schein und äußere Begebenheiten; ein jeglicher kann eine äußerliche gute Miene annehmen und innerlich voller Fieber und Schrecken sein, man sieht mir nicht ins Herz, man sieht nur meine Miene. Man hat recht, die Heuchelei zu verschreien, welche im Krieg ihr Wesen hat; denn was ist für einen Menschen, der die Schliche kennt, leichter, als den

---

[158] Quintilian, Inst. I, 12: Der größte Segen, den Gott der Menschheit gab, ist, daß Ehrlichsein am längsten währt.
[159] Ovid, Heroid. I, 18: Ich lachte, daß List öfters den eignen Herrn schlägt.
[160] Persius, Sat. I, 47: Ich bin nicht unempfindlich für den Ruhm, so hart ist meine Fiber nicht, nur das geb' ich nicht zu, daß dein »Vortrefflich, schön!« der letzte Zweck und unsere Bestimmung sei.

Gefahren auszuweichen und bei einem feigen Herzen den Bramarbas zu spielen? Es gibt so viele Mittel, den Gelegenheiten auszuweichen, bei welchen man seine eigene Person wagen müßte, daß man die Welt tausendmal betrogen haben kann, bevor man sich nur in ein Wagestück eingelassen hat, und selbst dann, wenn man darin verflochten ist, weiß man für dieses Mal auch sein Spiel mit guter Miene und mit unerschrockenen Worten zu verdecken, obgleich die ganze Seele in uns zittert. Und viele würden, wenn sie den platonischen Ring besäßen, welcher denjenigen unsichtbar machte, der ihn am Finger trug und den Stein nach der Innenseite der Hand drehte, sich oft genug da verbergen, wo sie sich am meisten stellen sollten, und würden es sehr bereuen, sich an solche Ehrenposten gestellt zu sehen, wo die Not sie herzhaft machte.

> *Falsus honor juvat, et mendax infamia terret*
> *Quem, nisi mendosum et mendacem?*[161]

Hieraus sieht man, wie alle die Urteile, die sich auf einen äußern Schein gründen, im höchsten Grade ungewiß und zweifelhaft sind, und wie kein Zeugnis so sicher ist, als was sich ein jeder selbst geben muß. Und wie viele Troßbuben haben wir nicht zu Genossen unseres Ruhms? Derjenige, der sich in einer offenen Tranchee festhält, was tut er damit, das nicht vor ihm fünfzig arme Schanzgräber tun, die ihm den Weg öffnen und für fünf Dreier täglichen Sold mit ihrem Körper decken.

> *Non, quidquid turbida Roma*
> *Elevet, accedas; examenque improbum in illa*
> *Castiges trutina: nec te quaesiveris extra.*[162]

Wir nennen es Vergrößerung unseres Namens, wenn wir ihn in vieler Mund bringen; wir wünschen, daß er mit Ehrerbietung ausgesprochen werde und daß diese seine Erhebung ihm nützlich werden möge. Nun, das mag denn das schlimmste bei der Sache noch nicht sein, aber das Übermaß dieser Krankheit geht so weit, daß manche suchen, von sich sprechen zu lassen, in welchem Sinne es auch sei. Trogus Pompejus sagt vom Herostratus und Titus Livius vom Manlius Capitolinus, daß

---

[161] 17 Horaz, Epist. I, 16, 39: Kann der, den unverdientes Loben kitzelt und wohlverdientes Tadeln wurmt, kann der wohl anders sein als lügenhaft und falsch?
[162] 18 Persius, Sat. I, 5: Nicht, was das lärmende Rom lobt, das ergreife. Erst prüfe den trüglichen Ausschlag der Waage, die es führet, und suche dich niemals außer dir selbst.

sie begieriger nach einem großen als nach einem guten Namen gewesen. Dies Gebrechen ist gewöhnlich. Wir geben uns mehr Mühe darum, daß man, als wie man von uns spreche, und es genügt uns schon, daß unser Name durch der Leute Mäuler laufe, wie auch der Lauf beschaffen sein möge. Es scheint, man gebe schon gewissermaßen sein Leben und dessen Dauer in die Verwahrung der Menschen, denen man bekannt geworden. Ich meinesteils halte dafür, daß ich nur bei mir daheim bin, und von meinem andern Leben, das in der Bekanntschaft meiner Freunde besteht, wenn ich solches ohne Schleier und bloß an und für sich selbst betrachte, so fühle ich, daß ich davon keinen andern Nutzen oder Genuß ziehe als durch die Eitelkeit einer phantastischen Meinung. Und wenn ich tot bin, werde ich noch weit weniger davon empfinden und also den Gebrauch der wirklichen Nutzbarkeiten, die zuweilen zufälligerweise daraus entstehen, ganz rein verlieren. Ich werde keinen Berührungspunkt mehr finden, woran ich den Ruhm fassen, noch der Ruhm, woran er mich fassen, noch zu mir gelangen könne. Denn mir zu versprechen, daß mein Name ihn erlangen werde, so habe ich erstlich keinen Namen, der so ganz ausschließlich der meinige wäre; von den beiden, die ich habe, ist der erste meinem ganzen Geschlecht gemein, ja sogar noch einigen andern: es gibt eine Familie in Paris und eine in Montpellier, welche den Zunamen Montaigne führen, eine andere in Bretagne und Saintonge, die sich de la Montaigne nennt. Die Versetzung einer einzigen Silbe kann unsere Wappenschilder so vermischen, daß ich teil an ihrem Ruhm und sie vielleicht an meiner Schande nehmen, und wenn die Meinigen ehedem noch den Zunamen Eyquem geführt haben, so ist das ein Name, den noch eine bekannte Familie in England führt.

Was meinen zweiten Namen betrifft, so gehört er jedem zu, der Lust hat, ihn zu nehmen. Also ehre ich vielleicht einen Karrenschieber an meiner Stelle. Und endlich, wenn ich auch ein besonderes Merkzeichen für mich allein hätte, was kann es dann bezeichnen, wenn ich nicht mehr bin; kann es die Nichtigkeit bezeichnen und begünstigen?

> *Nunc levior cippus non imprimit ossa*
> *Laudat posteritas; nunc non e manibus illis,*
> *Nunc non e tumulo fortunataque favilla,*

Nascuntur violae?[163]

Doch hierüber habe ich schon anderwärts gesprochen. Im übrigen, wenn in einer Schlacht zehntausend Mann zu Krüppeln oder totgeschossen worden, so spricht man kaum von fünfzehn. Es gehört eine gewisse Größe des Standes und der Geburt oder irgendeine wichtige Folge dazu, welche das Glück miteinander verbindet, um eine Tat nicht nur eines Gemeinen, sondern eines Offiziers von Rang mit Ruhm zu erheben. Denn ein oder zwei oder zehn Menschen zu töten oder sich dem Tode tapfer entgegen zu stellen, ist zwar schon für jeden von uns etwas, denn wir setzen alles gegen alles; für die Welt aber sind das sehr gewöhnliche Sachen; sie sieht derselben täglich so viele, und es gehört so vieles dergleichen dazu, um eine auf fallende Wirkung zu tun, daß wir keinen besondern Ruhm und Empfehlung erwarten dürfen.

> *Casus multis hic cognitus, ac iam*
> *Tritus, et e medio fortunae ductus acervo.[164]*

Von soviel tausendmal tausend tapfern Männern, welche in Frankreich seit fünfzehnhundert Jahren mit den Waffen in der Hand gestorben sind, sind keine hundert, deren Gedächtnis bis auf uns gekommen ist. Die Namen nicht nur der Kriegshäupter, sondern selbst der Schlachten und Siege sind in Vergessenheit begraben. Die Besitzungen des halben Teils der Welt rücken aus Mangel an Registern nicht aus ihrer Stelle und verschwinden ohne Dauer. Wenn ich die unbekannten Begebenheiten aufgezeichnet besäße, so glaube ich, wollte ich damit sehr leicht die bekannten in allen Arten von Beispielen verdrängen. Wie, daß selbst von den Römern und Griechen, von so vielen seltenen und edlen Taten, welche so viele Zeugen und Schriftsteller hatten, so wenige auf uns gekommen sind?

> *Ad nos vix tenuis famae perlabitur aura.[165]*

So wird es schon sehr viel sein, wenn in hundert Jahren von hier man sich nur noch so obenhin erinnert, daß zu unsern Zeiten in Frankreich bürgerliche Kriege geführt worden sind. Die Lakedämonier opferten,

---

[163] Persius, Sat. I, 37: Drückt ein leichter Grabstein vielleicht nicht mehr die Gebeine? Werden im Lobe der Nachwelt der gebenedeiten Asche, werden da den Manen des Hügels Veilchen entkeimen?

[164] Juvenal, Sat. XIII, 9: Alltägliches Tun, wie es ein jedes Wochenblatt verkündigt.

[165] Vergil, Aen. VII, 646: Kaum ein Lüftchen des Ruhms hat unser Ohr umfächelt.

wenn sie in ein Treffen gingen, den Musen, damit ihre Taten schön und würdig beschrieben werden möchten, und hielten dafür, es sei nicht gemeine Gunst der Götter, wenn schöne Heldentaten Zeugen fänden, welche solchen Leben und Unsterblichkeit geben könnten. Meinen wir, daß bei jeder Flintenkugel, die uns trifft, oder bei jeder Gefahr, die uns überkommt, gleich ein Notarius bei der Hand sei, der darüber ein Protokoll aufnehme? Und hundert solche Protokollisten möchten sich dennoch darunter finden, deren Tagebücher wohl nicht über acht Tage alt werden und keinem Menschen zu Gesicht kommen würden. Wir haben von den Schriften der Alten nicht den tausendsten Teil. Es ist das Glück, welches ihnen ein längeres oder kürzeres Leben schenkte, nachdem es ihm beliebte; und es ist uns erlaubt zu zweifeln, ob das, was wir davon besitzen, nicht gerade das schlechteste sei, da wir das übrige nicht gesehen haben. Von geringfügigen Dingen schreibt man keine Geschichte. Der Held muß ein Heer geführt haben, womit er ganze Königreiche und Provinzen erobern konnte; er muß zweiunddreißig große Schlachten gewonnen haben und immer in schwächerer Anzahl als die Feinde, wenn er es dem Cäsar gleichtun will, in dessen Gefolge zehntausend brave Waffenbrüder, unter denen sich große Feldherrn befanden, tapfer und herzhaft in den Tod gingen und deren Namen nicht länger gedauert haben, als solange ihre Weiber und Kinder lebten.

Quos fama obscura recondit.[166]

Selbst von denjenigen, die vor unsern Augen großtun, spricht man nach drei Monaten oder drei Jahren, nachdem sie geblieben, ebensowenig, als ob sie gar nicht dagewesen wären. Ein jeder, der nach richtigem Maß und Verhältnis beobachtet, von was für Leuten und von was für Taten sich Andenken und Ruhm in den Büchern erhält, wird befinden, daß in unserm Jahrhundert wenig Taten geschehen und wenig Personen vorhanden gewesen, die darauf mit Recht Anspruch machen könnten. Wieviel tapfere und tugendhafte Menschen haben wir ihren Ruhm überleben gesehen, welche es erduldeten, daß in ihrer Gegenwart der Ruhm und die Glorie erlosch, die sie mit allem Recht in jüngeren Jahren erworben hatten? Und um drei Jahre eines solchen phantastischen Lebens in der Einbildung sollten wir unser wahres,

---

[166] Vergil, Aen. V, 302: Die der Ruf in Dunkel gehüllt hat.

wesentliches Leben in die Schanze schlagen und uns zu einem immerwährenden Tode verbinden? Der Weise setzt sich bei einer so wichtigen Unternehmung einen schöneren und gerechteren Zweck vor. Recte facti, fecisse merces est: officii fructus, ipsum officium est.[167] Es wäre vielleicht einem Maler oder andern Künstler oder auch an einem Rhetoriker oder Grammatiker zu entschuldigen, wenn er Schweiß und Mühe darauf verwendete, sich durch seine Werke einen großen Namen zu machen. Handlungen der Tapferkeit und Tugend aber sind schon an und für sich zu edel, um einen andern Lohn zu suchen als in ihrem eigenen Wert, am wenigsten solchen in der Nichtigkeit menschlicher Urteile zu suchen. Wenn gleichwohl diese falsche Meinung dem Publikum dazu dient, die Menschen in ihrer Pflicht zu erhalten; wenn das Volk dadurch zur Tugend erweckt wird; wenn es den Großen der Erde zu Herzen geht, zu sehen, wie die Welt das Andenken eines Trajanus segnet und das eines Nero verwünscht, wenn es sie erschüttert, daß der Name dieses großen Scheusals, welches einst so fürchterlich und schrecklich war, jetzt durch den ersten besten Schüler, der es unternehmen will, so dreist und frei verflucht und beschimpft wird, so mag sie immerhin zunehmen und mag man sie sosehr in Ansehen erhalten, als man nur immer kann.

Und Plato, der alles anwendet, seine Bürger tugendhaft zu machen, rät ihnen gleichfalls, die gute Meinung der Völker nicht zu verachten, und sagt, es geschehe durch eine göttliche Eingebung, daß selbst nichtswürdige Menschen zuweilen in Worten und Meinungen die guten und bösen Handlungen richtig zu unterscheiden wissen. Dieser große Mann und sein Pädagog sind darum vortreffliche und kühne Werkmeister, daß sie allenthalben die göttliche Vermittelung und Offenbarung hinzutun, wo menschliche Kräfte zu kurz kämen. (Aus dieser Ursache geschah es vielleicht, daß ihn Timon spottweise den großen Orakeldrechsler hieß.) Ut tragici poëtae confugiunt ad Deum, cum explicare argumenti exitum non possunt.[168] Weil die Menschen wegen ihres Unvermögens sich nicht hinlänglich mit guter Münze bezahlen können, so mag man immerhin falsche dazu nehmen. Alle Gesetzgeber haben sich dieses Mittels bedient, und gibt es keine

---

[167] Seneca, Epist. 81: Einer rechten Tat Lohn ist, sie getan zu haben, die Pflicht ist ihre eigene Frucht.
[168] Cicero, De nat. deor. I, 20: Wie die Tragiker die Götter bemühen, wenn sie nicht wissen, den Knoten selbst zu lösen.

Staatsverfassung, worin man nicht einige Beimischung fände, entweder von feierlicher Eitelkeit oder trüglichen Meinungen, welche zum Zügel dienen, um das Volk in Pflicht und Ordnung zu erhalten. Und daher kommt es, daß die meisten ihren fabelhaften Ursprung und Anfang haben und reich sind an übernatürlichen Mysterien. Das ist es, was die unechten Religionen in Aufnahme gebracht und ihnen die Gunst auch der Verständigen verschafft hat; und daher, um ihre Menschen zu besseren Gläubigern zu machen, speisten Numa und Sertorius dieselben mit der dummen Erzählung, der eine, daß ihm die Nymphe Egeria, der andere, daß ihm sein weißes Reh alle die Ratschläge von den Göttern zubrächte, welche er ihnen bekanntmache; und daher auch das Ansehen, welches Numa seinen Gesetzen, unter Vorspiegelung des Schutzes dieser Göttin, erwarb. Zoroaster, Gesetzgeber der Baktrianer und Perser, gab seine Gesetze den Seinigen unter dem Namen des Gottes Oromazes; Trismegistus den Ägyptern unter dem Namen der Vesta; Charondas, der Gesetzgeber der Chalcidier, wollte seine Gesetze vom Saturnus haben; Minos, der Gesetzgeber der Candier, vom Jupiter; Lykurg, der Lakedämonier, vom Apoll. Draco und Solon, der Athenienser, von der Minerva. Und jede Staatseinrichtung hat ihren Gott an der Spitze; einen falschen die übrigen, einen wahren diejenige, welche Moses dem jüdischen Volke beim Ausgang aus Ägypten gab. Die Religion der Beduinen, wie der Reisebeschreiber de Joinville erzählt, lehrt unter andern Dingen, daß die Seele desjenigen unter ihnen, der für seinen Prinzen stürbe, in einen andern glücklicheren, schöneren und stärkeren Körper fahre, als sein voriger gewesen: vermittelst dieses Glaubens waren sie weit williger, ihr Leben zu wagen.

> *In ferrum mens prona viris, animaeque capaces*
> *Mortis, et ignavum est rediturae parcere vitae.*[169]

Das nenne ich mir doch einen heilsamen Glauben! Laß ihn so trüglich sein, als er will! Jede Nation findet bei sich von dergleichen Beispielen mehr als eins; aber dieser Gegenstand verdient eine eigene Abhandlung. Um nur noch ein Wort über meinen ersten Satz zu sagen:

---

[169] Lucan I, 461: Das sind tapfere Männer, und wissen zu sterben, stürzen mit Freuden ins Schwert, nicht achtend der Dauer des Lebens.

Ich würde dem weiblichen Geschlecht ebensowenig raten, ihre Pflichten mit dem Namen Ehre zu belegen:

Ut enim consuetudo loquitur, id solum dicitur honestum, quod est populari fama gloriosum.[170]

Ihre Pflicht ist das Mark; ihre Ehre ist nur die Rinde. Auch rate ich ihnen nicht, uns diese Entschuldigung als Zahlung für ihre Weigerung zu geben; denn ich setze voraus, daß ihre Absichten, ihr Wunsch und Wille, Dinge, mit denen die Ehre nichts zu schaffen hat, weil solche nicht äußerlich auffallen, noch strenger geordnet sind als ihr Tun und Lassen.

Quae, quia non liceat, non facit, illa facit.[171]

Das Vergehen gegen Gott und gegen das Gewissen wäre ebenso groß im Vorsatz als in der Vollbringung; und dazu noch sind es Handlungen, die ohnehin insgeheim und im verborgenen geschehen, und wäre es also sehr leicht, daß sie einige derselben der Wissenschaft anderer entzögen, wovon die Ehre abhängt, wenn sie keine andere Achtung für ihre Pflicht hätten, und für die Neigung, die sie für die Keuschheit hegen. Jeder ehrliche Mensch würde eher den Verlust seiner Ehre wählen als den Verlust eines reinen Gewissens.

Von der Gewissensfreiheit.

Man sieht sehr gewöhnlich, daß gute Absichten, wenn sie ohne Mäßigung durchgesetzt werden, die Menschen zu sehr fehlerhaften Handlungen verleiten. In dem Streit, durch welchen Frankreich anjetzt durch den bürgerlichen Krieg beunruhigt wird, ist die beste und sicherste Partei ohne Zweifel diejenige, welche die alte Religion und alte Verfassung des Landes verficht. Gleichwohl sieht man unter den redlichen Leuten, welche daran hängen (denn ich spreche nicht von solchen, die sich derselben zum Vorwand bedienen, um teils ihre persönliche Rache zu befriedigen, teils ihrem Geiz oder dem günstigen

---

[170] Cicero, De fin. II, 15: Nach dem gemeinen Redegebrauch ist dasjenige Tugend, was uns unter den Menschen einen großen Namen macht.

[171] 27 Ovid, Amor. III, 4, 4: Die nur aus Furcht vor Schande nichts begeht, die hat es schon begangen.

Glück der Prinzen zu folgen, sondern von denen, die aus wahrem Eifer für ihre Religion handeln und aus inniger Liebe zum Frieden und Wohl ihres Vaterlandes), von diesen, sage ich, sieht man viele, welche durch Leidenschaft die Grenzen der Billigkeit überschreiten und zuweilen ungerechte, gewalttätige und dabei unüberlegte Entschlüsse fassen. Es ist dabei wahr, daß zu den ersten Zeiten, da unsere Religion anfing, mit den Gesetzen ein hohes Ansehen zu gewinnen, der Eifer vieler Leute gegen alle Arten von heidnischen Büchern bewaffnete, wodurch die Literatur einen ungeheuren Verlust erlitten hat. Meines Bedünkens hat diese Wut der Gelehrsamkeit mehr Schaden zugefügt als alles Feuer der Barbaren. Cornelius Tacitus ist davon ein glaubwürdiger Zeuge: denn obgleich der Kaiser Tacitus, sein Anverwandter, mit seinen Annalen, durch ausdrückliches Gebot, alle Bibliotheken der Welt geziert hatte: so hat doch nicht ein einziges vollständiges Exemplar den gierigen Klauen derjenigen entwischen können, welche solche unterdrücken wollten, weil sich fünf oder sechs wenig bedeutende Stellen darin befanden, die unsere Religion nachteilig schienen. Auch das hatten sie an sich, daß sie allen Kaisern, die uns günstig waren, gern und leicht falsche Lobsprüche beilegten und durchgängig alle Handlungen derer verdammten, welche es nicht mit uns hielten, wie leicht zu ersehen ist am Kaiser Julian, dem sie den Beinamen der Apostat oder der Abtrünnige beigelegt haben. Es war in der Tat ein sehr großer und seltener Mann, ein Mann, der seine Seele mit den Grundsätzen der Philosophie erfüllt hatte und öffentlich bekannte, daß er nach solchen alle seine Handlungen einrichte; und in der Tat wüßte ich keine Art von Tugend, von welcher er nicht ein sehr merkwürdiges Beispiel hinterlassen hätte. In Absicht auf die Keuschheit, wovon der Lauf seines Lebens ein sehr helles Zeugnis gibt, liest man von ihm einen ähnlichen Zug wie vom Alexander und vom Scipio. Er wollte von verschiedenen schönen weiblichen Gefangenen nicht einmal eine einzige sehen, da er noch in der Blüte seiner Jugend stand (denn er ward von den Parthern getötet, da er noch nicht volle einunddreißig Jahre war). In Absicht auf Gerechtigkeit gab er sich selbst die Mühe, die Parteien anzuhören, und ob er gleich aus Neugierde diejenigen, die vor ihm kamen, zu fragen pflegte, von welcher Religion sie wären, so gab doch die Feindschaft, die er gegen die unsrige hegte, der Waagschale nicht den geringsten Ausschlag. Er machte selbst verschiedene gute Gesetze und erließ einen großen Teil der Subsidien oder Auflagen, welche seine Vorweser erhoben hatten.

Wir haben zwei gute Geschichtschreiber, die Augenzeugen von seinen Handlungen waren. Einer derselben, Marcellinus, erklärt sich an verschiedenen Stellen seiner Geschichte sehr bitter über eine Verordnung, durch welche er allen christlichen Rhetorikern und Grammatikern die Hörsäle verbot und verschloß, und Marcellinus sagt dabei, er wünsche, daß diese Handlung Julians in Vergessenheit begraben werden möchte. Es ist wahrscheinlich, daß wenn Julian etwas Bitteres gegen uns unternommen hätte, Marcellinus es nicht verschwiegen haben würde, weil er unserer Partei sehr geneigt war. Der Kaiser war uns freilich nichts weniger als gewogen, gleichwohl war er kein grausamer Feind, denn selbst unsere Anhänger erzählen von ihm folgende Geschichte. Als er eines Tages um die Stadt Chalcedon spazierenging, unterstand sich Maris, der Bischof des Ortes, ihn einen Gottlosen, einen Verräter Christi zu nennen. Er tat hierauf weiter nichts, als daß er ihm antwortete: »Geh, Elender, und beweine den Verlust deiner Augen!« Worauf der Bischof abermals versetzte: »Ich danke meinem Herrn Jesus Christus, daß er mir das Gesicht benommen, um dein unverschämtes Gesicht nicht zu sehen«; wobei der Kaiser, wie sie sagen, eine philosophische Geduld affektiert haben soll. Was aber auch daran sei, so kann man doch dieses nicht wohl unter die Grausamkeiten aufzählen, die er, wie man sagt, gegen uns verübt haben soll. Er war, sagt Eutropius (mein zweiter Zeuge), ein Feind der Christenheit, aber ohne Blut zu vergießen. Und um hier auf seine Gerechtigkeit zu kommen, so kann man daran weiter nichts tadeln als die Strenge, womit er im Anfang seiner Regierung diejenigen behandelte, welche der Partei des Constantinus, seines Vorwesers, gefolgt waren. Was seine Mäßigkeit anbetrifft, so führte er beständig das Leben eines Kriegsmannes und nährte sich in vollem Frieden als ein Mann, welcher sich auf die Beschwerlichkeiten und den Mangel des Krieges vorbereiten und daran gewöhnen will.

Seine Enthaltsamkeit vom Schlaf ging so weit, daß er die Nacht in drei oder vier Teile einteilte, davon er den kürzesten dem Schlaf überließ, die übrigen wandte er an, selbst in Person sein Lager und seine Wachposten zu untersuchen und zum Studieren; denn unter andern seiner seltenen Eigenschaften befand sich auch die, daß er in allen Arten von Literatur etwas Vorzügliches leistete. Man erzählt von

Alexander dem Großen, daß er ein Gefäß vor sein Bett setzen lassen und aus Besorgnis, daß ihn der Schlaf in seinen Gedanken und Studieren überschleichen möchte, wenn er in seinem Bett lag, in eine seiner Hände eine kupferne Kugel nahm, die er hinaushielt, damit, wenn ihn der Schlaf überfiel und die Finger erschlaffen, das Geräusch, welches diese Kugel durch ihren Fall in das Gefäß machte, ihn aufwecke. Julian spannte seine Seele so stark auf das, was er wollte, und war durch seine besondere Enthaltsamkeit so frei von aller Benebelung, daß er dieses Kunststückchens nicht bedurfte.

In Rücksicht seiner Kriegswissenschaft war er in allem, was ein großer Feldherr wissen muß, vortrefflich. Auch war er fast sein ganzes Leben hindurch unaufhörlich mit dessen Ausübung beschäftigt, und den größten Teil desselben bei uns in Frankreich, gegen die Alemannen und Franken. Wir finden schwerlich Nachricht von einem Mann, der mehr Gefahren überstanden oder seine Person öfters bloßgestellt hätte. Sein Tod hat etwas Ähnliches mit dem Tode des Epaminondas; denn er ward von einem Pfeil getroffen und versuchte ihn auszureißen; er hatte es auch getan, da aber der Pfeil scharf war, so verwundete ihm solcher die Hand und machte sie unbrauchbar. Er befahl alsobald, daß man ihn wieder ins Treffen tragen mußte, um seine Soldaten anzufeuern, welche diese Schlacht ohne ihn sehr herzhaft so lange unterhielten, bis die Nacht die kämpfenden Heere trennte. Der Philosophie verdankte er eine sonderbare Verachtung, die er für das Leben und die Dinge dieser Welt hatte. Er glaubte fest an die Unsterblichkeit der Seele.

In Absicht der Religion war er ganz und gar tadelnswürdig. Man hat ihn den Apostaten oder den Abtrünnigen genannt, weil er die unsrige verlassen: gleichwohl scheint mir die Meinung wahrscheinlicher, daß er solche niemals in seinem Herzen gehegt habe, sondern aus Gehorsam gegen die Gesetze nur äußerlich vorgegeben, bis er zur Regierung gekommen. In der seinigen war er so abergläubisch, daß selbst seine Mitgläubigen, die zu seiner Zeit lebten, darüber spotteten; und sagte man, wenn er den Sieg über die Parther erhalten hätte, würde er das Geschlecht der Rinder in der Welt ausgerottet haben, um seiner Opferlust ein Genüge zu tun. Ebenso betört war er von den übernatürlichen Wissenschaften und begünstigte alle Arten von Wahrsagerei. Unter anderm sagte er auf seinem Sterbelager: Er wisse es den Göttern herzlichen Dank, daß sie ihn nicht hätten plötzlich sterben lassen wollen und daß sie ihm Ort und Stunde lange vorher verkündigt hätten: auch keines weichlichen oder feigherzigen Todes, der sich mehr für müßige, verwöhnte Menschen schicke, noch eines schmachtenden, langen oder schmerzhaften, und daß sie ihn würdig befunden hätten, eines edlen Todes zu sterben, auf der Bahn seiner Siege und in der Blüte seines Ruhms. Er hatte eine ähnliche Erscheinung gehabt wie Marcus Brutus, die ihm zuerst in Gallien drohte und hernach wieder in Persien, kurz vor seinem Tode, erschien. Die Worte, welche man ihm in den Mund legt, als er verwundet war: »Du hast gesiegt, Nazaräer«; oder nach andern: »Sei zufrieden, Nazaräer!«, würden schwerlich vergessen worden sein, wenn solche von meinen Zeugen für wahr gehalten worden, welche sich in der Armee befanden, und alles, bis auf die geringsten Bewegungen und Worte bei seinem Ende angemerkt haben. Sie würden solche ebensowenig vergessen haben als gewisse andere Wunder-begebenheiten, die man damit verknüpft.

Und, um wieder auf mein Thema zu kommen! Er brütete schon seit langer Zeit, sagt Marcellinus, über dem Heidentum; weil aber sein Heer aus Christen bestand, wagte er es nicht laut zu werden. Als er sich endlich stark genug sah, um seinen Vorsatz öffentlich kund werden zu lassen, ließ er die Götzentempel wieder eröffnen und tat sein möglichstes, der Abgötterei die Oberhand zu verschaffen. Und um zu seinem Zweck zu gelangen, ließ er die obersten Geistlichen der Christen, von denen, wie er bemerkt hatte, das Volk in Konstantinopel sich getrennt und die wie die Kirche unter sich selbst uneinig waren, zu sich an sein Hoflager kommen und ermahnte sie dringendst, diese inneren Zwistigkeiten beizulegen und jeden ohne Hindernis und Furcht bei seiner Religion verbleiben zu lassen. Diese große Mühe gab er sich in der Hoffnung, daß jene Freiheit die Anzahl der streitenden Kabalen vermehren und das Volk verhindern würde, sich zu vereinigen, und folglich durch Eintracht und allgemeines Einverständnis sich gegen ihn zu verstärken; indem er durch die Grausamkeit einiger Christen bereits erfahren hatte, daß kein Tier dem Menschen fürchterlicher sei als der Mensch.

Das sind ungefähr seine Worte; wobei besonders merkwürdig ist, daß der Kaiser Julian sich, um die Flammen der öffentlichen bürgerlichen Unruhen anzuzünden, eben des Rezeptes der Gewissensfreiheit bediente, welches unsre Könige seit kurzem angewendet haben, um solche zu dämpfen. Einerseits kann man sagen, verschiedenen Parteien den Zügel schießen zu lassen, um in ihren Meinungen fortzugehen, heiße, den Samen der Trennung allenthalben ausstreuen und ihrer Vermehrung die Hand bieten, weil alsdann keine Macht und Zwang der Gesetze mehr vorhanden, welche der Zwietracht Ziel und Grenze setzten. Andererseits könnte man aber auch sagen, daß, wenn man den Parteien die Freiheit lasse, bei ihren Meinungen zu bleiben, man sie durch die Leichtigkeit und Bequemlichkeit abspanne und erschlaffe, und den Sporn stumpfe, der sich durch Seltenheit, Neuheit und Schwierigkeit nur immer mehr schärft. Und so will ich lieber zur Ehre der Frömmigkeit unserer Könige glauben, daß, weil sie nicht konnten, was sie wollten, sie getan haben, was sie konnten.

Was nützlich ist und was ehrlich.

Kein Mensch ist davon frei, daß er nicht zuweilen Lappereien sagen sollte, das Unglück ist nur, daß die meisten solche gar zierlich geben wollen:

Nae iste magno conatu magnas nugas dixerit.[172]

Mich trifft das aber nicht, die meinigen entfallen mir und machen mir ebensowenig Mühe, als sie wert sind. Das ist ihnen auch zu raten, denn sobald sie mich nur im geringsten etwas kosteten, so sagte ich ihnen alsobald Heide und Weide auf! Ich mag für solche Spielereien nicht mehr geben und nehmen, als sie wägen. Ich spreche mit meinem Papier, wie ich mit dem ersten besten spreche, den ich bei dem Knopf fasse. Daß das wahr sei, was ich sage, das ist die Hauptsache.

Wem muß die schurkische Hinterlist nicht abscheulich sein, da selbst Tiber sich ihrer nicht bedienen wollte, obgleich ihm solche so vorteilhaft werden konnte? Man schrieb ihm aus Germanien, daß, wenn er wollte, man ihm den Hermann oder Arminius durch Gift vom Halse schaffen wollte. Dies war der mächtigste Feind der Römer, welcher sie unter dem Varus so häßlich zugerichtet hatte, und der einzige, der sie hinderte, sich in jenem Lande auszubreiten. Tiberius

---

[172] Terenz, Heaut. III, 5, 8: Mit aller Macht will dieser Mensch Salbadereien sagen.

ließ antworten, das römische Volk sei gewohnt, sich an seinen Feinden öffentlich, mit den Waffen in der Hand und nicht durch hämische List insgeheim zu rächen; er entsagte dem Nützlichen und wählte das Ehrliche. Es war, wird man mir sagen, ein Großschwätzer. Ich glaube es, das ist von Leuten seiner Profession eben kein Wunder. Aber ein Zeugnis für die Tugend ist im Munde eines Menschen, der sie haßt, nicht weniger gültig, um so mehr, weil ihm die Wahrheit solches wider Willen entreißt und er, wenn er dieselbe auch nicht in seinem Herzen aufnehmen mag, sich doch damit als mit einer Zierde bekleidet.

Unser Bauwerk, es gehe ins Große oder Kleine, ist voller Unvollkommenheit, aber in der Natur ist nichts unnütz, selbst nicht das Unnütze; in dieses Weltall ist nichts hineingelegt, das nicht an seinem rechten Platze stehe. Unser Wesen ist aus kränklichen Eigenschaften zusammengesetzt; Ehrgeiz, Eifersucht, Neid, Rachbegier, Aberglaube, Verzweiflung wohnen uns bei und haben uns in einem so natürlichen Besitze, daß das Bild davon sich sogar an den Tieren wahrnehmen läßt; ja selbst die Grausamkeit, welche ein so unnatürliches Laster ist; denn bei allem unsern Mitleiden fühlen wir doch innerlich eine gewisse sauersüße Empfindung von boshafter Wollust, wenn wir andere neben uns leiden sehen; selbst Kinder fühlen sie:

> *Suave mari magno, turbantibus aequora ventis,*
> *E terra magnum alterius spectare laborem.*[173]

Und wer den Samen dieser Eigenschaften im Menschen ausrotten wollte, würde die Hauptbedingungen unseres Lebens stören. Ebenso gibt es in allen bürgerlichen Einrichtungen notwendige Ämter, die nicht nur niedrig, sondern sogar widrig sind. Diese Widrigkeiten spielen darin ihre Rolle, und man bedient sich ihrer als Räte in unserer Verbindung, wie man sich des Gifts zur Erhaltung unserer Gesundheit bedient. Wenn sie dadurch Entschuldigung verdienen, weil sie nötig werden, und das Bedürfnis des gemeinen Wesens ihre wahre Eigenschaft vertilgt, so muß man diese Rollen von stärkeren und weniger furchtsamen Bürgern ausführen lassen, welche ihre Ehre und ihr Gewissen aufopfern, wie jene Männer des Altertums ihr Leben fürs Heil ihres Vaterlandes aufopferten; wir andern, Schwächern

---

[173] Lucrez II, 1: Wenn hoch die brausenden Winde des Meeres Wogen erheben, sieht der am Strande mit Lust dem Kampf der Schiffenden zu.

übernehmen gern solche Rollen, die leichter und mit weniger Gefahr verbunden sind. Das öffentliche Wohl verlangt, daß man verrate, daß man lüge und daß man metzele. Solche Aufträge wollen wir gehorsameren und geschmeidigeren Leuten überlassen.

Wahrhaftig! Ich habe oft meinen eigenen Ärger darüber gehabt, wenn ich so gesehen, daß Richter durch List oder vorgespiegelte Hoffnung von Gnade und Verzeihung den Verbrecher verleiteten, seine Tat zu bekennen, und dabei allerlei unverschämte Tücke anwendeten. Es würde der Gerechtigkeitspflege zum Vorteil gereichen und selbst dem Plato, der diesen Gebrauch begünstigt, wenn sie mir andere Mittel, die mehr nach meinem Sinne wären, an die Hand geben wollten. Es ist eine hämische Gerechtigkeit, und nach meiner Meinung wird sie durch sich selbst ebensowohl beleidigt als durch andere. Ich antwortete noch vor kurzem, daß ich kaum einen Prinzen eines Privatmanns wegen verraten möchte, dem es sehr leid tun würde, irgendeinen Privatmann eines Prinzen wegen zu verraten, und ich hasse nicht nur alle Betrügereien überhaupt, sondern ich hasse es auch, daß man sich in mir betrüge, und mag dazu nicht einmal weder Stoff noch Anlaß geben.

Bei demjenigen, was ich bei den Parteien und Unterparteien, die uns jetzt zerreißen, unter unsern Prinzen zu verhandeln gehabt habe, nahm ich keine Larve vor und trachtete sorgfältig zu vermeiden, daß sie mich nicht mißverstanden. Die diplomatischen Männer halten sich immer sehr zugeknöpft und stellen sich jederzeit so nachgebend und der Vereinigung so nahe als möglich; ich äußere immer meine Meinung aufs lebhafteste und auf eine mir ganz eigene Art, als gewissenhafter Unterhändler und als ein Neuling, der lieber seinem Geschäft als sich selbst zu nahe treten mag. Unterdessen geschah es bis auf diese Stunde mit solchem Glück (denn das Glück hat dabei den größten Anteil), daß wenige Verhandlungen mit geringerem Verdacht, mit mehr Leichtigkeit und größerer Verschwiegenheit von einer Hand in die andere gegangen sind. Ich habe eine offenherzige Weise, der es leicht wird, Beifall zu finden und sich gleich bei der ersten Bekanntschaft Glauben zu erwerben. Treuherzigkeit und reine Wahrheit fanden zu jederzeit und finden noch ihren Ort und ihre Gelegenheit, wo sie wohl angebracht sind. Dabei ist auch die Freimütigkeit solcher Menschen, welche dergleichen Geschäfte ohne allen eigenen Vorteil besorgen, wenig verdächtig und gehässig, und können solche nach aller Wahrheit die Antwort anwenden, welche Hyperides den Atheniensern gab, als sich solche über den hohen Ton seiner Sprache beschwerten: »Meine Herren, achten sie nicht darauf, ob ich frei rede, sondern darauf, ob ich es tue, ohne etwas zu nehmen und ohne dadurch meine Umstände im geringsten zu verbessern.« Meine Freimütigkeit hat mich auch leicht aus allem Verdacht der Verstellung gesetzt, weil sie nachdrücklich war (denn ich sagte alles frei heraus, es mochte noch so derbe, noch so treffend sein, ich hätte hinter dem Rücken nichts Härteres sagen können) und weil ihr Unbefangenheit und Einfalt deutlich anzusehen war. Von mei nen Verhandlungen suche ich keine anderen Früchte als die Verhandlungen selbst, und begehre solche nicht durch allerlei Verfänglichkeiten in die Länge zu ziehen. Jede hat bei mir ihren besondern Zweck, den sie erreichen mag, wenn sie kann. Übrigens treibt mich keine Leidenschaft, weder des Hasses noch der Vorliebe gegen die Großen, habe auch keinen weder durch Beleidigungen noch Verbindlichkeiten gebundenen Willen. Ich verehre unsere Könige mit bloß gesetzlicher und bürgerlicher Anhänglichkeit, und treibt mich kein besonderer Eigennutz, weder für noch gegen sie zu sein, wofür ich mir selbst vielen Dank weiß. Auch die allgemeine und gerechte Sache zieht mich nur mäßig und ohne Fieberhitze an sich. Ich bin eben nicht zu tiefen und engen Verbindungen und Verpflichtungen geneigt; Wut und Haß liegen nicht in den Pflichten der Gerechtigkeit, und sind Leidenschaften, welche bloß denjenigen dienen, welche nicht aus bloßen Vernunftgründen an ihren Pflichten hangen: utatur motu animi, qui uti ratione non potest.[174] Alle rechtmäßigen Vorsätze sind an und für sich gemäßigt; wo nicht, so werden sie unrechtmäßig und empörend. Dieserhalben gehe ich allenthalben mit emporgerichtetem Haupt und mit offenem Gesicht und Herzen. Freilich, und ich fürchte nicht, es zu gestehen, würde ich im Notfalle dem St. Michael eine Wachskerze bringen und eine andere seinem Drachen, wenn es den Abend vorher so ausgemacht wäre; der gerechten Partei würde ich bis an den Scheiterhaufen folgen, aber nur bis hinan, wenn es bei mir stände. Mag Montaigne mit dem gemeinen Wesen zugrunde gehen, wenn es die Not heischt; wenn es aber die Not nicht heischt, so will ich es dem Glück sehr wohl nehmen, wenn er gerettet wird. Und so viel Tau, wie mir meine Pflicht in der Hand läßt, werde ich anwenden, ihn

---

[174] Cicero, Tusc. disp. IV, 25: Wen die Vernunft nicht treibt, der lasse sich durch Leidenschaft treiben.

über Wasser zu halten. Rettete sich nicht Atticus, der es mit der gerechten Partei, welche unterlag, hielt, durch seine Mäßigung aus dem allgemeinen Schiffbruche der Welt, unter so vielem Wandel und Wechsel der Dinge? Privatmännern, wie er war, ist das leicht, und in solcher Art von Geschäften finde ich, daß man mit Recht und Ehrgeiz entsagen kann, sich freiwillig und von selbst in die Händel zu mischen. Bei öffentlichen Unruhen und in den Streitigkeiten der Parteien seines Landes hin und her schwankend zu bleiben, sich zu keiner zu halten und sich durch nichts aus seinem Gleichgewicht bringen zu lassen, das finde ich weder schön noch bieder: Ea non media, sed nulla via est, velut eventum exspectantium, quo fortunae consilia sua applicent.[175] Das mag in Ansehung der Streitigkeiten unter Nachbarn erlaubt sein, und Gelon, Tyrann von Syrakus, ließ solchergestalt seine Gesinnung bei dem Kriege der Barbaren gegen die Griechen unentschieden, indem er zu Delphi eine Gesandtschaft bereithielt, mit Geschenken für diejenige Partei, welcher das Glück zufallen würde, und diesem Gesandt-schaftsbefehle, den Zeitpunkt des Sieges wohl wahrzunehmen, um ihn mit den Siegern zu befreunden. In eignen einheimischen Unruhen, an welchen man notwendigerweise teilnehmen muß, wäre dies eine Art von Verräterei; an einem Mann aber, der dabei weder Amt noch Befehlshaberstelle hat, finde ich es eher zu entschuldigen, wenn er nicht allenthalben hinten und vorn ist; doch bedarf ich dieser Entschuldigung nicht für mich als wie in einem fremden Kriege, an dem nach unsern Gesetzen jedermann nach eigenem Belieben teilnehmen oder nicht teilnehmen darf. Gleichwohl können diejenigen, welche sich gänzlich darauf einlassen, es mit solcher Ordnung und mit solcher Mäßigung tun, daß das Gewitter über ihren Kopf wegziehen kann, ohne sie zu beschädigen. Hatten wir nicht recht, dasselbe vom verstorbenen Bischof von Orléans, Herrn von Morvilliers, zu hoffen? Und ich kenne einige tapfere Krieger unserer Tage von so billigem und sanftem Benehmen, daß sie deswegen immer aufrecht stehenbleiben werden, was für Unfall oder traurigen Glückwechsel der Himmel uns auch vorbereitet. Nach meinem Dafürhalten ist es eigentlich nur die Sache der Könige, es mit andern Königen aufzunehmen, und lache ich über die unruhigen Köpfe,

---

[175] Nach Livius XXXII, 21: Das ist kein Mittelweg, sondern gar ein Umweg; als wollte jemand erst den Erfolg abwarten, um darnach seine Maßregeln zu nehmen.

welche sich so mutwilligerweise in so ungleichen Kampf einlassen; denn man fängt mit einem Prinzen keinen persönlichen Hader an, wenn man öffentlich und herzhaft, der Ehre und seiner Pflicht wegen, gegen ihn zu Felde zieht; wenn der Prinz einen solchen Mann nicht liebt, so tut er noch etwas Besseres, er achtet ihn. Und vorzüglicherweise hat die Sache der Gesetze und die Verteidigung der alten Verfassung dies immer für sich, daß selbst diejenigen, welche aus besondern Nebenabsichten dagegen streiten, deren Verteidiger wenigstens entschuldigen, wenn sie dieselben auch nicht ehren.

Man muß aber nicht, wie wir täglich zu tun pflegen, eine innere Bitterkeit, die aus persönlichem Vorteil und Leidenschaft entspringt, Pflicht nennen; noch ein verräterisches, heimtückisches Betragen Mut und Tapferkeit. Auch nennen die Menschen ihren Hang zur Bosheit und Grausamkeit gern Eifer. Es ist nicht die vermeinte gerechte Sache, welche sie erhitzt, es ist ihr Interesse; sie zetteln den Krieg an, nicht weil der Krieg gerecht ist, sondern weil es Krieg ist.

Nichts steht im Wege, daß man sich nicht ganz gemächlich und gesetzmäßig zwischen Menschen durchbringen könne, welche einander feind sind; man benehme sich nur unter ihnen, wo nicht mit völlig gleicher Freundschaft (denn diese verträgt ein verschiedenes Maß), zum wenigsten so gemäßigt, daß man einem Teil nicht so völlig anhange, daß er von uns alles fordern könne, und begnüge man sich gleichfalls mit einem gemäßigten Anteil an der Gunst beider, und in trübem Wasser hinzugleiten, ohne darin fischen zu wollen.

Die andere Art und Weise, sich dem einen oder dem andern mit aller seiner Stärke anzubieten, ist noch weniger klug als gewissenhaft. Derjenige, dem zu Gefallen man einen verrät, dem man ebenso willkommen ist, weiß er nicht, daß man bei Gelegenheit es mit ihm ebenso machen wird? Er hält euch für einen ruchlosen Menschen; indes hört er euch an, forscht euch aus, und zieht seinen Nutzen aus eurer Unredlichkeit. Denn die Menschen, welche auf beiden Achseln tragen, sind so lange nützlich, als sie zubringen; man muß sich aber wohl hüten, daß sie nicht mehr mitnehmen, als sie sollen.

Ich sage dem einen nichts, was ich dem andern zu seiner Zeit nicht auch sagen könnte, vielleicht mit etwas verändertem Ton, und erzähle keinem, mit dem ich Verhandlung habe, andere als bekannte und gleichgültige Sachen, oder solche, die allen Teilen nützlich sind. Aber ich wüßte keinen Nutzen, weswegen ich mir erlauben möchte, ihnen eine Unwahrheit zu sagen. Was man meinem Stillschweigen anvertraut hat, das verwahre ich aufs heiligste; aber ich weiche auch soviel als möglich aus, mir Geheimnisse anvertrauen zu lassen. Es ist eine beschwerliche Arbeit für jemanden, der dabei nichts zu schaffen hat, das Geheimnis eines Fürsten zu bewachen. Ich lasse mir gern die Bedingungen gefallen, daß sie mir wenig vertrauen, aber mir fest in alledem trauen, was ich ihnen vortrage. Ich habe immer noch mehr erfahren, als ich gewollt habe. Eine offenherzige, treuherzige Rede erweckt eine ebensolche Gegenrede und macht offen und vertraut wie der Wein und die Liebe. Philippides antwortete nach meiner Meinung dem König Lysimachus sehr weise, als ihn dieser fragte: »Was soll ich dir von meinen Schätzen mitteilen?« – »Was du willst, nur keins von deinen Geheimnissen!« Ich sehe, daß jedermann es übelnimmt, wenn man ihm den Grund der Geschäfte verbirgt, wobei man sich seiner bedient, oder wenn man sich dabei einen oder den andern Punkt vorbehält; ich meinesteils aber bin damit zufrieden, daß man mir weiter nichts sage, als soviel man will, daß ich ins Licht stellen soll, und verlange nicht, daß das, was ich weiß, meine Worte überschreiten oder ängstlich machen soll. Soll ich ja als ein Werkzeug des Betrugs dienen, so lasse man wenigstens mein Gewissen aus dem Spiele. Ich verbitte es, mich für einen so treuergebenst gehorsamsten Diener zu halten, daß ich dazu tüchtig und geschickt erfunden werde, irgendeinen Menschen zu betrügen. Wer sich selbst untreu ist, der wird es auch leicht seinem Herrn. Aber es sind Fürsten, welche die Menschen nicht halb brauchen wollen und die Dienste verachten, die man ihnen mit Einschränkungen und Bedingungen leisten will. Dagegen hilft nichts. Ich sage ihnen ganz aufrichtig heraus, wie weit ich gehen kann; denn Sklave soll ich nur von der Vernunft sein, und auch das will mir nicht einmal immer glücken; und sie haben unrecht, von einem freien Mann ebensolche Unterwürfigkeit zu ihren Diensten zu fordern und ebensolche Verbindlichkeit als von einem, den sie zum Sklaven gemacht oder gekauft haben oder den das Glück ganz besonders und ausdrücklich an ihren Willen gefesselt hat. Die Gesetze haben mich einer großen Mühe überhoben; sie haben mir einen Herrn gegeben und eine Partei für mich gewählt. Alle andere Oberherrschaft und andere Verbindlichkeit, die nicht damit in Verhältnis steht, ist mir ungültig. Doch will ich damit nicht sagen, daß ich, wenn mich meine Neigung anders leiten wollte, augenblicklich die Hände dazu bieten würde.

Der Wille und das Verlangen sind sich selbst Gesetz; die Handlungen aber sind den öffentlichen Gesetzen unterworfen. Dieses mein ganzes Verfahren stimmt nicht so ganz völlig mit unsern Formen überein; es möchte damit nicht auf die Dauer gut gehen und keine große Wirkungen hervorbringen; die Unschuld in leiblicher Gestalt möchte zu unserer Zeit nicht wohl ohne Verstellung negoziieren noch mit wahrem Ja und Nein feilschen und handeln können. Auch sind öffentliche Geschäfte nichts weniger als Wild für meine Lieblingsjagd. Soviel mir meine Lage davon aufträgt, leiste ich in der prunklichsten Form, die mir möglich ist. Als Kind noch ward ich bis über die Ohren hinein versenkt, und es glückte mir; indessen machte ich mich beizeiten davon los. Ich bin nachher oft der Gelegenheit ausgewichen, mich damit zu befassen, habe selten welche angenommen, nie mich dazu gedrängt und habe immer dem Ehrgeiz den Rücken zugekehrt gehalten, freilich nicht wie die Ruderleute, welche rücklings vorwärts treiben, doch auf eine solche Weise, daß wenn ich mich nicht darauf eingelassen habe, ich solches weniger meinem Entschluß als meinem guten Glück zu verdanken habe; denn es gibt Wege, die meinem Geschmack nicht so sehr zuwider und meinen Kräften angemessener sind; und wenn es mich ehedem auf diesen zum öffentlichen Dienst der Welt und dadurch zu Ansehen und Würden hätte berufen wollen, so weiß ich, daß ich über die Gründe meiner Vernunft hinweggeschritten sein würde, um dem Rufe zu folgen. Diejenigen, welche gewöhnlich gegen mein Bekenntnis sagen, was ich in meinen Sitten Freimütigkeit, Unbefangenheit und Einfachheit nenne, sei Kunst und feine Verschlagenheit und vielmehr Klugheit als Güte, mehr studiertes als natürliches Betragen, mehr Verstand als Glück, die legen mir dadurch mehr Ehre bei, als sie mir entziehen; gewiß aber machen sie meine Feinheit gar zu fein, und wer mir auf der Spur gefolgt und in der Nähe mich beleuchtet hat, dem will ich gewonnen geben, wenn er nicht eingestehen muß, daß es in ihrer Schule keine Regel gibt, welche diese natürliche Bewegung hervorbringen und den Anschein von zwangloser Freiheit behaupten könne, die bei alle den krummen und verschiedenen Wegen sich immer so gleich und unverschroben wäre, und daß all ihr Sinnen, Bestreben und alle ihre Werkzeuge es nicht bis dahin bringen können. Der Pfad der Wahrheit ist einfach und gerade; der Weg des persönlichen Nutzens und des Heils der Geschäfte, welches man auf sich hat, ist doppelt, ungerade und ungewiß. Ich habe oft eine nachgemachte, erkünstelte Freimütigkeit anwenden gesehen, die meiste Zeit aber ohne allen Erfolg. Es geht damit gern wie dem Esel beim Aesop, welcher, um dem Hund es gleichzutun, sich gar liebreicherweise mit beiden Vorderklauen über die Schultern seines Herrn herwarf; aber indessen der Hund über eine ähnliche Freundlichkeit geliebkoset ward, erhielt der arme Esel dafür doppelt soviel Prügel. Id maxime quemque decet, quod est cuiusque suum maxime.[176] Ich will der Betrügerei ihre Würde nicht nehmen, das hieße sich sehr schlecht auf die Welt verstehen; ich weiß, daß sie sehr oft sehr nützliche Dienste geleistet hat und daß sie die meisten Stände der Menschen er nährt und erhält. Es gibt Untaten, die als gesetzlich erlaubt im Schwange gehen, so wie viele Handlungen, die entweder gut oder zu entschuldigen sind, von den Gesetzen bestraft werden.

Die an sich natürliche und allgemeine Gerechtigkeit hat an und für sich bessere und edlere Regeln als die andere spezielle und Nationalgerechtigkeit, welche unter dem Zwange der Staatseinrichtung steht:

Veri juris germanaeque justitiae solidam et expressam effigiem nullam tenemus; umbra et imaginibus utimur.[177]

So meinte der weise Dandamys, als er die Lebensbeschreibung des Sokrates, Pythagoras und Diogenes vorlesen hörte, es wären in allem übrigen sehr große Männer gewesen, nur hätten sie eine zu große Unterwürfigkeit gegen die Gesetze bezeigt; weil die wahre Tugend, um die Gesetze in Ansehen zu erhalten und solche zu unterstützen, so viel von ihrer ursprünglichen Kraft aufopfern müsse, und weil verschiedene Schlechtigkeiten nicht nur durch ihre Erlaubnis, sondern durch ihre Verfügung stattfänden. Ex senatusconsultis plebisquescitis scelera exercentur.[178] Ich folge der gewöhnlichen Sprache, welche einen Unterschied unter nützlichen und ehrlichen Dingen macht, indem sie natürliche Handlungen, die nicht nur nützlich, sondern auch notwendig sind, unredlich und schmutzig nennt.

---

[176] Cicero, De off. I, 31: Einem jeden steht das am besten an, was ihm am eigentümlichsten ist.
[177] Cicero, De off. III, 17: Ein recht volles, treffendes Bild des wahren Rechts und der echten Gerechtigkeit haben wir nicht; wir müssen uns mit einem Schattenrisse behelfen.
[178] Seneca, Epist. 95: Durch Beschlüsse des Rats und des Volks werden Verbrechen geheiligt.

Aber laß uns bei unserm Beispiel von Verräterei bleiben; zwei Prätendenten zum Thrakischen Reiche gerieten in Händel über ihre Rechte. Der Kaiser verhinderte sie, zu den Waffen zu greifen; aber einer von beiden, unter dem Vorwand, einen friedlichen Vergleich zu treffen, wenn sie sich persönlich sprächen, hatte seinen Mitwerber zu einem Gastmahl in sein Haus gebeten, ließ ihn gefangennehmen und töten. Die Gerechtigkeit verlangte, daß die Römer diese Missetat bestraft hätten; die Schwierigkeit, die dabei war, verhinderte den gewöhnlichen Weg. Was die Römer nicht gesetzmäßig, ohne Krieg und ohne Wagstück vermochten, unternahmen sie, durch eine Verräterei auszurichten; was sie auf eine redliche Weise nicht konnten, taten sie auf eine nützliche Weise, wozu sich ein gewisser Pomponius Flaccus geschickt befand. Dieser, als er unter verstellten Worten und Versicherungen den Mann in sein Netz gelockt hatte, schickte ihn, anstatt der versprochenen Ehre und Gunst, an Händen und Füßen gebunden gen Rom. Ein Verräter verriet den andern gegen die tägliche Gewohnheit; denn sie sind gewöhnlich sehr mißtrauisch und es hält hart, sie in ihrer Kunst zu übertölpeln; wie die schwere Hand der Erfahrung uns belehrt.

Sei Pomponius Flaccus wer da will, und es mag wohl viele geben, die es sein wollen. Ich meinesteils behaupte, mein Wort und meine Treue müsse, wie alle übrigen Stücke, von einem Tuch sein. Ihr bester Endzweck ist zum Dienst des gemeinen Wesens, das halte ich einmal für allemal für vorausgesetzt; eben aber so, wie wenn man mir beföhle, ich sollte Oberrichter und Prokurator und Advokat zugleich sein, ich antworten würde: Ich versteh' das nicht; oder wenn man wollte, ich sollte die Schanzgräber bei einer Festung anführen, ich sagen würde: Ich bin zu einer würdigeren Rolle berufen; ebenso wenn mich jemand gebrauchen wollte, zu lügen, zu verraten, einen Meineid zu schwören, um irgendeines wichtigen Nutzen willen, wenn auch gleich kein Meuchelmord oder keine Vergiftung dabei von mir gefordert würde, so würde ich sagen: Hab' ich jemanden beraubt oder bestohlen, so schickt mich lieber hin auf die Galeeren; denn es ist einem ehrlichen Mann erlaubt, ebenso zu reden wie die Lakedämonier in ihren Unterhandlungen mit dem, welcher sie geschlagen hatte: Du kannst uns zu schweren und drückenden Verrichtungen verdammen, das steht in deinem Willen, aber zu schimpflichen und entehrenden, das steht keinesweges, auch wenn du es noch so sehr willst, in deiner Gewalt.

Jedermann muß sich selbst zugeschworen haben, was die ägyptischen Könige die Richter ihres Landes aufs feierlichste beschwören ließen, daß sie niemals ihrem Gewissen entgegenhandeln wollten, die Könige möchten ihnen auch noch so sehr das Gegenteil befehlen. Bei solchen Aufträgen liegt immer offenbar Schimpf und Schande zugrunde, und wer euch solche gibt, ist euer Ankläger, und gibt sie euch, wenn ihr es recht begreift, als Bestrafung. Soviel die öffentlichen Angelegenheiten durch eine solche Verrichtung sich bessern, ebensosehr verschlimmern sich die eurigen. Je besser ihr einen solchen Auftrag ausrichtet, je größer ist der Schimpf, den er euch zuzieht, und es wird eben nichts Neues sein, auch vielleicht nicht ohne scheinbare Gerechtigkeit, daß euch derjenige selbst bestraft, der euch dazu angestellt hat.

Wenn in irgendeinem Fall Verräterei zu entschuldigen wäre, so möchte es in dem einzigen sein, wenn sie dazu angewandt wird, einen Verräter zu verraten und zu bestrafen. Es gibt der Fälle genug, wo Verräterei nicht nur von denjenigen selbst, denen zum Besten sie geschehen sollte, abgelehnt, sondern sogar bestraft wurde. Wer kennt nicht das Urteil des Fabricius über einen Arzt des Pyrrhus?

Aber auch das findet man noch, daß jemand den Verrat befahl, und solchen hernach an dem, welchen er dazu angestellt hatte, aufs strengste bestrafte, indem er es nicht an sich kommen lassen wollte, daß er eine so grenzenlose Macht besäße und einen so niederträchtigen, knechtischen, bübischen Gehorsam verlangt habe. Jaropolk, russischer Zar, beredete einen ungarischen Edelmann, den König Boleslaus von Polen zu verraten, und ihn entweder zu ermorden oder den Russen Gelegenheit zu verschaffen, ihm eine starke Schlappe anzuhängen. Dieser Ungar übernahm die Sache mit vieler Geschicklichkeit und diente dem König noch emsiger als zuvor, so daß er in seinen geheimen Rat und unter seine Treuesten aufgenommen wurde. Bei diesen Vorzügen und weil er die gelegene Zeit wahrnahm, da sein König abwesend war, verriet er den Russen Wisilicz, eine große und reiche Stadt, welche ganz verheert und zum Schutthaufen verkehrt wurde, wobei nicht nur alle ihre Einwohner ohne Unterschied des Geschlechts und Alters niedergemacht wurden, sondern auch noch ein Teil des umherwohnenden Adels, den er des Endes dahin versammelt hatte. Jaropolk, nachdem er seine Rache und seinen Zorn, welche gleichwohl nicht ohne Grund waren (denn Boleslaus hatte ihn stark und durch ein ähnliches Verfahren beleidigt), nun an der Furcht dieser Verräterei gesättigt und die Häßlichkeit derselben nackt und bloß vor sich sah und mit kaltem, nicht weiter von seiner Leidenschaft brausenden Blicke betrachtete, empfand darüber eine so starke Reue und einen so heftigen Unwillen, daß er ihrem Vollstrecker die Augen ausstechen und Zunge und Schamteile ausreißen ließ.

Antigonus überredete die Soldaten des Argyraspides, ihm den Eumenes, ihren obersten Befehlshaber, seinen Gegner, in die Hände zu liefern. Aber kaum hatte er solchen, nachdem sie ihn überliefert, töten lassen, als er selbst den Bevollmächtigten der göttlichen Gerechtigkeit vorstellen wollte, um ein so abscheuliches Verbrechen zu bestrafen, und die Verräter den Händen des Statthalters der Provinz mit dem ausdrücklichen Befehl übergab, sie zu töten und hinzurichten, auf welche Weise es auch geschehen möge. Dergestalt, daß von der ganzen großen Anzahl dieser Soldaten nicht ein einziger den Boden von Mazedonien wieder betrat. Je besser sie ihn bedient hatten, desto boshafter und strafbarer hielt er sie.

Der Sklave des P. Sulpicius, der den heimlichen Aufenthalt seines Herrn verraten hatte, wurde, freilich nach dem Versprechen des Sylla, freigelassen, aber um zugleich dem Versprechen der Staatsgerechtigkeit genugzutun, vom tarpejischen Felsen gestürzt.

Und unser König Chlodowig ließ die drei Bedienten des Cannacres aufhängen, anstatt ihnen die goldnen Waffen zu geben, die er ihnen versprochen hatte, als er sie überredete, ihren Herrn zu verraten. Man läßt die Verräter an den Galgen hängen und bindet ihnen die Beutel an den Hals, worin sich die Bezahlung ihres Bubenstücks befindet. Wenn man seinem zweiten und besondern Versprechen ein Genüge getan, so leistet man auch dem ersten und der allgemeinen Gerechtigkeit ein Genüge.

Als Mohammed der Zweite sich wegen Sicherstellung der Thronfolge, nach dieses Stammes Gewohnheit, seines Bruders entledigen wollte, bediente er sich dazu eines Offiziers, welcher denselben dadurch aus der Welt brachte, daß er ihn eine Menge Wasser auf einmal hinunterschlucken ließ, woran er erstickte. Als das geschehen war, übergab Mohammed den Mörder zum Versöhnungsopfer des Totschlagens der Mutter des Erwürgten (denn sie waren Brüder von einem Vater und zwei Müttern). Diese schnitt in seiner Gegenwart dem Mörder den Leib auf, griff hinein und riß ihm das Herz aus, welches sie den Hunden vorwarf. Selbst solchen Menschen, die im Grunde nichts taugen, kommt es süß vor, nachdem sie einmal Vorteil aus einer schlechten Handlung gezogen haben, einen Zug von Güte und Gerechtigkeit daran heften zu können, der sie nicht viel kostet und das Ansehen gibt, als ob ihr Gewissen zarter geworden sei und sie sich bessern wollten. Dazu kommt noch, daß sie die Werkzeuge solcher scheußlichen Untaten als Leute betrachten, die ihnen solche vorwerfen und daher durch ihren Tod die Zeugen und Mithelfer dieser schändlichen Ränke aus der Welt schaffen.

Oder wenn man vielleicht einem Verräter den Lohn seiner Mühe erteilt, um im Notfall für das Wohl des Staates ein solches außerordentliches und verzweifeltes Mittel wieder anwenden zu können, so hält derjenige, der diesen Lohn erteilt, den Verräter, wenn er es nicht selbst ist, für ein verruchtes Scheusal und verabscheut ihn noch weit mehr als selbst derjenige, an welchem er den Verrat verübte. Denn er greift ja die Bosheit des Verräters mit Händen, der sich gegen ihn keinesweges verstellen kann; gleichwohl bedient er sich seiner, gerade wie man sich eines verlornen Menschen bedient als eines Vollstreckers der Urteile des Kriminalrichters, welches zwar ein nützliches Gewerbe ist, aber dennoch für unehrlich gehalten wird. Außer der Schimpflichkeit solcher Aufträge läuft auch etwas mit unter, was das Gewissen befleckt. Als die Tochter des Sejanus, nach gewissen rechtlichen Formen, die in Rom üblich waren, nicht mit dem Tode bestraft werden konnte, weil sie Jungfrau war, ward sie, um den Rechten freien Weg zu lassen, vom Nachrichter geschwächt, bevor er sie erdrosselte; nicht nur die Hand, sondern auch die Seele eines solchen Büttels sind blinde Werkzeuge, deren sich der Staat zu seiner Bequemlichkeit bedient.

Als Amurath der Erste, um die Strafe derjenigen noch peinlicher zu machen, welche zu dem vatermörderischen Aufruhr seines Sohnes die Hände gereicht hatten, befahl, daß die nächsten Anverwandten diese ihre Hinrichtung mit eigenen Händen vollziehen sollten, fanden sich einige dieser Verwandten, welche sich lieber ungerechterweise für Mitschuldige des Vatermordes halten lassen als der Gerechtigkeit durch eignen Verwandtenmord dienen wollten, und das war nach meiner Meinung ehrlich gehandelt. Und wenn ich in einigen elenden Festungen, die man zu meiner Zeit einnahm, Schurken gesehen habe, welche, um ihr Leben zu schonen, sich es gefallen ließen, ihre Freunde und Mitgenossen aufzuhängen, so habe ich sie für elendere Geschöpfe gehalten als die gehängten. Man sagt, daß Witthold, ein litauischer Fürst, bei seiner Nation die Gewohnheit einführte, daß ein zum Tode verurteilter Verbrecher sich mit seiner eignen Hand abtun müsse, weil er es für unbillig hielt, daß ein Dritter, an dem Vergehen Unschuldiger, sein Gewissen mit einem Menschenmord belästigen sollte.

Ein Fürst, der durch dringende Umstände oder durch irgendeinen unerwartet hereinbrechenden Zufall, der seinen Staat in Gefahr setzt, sich genötigt sieht, sein Wort und seine Zusage zu brechen oder sonst auf eine andere Weise gegen seine gewöhnlichen Pflichten zu handeln, muß diese Notwendigkeit für eine göttliche Strafrute halten. Laster ist es nicht, denn er hat seinen eigenen Willen und seine eigene Meinung dem allgemeinen und stärkern Willen unterworfen; aber ein Unglück ist es gewiß. Und einem, der mich fragte, was ist dagegen für ein Mittel, antwortete ich: »Gar keins, wenn er wirklich zwischen beiden Extremen keine Wahl hatte.«

Sed videat, ne quaeratur latebra periurio.[179]

Er mußte so handeln; handelte er aber so ohne Widerwillen, war ihm wohl dabei zumute, da er so handelte, so ist das ein Zeichen, daß es mit seinem Gewissen mißlich steht. Fände sich einer, dessen Gewissen so zart wäre, daß ihm keine Heilung eines so verzweifelten Mittels wert schiene, den würde ich deswegen nicht weniger verehren. Er könnte sich auf keine ruhmwürdigere und redlichere Weise zugrunde richten. Wir können nicht alles, so oder so müssen wir oft unser Schiff der bloßen Führung des Himmels, als dem letzten Notanker, anvertrauen. Welcher gerechteren Not spart ein solcher Fürst sich auf? Was ist ihm weniger möglich zu tun als das, was er nicht anders als auf Kosten seiner öffentlichen Treue und seiner Ehre tun kann? Dinge, welche ihm vielleicht lieber sein müssen als seine eigene zeitliche Wohlfahrt und die Wohlfahrt seines Volks. Wenn er mit in den Schoß gelegten Händen weiter nichts tut, als Gott um seine Hilfe anrufen, muß er da nicht hoffen, daß die göttliche Güte ihre außerordentliche Hilfe einer reinen und gerechten Hand am wenigsten versagen werde? Es sind gefährliche Beispiele; seltene und ungebührliche Ausnahmen von unsern natürlichen Regeln; man muß ihnen nachgeben, aber mit großer

---

[179] Cicero, De off. III. 29: Aber er sehe zu, daß er seiner Eidbrüchigkeit nicht ein Schlupfloch grabe.

Mäßigung und Behutsamkeit. Kein persönlicher Vorteil verdient, daß wir ihm zu Gefallen diesen Zwang unserm Gewissen antun; der Vorteil des Staats mache es, wenn er sehr offenbar und sehr wichtig ist.

Timoleon stellte sich glücklich in Sicherheit, aber das Auffallende bei seiner Tat, dadurch, daß er helle Tränen weinte und sich erinnerte, daß eine brüderliche Hand den Tyrannen getötet habe, das war es, was billigerweise sein Gewissen folterte, daß er in der Notwendigkeit gewesen, die öffentliche Wohlfahrt um den Preis der Ehrlichkeit seiner Sitten zu erkaufen. Der Senat selbst, der durch ihn von der Dienstbarkeit befreit worden, wagte es nicht, über eine so ungewöhnliche Tat geradehin zu entscheiden, und war über diesen doppelten Gesichtspunkt derselben in großer Uneinigkeit und Verlegenheit. Als aber die Syrakuser gerade um diese Zeit Gesandte geschickt hatten, um die Korinther um ihren Schutz und um einen Feldherrn zu bitten, der es würdig sei, ihre Stadt wieder in ihrem vorigen Glanz herzustellen, und Sizilien von verschiedenen Tyrannen zu säubern, die es drückten, so deputierte der Rat den Timoleon mit dieser etwas neugewendeten Erklärung: je nachdem er sich wohl oder übel in seiner neuen Stelle betrüge, würde ihr künftiger Ausspruch entweder zugunsten des Befreiers seines Vaterlandes oder zum Nachteil des Brudermörders ausfallen. Diese grillenhafte Entscheidung läßt sich wohl ein wenig entschuldigen; wegen der Gefahr des Beispiels und wegen der Wichtigkeit einer Tat, die auf so widersprechenden Gründen beruht, tat der Senat recht, darüber sein Urteil von sich abzuwenden und auf etwas anderes zu stützen und von andern Erwägungen abhängig zu machen. Nun aber brachte das Betragen des Timoleon auf dieser Reise ein helleres Licht in seine Sache; denn er betrug sich in allen seinen Unternehmungen und in allen Rücksichten höchst edel und würdig. Und das Glück, welches ihn bei den schwierigsten Unternehmungen begleitete und womit er alle überwand, schien ihm von den Göttern zugesandt zu sein, seine völlige Rechtfertigung zu begünstigen. Der Endzweck der Tat des Timoleon entschuldigt sie, wenn irgendeine entschuldigt werden kann.

Der Vorteil aber, die öffentliche Einnahme zu vermehren, welche der römische Senat bei jener schmutzigen Entscheidung zum Vorwand nahm, die ich im Begriff bin zu erzählen, war nicht wichtig genug, einer solchen Ungerechtigkeit ein Mäntelchen umzuhängen. Gewisse Städte hatten sich auf Verordnung und mit Bewilligung des Senates aus den Händen des L. Sulla losgekauft und für einen bestimmten Preis wieder frei gemacht. Als die Sache von neuem zur Umsprache kam, unterwarf sie der Senat durch seinen Ausspruch von neuem allen Abgaben und erklärte sie des für ihre Freiheit gezahlten Lösegeldes verlustig. Die bürgerlichen Kriege erzeugen oft solche schändliche Beispiele, daß wir die Menschen bestrafen, weil sie uns für ehrlich gehalten haben, wenn wir es nicht waren, und daß ein und derselbe Richter uns die Folgen seiner Sinnesänderungen fühlen läßt, wofür wir nichts konnten. Der Schulmeister stäupt seinen Schüler wegen seiner Gelehrigkeit und der Leiter seinen Blinden; entsetzliches Bild der Gerechtigkeit.

In der Philosophie gibt es falsche und unhaltbare Regeln. Das Beispiel, welches man uns vorlegt, um den persönlichen Vorteil wichtiger zu machen als die gegebene Zusage, erhält von den Umständen, unter welchen man den Fall voraussetzt, nicht Gewicht genug. Räuber haben uns gefangen, in Freiheit gesetzt und einen Eid abgenommen, ihnen eine gewisse Summe zu bezahlen. Man hat unrecht, zu sagen, daß ein ehrlicher Mann seinen Eid nicht zu halten und das Geld nicht zu bezahlen brauche, wenn er ihren Händen entgangen ist. Das ist falsch. Das, was die Furcht mich einmal hat wollen lassen, bin ich gehalten, auch ohne Furcht zu wollen, und hätte die Furcht auch nur meine Zunge gezwungen, ohne den Willen, so bin ich dennoch gehalten, meinen Worten treu zu sein. Was mich betrifft, wenn zuweilen meine Zunge unüberlegterweise früher gesprochen, als ich gedacht hatte, habe ich mir dennoch immer ein Gewissen daraus gemacht, sie Lügen zu strafen. Sonst würden wir nach und nach dahin geraten, alle Rechte zu vernichten, die ein Dritter aus unsern Versprechungen erhält. Quasi vero forti viro vis possit adhiberi.[180]

In einem einzigen Punkt hat das persönliche Interesse das Gesetz für sich, und wir können uns mit gutem Gewissen berechtigt halten, unsere Zusage zu brechen, wenn wir nämlich etwas, das an sich unrecht und schädlich ist, versprochen haben. Denn das Recht der Tugend geht dem Rechte unserer Verbindlichkeit vor.

Oben habe ich den Epaminondas auf die höchste Stufe vortrefflicher Menschen gesetzt, und nehme mein Wort nicht zurück. Bis wie weit

---

[180] Cicero, De off. III, 30: Als wenn man einem tapferen Mann Gewalt antun könnte.

kam bei ihm die Erwägung seiner eigenen Pflichten in Anschlag? Niemals tötete er einen Menschen, den er überwunden hatte. Nicht einmal des unschätzbaren Gutes wegen, seinem Vaterland die Freiheit wieder zu schaffen, konnte er es über sein Gewissen bringen, einen Tyrannen oder seine Helfershelfer ohne vorgängige gerichtliche Untersuchung zu töten, und hielt denjenigen für einen schlechten Menschen, so ein guter Bürger derselbe übrigens auch sein mochte, der unter seinen Feinden und selbst in der Feldschlacht seinen Freund oder nur Gastfreund nicht verschonte. Er hatte wirklich eine höchst vortreffliche Seele. Er vereinigte mit den härtesten, gewaltsamsten Handlungen der Menschheit Güte und Menschenfreundlichkeit, ja die allersanfteste, die man nur in der Schule der Philosophen lernen kann. War es Natur oder Kunst, welche diesen so großen Mut, der sich gegen Schmerz, Tod und Armut so mächtig steifte, bis zu dem Grade einer außerordentlichen Sanftheit und Gutherzigkeit abschliff? Fürchterlich durch Stahl und Blut beugte und demütigte er eine Nation, welche jedem unüberwindlich war, nur ihm nicht, und ließ mitten in dem Getümmel solcher Schlacht seine Freunde und Gastfreunde unversehrt davonkommen. Traun, der schickt sich wohl am besten zum Führer des Krieges, der solchem das Gebiß der Sanftmut im Augenblick seiner größten Hitze ins Maul legen kann, so erhitzt er auch sei und so sehr er vor Wut und Blutdurst schäumen mag. Es ist höchst selten, mit dergleichen Handlungen nur einigen Schein von Gerechtigkeit verbinden zu können; aber allein der Unbiegsamkeit des Epaminondas war es möglich, Sanftheit und Leichtigkeit der weichsten Sitten und der reinsten Unschuld damit zu verbinden. Pompejus sagte zu den Mamertinern, daß Statuten gegen bewaffnete Menschen keine Gültigkeit hätten, Cäsar zu einem Tribun des Volks, daß die Zeiten der Gerechtigkeit und die Zeiten des Krieges ganz verschieden wären, Marius, das Geräusch der Waffen hindre ihn, die Stimme des Gesetzes zu vernehmen; Epaminondas aber ward nicht einmal verhindert, die Stimme der Höflichkeit und Gesittetheit zu vernehmen. Borgte er nicht von seinen Feinden den Gebrauch, den Musen zu opfern, wenn er in den Krieg zog, um durch ihre holde Sanftmut die Heftigkeit und Wut des Krieges zu mildern? Laßt uns nach einem so großen Lehrer nicht fürchten, die Meinung zu gestehen, daß man sich gewisse Dinge selbst gegen den Feind nicht erlauben dürfe; daß das gemeinsame Interesse nicht alles von allen gegen das persönliche Interesse verlangen dürfe;

manente memoria, etiam in dissidio publicorum foederum,
privati juris[181];

Et nulla potentia vires
Praestandi, ne quid peccet amicus, habet[182],

und daß einem Biedermann weder für den Dienst seines Königs noch für das allgemeine Beste und die Gesetze gleich alles erlaubt sei. Non enim patria praestat omnibus officiis, ... et ipsi conducit pios habere cives in parentes.[183] Es ist eine Lehrvorschrift zu rechter Zeit. Wir brauchen unsere Herzen nicht durch eiserne Klingen zu verhärten; genug, wenn unsere Schultern nur eisern sind, genug, daß wir unsere Federn in Tinte tunken, wozu soll das Schreiben mit Blut?

Wenn es Größe des Mutes ist und Wirkung einer sonderbar ausgezeichneten, seltenen Tapferkeit, die Freundschaft zu verachten, seiner geselligen Verhältnisse, Verwandten und Zusagen wegen des allgemeinen Bestens und des Gehorsams gegen die Obrigkeit zu vergessen, so kann es uns wahrhaftig schon hinlänglich entschuldigen, wenn wir nach dieser Größe nicht sehr lüstern sind, daß sie sich mit dem Mut des Epaminondas nicht vertragen konnte. Ich verabscheue das wütende Aufhetzen jener andern schändlichen Seele:

...Dum tela micant, non vos pietatis imago
Ulla, nec adversa conspecti fronte parentes
Commoveant; vultus gladio turbate verendos.[184]

Laß uns den ruchlosen, blutgierigen und falschen Gemütern diesen Vorwand des Rechts benehmen! Fort mit dem ungeheuren Rechte, das an sich selbst nagt, und halten wir uns an menschlichere Nachbildungen. Wieviel vermögen nicht Zeit und Beispiele! In einem Scharmützel während des bürgerlichen Krieges gegen den Cinna hatte

---

[181] Livius XXV, 18: Auch unter Trennungen öffentlicher Bündnisse kann das Andenken an Privatgerechtsame noch fortdauern.

[182] Ovid, De Ponto, I, 7, 37: Keine Macht ist so mächtig zu machen, daß, was ein Freund verbricht, Freundschaftsverbrechen nicht sei.

[183] Cicero, De off., III, 23: Denn nicht allen Pflichten geht das Vaterland vor. Und dem Vaterland selbst liegt daran, gute und ihren Eltern gehorsame Kinder zu Bürgern zu haben.

[184] Cäsar bei Lucan, VII, 320: Solange ein Schwert noch blinkt, laßt keine zärtliche Szene, nicht den Blick der Eltern, auf euch gerichtet, euch rühren, schwingt dreist das Schwert um Häupter durch Ehrfurcht geheiligt.

ein Soldat des Pompejus, ohne es zu wollen, seinen Bruder getötet, der sich in der Gegenpartei befand, und erstach sich selbst auf der Stelle vor Scham und Reue. Einige Jahre nachher, während eines andern bürgerlichen Krieges unter demselben Volk, begehrte ein anderer Soldat von seinen Anführern eine Belohnung dafür, daß er seinen Bruder getötet habe.

Man urteilt nicht richtig von der Schönheit und Rühmlichkeit einer Tat, wenn man bloß auf ihren Nutzen Rücksicht nimmt, und es ist ein Fehlschluß, wenn man meint, wenn eine Tat nur nützlich sei, so sei gleich jedermann dazu verpflichtet, und sei sie für jedermann ehrlich:

Omnia non pariter rerum sunt omnibus apta.[185]

Wir wollen die notwendigste und nützlichste Verbindung des geselligen Lebens zum Beispiel nehmen, das ist der Ehestand. Gleichwohl hat man im Rat der Heiligen das Gegenteil ausgemacht! Hält den ehelosen Stand für ehrlicher und untersagt den Ehestand der ehrwürdigsten Klasse von Männern, gerade als ob wir in unsern Stutereien nur die schlechtesten Hengste zu Beschälern aufstellen wollten.

Über die Nachteile,
welche mit Hoheit und Größe verknüpft

Weil sie uns nicht ins Maul fallen will, so wollen wir uns durch Nackenschläge rächen, und doch heißt es nicht ganz und gar eine Sache afterreden, wenn man Mängel und Fehler daran findet. Die finden sich an allen Dingen, sie mögen noch so schön und bewundernswürdig sein. Überhaupt genommen haben Hoheit und Größe diesen sichtlichen Vorzug, daß sie sich herablassen, wenn es ihnen gefällt, und so ziemlich die Wahl haben, hoch oder niedrig zu stehen. Denn man fällt nicht von jeder Höhe herab; es gibt deren, von welchen man herabsteigen kann, ohne zu fallen. Wohl deucht es mich, daß wir ihr einen zu großen Wert beilegen und auch die Entschlossenheit derjenigen überhoch schätzen, von welchen wir gesehen und gehört

---

[185] Properz III, 9, 7: Nicht alles hat Schick und Ordnung für alle.

haben, daß sie die Hoheit verachtet oder sich derselben freiwillig begeben haben. Das Wesen der Hoheit bringt ersichtlicherweise so vielen Vorteil nicht, daß man derselben ohne Wunder nicht entsagen könnte. Ich finde es viel schwerer, das Unglück zu ertragen. Mit einem Mittelmaß von Glück hingegen zufrieden zu sein und Größe und Hoheit zu fliehen, daran sehe ich nichts Schwieriges. Das ist eine Tugend, deucht mich, zu der ich, ob ich gleich nur ein Gimpel bin, mich ohne große Anstrengung hinaufschwingen könnte. Was sollten es nicht diejenigen, welche noch den Ruhm in Anschlag bringen, der mit dieser Entbehrung verbunden ist, und vielleicht mehr Ehrgeiz besitzen als Verlangen und Empfindung nach Größe und Empfänglichkeit für ihren Genuß? Um so mehr, da der Ehrgeiz mit seinen Begierden gern auf Schleifwegen einhergeht.

Ich stärke Herz und Sinn zur Geduld und schwäche sie gegen ihre Begierden. Mir bleibt ebensoviel zu wünschen übrig als einem andern, und ich lasse meinen Wünschen ebensoviel Freiheit und Unbesonnenheit. Bei alledem ist mir's noch niemals eingefallen, mir Reiche und Kronen zu wünschen noch die Höhe der Herrscherstellen. So vornehme Dinge mir zu wünschen, dazu hab' ich mich zu lieb. Wenn ich denke, zu wachsen, so geht es immer im niedrigen Wachstum, unter Messer und Schere, dergleichen sich für mich schickt, an Entschlossenheit, an Klugheit, an Gesundheit, an Schönheit und auch wohl an Reichtum. Aber das hohe Ansehen und die mächtige Größe erdrücken meine Einbildungskraft. Und als Cäsars Widerspiel würde ich lieber der Zweite oder Dritte in meiner Provinz als der Erste in der Hauptstadt sein; und gewiß und wahrhaftig wäre ich lieber der Dritte als der Erste an Amt und Würden in Paris. Ich mag nicht so arm und unbekannt sein, daß ich mich mit dem Schweizer an der Tür herumkabeln müßte noch mir durch das dicke Gedränge, welches Verehrung um mich sammelt, den Weg öffnen lassen. Die Mittelstraße, auf welche mein Schicksal mich versetzt, ist ganz nach meinem Geschmack. Auch bewies ich durch meine Aufführung, daß ich nicht sowohl suchte als vielmehr vermied, über die Stufen des Glücks hinwegzuschreiten, auf welche der liebe Gott mich durch meine Geburt versetzte. Alle natürliche Verfassung ist an sich gleich gerecht und leicht. So habe ich eine etwas träge Seele und messe das gute Glück nicht nach seiner Höhe, sondern nach der Leichtigkeit, mit welcher ich es erreichen kann.

Aber, bin ich auch nicht hochherzig, so bin ich doch offenen Herzens, und es befiehlt mir, seine Schwachheit dreist bekanntzumachen. Wenn ich eine Vergleichung anstellen sollte zwischen dem Leben des L. Thorius Balbus, eines biedern, schönen, gelehrten, gesunden Mannes, dem alle Arbeiten von Genuß und Vergnügen reichlich zu Gebote standen, der ein ruhiges unabhängiges Leben führte, dessen Seele fest war gegen Tod, gegen Aberglauben, gegen Schmerzen und was sonst noch für Sorgen des Lebens sein mögen, der endlich in einer Schlacht, mit den Waffen in der Hand, zur Verteidigung seines Vaterlandes starb, und dem Leben des Marcus Regulus, groß und herrlich und weltkundig wie sein treffliches Ende, das erste ohne Namen und Würde, das andere exemplarisch und in höchstem Grade berühmt: so würde ich gewiß wie Cicero darüber sprechen, wenn ich mich ebensogut auszudrücken verstünde. Sollte ich aber eine Anwendung davon auf mein eigenes Leben machen, so würde ich auch sagen, das erste sei ebensosehr meinen Wünschen und Fähigkeiten gemäß, weil ich meine Wünsche nach meinen Fähigkeiten einschränke, wie das zweite weit über dieselben hinaus; an dieses zweite reicht nur meine Bewunderung, jenes erste möchte meine Nachahmung gern erreichen. Kehren wir wieder zu unserer zeitlichen Größe zurück, von welcher wir ausgingen. Ich bin des Befehlens und Gehorchens müde. Otanes, einer der Sieben, welche recht hatten, auf das Persische Reich Anspruch zu machen, ergriff eine Maßregel, die ich auch gern ergriffen hätte.

Er überließ seinen Mitwerbern sein Recht, dazu durch Wahl oder durchs Los zu gelangen, mit dem Bedinge, daß er und die Seinigen in diesem Reich ohne alle Unterwürfigkeit und Herrlichkeit leben könnten, ausgenommen gegen die alten Gesetze, und jede Freiheit genießen sollten, welche diesen nicht widerspräche. Er mochte ebensowenig befehlen, als unter Befehlen stehen.

Das sauerste und schwerste Handwerk der Welt ist nach meiner Meinung die würdige Verwaltung des Königtums. Ich entschuldige an einem König viel mehr Fehler, als man gewöhnlich zu tun pflegt, wenn ich die ungeheure Last seiner Pflichten erwäge, vor der ich erschrecke. Es ist schwer, bei einer so ungemessenen Gewalt das rechte Maß zu halten. Gleichwohl ist es selbst für solche Personen, deren Herz und Geist nicht von der höchsten Vortrefflichkeit sind, ein sonderbarer Reiz zur Tugend, auf einen Platz gestellt zu sein, woselbst man keine edle Handlung ausübt, die nicht in Rechnung gebracht werde und auf welchem jede, auch die geringste Wohltat auf so viele Menschen Einfluß hat; wo Geschicklichkeit im Benehmen, wie bei den Predigern, hauptsächlich an das Volk gerichtet ist, an einen Richter, der es nicht sehr genau nimmt, der leicht zu täuschen und leicht zu befriedigen ist.

Es gibt wenige Dinge, die wir ganz richtig beurteilen können, weil es wenige gibt, an welchen wir nicht auf eine oder die andere Weise einen persönlichen Anteil nehmen. Das Herrschen und das Gehorchen, die Herrlichkeit und die Untertänigkeit sind zu gegenseitiger Eifersucht und Widerspenstigkeit verbunden; sie müssen sich beständig einander beengen. Ich glaube keiner von beiden, wenn sie mir die Rechte der andern erklären will. Laß die Vernunft darüber sprechen, welche unparteiisch und unbestechbar ist, wenn wir es nur dahinbringen können, ihre Stimme zu vernehmen. Es ist noch keinen Monat her, als ich zwei Werke von Schottländern durchblätterte, die sich über diesen Gegenstand zankten. Der Volksfreund setzt den König tiefer herab als einen Kärrner; der Königsfreund erhebt ihn an Gewalt und Machtvollkommenheit einige Klafter hoch über die Gottheit.

Die Beschwerlichkeit der Größe aber, welche ich wegen einiger Veranlassungen, die mir kürzlich darüber aufstiegen, hier zu bemerken mir vorgesetzt habe, besteht in folgendem. In dem Umgang mit Menschen ist vielleicht nichts lustiger anzuschauen als der Eifer um Ehre und Tapferkeit, womit wir in Leibes-oder Geistesübungen einer dem andern zuvoreifern. Daran nimmt die Fürstengröße niemals wahren Anteil. In der Tat ist es mir oft vorgekommen, als behandle man dabei aus übergroßem Respekt die Prinzen niedrig und verächtlich. Denn was mich in meiner Kindheit unendlich verdroß, daß meine Gegner nie Ernst aus der Sache machten, weil sie mich für unwürdig hielten, ihre Kräfte gegen mich anzuwenden, das widerfährt den Fürsten alle Tage, weil sich jedermann für unwürdig hält, sich mit ihnen zu messen. Wenn man es ihnen nur im geringsten anmerkt, daß sie in irgendeiner Sache gern den Vorzug haben möchten, so beeifert sich gleich jedermann, ihnen solchen zu lassen, und schlägt lieber seinen eigenen Ruhm in die Schanze, als daß er ihnen den ihrigen nicht ganz lassen sollte. Man beut gegen sie gerade nur so viel Kraft auf, als nötig ist, sie mit Ehren gewinnen zu lassen. Welchen Anteil haben sie an einem Gefecht, wo jedermann für sie ficht?

Mich deucht, ich sehe die Ritter der Vorwelt mit bezauberten Leibern und Waffen zum Ringen und Fechten in die Schranken treten. Crisson, der mit dem Alexander um die Wette lief, ließ ihn mit Fleiß überwinden. Alexander schalt ihn darüber; aber er hätte ihn dafür sollen geißeln lassen. In dieser Hinsicht sagte Carneades: Fürstenkinder lernen nichts gründlich als Pferde behandeln; denn in allen anderen Übungen gibt jeder ihnen nach und gewonnen. Ein Pferd aber, welches weder ein Schmeichler noch Hofschranz ist, wirft den Sohn eines Königs ebensogut ab als den Sohn eines Karrenschiebers. Homer hat sich genötigt gesehen, die Venus, eine so zarte, süße Heilige, im Kampf vor Troja verwundet werden zu lassen, um ihren Mut und ihre Dreistigkeit preisen zu können; Eigenschaften, die niemandem zukommen, der von aller Gefahr befreit ist. Man stellt die Götter vor, wie sie sich erzürnen, fürchten, fliehen, eifersüchtig sind, wehklagen, etwas heftig wünschen und hitzig werden, um sie mit den Tugenden zu beehren, welche unter uns aus diesen Unvollkommenheiten entspringen. Wer nicht teil an der Beschwerlichkeit und dem Wagnis nimmt, kann auch keinen Teil an der Ehre und dem Vergnügen nehmen, welche auf gewagte Handlungen erfolgen. Es ist ein Elend, so allvermögend zu sein, daß sich gleich jedes Ding nach seinem Willen fügt. Der Stand der Großen entfernt sie zu weit von aller Geselligkeit und Gesellschaft und stellt sie zu sehr allein. Diese so gar mühelose Leichtigkeit, alles unter seinen Willen zu beugen, ist eine Feindin aller Arten von Vergnügen. Das heißt fortgleiten, aber nicht gehen, schlafen, aber nicht leben. Man stelle sich einen Menschen vor, der mit Allmacht begabt wäre; er wäre dadurch höchst unglücklich. Er wird gedrungen werden, um Hindernisse und Widerstand wie um Almosen zu bitten. Sein Wesen und sein Vermögen besteht in Dürftigkeit. Die guten Eigenschaften der Fürsten sind erstorben und verloren; denn man erkennt jene nicht als durch Vergleichung, und diese sind über alle Vergleichungen hinaus. Sie haben nur wenige Kunst vom Lobe, weil sie mit beständigem und gleichförmigem wahrem Beifall betäubt werden. Haben sie mit dem Dümmsten ihrer Untertanen zu schaffen, so haben sie nicht die geringste Gelegenheit, sich einen Vorteil über ihn zuzuschreiben; denn wenn er sagt: »Es ist ja mein Herr«, so meint er damit zur Genüge gesagt zu haben, daß er selbst die Hand dazu geboten, sich überwinden zu lassen. Diese Eigenschaft erstickt und vernichtet alle andern wahren und wesentlichen Eigenschaften; sie sind alle im Königtum vergraben, und man läßt ihnen, um sich eigenen Wert zu geben, nichts übrig als Handlungen, die sich unmittelbar auf sie selbst beziehen und ihnen zu den Verrichtungen ihres königlichen Amtes behilflich sind. Sie sind so sehr Könige, daß sie weiter nichts als Könige sind. Dieser fremde Schein, welcher sie umringt, verbirgt sie und entzieht sie unserm Gesicht. Unser Blick wird durch dieses grelle Licht gebrochen und verstreut. Der Senat sprach dem Tiberius den Preis der Beredsamkeit zu. Dieser schlug ihn aus, weil er dafür hielt, ein so wenig freies Urteil, wenn er es auch verdient hätte, könne ihm keine Ehre machen.

So wie man ihnen alle Vorzüge der Ehre einräumt, so bestärkt und bestätigt man sie auch in allen Fehlern und Lastern, die sie an sich haben, nicht bloß durch Beifall, sondern auch durch Nachahmung. Alexanders ganzes Gefolge trug den Hals schief wie er. Die Schmeichler des Dionysius traten sich in seiner Gegenwart auf die Füße, stießen sich an die Köpfe und warfen alles um, was ihnen vor die Füße kam, um dadurch anzudeuten, sie hätten alle ein ebenso kurzes Gesicht als er. Auch Bruchbänder haben zuweilen zu fürstlichen Gnaden und Gunsten empfohlen. Und weil der Herr seine Gemahlin haßte, so erlebte Plutarch, daß die Hofschranzen den ihrigen, die sie liebten, den Scheidebrief gaben. Was noch mehr ist, der Ehebruch hat seine Zeit gehabt, wo er, wie alle übrigen Liederlichkeiten, in Ehren und Ansehen stand. Desgleichen Falschheit, Gotteslästerung, Grausamkeit, Ketzerei, Aberglauben und Unglauben, Weichlichkeit und noch schlimmere Laster, wenn es schlimmere Laster gibt. Noch gefährlicher war dieses Beispiel als das der Schmeichler des Mithridates, die, weil ihr Herr auf die Ehre Anspruch machte, ein guter Arzt zu sein, sich von ihm schneiden und brennen ließen; denn jene ließen ihre Seelen schneiden und brennen, welche doch ein edlerer und zarterer Teil ist. Aber um zu enden wie ich anfing: Als der Kaiser Adrian mit dem Philosophen Favorinus über die Erklärung eines Worts stritt, gab ihm Favorinus ziemlich bald recht. Seine Freunde beschwerten sich darüber: »Was wollt ihr denn«, antwortete der, »sollte er nicht gelehrter sein als ich? Er hat dreißig Legionen zu seinem Befehl.« Augustus schrieb Verse gegen den Asinius Pollio. »Ich«, sagte Pollio, »lasse das wohl bleiben. Es wäre nicht klüglich, gegen den zu schreiben, der meine Acht unterschreiben kann.« Die Leute hatten beide recht.

Als Dionysius dem Philoxenus in der Dichtkunst und dem Plato in der Wohlredenheit nicht gleichkommen konnte, schickte er jenen in die Steinbrüche und ließ diesen als Sklaven auf der Insel Ägina verkaufen.

Man muß seinen Willen beschränken.

Im Vergleich mit gewöhnlichen Menschen rühren mich wenige Dinge, oder um besser zu sagen, fesseln mich wenige. Denn es ist ganz recht, sich von ihnen rühren zu lassen, wenn sie uns nur nicht besitzen. Ich tue mein möglichstes, dieses schon von Natur bei mir ziemlich große Privilegium der Unempfindlichkeit durch Studieren und Nachdenken zu vergrößern. Gar selten will ich daher etwas mit Wärme und bin auf wenig Dinge leidenschaftlich erpicht. Mein Gesicht ist hell, aber ich hefte es auf wenige Gegenstände. Mein Sinn ist zart und weich; meine Fassungskraft aber und ihre Anwendung ist hart und spröde. Es hält hart, ehe ich mich zu etwas verbinde. Soviel ich kann, beziehe ich gern alles auf mich selbst, und selbst hierin möchte ich gern meine Neigung zügeln und im Zaum halten, um nicht von ihr fortgerissen zu werden. Denn am Ende kann ich diese Neigung nicht anders als durch Vergünstigung anderer befriedigen, und das Glück hat darüber ein größeres Recht als ich selbst. Dergestalt, daß selbst in Ansehung der Gesundheit, auf welche ich einen so hohen Wert setze, es mir wohl nötig wäre, sie nicht so heftig zu wünschen und so ängstlich darauf bedacht zu sein, daß ich die Krankheiten unerträglich finde.

Man muß in dem Hasse widriger und der Liebe zu angenehmen Empfindungen. Mäßigung beobachten. Auch schreibt Plato einen Mittelweg unter beiden vor.

Was aber solche Empfindungen anbelangt, die mich zerstreuen und an andere heften, so widersetze ich mich ihnen gewiß aus allen Kräften. Meine Meinung ist, man müsse sich andern Menschen borgen und nur sich selbst zum Eigentum geben. Ich könnte es nicht ausstehen, wenn mein Wille und meine Zuneigung sich so leicht verpfänden und anweisen ließen. Ich bin von Natur und durch Gewohnheit zu weichlich:

Fugax rerum, securaque in otia natus.[186]

Ein Ringen, wobei ich starken, steifen Widerstand fände, der zuletzt meine Gegner obsiegen machte, ein Ausgang, welcher mein warmes Streben mit Schande überhäufte, würden mein Herz wahrscheinlich bitter nagen. Wenn ich mich so leicht anließe wie andere, so würde meine Seele niemals die Stärke haben, die Unruhen und Gemütsbewegungen zu ertragen, welche denjenigen auf dem Fuße folgen, die sich mit vielerlei Dingen abgeben. Sie würde alsbald durch solche innerliche Bewegungen verrenken. Brachte man mich zuweilen dahin, fremde Geschäfte zu betreiben, so versprach ich solche in die Hände zu nehmen, aber nicht in Lunge und Leber; mich damit zu beladen, nicht, sie mir einzuverleiben; allerdings dafür zu sorgen, aber nicht mich dafür in Feuer und Flammen zu setzen. Ich gab darauf Achtung, aber ich brütete nicht darüber. Ich habe genug damit zu tun, den innern Drang, der mir so nahe in meinen Adern liegt, zu leiten und zu ordnen, ohne fremden Drang auf mich zu nehmen, unter welchem ich erliegen würde, und bin ich schon geplagt genug mit meinen wesentlichen eignen und natürlichen Angelegenheiten, ohne fremde von den Gassen und Zäunen hereinzurufen. Wer da weiß, wieviel er sich selbst schuldig, zu wieviel Pflichten er gegen sich verbunden ist, findet, daß die Natur ihm einen hinlänglich schweren Auftrag gegeben hat, der keinen Müßiggänger voraussetzt. Du hast reichlich zu schaffen in deinem eigenen Hause, entferne dich von demselben nicht. Die Menschen vermieten sich. Ihre Kräfte dienen nicht ihnen selbst, sondern denjenigen, denen sie sich zu Knechten machen. Ihre Mietsherren wohnen daheim, sie sind in fremden Häusern. Diese gewöhnliche Stimmung gefällt mir nicht. Wir müssen mit der Freiheit! unserer Seele bedächtiglich umgehen und sie niemals verpfänden als bei gerechten Veranlassungen. Und die sind gar nicht häufig, wenn wir sie richtig beurteilen. Man sehe nur die Leute, die so gelehrig sind, sich einnehmen und hinreißen zu lassen, die sind allezeit fertig, zu kleinen Dingen wie zu großen, bei solchen, die sie nichts angehen, wie bei solchen, die sie betreffen. Sie mischen sich ohne Unterschied in alles, wo es nur etwas zu tun gibt, und sind wie ohne Leben, wenn sie ohne unruhige Bewegung sind. In negotiis sunt, negotii causa.[187] Sie suchen

---

[186] Ovid, Trist. III, 2, 9: Leicht und flüchtig, zur ruhigen Muße geboren.
[187] Seneca, Epist. 22: Sie sind in Geschäften um der Geschäfte willen.

Geschäfte, um geschäftig zu sein. Das geschieht nicht sowohl deswegen, weil sie gehen wollen, sondern weil sie sich nicht ruhig halten können; nicht mehr und nicht weniger, wie ein von der Höhe herabgewälzter Stein sich so lange fortbewegt, bis er die Tiefe erreicht hat. Beschäftigung ist für eine gewisse Art Leute ein Zeichen der Geschicklichkeit und Würde. Ihr Geist sucht Ruhe in der Schaukel wie die Kinder in der Wiege. Sie können sich rühmen, gegen ihre Freunde ebenso dienstfertig als sich selbst überlästig zu sein. Niemand verteilt sein Geld unter andere, jedermann seine Zeit und sein Leben. Mit nichts in der Welt sind wir so verschwenderisch als mit diesen Dingen, womit allein zu geizen nützlich und löblich wäre. Ich denke hierin ganz verschieden. Ich lebe in mich selbst gekehrt, wünsche gewöhnlich nur schwach, was ich wünsche, und wünsche wenig. So beschäftige und verwende ich mich auch selten und gleichmütig. Alles, was andre wollen und lenken, wollen sie mit Heftigkeit und Gewalt. Es gibt auf dem Wege des menschlichen Lebens der schlimmen Stellen so viel, daß man um größerer Sicherheit willen nur leicht und oberflächlich auftreten muß; daß es besser ist, hinüberzuleiten als einzusinken. Die Wollust selbst ist schmerzhaft in ihrer Tiefe:

> *Incedis per ignes*
> *Suppositos cineri doloso.*[188]

Der Rat von Bordeaux erwählte mich zum Maire seiner Stadt, als ich fern von Frankreich und noch ferner von solchen Gedanken war. Ich verbat es. Man belehrte mich aber, daß ich unrecht habe, und der Befehl des Königs kam hinzu. Es ist ein Amt, das um so herrlicher scheinen muß, weil dabei kein anderer Gehalt oder Gewinn ist als die Ehre der Verwaltung. Es dauert zwei Jahr, kann aber durch eine neue Wahl verlängert werden, was jedoch selten geschieht. Bei mir geschah es und war vorher nur zweimal geschehen.

Vor einigen Jahren dem Herrn de Lansac und neuerdings dem Herrn von Biron, Marschall von Frankreich, an dessen Stelle ich kam. Mir folgte Herr von Matignon, gleichfalls Marschall von Frankreich. Ich war ganz ruhmselig über eine solche edle Genossenschaft.

---

[188]Horaz, Od. II, 1, 7: Du gehst über Feuer, das die Asche heuchlerisch birgt.

Uterque bonus pacis bellique minister.[189]

Das Glück wollte durch diesen sonderbaren Umstand, den es selbst veranlaßte und der gar nicht unbedeutend war, teil an meiner Erhebung nehmen. Denn Alexander wies die Gesandten von Korinth, die ihm die Bürgerschaft ihrer Stadt antrugen, verächtlich ab; als sie ihm aber vorstellten, auch Bacchus und Herkules ständen auf ihrer Rolle, nahm er das Anerbieten mit freundlichem Dank an.

Bei meiner Ankunft gab ich mich treu und gewissenhaft, so wie ich mich fühle und wie ich bin, zu erkennen, ohne Gedächtnis, ohne wachsamen Fleiß, ohne Erfahrung und ohne starke Tätigkeit, so auch ohne Haß, ohne Ehrsucht, ohne Geldgeiz und ohne Gewalttätigkeit; damit die Bürger richtig unterrichtet wären und wüßten, was sie von meiner Anführung zu erwarten hätten. Und weil die Kenntnis von meinem seligen Vater und sein ehrenvolles Andenken sie allein zu diesem Schritt gebracht hatte, so fügte ich mit klaren Worten hinzu, daß es mir sehr leid tun sollte, wenn irgend etwas einen so starken Eindruck auf meinen Willen machte, als ehedem ihre Angelegenheiten und ihre Stadt auf den seinigen gemacht hätten, während er solche in ebender Stelle, wozu sie mich berufen, regierte. Ich erinnerte mich, ihn in meiner Kindheit als einen alten Mann gesehen zu haben, dessen Seele gar sehr durch die öffentlichen Geschäfte hin und her getrieben wurde; der die sanfte Luft seines Hauses vergaß, wo ihn die Schwäche seiner Jahre schon lange Zeit vorher hingeheftet hatte; der seiner Haushaltung vergaß und seiner Gesundheit und gewiß sein Leben nicht achtete, das er in ihrem Dienst auf langen und mühsamen Reisen beinahe verloren hätte. Aber so war er, und diese Art zu denken entstand bei ihm aus einer großen natürlichen Güte des Herzens. Ich habe niemals eine liebreichere, menschenfreundlichere Seele gekannt. Diese Art zu handeln und zu leben, die ich an einem andern rühme und preise, mag ich selbst nicht gern befolgen, und bin darüber nicht ohne Entschuldigung. Er hatte sagen gehört, man müsse sein Selbst dem Nächsten zuliebe vergessen, und das Einzelne komme gegen das Ganze in keine Betrachtung.

Der größte Teil aller Regeln und Vorschriften der Welt nimmt diese Wendung, um uns aus unserer Ruhe, auf öffentliche Stellen, zum

---

[189] Vergil, Aen. XI, 658: Beide im Frieden und Kriege des Landes Mehrer und Sorger.

Dienst der bürgerlichen Gesellschaft zu treiben. Sie meinen, was Rechtes getan zu haben, wenn sie uns von uns selbst abwendig machen und zerstreuen, in der Voraussetzung, daß wir nur zu fest an uns selbst hielten, durch ein zu natürliches Band, und haben nichts versäumt, was zu diesem Behuf gesagt werden konnte. Denn es ist für die Weisen nichts Neues, die Dinge so zu predigen, wie sie nützlich, nicht wie sie eigentlich an und für sich sind. Die Wahrheit hat bei uns ihre Hindernisse, ihre Beschwerden und ihre Unvertragsamkeit. Wollen wir uns nicht oft betrügen, so müssen wir oft betrügen, die Augen verbinden und unsern Verstand betäuben, um solche zu berichtigen und zu verbessern.

> *Imperiti enim judicant, et qui frequenter in hoc ipsum fallendi sunt, ne errent.*[190]

Wenn sie uns vorschreiben, drei, vier, fünfzig Rangordnungen von Dingen lieber zu haben als uns selbst, so ahmen sie die Kunst der Bogenschützen nach, welche, um einen gewissen Punkt zu erreichen, weit über die vorgesetzte Grenze wegzielen. Wer ein krummes Stück Holz gerademachen will, biegt es nach der gegenseitigen Richtung.

Ich bin der Meinung, man habe im Tempel der Pallas, so wie bei allen übrigen Religionen, äußerliche anscheinende Mysterien gehabt, die man dem Volke zeigte, und andere geheimere und erhabenere Mysterien, welche nur den Eingeweihten kund gemacht wurden. Es ist wahrscheinlich, daß in diesen auch der eigentliche wahre Punkt der Freundschaft angegeben war, die man sich selbst schuldig ist; nicht jener falschen Freundschaft, welche uns den Ruhm, die Gelehrsamkeit, den Reichtum und dergleichen Dinge wie Glieder unseres Wesens mit übermäßiger, unbegrenzter Selbstliebe umfassen läßt; noch einer schwachen, törichten Freundschaft, wobei es geht wie bei dem Efeu, der die Wände verdirbt, an welche er sich heftet, sondern einer heilsamen, vernünftigen Freundschaft, die gleich nützlich und angenehm ist. Wer ihre Pflichten kennt und ausübt, hat wirklichen Sitz im Rat der Musen, hat die Spitze der menschlichen Weisheit und unserer Glückseligkeit erstiegen. Dieser, weil er genau weiß, was er sich selbst schuldig ist, findet in seiner Rolle, daß er den Gebrauch anderer Menschen und der Welt auf sich anwenden muß, und um das

---

[190] Quintilian, Inst. II, 17: Inkompetente Richter sind am urteilssüchtigsten. Deswegen müssen sie oft getäuscht werden, damit sie nicht irren.

zu können, der öffentlichen Gesellschaft die Dienste und Pflichten zu leisten hat, die ihm obliegen. Wer ganz und gar nicht für andere lebt, lebt nur für sich. Qui sibi amicus est, scito hunc amicum omnibus esse.[191] Die hauptsächlichste Pflicht, welche wir auf uns haben, besteht darin, daß ein jeder sich wohl betrage. Darum sind wir hier. So wie derjenige, welcher vergäße, selbst wohl und heilig zu leben und damit seine Schuldigkeit getan zu haben glaubte, wenn er andere dahin wiese und führte, ein Narr wäre, ebenso schlägt derjenige, nach meiner Meinung, einen ganz falschen Weg ein, welcher versäumt, für sich selbst ruhig und glücklich zu leben und sein Leben nur zum Dienst anderer verwendet.

Ich will damit nicht, daß man den Ämtern, welche man übernimmt, Aufmerksamkeit, Mühwaltung, Worte und Schweiß, ja selbst im Notfall sein Blut versagen soll:

> *Non ipse pro caris amicis,*
> *Aut patria, timidus perire.*[192]

Aber es muß nur zufälliger- und erborgterweise geschehn, so daß der Geist ruhig und kräftig bleibt, nicht untätig, jedoch ohne Verdruß und Leidenschaftlichkeit. Tätigkeit an sich selbst kostet dem Geist so wenig, daß er sogar im Schlaf tätig ist. Aber man muß ihn mit Behutsamkeit in Tätigkeit setzen, denn der Körper trägt die Lasten mit, die man dem Geist auflegt, gerade nach ihrem Gewicht. Der Geist vergrößert und erschwert solche oft auf seine Kosten, indem er solche nach eigenem Gefallen ausdehnt. Man verrichtet ähnliche Dinge mit verschiedener Anstrengung und verschiedener Willensäußerung. Eins tun und das andre nicht lassen. Wie viele Menschen wagen sich nicht täglich in Kriege, die sie nichts angehen, und laufen und ringen nach den Gefahren der Schlachten, deren Verlust ihnen den nächsten Schlaf nicht beunruhigen wird? Ein anderer ist in seinem Hause außer aller Gefahr, die er nicht einmal mit anzusehen gewagt hätte, viel heftiger besorgt über den Ausgang dieses Krieges, und beunruhigt seine Seele weit mehr damit als der Soldat, welcher darin Leib und Leben wagt. Ich habe mich mit öffentlichen Ämtern befaßt, ohne mich darüber selbst nur einen Nagel breit aus dem Gesicht zu verlieren, und mich

---

[191] Seneca, Epist. 6: Wer sein eigener Freund ist, der, wisse, ist ein Freund aller Menschen.
[192] Horaz, Od. IV, 9, 51: Für Freunde und für Vaterland furchtlos den Tod zu leiden.

andern geben können, ohne mich mir selbst zu nehmen. Lebhaftigkeit und Heftigkeit des Verlangens hindert die Ausführung dessen, was wir übernehmen, mehr, als es solche befördert. Es erfüllt uns mit Ungeduld nach dem Ausgang, der entweder widrig sein oder sich verzögern kann, und mit Bitterkeit und Argwohn gegen diejenigen, mit welchen wir zu tun haben. Wir führen niemals eine Sache wohl, welche uns ängstlich im Kopfe liegt und treibt:

Male cuncta ministrat Impetus.[193]

Wer dabei nichts anwendet als kalten Verstand und Geschicklichkeit, kommt weit leichter zurecht. Er verstellt sich, biegt ein, gibt nach mit Leichtigkeit, so wie es die Gelegenheit verlangt. Er harrt, ohne sich zu quälen, ohne sich zu betrüben, und ist fertig und bereit zu einem neuen Unternehmen. Ein solcher Mann hält immer den Zügel fest in der Hand. Der hingegen, welchen die Heftigkeit und Gewalt seiner Absicht berauscht, begeht notwendigerweise viel Unbesonnenheit und Ungerechtigkeit. Die Gewalt seines Verlangens reißt ihn fort. Es sind gewagte Bewegungen, die, wenn das Glück nicht viel dabei tut, nichts fruchten. Die Philosophie verlangt, daß wir bei Bestrafung der empfangenen Beleidigung allen Zorn beiseite setzen. Nicht damit die Rache geringer sei, sondern vielmehr im Gegenteil treffender und wichtiger, welches nach ihrer Meinung durch Heftigkeit vermindert würde. Nicht nur macht der Zorn, daß wir dunkel sehen, sondern, an sich selbst schon, ermüdet er die Arme desjenigen, welcher straft. Sein Feuer lähmt und verzehrt alle Kraft. So ergeht es auch der Übereilung. Festinatio tarda est.[194] Die Eile schlägt sich selbst ein Bein unter, verwickelt sich und hält sich auf. Ipsa se velocitas implicat.[195] Zum Beispiel, nach allem was ich aus der Erfahrung sehe, hat der Geiz keinen größeren Widersacher als sich selbst. Je angestrengter und heftiger er arbeitet, je unfruchtbarer ist er. Gewöhnlicherweise häuft er viel schneller Reichtümer zusammen, wenn er sich hinter das Bild der Freigebigkeit versteckt.

Ein gewisser von Adel, ein sehr redlicher Mann und mein Freund, hätte sich fast den Kopf durch eine zu leidenschaftliche Anstrengung und Tätigkeit in Geschäften eines Prinzen, seines Herrn, verwirrt.

---

[193] Statius, Theb. X, 704: Ein übler Ratsmann ist die Heftigkeit.
[194] Quintus Curtius IX, 9, 12: Eilen fördert nicht.
[195] Seneca, Epist. 44: Eile stolpert über ihr eigenes Bein.

Sein Herr schilderte sich selbst gegen mich auf folgende Art: »Ich sehe die Wichtigkeit der Ereignisse so gut wie ein anderer; bei solchen aber, denen nicht mehr zu helfen ist, entschließe ich mich auf der Stelle, sie geduldig zu leiden. Gegen andre treffe ich die nötigen Vorkehrungen, welches ich vermöge der Lebhaftigkeit meines Geistes auf der Stelle tun kann, und erwarte sodann in Ruhe, was daraus werden mag.« In der Tat habe ich ihn auch so befunden, daß er bei wichtigen und sehr verwickelten Dingen eine große Sorglosigkeit und Freiheit im Handeln und in Gebärden behauptet. Ich finde ihn viel größer und viel fähiger bei widrigem als bei gutem Geschick. Seine Niederlagen machen ihm mehr Ruhm als seine Siege und seine Trauer mehr als sein Triumph.

Man bemerke nur, daß selbst in solchen Handlungen, die an sich gering und nichtsbedeutend sind, z.B. beim Schachspiel, beim Ballschlagen und dergleichen die gar zu große Emsigkeit und Hitze eines zu heftigen Verlangens nach Sieg, den Geist und die Glieder unmittelbar in Unordnung und Unaufmerksamkeit versetzen. Man verblendet und verwirrt sich selbst. Derjenige, der sich gegen Gewinn und Verlust mit mehr Mäßigkeit beträgt, ist immer bei sich selbst. Je weniger einer beim Spiele hitzig und leidenschaftlich ist, mit desto mehr Vorteil und Sicherheit weiß er es zu lenken.

Im übrigen verhindern wir die Ergreifung und Festhaltung der Seele, wenn wir ihr zuviel auf einmal zu umfassen geben. Einige Dinge muß man ihr bloß vorhalten, andere anheften, noch andere einverleiben. Sie mag immerhin alle Dinge sehen und empfinden, aber nähren muß sie sich nur von sich selbst. Sie muß unterrichtet sein, was sie nur berührt und was eigentlich ihres Seins und Wesens ist. Die Gesetze der Natur lehren uns, was wir genau bedürfen. Nachdem die Weisen uns gesagt haben, der Natur nach sei kein Mensch arm, wohl aber seiner Meinung nach, unterscheiden sich gleichfalls sehr fein die Begierden, welche aus der Natur entstehen, von den Begierden, welche aus der Unordnung unserer Einbildung entspringen. Wünsche, deren Ende wir absehen, sind Werke der Natur, Wünsche aber, die immer vor uns fliehen, die wir nicht erreichen können, sind unser eigenes Werk. Der Armut an Gütern ist leicht abgeholfen, der Armut der Seele unmöglich:

Nam si, quod satis est homini, id satis esse potesset,Hoc sat,
erat, nunc, quum hoc non est, qui credimus porro,Divitias
ullas animum mi explere potesse?[196]

Als Sokrates durch seine Stadt eine große Menge Reichtümer, Edelgesteine und kostbares Hausgerät zur Schau herumtragen sah, rief er aus: »O wie viele Dinge, deren ich nicht begehre!« Metrodorus nahm täglich an Nahrungsmitteln nach dem Gewicht nicht mehr zu sich als zwölf Unzen. Epikur noch weniger. Metrokles schlief im Winter bei einer Herde Schafe und im Sommer in den Kreuzgängen der Kirchen. Sufficit ad id natura, quod poscit.[197] Cleanthes lebte von seiner Hände Arbeit und rühmte sich, daß Cleanthes, wenn er wollte, noch einen anderen Cleanthes ernähren könnte.

Wenn das, was die Natur ursprünglich und im genauesten Sinne zur Erhaltung unseres Daseins von uns fordert, so gar wenig ist (wie es denn wirklich ist, und wie wir nicht besser ausdrücken können, mit wie wenigem unser Leben erhalten werden kann, als durch die Bemerkung, daß es so wenig sei, daß es durch seine Geringfügigkeit dem Einfluß und den Schlägen des Glücks entgeht), so laß uns die Sorgen für ein Mehreres fahrenlassen, laß uns auch das noch Natur nennen, was den Stand und die Lage eines jeden von uns betrifft; laß uns nach diesem Maße uns selbst schätzen und behandeln. Bis dahin laß uns unsere Rechnungen und Lagerbücher erstrecken, denn mich deucht, daß wir bis dahin wohl zu entschuldigen stehen. Die Gewohnheit ist eine zweite Natur und nicht minder mächtig. Was mir an dem mangelt, woran ich gewohnt bin, das deucht mich, mangele mir wirklich, und mir würde es wirklich ebenso lieb sein, man nehme mir das Leben, als wenn man es mir sehr verkümmerte und mich weit von dem Zustand herabsetzte, in welchem ich seit so langer Zeit lebe. Ich bin nicht mehr in den Jahren, wo ich einen großen Glückswechsel ertragen noch mich an eine neue und ungewohnte Lebensart gewöhnen könnte; nicht einmal an eine reichere. Meine Zeit ist dahin, ein anderer Mensch zu werden.

---

[196] Lucilius bei Nonius Marcellus, V.: Denn was dem Menschen genug ist, genügte ihm daran, so wäre es genug; nun aber, da das nicht ist, wie sollen Schätze dann mein Herz befriedigen?

[197] Plutarch: Die Natur sorgt hinlänglich für das, was sie fordert.

Und wie ich ein großes Glück, wenn es mir zu dieser Zeit in die Hände fiele, beklagen würde, daß es nicht in der Zeit gekommen wäre, da ich es hätte genießen können,

Quo mihi fortunam, si non conceditur uti?[198]

ebenso würde ich mich über einen großen Seelenerwerb beklagen. Es ist gewissermaßen besser, niemals als spät ein ehrlicher Mann zu werden oder richtig leben zu lernen, wenn man nicht mehr zu leben hat. Ich, der ich auf meiner Abreise begriffen bin, könnte es gar leicht einem Ankömmling überlassen, was ich durch den Umgang mit der Welt an Klugheit lerne. Das ist Senf, der nach vollendeter Mahlzeit aufgesetzt wird. Was soll ich mit dem Gut, mit welchem ich nichts anfangen kann? Wozu Gelehrsamkeit einem Menschen, der keinen Kopf mehr hat? Es ist Feindseligkeit und Gehässigkeit des Schicksals, wenn es uns Geschenke zuwirft, die uns einen gerechten Ärger verursachen, daß wir solche zu gehöriger Zeit entbehren mußten. Entziehet mir nur euren Arm, ich kann nicht mehr gehen! Von allen Gliedern, welche die Geschicklichkeit hat, ist mir Geduld allein hinreichend. Wozu einem Sänger die Einsicht, eine schöne Diskantstimme zu führen, wenn schon seine Lunge verfault ist? Wozu die Beredsamkeit einem Einsiedler in den Wüsten Arabiens? Zum Fallen braucht es keiner Kunst. Das Ende ergibt sich bei jeder Beschäftigung von selbst. Meine Welt sinkt unter mir weg, meine Form ist verdunstet. Ich gehöre ganz der Vergangenheit und bin verbunden, daran zu haften und meinen Abgang ihr gemäß einzurichten. Ich will dieses hier als ein Beispiel anführen, daß die neue päpstliche Verkürzung des Jahres um zehn Tage mir so spät überkommen ist, daß ich mich nicht recht darein finden kann. Ich bin noch aus den Jahren her, wo man anders rechnete. Ein so alter und langer Gebrauch hält mich fest und will mich nicht loslassen. Ich bin gezwungen, in diesem Stück ein wenig ketzerisch zu denken. Ich bin keiner Neuerung mehr fähig, selbst nicht der Verbesserung. Meine Einbildung wirft sich, trotz meinem guten Willen, immer um zehn Tage vorwärts oder um zehn Tage zurück, und murmelt mir in die Ohren: »Diese Vorschrift geht eigentlich nur die an, welche kommen sollen!«

---

[198] Horaz, Epist. I, 5, 12: Wozu das Glück, wenn ich seiner nicht genießen darf?

Wenn die Gesundheit selbst, welche so süß ist, zuweilen bei mir einspricht, so ist es mehr, um mir ein Bedauern einzuflößen, als sich mir zu genießen zu geben.

Ich weiß nicht mehr, wo ich sie beherbergen soll. Die Zeit verläßt mich, und ohne sie besitzt man nichts. O wie wenig würde ich mir aus diesen großen Wahlwürden machen, die ich in der Welt sehe, zu welchen man nur solche Männer wählt, die auf dem Punkt stehen, davonzugehen! Bei denen man nicht sowohl darauf sieht, wie gut, als wie kurz sie verwaltet werden dürften; bei deren Antritt man schon auf den Hintritt blickt. Kurz, ich bin jetzt hier, diesen Menschen zu vollenden, nicht aber einen neuen daraus zu machen. Durch langen Gebrauch ist mir meine Form wesentlich, mein Schicksal zur Natur geworden. Ich sage also, daß ein jeder von uns Schwächlingen zu entschuldigen ist, wenn er dasjenige, was unter dieses Maß fällt, für das Seinige erachtet. Aber über dieses Maß hinaus ist auch nichts als Verwirrung. Es ist die weiteste Ausdehnung, die wir unsern Rechten erteilen können. Je mehr wir unsere Bedürfnisse und unsere Besitzungen vergrößern, um so mehr stellen wir uns den Schlägen des Glücks und den Widerwärtigkeiten bloß.

Die Schranken unserer Wünsche müssen auf ein nachbarliches Ziel eingeengt und verkürzt werden, auf die Bequemlichkeiten dessen, was uns am nächsten zur Hand liegt. Und übrigens muß auch ihr Lauf nicht in gerader Linie fortgehen, die immer aus uns hinausführt, sondern in einem Kreise, dessen beide Punkte sich in uns selbst durch eine kurze Rundung berühren und endigen. Alles Treiben, bei welchem diese unerläßliche und wesentliche Bedingung nicht stattfindet, zum Beispiel das Treiben des Geizigen, des Ruhmsüchtigen und so vieler andern, welche gerade auslaufen und deren Gang sie immer vorwärts führt, ist ein irriger, kränklicher Betrieb.

Die meisten unserer Beschäftigungen sind Gaukelpossen. Mundus universus exercet histrioniam.[199] Man muß seine Rolle gehörig vorstellen, aber wie die Rolle einer erborgten Person. Man muß aus dem Federbusch, aus Stern und Band keine wesentliche Sache machen noch aus dem Fremden etwas Eigentümliches. Wir wissen nicht zwischen Haut und Hemd zu unterscheiden. Es ist schon genug, das

---

[199] Petronius, Fragment: Die ganze Welt spielt ein Possenspiel.

Gesicht mit Mehl weiß zu machen, die Brust bedarf dessen nicht. Ich kenne Leute, die sich in ebenso viele neue Gestalten und Wesen umformen und verwandeln, als sie Ämter übernehmen; die selbst ihrem Herzen und Eingeweiden den Hahnenkamm aufsetzen und ihre Würde bis auf ihren Leibstuhl mitnehmen. Ich kann es ihnen nicht in den Kopf bringen, daß sie das Hutabziehen, welches ihnen gilt, von demjenigen unterscheiden, welches ihrem Amte, ihrem Gefolge oder auch ihrem Maultiere widerfährt. Tantum se fortunae permittunt, etiam ut naturam dediscant.[200] Sie blähen und schwellen ihre Seele und ihren natürlichen Dünkel nach dem Verhältnis auf, wie ihr Richterstuhl gesetzt ist. Der Maire und Montaigne waren allemal zwei auffallend verschiedene Personen. Wenn jemand Advokat oder Finanzier ist, muß er darum den Betrug nicht verkennen, der bei solchem Gewerbe stattfindet. Ein ehrlicher Mann ist für die Laster oder Dummheiten seines Standes nicht verantwortlich und muß den noch die Ausübung desselben nicht von sich ablehnen. Es ist einmal die Art und Weise seines Landes und gibt ihm etwas einzubrocken. Man muß von der Welt leben und sie nutzen, wie man sie findet. Aber der Verstand eines Kaisers muß über sein Kaisertum hinausgehen und es ansehen und betrachten als eine fremde Zufälligkeit. Er muß sein Ich besonders zu genießen verstehen und sich, wie Hans und Peter, wenigstens sich selbst mitzuteilen wissen.

Ich kann mich nicht tief und völlig auf etwas einlassen. Wenn mich mein Wille einer Partei übergibt, verbinde ich mich nicht so gewaltsam mit ihr, daß mein Verstand darunter litte. Bei den gegenwärtigen Verwirrungen unseres Staates hat mich mein Vorteil ebensowenig die guten Eigenschaften unsrer Gegner verkennen lassen als die tadelhaften Eigenschaften derjenigen, mit denen ich es halte. Sie vergöttern alles, was auf ihrer Seite ist. Ich hingegen entschuldige nicht einmal die meisten Dinge, welche auf der meinigen vorgehen. Eine schöne Schrift verliert bei mir dadurch nichts von ihren Vorzügen, daß sie gegen mich zu Gericht eingegeben worden. Insofern es nicht auf den Streitknoten ankommt, habe ich mich immer im Gleichgewicht und Gleichgültigkeit erhalten.

---

[200] Quintus Curtius III, 2, 18: So sehr lassen sie sich vom Glück hinreißen, daß sie sogar die Natur darüber verlernen.

Neque extra necessitates belli, praecipuum odium gero.[201] Worüber ich mir um so mehr wohl will, weil ich sehe, daß man gewöhnlich durch das Gegenteil fehlt.

Utatur motu animi, qui uti ratione non potest.[202] Diejenigen, welche ihren Zorn und ihren Haß weiter erstrecken, als der Zank reicht, wie die meisten zu tun pflegen, zeigen, daß solche aus andern Quellen und besondern Ursachen entspringen; geradeso, wie wenn einem Menschen noch das Fieber anklebt, nachdem er von einem Geschwür geheilt ist; was ein Merkzeichen ist, daß das Fieber von geheimen Ursachen entstanden ist. Es rührt daher, daß sie nicht bloß der Sache als Sache, und insofern sie allgemein ist und das Interesse aller und des Staats betrifft, feind sind; sondern sie bloß hassen, insofern ihnen solche allein weh tut. Das ist die Ursache, weswegen sie sich besonders entrüsten und über Gerechtigkeit und öffentliches Recht hinausgehen. Non tam omnia universi, quam ea quae ad quemque pertinere, singuli carpebant.[203] Ich wünsche, daß der Vorteil auf unserer Seite sein möge, aber ich gerate nicht in Wut, wenn er's nicht ist. Ich halte mich stark an die vernünftigste Partei, aber ich mache mir kein besonderes Geschäft daraus, daß man mich vor allen andern als einen Feind des Gegenteils und über die allgemeinen Grundsätze hinaus betrachte. Ich mißbillige diese unschickliche Meinung aufs äußerste: »Er gehört zur Ligue, denn er bewundert die Geschicklichkeit des Prinzen von Guise. Er staunt über die Tätigkeit des Königs von Navarra, er ist also ein Hugenott. Er hat dieses oder jenes gegen die Sitten des Königs einzuwenden, er ist also in seinem Herzen ein Aufrührer.« Ich gestatte nicht einmal der Obrigkeit, daß sie ein Buch mit Recht verurteilt habe, weil es einen Ketzer unter den besten Dichtern unserer Zeit aufführte.

Dürfen wir nicht mehr von einem Diebe sagen, er sei ein fixer Kerl? Muß ein Mädchen, das sich einmal verleiht, deswegen eine Metze heißen? Nahm man in den alten weiseren Zeiten dem Marcus Manlius den prächtigen Titel Capitolinus wieder ab, den man ihm zuvor als Erhalter der Religion und öffentlichen Freiheit erteilt hatte? Erstickte man das Andenken an seine Freigebigkeit, an seine Heldentaten und

---

[201] In Kriegsnot ausgenommen, ist Haß und Zwietracht sonst nie meine Sache.
[202] Cicero, Tusc. disp. IV, 25: Wer der Vernunft nicht Folge leisten kann, überlasse sich der Leidenschaft.
[203] 18 Livius XXXIV, 36: Nicht alle tadelten alles, sondern jeder, was jedem eignete und anging.

die kriegerischen Belohnungen, die sich seine Tapferkeit erworben hatte, weil er nachher, trotz den Gesetzen seines Landes, nach der königlichen Würde strebte? Wenn die Menschen einen Widerwillen gegen einen Advokaten bekommen, so leugnen sie ihm tags darauf seine Beredsamkeit ab. Ich habe anderwärts über den Eifer gesprochen, welcher ehrliche Leute zu solchen Fehlern verleitet. Ich meinesteils kann wohl sagen: »Dieses macht er sehr schlecht und jenes gut.« So verlangt man bei den widrigen Vorhersagungen oder Auskaufen der Sachen, daß jedweder blind und dumm an seiner Partei hängen soll; daß unser Urteil und unsere Überzeugung nicht sowohl der Wahrheit diene als vielmehr den Entwürfen unserer Wünsche. Ich möchte lieber auf der Gegenseite ausschweifen, aus Furcht, daß meine Wünsche mich bestächen. Dazu kommt, daß ich meinen Hoffnungen wenig traue.

Ich habe zu meiner Zeit eine außerordentliche Leichtgläubigkeit des Volks gesehn, sich törichterweise in seinen Hoffnungen und Vertrauen bei der Nase fassen zu lassen, an welcher Seite und Stelle es seinen Führern gut gedünkt hat, obwohl diese sich hundertmal hintereinander verrechneten, und dabei allen vorgespiegelten Gaukeleien und Traumgebilden zu glauben. Ich wundere mich nicht mehr über diejenigen, welche sich von den Affereien des Apollonius von Thyane und Mahomets ankörnen ließen. Ihr Geist und Gefühl wird ganz und gar durch ihre Leidenschaft erstickt. Ihre Überlegung hat weiter keine Wahl als unter solchen Dingen, die sie anlachen und ihrer obwaltenden Sache einen schönen Schein geben. Dies habe ich durchgängig bei dem ersten Anfalle unseres Staatsfiebers bemerkt. Der andere Anfall, welcher nachher sich geäußert und ihn nachgeahmt hat, ist noch weiter gegangen. Daraus schließe ich, daß es eine von den Volksirrtümern unzertrennliche Eigenschaft sei. Nach der ersten Meinung, welche ausbricht, drängen und stoßen sich alle und folgen Wind und Wellen. Man gehört nicht zum Ganzen, wenn man seine eigene Meinung für sich behält, wenn man nicht mit der ganzen Flotte segelt.

Aber wahrhaftig, man tut der gerechten Partei unrecht, wenn man sie durch Heuchler verstärken will. Dawider habe ich mich immer laut erklärt. Dies Mittel kann nur schwachen Köpfen gefallen. Gesunde und helle schlagen nicht nur einen ehrlicheren, sondern auch einen gewisseren Weg ein, um ihren Mut zu erhalten und sich bei widrigem Geschicke zu trösten.

Der Himmel hat keine so große Zwistigkeit gesehen als die des Cäsar und Pompejus und wird in aller Zukunft keine ähnliche erblicken. Gleichwohl glaube ich an diesen beiden edlen Seelen eine außerordentliche Mäßigkeit des einen gegen den andern zu erkennen. Es war ein Neid über Ehre und Herrschsucht, der sie niemals bis zum wütenden, unvernünftigen Hasse trieb und beständig frei von Heimtücke und Verleumdung blieb. In ihrem heftigsten Streben entdecke ich noch immer eine gewisse Hochachtung des einen gegen den andern, und urteile demnach, daß, wenn es ihnen möglich gewesen wäre, jeder von ihnen gewünscht hätte, lieber ohne als mit dem Untergang seines Nebenbuhlers zu seinem Ziele zu gelangen. Wie ganz anders verhielten sich Marius und Sulla. Das erwäge man doch! Man muß sich nicht blindlings von seinem Vorteile und seinen Neigungen hinreißen lassen. Wie ich in meiner Jugend mich dem Fortgang der Liebe widersetzte, die mir übermächtig zu werden schien, und durch Überlegung herausbrachte, es würde mir nicht angenehm sein, wenn sie mich am Ende zwänge und ganz unter ihre Gewalt brächte, so mache ich es bei allen andern Veranlassungen, wo meine Neigung sich zu heftig anläßt. Ich hänge mich an ihr Gegengewicht, sobald ich sehe, daß sie untertaucht und sich in ihrem Wein berauscht. Ich weigere mich, ihr Vergnügen so weit zu nähren, daß ich solche nicht mehr ohne blutigen Kampf zurückbringen könnte. Die Seelen, welche aus Stumpfsinn eine Sache nur halb sehen können, genießen des Glücks, daß ihnen schädliche Dinge minder Kummer machen. Es ist eine geistige Armut, welche ein Ansehen von Gesundheit hat, und zwar von einer solchen Gesundheit, die der Philosophie ganz und gar nicht verächtlich ist. Gleichwohl ist es nicht schicklich, solche Weisheit zu nennen, wie wir oft tun. Auf diese Weise verspottete jemand, vor alters, den Diogenes, welcher im tiefen Winter ganz nackt eine Schneegestalt zum Beweis seiner Geduld umarmte. Als jener diesen darüber betraf, sagte er zu ihm: »Friert dich jetzt sehr?« »Ganz und gar nicht,« antwortete Diogenes.

»Was glaubst du denn,« fragte der andere, »Schweres und Musterhaftes zu tun?« Um die Standhaftigkeit zu messen, muß man durchaus wissen, wie weit das Leiden geht.

Aber die Seelen, welche die widerwärtigen Zufälle und die Schläge des Glücks in ihrer ganzen Stärke und Widerwärtigkeit auffassen, welche solche in ihrer natürlichen Bitterkeit, in ihrer Last und ihrem Gewicht erwägen und kosten, müssen ihre ganze Geschicklichkeit aufbieten, ihrer Ursache zu entrinnen, ihren Einfluß abzuwenden. Was tat der König Cotys? Er bezahlte das schöne und reiche Silbergeräte, das man ihm dargebracht hatte, sehr großmütig; weil es aber außerordentlich zerbrechlich war, zerbrach er es auf der Stelle selbst, um sich beizeiten eine so leichte Veranlassung des Zürnens gegen seine Bedienten zu benehmen. Auf ebendiese Weise habe ich ihnen verhütet, daß meine Angelegenheiten nicht in Unordnung gerieten und dahin getrachtet, daß meine Güter nicht mehr an die Güter meiner Verwandten oder solcher Personen grenzten, mit denen ich in genauer Freundschaft stehe, woraus sonst gewöhnlich Anlaß zu Kaltsinn und Ungeselligkeit entspringt. Ehedem liebte ich Glücksspiele in Karten und Würfeln. Seit langer Zeit habe ich mich davon losgesagt; bloß deswegen, weil, so gelassen ich auch bei meinem Verlust aussehen mochte, ich gleichwohl darüber innerlich Verdruß vermerkte. Ein Mann von Ehre, der keine Beleidigung mit kaltem Blut erdulden, keine kahle Entschuldigung für Ersatz und Vergütung annehmen darf, muß ja alles weitläufige Wortgezänk vermeiden. Ich fliehe alle mürrischen und zänkischen Gemüter wie die Pest, und alle Gespräche, welche ich nicht ohne Teilnahme und mit kaltem Blut behandeln kann, darein mische ich mich nicht, wenn mich nicht Pflicht dazu zwingt. Melius non incipient, quam desinent.[204] Die sicherste Art und Weise ist also, sich vorzubereiten, ehe die Gelegenheit eintritt. Ich weiß wohl, daß einige Weise einen andern Weg eingeschlagen und sich nicht gefürchtet haben, sich über verschiedene Gegenstände lebhaft zu zanken und zu streiten. Solche Leute waren ihrer Kräfte versichert, in welcher Versicherung sie sich vor jeder feindlichen Macht gedeckt hielten und allem Nachteil die Stärke der Geduld entgegensetzten:

> *Velut rupes, vastum quae prodit in aequor,*
> *Obvia ventorum furiis, expostaque ponto,*
> *Vim cunctam atque minas perfert caelique marisque,*
> *Ipsa immota manens.[205]*

---

[204] 19 Seneca, Epist. 72: Lieber sollten sie nicht anfangen als aufhören.
[205] 20 Vergil, Aen. X, 693: Wie ein Fels, der hinaustritt ins weite Meer, den Furien des Sturmes und den Wogen die eherne Stirn beut, gegen das Dräuen des Himmels stet und unwankend.

Laß uns diese Beispiele nicht über den Haufen werfen wollen, wir würden damit nicht zurechtkommen. Sie bestehen fest darauf und ohne sich zu beunruhigen, den Untergang ihres Landes anzusehen, welches ihren ganzen Willen besaß und beherrschte. Für unsere gewöhnlichen Seelen wird dazu zu viel Kraft und Anstrengung erforderlich sein. Cato verließ darüber das edelste Leben, das jemals gelebt ward. Wir andern kleinen Seelen müssen den Sturm schon von fern fliehen, mehr auf das Gefühl als auf die Geduld achten und den Schlägen ausweichen, welche wir nicht abwehren können. Als Zeno den Chremonides, einen Jüngling, welchen er liebte, sich nähern sah, um sich bei ihm niederzusetzen, stand er plötzlich auf, und als ihn Cleanthes nach der Ursache dieses Aufstehens fragte, versetzte er: »Die Ärzte verordnen gegen jede Geschwulst hauptsächlich Ruhe und verbieten alle Bewegungen.« Sokrates sagt nicht: »Ergebet euch nicht den Reizen der Schönheit, widersteht ihr, zwinget euch zum Widerstand!«, sondern: »Fliehet sie, entfernt euch aus ihrem Gesicht und ihrer Nähe: hütet euch vor ihr als vor einem starken Gifte, welches schon von ferne trifft und wirkt.« Und sein guter Jünger, wenn er die seltenen Vollkommenheiten des großen Cyrus erdichtet oder erzählt (nach meiner Meinung erzählt er solche viel mehr, als er sie erdichtet), malt ihn als mißtrauisch auf seine Stärke gegen die göttlichen Schönheitsreize der berühmten Panthea, seiner Gefangenen, und überläßt den Besuch und die Bewachung derselben einem andern, dem nicht so viel freistand als ihm. Ebenso der Heilige Geist lehrt uns beten: Führe uns nicht in Versuchung! Wir beten nicht, daß unsere Vernunft durch unsere Begierden unbekämpft bleibe und obsiege; sondern daß solche selbst nicht einmal auf die Probe gestellt werden, daß wir nicht einmal in den Zustand geraten mögen, die Annäherung, Verführung und Versuchung zur Sünde auszuhalten, und bitten unsern Herrn, unser Gewissen ruhig zu erhalten, fern und völlig befreit von der Annäherung zum Bösen.

Diejenigen, welche sagen, daß sie die Leidenschaft der Rache oder irgendeine andere Art von Leidenschaft besiegt haben, sagen oft die Wahrheit in Betracht der Sache, wie sie ist, aber nicht in Betracht dessen, wie sie war. Sie sagen uns das, wenn die Ursache ihres Irrtums durch Länge der Zeit hinfällig geworden ist. Geht man aber zurück, führt man die Ursachen auf die Zeit ihrer Entstehung zurück, so sitzen sie auf dem trocknen. Wollen sie, daß ihr Fehler geringer werde, weil er älter ist, und daß ein ungerechter Anfang eine gerechte Folge habe?

Wer seinem Vaterland das Beste wünscht wie ich, ohne deswegen sich abzuhärmen oder einen Leib voller Schwären zu haben, dem wird es höchst unangenehm sein, ohne dabei aus der Haut zu fahren, wenn er dasselbe mit dem Untergang bedräut oder dessen längere Dauer verderblich findet. Unglückliches Schiff, das die Winde, die Wellen und der Steuermann selbst so jämmerlich von der sichern Fahrt hin und her werfen!

> *In tam diversa, magister,*
> *Ventus, et unda, trahunt.*[206]

Wer nicht nach der Gunst der Fürsten als nach einer Sache lechzt, deren er nicht entbehren kann, achtet nicht viel auf die Kälte ihres Empfangs noch ihrer Mienen, noch auf die Unbeständigkeit ihres Wohlwollens. Wer nicht über seinen Kindern oder über seinen Ehrentiteln mit sklavischer Anhänglichkeit brütet, kann immer nach ihrem Verlust ganz gemächlich leben. Wer das Gute hauptsächlich in Rücksicht auf sein inneres Vergnügen tut, wird darüber nicht aus seiner Fassung kommen, wenn er sieht, daß die Menschen nicht nach Verdienst von seinen Handlungen urteilen. Gegen solche Übel ist ein Quentlein Geduld mehr als hinlänglich. Ich befinde mich wohl bei diesem Rezept. Es erleichtert mir dadurch gleich anfangs alle Übel und Beschwerden. Mit geringer Anstrengung besänftige ich alle Aufwallungen der Gemütsbewegungen und lasse die Dinge, welche mir lästig zu werden beginnen, dahinfahren, bevor sie mich mit sich fortreißen. Wer es nicht hindern kann, vom Lande zu stoßen, wird auch die Macht der Wellen nicht hindern. Wer seine Tür nicht verschließen kann, kann auch den Eingang nicht versagen. Wer mit dem Anfang nicht zurechtkommen kann, wird mit der Beendigung einer Sache noch weniger zurechtkommen. Wer die Erschütterung nicht verhindern kann, kann auch nicht den Einsturz verhindern.

Etenim ipsae se impellunt, ubi semel a ratione discessum est; ipsaque sibi imbecillitas indulget, in altumque provehitur imprudens, nec reperit locum consistendi.[207]

---

[206] Angeblich nach Buchanan: Das dahin der Steuermann, dorthin Wind und Woge führen.

[207] Cicero, Tusc. disp. IV, 18: Wenn sie einmal von der Vernunft abgewichen sind, rollen sie in ihrem Verlaufe fort: die Schwäche, selbst sich überlassen, gerät immer unvorsichtiger in die hohe See hinaus und findet nirgend einen Stand und Ruhepunkt.

Ich fühle beizeiten die leichten Winde, welche in meinem Inwendigen um mich her fächeln und lispeln und Vorläufer des Sturms sind.

Ceu flamina prima
Cum deprensa fremunt silvis, et caeca volutant
Murmura, venturos nautis prudentia ventos. [208]

Wievielmal habe ich mir ein offenbares Unrecht angetan, um dem Wagestück zu entgehen, das mir unberufene Richter nach einem Jahrhunderte von Verdruß und heimlichen schmutzigen Schlichen, die meiner Natur noch mehr zuwider sind als Folter und Feuer, zufügen könnten? Convenit a litibus, quantum licet, et nescio an paulo plus etiam, quam licet, abhorrentem esse: Est enim non modo liberale, paululum nonnunquam de suo jure decedere, sed interdum etiam fructuosum. [209] Wenn wir recht vernünftig wären, sollten wir uns ebenso freuen und rühmen, wie ich eines Tages sehr aufrichtig von einem Kind von großem Hause hörte, das alle Menschen, die es um sich sah, treuherzig aufforderte, sich mit ihm darüber zu freuen, daß seine Mutter ihren Prozeß verloren habe, als wäre sie ihres Hustens oder ihres Fiebers oder sonst einer verdrießlichen Sache losgeworden. Selbst die Begünstigungen, welche das Glück mir durch Verwandtschaft und Bekanntschaft mit solchen Menschen, die im höchsten Ansehen stehen, gewährt haben könnte, habe ich sehr nach meiner Überzeugung angesehen und aufs genaueste vermieden, solche zum Nachteile anderer anzuwenden, und keinen größeren Gebrauch davon gemacht, als mich bei meinen Rechten ohne weiteres zu erhalten. Mit einem Wort: ich habe auf meiner Lebensreise dahin gestrebt, zur guten Stunde sei es gesagt, daß ich bis diesen Augenblick in Ansehung aller Prozesse noch Jungfrau bin, ob ich gleich oft sehr lockenden Anlaß gehabt hätte, sehr gerechte Prozesse anzufangen, wenn es mir beliebt hätte, dazu meine Ohren zu leihen. Ebenso jungfräulich bin ich in Rücksicht auf allen Zank und habe bald ein hübsches langes Leben hingebracht, ohne zu schelten oder gescholten

---

[208] Vergil, Aen. X, 97: Wie das erste Wehn und Säuseln, das im Wald verfangen dumpfmurmelnd umherirrt, den Schiffern den kommenden Sturm prophezeiend.
[209] Cicero, De off. II, 18: Es ist Pflicht soviel als Recht ist, und ich weiß nicht, ob nicht noch ein wenig mehr als Recht ist, Streit und Prozeß zu vermeiden. Denn es ist nicht nur großmütig, bisweilen von seinem Recht etwas nachzulassen, sondern es ist sogar bisweilen nützlich.

zu werden und ohne mich anders als bei meinem Namen nennen zu hören. Eine seltene Gnade des Himmels!

Unsere größten Beunruhigungen entstehen aus lächerlichen Gründen und kommen von ebensolchen Triebfedern. Wieviel Unheil begegnete nicht unserm letzten Herzog von Burgund durch den Streit über einen Karren mit Schafshäuten. War nicht der Stich eines Petschaftes die erste und vornehmste Ursache der entsetzlichsten Verheerung, welcher dieser Erdball jemals erlitten hat. Denn Pompejus und Cäsar sind nur Abkömmlinge zweier andern, und ich habe zu meiner Zeit gesehen, daß die weisesten Köpfe dieses Königreichs sich mit großer Feierlichkeit und auf öffentliche Kosten versammelt haben, um über eine Vereinigung zu ratschlagen, deren wahre Entscheidung gleichwohl hauptsächlich von der Willkür eines Damenkabinetts und von dem Eigensinn dieses oder jenes Weibleins abhing. Die Poeten, welche Griechenland und Asien wegen eines Apfels in Feuer und Flamme geraten ließen, sahen diese Wahrheit trefflich ein. Man betrachte doch, warum jener seine Ehre und sein Leben auf die Spitze des Schwerts und des Dolchs setzt. Man frage ihn, woher seine Wut entsteht. Er kann nicht, ohne zu erröten, darauf antworten; so eitel und geringfügig ist die Veranlassung.

Beim Einschiffen kam es nur auf eine kleine Grille an; nach der Abfahrt aber faßt jedes Segel Wind. Nunmehr kommt es auf große Zurüstungen und Reisebedürfnisse an, und alles wird schwerer und wichtiger. Es ist viel leichter, nicht einzusteigen als wieder herauszusteigen. Man muß grade das Widerspiel vom Schilfrohr halten, welches anfangs einen langen geraden Halm erzeugt, hernach aber, gleichsam als ob es sich durch schnelles Wachstum erschöpft hätte, setzt es Schüsse und dicke Knoten als Ruhepunkte, welche beweisen, daß es nicht mehr die vorige Kraft und Beständigkeit hat. Man muß vielmehr leise und kalt beginnen und seinen Atem und seine Kraftschwinge bis zum wichtigsten Punkt und bis zur Vollendung des Geschäfts aufsparen. Wir leiten die Geschäfte bei ihrem Anfang und haben sie in unserer Gewalt. Nachher aber, wenn sie erst in Schwung gesetzt sind, leiten sie uns und reißen uns hin, dann müssen wir ihnen folgen. Unterdessen ist hiermit nicht gesagt, daß mich dieser Rat von aller Schwierigkeit befreit habe und daß ich nicht oft alle Hände voll zu tun gehabt hätte, meine Leidenschaften zu zügeln. Sie fügen sich nicht immer unter das Maß der Veranlassung und treten oft heftig und hitzig genug ein. Gleichwohl kann man aus diesem Rate guten Nutzen und Früchte ziehen. Nur diejenigen nicht, welche beim Richtighandeln sich mit keinem Nutzen, keiner Frucht begnügen, wenn dabei nicht Ruhm und Ehre einzuernten ist. Denn im Grunde macht ein jeder über Nutzen und Frucht die Berechnung nach seiner eignen Weise. Ihr seid zufriedener, aber nicht höher geschätzt, wenn ihr euch reiflich besinnt, bevor ihr beginnt und ehe die Materie des Handelns sichtbar war. Indessen ist auch, nicht nur in dieser Sache, sondern in allen übrigen Pflichten des Lebens, der Weg derjenigen, deren Augenmerk die Ehre ist, sehr verschieden von der Bahn, auf welcher sich diejenigen halten, welche auf Ordnung und Vernunft sehn. Ich finde verschiedene Menschen, welche sich ohne alle Bedächtigkeit wütend in die Schranken stürzen und im Laufe immer matter werden. Wie Plutarch sagt, daß diejenigen, welche aus Blödigkeit nachgebend sind und alles bewilligen, was man von ihnen fordert, auch wieder sehr leicht ihre Zusage vergessen und ihr Wort brechen. So auch diejenigen, welche leicht in Zorn und Zank geraten, hören ebenso leicht wieder auf und werden gut. Eben die Schwierigkeit, welche mich abhält, etwas zu beginnen, würde mich auch treiben, dabei fest zu beharren, wenn ich einmal im Gange und warm geworden wäre. Es ist eine üble Art. Ist man aber einmal auf dem Wege, so muß man fortgehen oder platzen. Beginne mit Kälte, sagte Bias; aber verfolge mit Hitze! Aus dem Mangel der Klugheit verfällt man in den Mangel des Mutes, welcher noch weniger erträglich ist.

Die meisten Verträge nach unsern heutigen Streitigkeiten sind schimpflich und lügenhaft. Wir suchen nur den Dingen einen hübschen Anstrich zu geben und verraten gleichwohl unsere wahren Absichten, deren wir nicht Wort haben wollen. Wir verkleistern die Tatsache. Wir wissen wohl, wie wir es gesagt und gemeint haben, das wissen auch die, die dabeistehen und unsere Freunde, denen wir unsern Vorteil haben zu verstehen geben wollen. Es geschieht auf Kosten unserer Freimütigkeit und auf Kosten der Ehre unserer Tapferkeit, daß wir unsre Meinung ableugnen und in der Falschheit Kaninchenlöcher suchen, um uns zu vertragen. Wir strafen uns selbst Lügen, um uns aus dem Handel zu ziehen, wenn wir andere Lügen gestraft haben. Es kommt nicht darauf an, ob unsere Handlungen oder Worte anders ausgelegt werden können, sondern darauf, daß wir bei unserer wahren, aufrichtigen Erklärung und Deutung beharren, es möge uns auch kosten, was es wolle. Es kommt hier auf Tugend und Gewissenhaftigkeit an. Das sind keine Teile, die man verlarven darf. Solche elende Behelfe und Ausflüchte laßt uns der juristischen Schikane überlassen. Die Entschuldigungen und Genügeleistungen, welche ich täglich machen sehe, um Übereilungen zu beschönigen, kommen mir noch häßlicher vor als die Übereilungen selbst. Besser wäre es, seine Widersacher noch einmal beleidigen, als sich selbst durch solche Vergütung beleidigen. Ihr habt ihm im aufgebrachten Zorn getrotzt, und nun bei kaltem und besserm Verstand wollt ihr ihn besänftigen und schmeicheln. Also leistet ihr eine Genugtuung, die größer ist, als eure Beleidigung war. Ich finde für einen Ehrenmann keine Worte, die so demütigend wären, als wenn er seine Worte zurücknimmt, besonders wenn man ihn zu dieser Zurücknahme zwingt, weil ihm Eigensinn und Halsstarrigkeit noch eher zu übersehen stehn als blöde Feigherzigkeit. Meinen Leidenschaften kann ich ebenso leicht ausweichen, als es mir schwer ist, solche zu mäßigen.

Exscinduntur facilius animo, quam temperantur.[210]

Wer nicht bis zu dieser stoischen Unverwundbarkeit reichen kann, der rette sich beizeiten in den Schoß meiner niedrigen Fühllosigkeit. Was jene Helden aus Tugend taten, dahin suche ich mich durch meine Stimmung zu bringen. Die Gewitter schweben in der mittlern Luft. Die beiden äußern Enden, der Philosoph und der Bauer, treffen in Rache und Glückseligkeit zusammen.

> *Felix, qui potuit rerum cognoscere causas,*
> *Atque metus omnes et inexorabile fatum*
> *Subiecit pedibus, strepitumque Acherontis avari!*
> *Fortunatus et ille, deos qui novit agrestes,*
> *Panaque, Silvanumque senem, Nymphasque sorores.*[211]

Alle Dinge sind bei ihrer ersten Entstehung zart und schwach. Gleichwohl muß man ihren Anfang mit offenen Augen betrachten; denn, so wie man an einem Dinge, solange es noch klein ist, das Gefährliche nicht bemerkt, so entdeckt man auch nachher, wenn es

---

[210] Leichter ist's, sie auszurotten, als zu mäßigen.
[211] Vergil, Georg. II, 490: Glücklich, wer vermag zu kennen die Gründe der Dinge und wer jegliche Furcht und das unerbittliche Schicksal unter den Füßen hat und des schlingenden Acherons Wogen! Glücklich auch, wer der Fluren Götter verehrt, Pan und den alten Silvan und die verschwisterten Nymphen.

angewachsen ist, kein Gegenmittel mehr dawider. Mir wären eine Million Querstriche begegnet, die mir täglich schwerer zu verdauen geworden wären, hätte ich meinem Ehrgeiz den Zügel gelassen, als es mir leicht geworden ist, den natürlichen Hang zu hemmen, der mich dahin leitete:

> *Jure perhorrui*
> *Late conspicuum tollere verticem.*[212]

Alle öffentlichen Handlungen sind ungewissen und verschiedenen Auslegungen bloßgestellt, denn gar zu viele Köpfe urteilen darüber. Einige sagten von meiner Bürgermeisterführung (und ich will hier wohl ein Wort darüber sprechen, nicht weil es der Rede wert ist, sondern weil es zu einem Pröbchen meines Betragens in solchen Dingen dienen kann), ich habe mich dabei betragen wie ein Mann, der zu schwer in Bewegung zu setzen ist und sich der Sachen nicht mit gehöriger Wärme annimmt, und die haben gar großen Schein für sich. Ich versuche es, meine Seele und meine Gedanken in Ruhe zu erhalten.

> *Cum semper natura, tum etiam aetate jam quietus.*[213]

Und wenn sie sich zuweilen durch einen starken, tiefen Eindruck in Unordnung bringen lassen, so geschieht das gewiß gegen meinen Willen. Aus dieser natürlichen Untätigkeit muß man gleichwohl keinen Beweis für mein Unvermögen ziehen wollen (denn Mangel an Sorgfalt und Mangel an Verstand sind zwei verschiedene Dinge), noch weniger aber daraus schließen, ich sei unerkenntlich und undankbar gegen die Bürgerschaft gewesen, welche alle äußern Mittel, die sie in Händen hatte, hervorsuchte, mir ihr Wohlwollen zu bezeugen, sowohl bevor sie mich kannte als nachher. Auch tat sie weit mehr für mich, da sie mir mein Amt abermals auftrug, als da sie mir solches zuerst beilegte. Ich will ihr alles mögliche Liebe und Gute. Und gewiß, hätte sich die Gelegenheit dazu gezeigt, so würde ich nichts unterlassen haben, um ihr Dienste zu erweisen. Ich war für sie so tätig als für mich selbst. Es ist eine gute kriegerische, großmütige Bürgerschaft, dabei gleichwohl des Gehorsams und der Zucht fähig, wovon sich ein guter Gebrauch machen läßt, wenn sie gut angeführt wird. Andre sagen, die

---

[212] Horaz, Od. III, 16, 18: Immer scheute ich mich, den stolzen Nacken auch der Ferne sichtbar zu erheben.
[213] Cicero, De Petit. Consul. II: Gleichmütig und ruhig, wie immer von Natur, so jetzt durch das Alter.

Zeit meiner Verwaltung sei hingegangen, ohne merkwürdige Spuren zu hinterlassen. Gut das! Man klagt meine Unterlassung zu einer Zeit an, wo fast jedermann des Zuvieltuns überwiesen war. Bei Dingen, die ich mit Entschlossenheit angreife, habe ich ein Ansehen von Mut und Hitze, diese Hitze aber ist eine Feindin der Beharrlichkeit. Wer sich meiner bedienen will, wo ich ihm nützen kann, der gebe mir Geschäfte, wozu Kraft gehört und Freiheit, welche geradewegs und in Kürze ausgeführt werden können. Erfordert die Ausführung lange Zeit, Spitzfindigkeit, viel Mühe und Kunst und krumme Wege, so tut man besser, man wendet sich an einen andern. Alle Ämter, welche wichtig sind, sind deswegen noch nicht schwer. Ich war darauf vorbereitet, mich ein wenig härter anzugreifen, wenn es sehr nötig gewesen wäre. Denn es steht in meinem Vermögen, ein wenig mehr als gewöhnlich und als ich gern tun möchte, zu tun. Soviel ich weiß, versäumte ich kein Geschäft, das meine wohlverstandene Pflicht von mir forderte. Diejenigen, welche der Ehrgeiz unter die Pflichten mischt und ihnen sein Siegel aufdrückt, habe ich leicht vergessen. Da sind solche, welche am meisten in Aug und Ohr zu fallen pflegen und den Menschen zufriedenstellen. Es ist dabei mehr Schein als Gehalt. Die Menschen meinen, man schlafe, wenn man kein Geräusch macht. Meiner Gemütsart ist alles Lärmen und Aufsehen zuwider.

Ich ersticke gern eine Unruhe, ohne mich selbst zu beunruhigen, und möchte gern Unordnung bestrafen, ohne mich dabei zu ärgern. Ist es nötig, daß ich in Zorn und Flamme ausbreche, so nehme ich das Ansehen und die Larve an. Meine Sitten sind weichlich und viel mehr kahnicht als sauer. Ich tadle keine Obrigkeit, welche schläft, wenn nur diejenigen, die unter ihrer Aufsicht stehen, ebensogut schlafen als sie. Die Gesetze schlafen auch. Ich, meinesteils, lebe nur ein sanft hingeleitendes Leben, schattig und stumm.

Neque submissam et abiectam, neque se efferentem.[214]

Mein Schicksal will es so. Ich bin in einer Familie geboren, welche ohne Geräusch und Aufsehen lebte und seit langem Gedenken nur nach dem Ruhm der Biederkeit strebte. Unsere heutigen Menschen sind dergestalt zu Gewühle und Schimmer gebildet, daß die Güte, die Mäßigkeit, die Billigkeit, die Beständigkeit und dergleichen ruhige

---

[214] Cicero, De off. 1, 34: Weder kriechend und weggeworfen noch hochstrebend.

dunkle Eigenschaften nicht mehr geachtet werden. Rauhe, ungeschlachte Körper fühlt man bald; zartgeschliffene schlüpfen unmerklich durch die Hand. Krankheit empfindet man, Gesundheit wenig oder gar nicht; so wie man auch Dinge weniger fühlt, die uns wohl, als die uns weh tun. Es heißt für seinen Ruhm und eigenen Nutzen und nicht fürs allgemeine Beste arbeiten, wenn man das, was man in seinem Ratskabinettchen abtun konnte, aufschiebt, um es auf öffentlichem Markt zu verrichten, und am hellen Mittag das, was man die Nacht vorher hätte abmachen können; auch wenn man eifrig ist, dasjenige selbst zu beschicken, was ein Amtsgenosse ebensogut beschicken konnte. So machten einige griechische Wundärzte die Operationen ihrer Kunst auf aufgeschlagenen Bühnen, vor den Augen der Vorübergehenden, um dadurch mehr Kundschaft und Gewinn zu erlangen. Einige Leute glauben, man werde die guten Verordnungen nicht verstehen, wenn sie solche nicht mit Posaunenton ausrufen lassen. Der Ehrgeiz ist nicht das Laster kleiner Wichte noch solchen Taten angemessen, als die unsrigen sind. Man sagte dem Alexander: Dein Vater wird dir ein großes, ruhiges und friedliches Reich hinterlassen. Der Knabe ward neidisch auf die Siege seines Vaters und auf die Gerechtigkeit seiner Regierung. Ruhig und friedlich hätte ihm die Regierung der ganzen Welt nicht genügt. Alcibiades beim Plato will lieber jung, schön, reich, edel, gelehrt und im höchsten Grade der Vollkommenheit sterben, als auf halbem Wege am Leben bleiben. Diese Krankheit ist vielleicht bei einer so starken, erhabenen Seele zu verzeihen.

Wenn aber kleine Zwergseelen ihnen nachäffen wollen und denken ihren Namen weit umher zu verherrlichen, weil sie irgendeinen Prozeß richtig geschlichtet, die Wache in den Toren einer Stadt in Ordnung gehalten haben, so zeigen sie um desto mehr ihr nacktes Hinterteil, je mehr sie hoffen, den Kopf in die Höhe zu recken. Ihr bißchen Rechttun hat weder Leib noch Leben, es stirbt schon wieder im ersten Mund und gelangt nicht von einer Ecke der Gasse zur andern. Erzählt nur dreist davon euerm Sohn und euerm Bedienten, wie jener Mann bei den Alten, welcher, da er keine anderen Zuhörer seines Eigenlobs und kein anderes Echo seiner Tapferkeit hatte, sich gegen seine Hausmagd herausstrich und ausrief: »O Kathrine, was hast du für einen tapfern und geschickten Herrn!« Wenn euch niemand anhören will, so ruft euch selbst zum Zeugen; wie ein gewisser mir bekannter Ratsherr, der mit saurer Mühe und Schweiß ein sehr wortreiches und ebenso schales Referat zutage gewirkt hatte und nun aus der Ratsstube nach dem Pißwinkel ging, woselbst man ihn ganz andächtig zwischen den Zähnen murmeln hörte: »Nicht uns, Herr, nicht uns, sondern deinem Namen gib Ehre!« Wer nicht anders kann, zahlt sich aus seinem Beutel. Der Nachruhm prostituiert sich nicht für einen erbärmlichen Preis. Die seltnen exemplarischen Handlungen, welchen er rechtmäßigerweise gebührt, würden die Gesellschaft dieser unzählbaren Menge von Alltagshandlungen nicht neben sich dulden. Laßt noch so viele Marmortafeln, ein renovatum est, euren Vor- und Zunamen und Titel aufhängen, wenn ihr etwa eine alte Mauer ausbessern oder einen verschlammten Bach habt reinigen lassen; die Inschrift wird von euch sprechen, aber kein Mensch von irgend schlichtem Verstand. Der Nachklang folgt nicht immer auf alles, was Gutes geschah, wenn nicht Schwierigkeiten oder auffallende Umstände damit verbunden waren. Ja selbst die bloße Achtung gebührt, nach der Meinung der Stoiker, keiner Handlung, wenn solche nicht tugendhaft ist. Diese wollen nicht einmal, daß man demjenigen Dank wisse, der sich aus Mäßigung einer alten triefäugigen Vettel enthält. Diejenigen, welche die vortrefflichen Eigenschaften des Scipio Africanus gekannt haben, verweigern ihm den Ruhm, welchen Panätius ihm zuschreibt, daß er keine Geschenke genommen, weil es ein Ruhm sei, der nicht sowohl ihm als seinem Jahrhundert gebühre. Wir haben den Genuß, welcher sich zu unseren Vermögensumständen paßt; warum wollten wir uns noch den der Größe anmessen? Unser Genuß ist natürlicher und um so dauerhafter und sicherer, als er niedriger ist. Täten wir es nicht aus Gewissenhaftigkeit, so laßt uns wenigstens aus Ehrgeiz dem Ehrgeiz entsagen. Weg mit diesem Hunger nach Ruhm und Ehre, der so kriechend und schlingelhaft ist, daß er uns alle Art von Leuten anbetteln läßt. Quae est ista laus, quae possit e macello peti?[215] Das Scherflein sei auch noch so gering, das sie uns zuwerfen können! Also geehrt zu werden, ist wahre Schande. Laßt uns doch lernen, nicht nach mehr Ehre zu geizen, als wir deren fähig sind. Sich wegen jeder nützlichen und unschuldigen Handlung aufblähen, geziemt nur Leuten, denen so etwas außerordentlich und selten scheint. Sie wollen solche

---

[215] *Cicero, De fin. II, 15: Welch Lob ist das, das man auch vom Fischmarkt holen kann?*

Handlungen so teuer anschlagen, als sie ihnen zu stehen kommen. In ebendem Maße, wie eine gute Handlung Aufsehen erregt, in ebendem Maße dinge ich ab von ihrer Güte und gerate auf den Argwohn, daß sie mehr des Aufsehens wegen als ihrer Güte halber erzeugt worden. Ausgekramt ist schon halb bezahlt. Solche Taten haben viel mehr Würde, die der Hand des Werkmeisters entwischen, ohne Geräusch und gleichsam ohne Vorsatz, und die hernach erst irgendein Ehrenmann aufhebt, dem Schatten entzieht und solche ihrer innern Güte wegen ans Tageslicht stellt. Mihi quidem laudabiliora videntur omnia, quae sine venditatione, et sine populo teste fiunt[216], sagt einer der ruhmsüchtigsten Menschen von der Welt. Ich hatte nur zu bewahren und fortzupflanzen, welches Geschäfte sind, die im stillen und ohne Geräusch verrichtet werden. Etwas Neues einführen ist sehr glänzend. Aber in dieser Zeit, wo wir nichts Angelegentlicheres zu tun haben, als uns gegen alle Neuerungen zu verteidigen, ist das verbotene Arbeit. Es ist zuweilen ebenso verdienstlich, sich von gewissen Dingen zu enthalten, als sie zu unternehmen und auszuführen. Dabei ist aber weniger Trompetenschall, und das wenige Verdienst, das ich habe, liegt vielleicht alles auf dieser Seite. Kurz zu sagen, alle Gelegenheit und Veranlassung bei diesem Amt stimmten ganz gut zu meiner Gesinnung, welches mir denn sehr lieb und angenehm war. Möchte wohl ein Mensch deswegen krank sein, um seinen Arzt recht geschäftig zu sehen? Und müßte man nicht dem Arzt die Rute geben, der uns die Pest an den Hals wünschte, um uns seine Kunst zu zeigen? Ich habe niemals den gottlosen, obgleich ziemlich gewöhnlichen Wunsch gehabt, daß die Unruhen und Krankheiten der Verhältnisse dieser Stadt meine Verwaltung ehren und in ein hohes Licht stellen möchten. Ich habe von Herzen gern ihre Unschwierigkeit und Leichtigkeit auf meine Schultern genommen. Wer sollte mir nicht die sanfte, stille Ruhe, die während meiner Amtsführung vorwaltete, Dank wissen? Wenigstens kann er mir den Anteil nicht rauben, der auch mir während dieser Zeit am Glück gebührte. Und ich bin nun einmal so, daß ich ebenso gern glücklich sein mag als weise und daß ich das, was mir gelingt, ebenso gern der bloßen Gnade Gottes als der Vermittelung meiner eigenen Ratschläge verdanke. Ich hatte der Welt meine Untätigkeit in

---

[216] Cicero, Tusc. disp. II, 26: Jede Handlung dünkt mich um so ruhmvoller, je mehr sie ohne Geräusch und Schau des Volkes geschieht.

öffentlichen Geschäften offenherzig genug bekanntgemacht. Ungeschicklichkeit ist nicht mein größter Fehler, sondern daß ich damit nicht einmal unzufrieden bin und ihr nicht abzuhelfen suche, in Rücksicht der Lebensart, die ich mir vorgeschrieben habe. Ich habe mir bei dieser Verwaltung freilich selbst nicht einmal Genüge geleistet. Aber so ungefähr bin ich doch dahingelangt, zu leisten, was ich mir versprach; auch habe ich das übertroffen, was ich denen versprach, mit welchen ich zu tun hatte. Denn ich verspreche gern etwas weniger, als was ich vermag und was ich hoffe, leisten zu können. Ich bin versichert, daß ich niemanden beleidigt oder zum Haß Anlaß gegeben habe, sondern daß man mich dort ungern vermißt; obgleich ich nicht ängstlich danach strebte:

> *Mene huic confidere monstro!*
> *Mene salis placidi vultum, fluctusque quietos*
> *Ignorare!*[217]

Von Hinkenden.

Vor zwei oder drei Jahren verkürzte man das Jahr in Frankreich um zehn Tage. Wie manche Veränderung muß auf diese Verbesserung folgen? Es hieß eigentlich, Himmel und Erde auf einmal bewegen. Dessenungeachtet ist nichts aus seiner Stelle gerückt. Meine Nachbarn treffen die Zeit ihrer Aussaat und ihrer Ernte, die rechte Stunde zu ihren Geschäften, die glücklichen und unglücklichen Tage gerade in eben der Ordnung, wie solche seit undenklichen Zeiten bestimt waren. So wie wir die Unordnungen bei unsern Geschäften nicht gewahr wurden, so bemerkten wir auch die Verbesserung nicht; so viel Ungewißheit mischt sich in alles! So sehr ist unser Gewahrwerden grob, dick und stumpf. Man sagt, diese Verbesserung hätte auf eine weniger unbequeme Weise vorgenommen werden können, wenn man nach dem Beispiel des Augustus einige Jahre nacheinander die Schalttage weggelassen hätte, welche so immer Tage der Unordnung und der Verwirrung sind, bis man endlich dahin gekommen wäre, die ganze

---

[217] 32 Vergil, Aen. V, 849: Ich mich vertrauen diesem Ungeheuer? Ich soll nicht wissen, was des Meeres glatte Stirn und seiner Wellen Schlummer mir verbirgt?

Schuld zu tilgen, was man eigentlich durch diese Verbesserung nicht getan hat. Denn noch bleiben wir immer um einige Tage im Rückstand, und wenn man durch ebendieses Mittel für die Zukunft gesorgt hätte, indem man nach der Umwälzung so vieler Jahre diesen Schalttag immer ausgeworfen hätte, so daß unsere Verrechnung hinfort niemals über 24 Stunden hätte betragen können. Wir haben keine andere Zeitrechnung als das Sonnenjahr, nach welchem sich die Welt schon seit so vielen Jahrhunderten gerichtet, und dennoch ist es eine Berechnung, zu deren völligen Festsetzung wir noch nicht gelangt sind; meistens von der Beschaffenheit, daß wir noch immer in Zweifel stehen, welche Form ihr die andern Nationen auf verschiedene Weise gegeben haben und welchen Gebrauch sie davon machen. Ob etwa, wie einige sagen, die Gestirne, indem sie älter werden, näher gegen uns zusammenrücken und uns selbst über die Stunden und Tage in Ungewißheit versetzen? Sagt doch Plutarch bei Gelegenheit der Monate, die Sternkunde habe noch zu seiner Zeit die Bewegung des Mondes nicht genau bestimmen können. So sind wir also vortrefflich daran, wenn wir über vergangene Dinge Buch führen wollen!

Eben dachte ich so darüber nach, wie ich oft zu tun pflege, was die menschliche Vernunft für ein freies und unbestimmtes Werkzeug ist. Gewöhnlich sehe ich, daß die Menschen bei Tatsachen, die man ihnen vorlegt, lieber die Vernünftelei als die Wahrheit aufsuchen. Sie gleiten über Voraussetzungen hin, untersuchen aber sehr sorgfältig Folgerungen. Sie lassen die Begebenheiten beiseite liegen und jagen den Ursachen nach. O der armseligen Ursächler! Die Kenntnis der Ursachen geht bloß denjenigen an, welcher die Dinge zu führen hat, keineswegs uns, die wir sie immer zu leiden haben, für die sie nur zum richtigen Gebrauch da sind, nach unserm Bedürfnisse, ohne ihr Wesen und ihren Ursprung zu durchdringen. Der Wein ist einem Menschen nicht schmackhafter, der seine wesentliche Kraft kennt. Umgekehrt vielmehr. Sowohl der Körper als die Seele unterbrechen und verändern das Recht, welches sie auf den Gebrauch der Welt und sich selbst haben, wenn sie die Meinung der Gelehrsamkeit daruntermischen. Die Wirkungen betreffen uns allerdings, die Mittel aber keineswegs. Bestimmung und Verteilung ist Sache der Regierung und Herrschaft, wie es Sache der Unterwerfung und der Lehrjahre ist, solche anzunehmen. Um wieder auf unsere Weise zu kommen: Gewöhnlich fängt man damit an: Wie geschieht das? Man sollte aber sagen:

Geschieht es? Wir sind vermögend, uns tausend andere Welten zu denken, ihre Grundlage und Zusammensetzung vorzustellen. Dazu gehört weder Stoff noch Grundlage. Laßt der Vorstellung ihren Lauf, sie baut ebensowohl ins Leere als ins Volle, auf Nichts als auf Sein.

Dare pondus idonea fumo.[218]

Ich finde fast allenthalben, daß man sagen sollte: Es ist nichts daran, und möchte oft diese Antwort gebrauchen; aber ich wage es nicht. Denn man schreit, das sei bloß der Einwand der Geistesschwachheit und Unwissenheit, und gewöhnlich muß ich das Gaukelspiel so mitmachen und so eitel hin über nichtige Gegenstände und Erzählungen mitsprechen, woran ich nicht den geringsten Glauben habe. Dazu kommt noch, daß es wirklich ein wenig hart und zanksüchtig ist, geradezu eine vorgelegte Tatsache zu leugnen; und wenige Leute ermangeln, besonders von Dingen, die schwer zu glauben sind, zu behaupten, sie hätten solche gesehen oder Zeugen anzuführen, deren Ansehen unserm Widerspruch Einhalt tut. Zufolge dieser Gewohnheit wissen wir den Grund und die Vermittelung von tausend Dingen, welche niemals statthatten. So zankt sich die Welt über tausend Fragen, bei welchen das Für und Wider gleich falsch ist. Ita finitima sunt falsa veris ... ut in praecipitem locum non debeat se sapiens committere.[219] Wahrheit und Lügen sind ähnlich an Gestalt, am Gange, an Geschmack und an Schritt; wir betrachten sie mit einerlei Augen. Ich finde, daß wir nicht nur feigherzig sind, uns gegen die Täuschungen zu verteidigen, sondern daß wir sogar geneigt sind und suchen, uns von ihnen fangen zu lassen. Wir mögen uns gern in Eitelkeit verwickeln, weil sie unserm Wesen angemessen ist.

Ich habe die Entstehung vieler Wunderwerke unserer Zeit mitangesehen. Ob sie gleich bei ihrer Geburt wieder ins Nichts sinken, so sehen wir doch, was für einen Schwung sie genommen haben würden, wenn sie nur eine gewisse Zeit überlebt hätten. Denn man darf nur das rechte Ende eines Knäuels finden, um so viel davon abzuwickeln, als einem beliebt.

Und nichts ist von der geringsten Kleinigkeit weiter entfernt als die geringste Kleinigkeit von der größten Sache der Welt.

---

[218] Persius V, 20: Geschickt dem Rauch Gewicht zu geben.
[219] Cicero, Acad. II, 21: Wahres und Falsches grenzt so nahe zusammen, daß ein Weiser jede Jähe vermeiden muß.

Nun wissen aber die ersten, welche sich ein Geschäft aus dem Anfang befremdlicher Vorfälle machen, indem sie ihre Geschichte ausstreuen, recht gut, wo die Schwierigkeit der Überzeugung liegt, und wissen daher solche schwache Seiten mit falschen Urkunden auszustopfen. Außer der insita hominibus libidine alendi de industria rumores[220], machen wir uns auch natürlicherweise ein Gewissen daraus, was man uns geliehen hat, ohne Zinsen und ohne Zugabe von unserm Eigenen weiterzubefördern. Erst wird der Irrtum einzelner zum Irrtum aller, und hernach bewirkt der Irrtum aller den Irrtum des einzelnen. So geht es mit diesem ganzen Gebäude. Jeder trägt zu seiner Erdichtung das Seinige bei, so daß der entfernteste Zeuge davon näher unterrichtet ist als der nächste und der zuletzt unterrichtete fester überzeugt als der erste. Es ist ein ganz natürlicher Fortschritt. Denn jeder, der eine Sache glaubt, hält es für einen Liebesdienst, an dere davon zu überzeugen. Um nun dieses zu bewerkstelligen, befürchtet er nicht, etwas von seiner eigenen Erfindung hinzuzutun, damit er dem Widerstand und Mangel begegne, welchen er in der Glaubenskraft eines andern voraussetzt. Ich selbst, der ich besonders gewissenhaft bin, nicht zu lügen, und mich nicht sehr darum bekümmere, demjenigen, was ich sage, Glauben und Ansehen zu erwerben, bemerke dennoch, wenn ich etwas erzähle, ich mag nun durch den Widerspruch, wenn ich etwas vortrage oder durch meine eigene Erzählung warm werden, daß ich immer meinen Gegenstand verschönere und vergrößere, sei es durch die Stimme, durch Sprache der Hände oder durch die Kraft und den Nachdruck der Worte, und selbst durch Zusätze und Vermehrungen. Freilich verliert dadurch die reine Wahrheit; sobald mich aber auch der erste, der beste, darauf zurückführt und mich um die nackte dürre Wahrheit befragt, gebe ich alle meine Bemühungen auf und sage ihm solche ohne Vergrößerung, ohne Rednerschmuck und Verschönerung. Die lebendige und laute Sprache, wie gemeiniglich die meinige ist, artet leicht in Übertreibung aus. Die Menschen sind gewöhnlich auf nichts so sehr bedacht, als ihren Meinungen Eingang zu verschaffen. Wo uns die gemeinen Mittel abgehen, nehmen wir unsere Zuflucht zum Befehlen, zur Gewalt, zu Feuer und Schwert. Es ist ein Unglück, daß es dahin gediehen ist, daß wir die Menge der Gläubigen und den

---

[220] Livius XXVIII, 24: den Menschen angeborenen Neigung, Gerüchte sorgfältig zu nähren.

großen Haufen, worunter die Narren den Weisen in so großer Zahl überlegen sind, für den besten Prüfstein der Wahrheit halten. Quasi vero quidquam sit tam valde, quam nil sapere, vulgare.[221] Sanitatis patrocinium est, insanientium turba.[222] Es ist schwer, sein Urteil gegen die allgemeine Meinung rein zu erhalten. Die erste Überzeugung von einem Gegenstand fängt bei den Einfältigen an, von da wird sie den Klügern mitgeteilt durch Ansehen, Zahl und Alter der Zeugnisse. Ich glaube nicht Hunderten, was ich nicht einem glauben kann, und beurteile die Meinungen nicht nach den Jahren. Es ist noch nicht lange her, daß einer unserer Prinzen, bei dem die Gicht eine schöne Anlage und einen herrlichen Kopf verdorben hatte, sich durch die Nachricht, die man ihm von den Wunderkuren eines Priesters gegeben hatte, der durch bloße Worte und Gebärden alle Krankheiten heilen sollte, bewegen ließ, eine große Reise zu unternehmen, um den Wunderdoktor aufzusuchen. Die Kraft seiner Einbildung vermochte auf einige Stunden die Schmerzen seiner Füße einzuschläfern und zu betäuben, daß er sich ihrer zu einem Dienste bedienen konnte, den zu leisten sie seit langer Zeit verlernt hatten. Wenn das Glück noch fünf oder sechs solche Begebenheiten hervorbrachte, wer hätte dem Wunderwerk widersprechen wollen? Man fand nachher bei dem Werkmeister derselben so viel Einfalt und so wenig Kunst, daß man ihn jeder Ahndung für unwürdig hielt. So würde man bei den meisten solcher Dinge verfahren, wenn man auf ihren Ursprung zurückginge: Miramur ex intervallo fallentia.[223] So stellt uns unser Auge oft in der Ferne sonderbare Gestalten vor, welche wieder verschwinden, wenn wir uns ihnen nähern: Nunquam ad liquidum fama perducitur.[224]

Es ist erstaunlich, aus wie geringfügigen Anfängen, aus was für nichtigen Ursachen gewöhnlich so berufene und allgemeine Sagen entstehen. Eben dadurch wird ihre Untersuchung gehindert. Denn während man die Ursachen untersucht und die wichtigen Zwecke, die eines so großen Ruhmes würdig wären, tritt man über die Wahrheit hinweg. Die Ursachen und Veranlassungen sind oft so klein, daß sie sich unserm Auge entziehen.

---

[221] Cicero, De divinat. II, 39: Als ob etwas so gewaltig gemein wäre als die Torheit.
[222] Augustin, De civ. Dei VI, 10: Der Weisen Ansehen ist der Narren Menge.
[223] Seneca, Epist. 118: Wir sehen das Blendwerk in der Ferne.
[224] Quintus Curtius IX, 2: Der Ruf schließt niemals reine Rechnung ab.

Und was die Wahrheit anbetrifft, so gehört ein sehr kluger und aufmerksamer und scharfsinniger Erforscher dazu, um sie bei solchen Umständen zu entdecken; auch muß er sehr gleichgültig sein und keine Partei angenommen haben. Bis auf diese Stunde verbergen sich alle diese Wunderbegebenheiten und erstaunlichen Geschichten vor mir.

Ich habe auf dieser Welt kein so auffallendes Ungeheuer noch Wunder gesehen als mich selbst. Durch Zeit und Umgang gewöhnt man sich an alles Befremdende; aber je mehr ich mit mir umgehe und mich kennenlerne, je mehr erschrecke ich vor meiner Mißgestalt, je weniger kann ich mich in mich selbst finden.

Dergleichen Zufälle hervorzubringen und zu erzeugen ist ein Vorrecht des Ungefährs. Als ich vorgestern in ein Dorf kam, das ein paar Stunden weit von meinem Gute liegt, fand ich die Stätte noch ganz warm von einem Wunder, das daselbst gescheitert war; wodurch die Nachbarschaft seit mehreren Monaten hingehalten ward, weswegen schon die benachbarten Provinzen in Bewegung gerieten und Leute von allerlei Ständen in dichten Haufen herbeiliefen. Ein junger Mensch des Ortes hatte sich in einer Nacht in seinem Hause die Kurzweil gemacht, eine Geisterstimme nachzuäffen, ohne an etwas anderes dabei zu denken, als einen augenblicklichen Spaß zu machen. Da es ihm aber etwas besser glückte, als er erwartet hatte, so machte er, um der Posse mehr Hebel anzusetzen, mit einer Dirne aus dem Dorfe, einem gänzlich dummen unverständigen Dinge, Gesellschaft. Endlich vereinigten sich ihrer drei von ähnlichem Alter und ähnlicher Unverschämtheit zu diesem Spiel und wurden aus Hauspredigern öffentliche Prediger, versteckten sich unter dem Altar der Kirche, ließen sich nicht anders als bei Nacht hören und verboten, Licht herbeizubringen. Von Worten, welche auf die Bekehrung der Welt und Ankündigung des Jüngsten Tages hinausliefen (denn das sind Dinge, hinter deren Wichtigkeit und Heiligkeit der Betrug sich am leichtesten verbirgt), gingen sie zu einigen Erscheinungen und Spukereien über, die so einfältig und lächerlich waren, daß der Betrug für ein Kinderspiel fast zu grob gewesen wäre. Hätte indessen das Glück nur ein wenig hilfreiche Hand dabei leisten wollen, wer weiß, wie weit dies Gaukelspiel angewachsen sein würde? Jetzt sitzen die armen Teufel im Gefängnis, werden vermutlich die allgemeine Einfalt allein abbüßen müssen, und wer weiß, ob nicht irgendein Richter die seinige an ihnen rächen wird! Hier sieht man den dummen Betrug klar, weil er entdeckt ward; aber bei vielen ähnlichen Dingen, die unsre Kenntnisse übersteigen, wäre ich sehr der Meinung, wir hielten unser Urteil zurück und verwürfen ebensowenig, als wir billigten.

Es entsteht viel Mißbrauch in der Welt, oder dreister gesagt, aller Mißbrauch in der Welt entsteht daher, daß man uns lehrt, uns vor dem Geständnis unserer Unwissenheit zu fürchten, und uns anhält, alles für wahr anzunehmen, was wir nicht imstande sind zu widerlegen. Wir sprechen von allen Dingen in entscheidendem Ton. Der römische Kanzleistil erforderte, daß selbst dasjenige, was ein Zeuge mit seinen Augen gesehen zu haben versicherte und ein Richter nach seinem innigsten Wissen und Gewissen verordnete, mit der Formel ausgedrückt wurde: Mich deucht. Man bringt mir einen Widerwillen gegen die wahrscheinlichsten Sätze bei, wenn man mir solche als unfehlbar aufstellt. Ich habe gern solche Worte, welche die Verwegenheit unserer Behauptungen mildern und mindern: vielleicht, gewissermaßen, zum Teil, man sagt, ich glaube, und dergleichen. Hätte ich Kinder zu erziehen gehabt, ich würde ihnen alle diese Frageweise, nicht entscheidende Antworten in den Mund gelegt haben: Was will das sagen? Ich versteh' es nicht; es mag sein; ist das möglich? – wodurch sie viel mehr im sechzigsten Jahre die Sprache der Schüler geführt, als im zehnten Jahre die Lehrmeister gespielt hätten, wie sie jetzt tun. Wer sich von der Unwissenheit heilen will, muß sie eingestehen.

Iris ist Thaumantis Tochter. Bewunderung ist der Grund aller Philosophie, Nachforschung ihr Fortschritt, Unwissenheit ihr Ende. Ja, es gibt eine tapfre, edelmütige Unwissenheit, welche an Ehre und Kühnheit der Gelehrsamkeit nichts nachgibt, eine Unwissenheit, welche an sich zu erkennen nicht wenig Gelehrsamkeit erfordert als die Erkenntnis der Gelehrsamkeit. Ich sah in meiner Kindheit einen Rechtshandel über einen sonderbaren Vorfall, welchen Corras, Parlamentsrat von Toulouse, drucken ließ.

Zwei Menschen nämlich machten Anspruch darauf, eine Person zu sein. Ich erinnere mich noch (weiter aber erinnere ich mich auch nichts mehr), daß es mir damals so vorkam, derjenige, welcher für strafbar erklärt wurde, habe seinen Betrug so wunderbar, so weit über unsere Einsicht und die Einsicht dessen, welcher Richter war, getrieben, daß ich den Ausspruch sehr gewagt fand, der ihn zum Strange verurteilte. Laßt uns doch eine Urteilsformel einführen, welche sagt: Der

Gerichtshof sieht die Sache nicht ein. Alsdann verfahren wir freimütiger und offenherziger als Areopagiten, welche, da man in sie drang, über eine Sache abzuurteilen, die sie nicht zu entwickeln vermochten, den Bescheid gaben, die Parteien sollten nach hundert Jahren wieder vorsprechen.

Die Hexen in meiner Nachbarschaft geraten in Lebensgefahr durch die Lehren jedes neuen Schriftstellers, der Träume für Tatsachen ausgibt. Die Beispiele, welche uns die Heilige Schrift von dergleichen Dingen gibt, diese sehr gewiß und unwidersprechlichen Zeugnisse, auf unsere neueren Vorfälle anzuwenden, von denen wir doch weder Ursachen noch Mittel sehen, dazu gehört ein höherer Verstand als der unsrige. Es ziemt vielleicht nur diesem einzigen allmächtigen Zeugnis, uns zu sagen: Dieses ist Zauberei und dieses, jenes aber ist es nicht. Gott selbst müssen wir glauben, nichts ist vernünftiger, aber nicht jemanden unter uns, der sich über seine eigene Erzählung verwundert (und notwendigerweise darüber verwundern muß, wenn er nicht ganz von Sinnen ist), er mag nun die Handlung eines andern oder seine eigene berichten.

Ich bin schwerfällig, halte mich ein wenig an das Vollwichtige und Wahrscheinliche und suche den alten Vorwurf zu vermeiden: Majorem fidem homines adhibent iis, quae non intelligunt.[225] – Cupidine humani ingenii libentius obscura creduntur.[226] Ich sehe wohl, daß man in Zorn gerät und mir unter Bedrohung entsetzlicher Schmachreden zu zweifeln verbietet. Das ist eine neue Art zu überzeugen; aber gottlob, daß mein Glaube sich nicht mit Faustschlägen lenken läßt! Mögen sie diejenigen züchtigen, welche ihre Meinung der Falschheit beschuldigen. Ich halte solche nur für schwer und kühn zu glauben und verwerfe ebensowohl als sie die Behauptung des Gegenteils, nur nicht gerade so gebieterisch. Wer seine Meinung durch Befehl und Gebot durchsetzen will, beweist dadurch, daß sie auf schwachen Gründen beruhen müsse.

Kommt es auf ein Wort- und Schulgezänk an, so mögen sie ebensoviel Schein für sich haben als ihre Gegner. Videantur sane, non affirmentur

---

[225] Die Menschen fallen dem leichter zu, was sie nicht verstehen.
[226] Tacitus, Hist. I, 22: So verblendet ist der Menschen Sinnesart, daß alles Dunkle um so eher von ihnen geglaubt wird.

modo.[227] Aber in den wesentlichen Folgerungen, welche sie daraus ziehen, haben jene den Vorteil für sich. Menschen zu töten, dazu gehört eine lichtvolle, reine Einsicht, und unser Leben ist eine zu wesentliche wirkliche Sache, um es wegen solcher übernatürlichen phantastischen Begebenheiten zu verkürzen. Von Vergiftungen mit schädlichen Dingen spreche ich hier nicht; die sind Menschenmord, und zwar von der schändlichsten Gattung. Gleichwohl sagt man, müsse man selbst dabei sich nicht allemal auf das eigene Geständnis dieser Art Menschen verlassen; denn man hat mehr als einmal erlebt, daß sie sich anklagten, Personen ums Leben gebracht zu haben, welche man gesund und lebendig fand. Was andere seltsame Beschuldigungen betrifft, darauf möchte ich gern sagen, es sei genug, daß man einem Menschen von noch so unbescholtenem Charakter in menschlichen Dingen Glauben beimesse. In übernatürlichen Dingen aber kann er nur dann Glauben verlangen, wenn er dazu mit einer übernatürlichen Vollmacht ausgerüstet ist. Dieses Vorrecht, wovon es Gott gefallen hat, solches einigen unserer Zeugnisse beizulegen, muß nicht herabgewürdigt oder leichtsinnigerweise eingeräumt werden. Mir gellen die Ohren von Tausenden dergleichen Sagen: Drei Personen haben ihn an dem und dem Tage im Morgenland gesehen, drei andre am folgenden im Abendland; um diese Stunde, an diesem Ort, so und so gekleidet. Wahrhaftig, das glaubt' ich mir selbst nicht! Warum sollte ich es nicht viel natürlicher und wahrscheinlicher finden, daß zwei Menschen lügen, als daß ein Mensch, innerhalb zwölf Stunden, mit der Eile des Windes von Morgen nach Abend komme? Warum nicht natürlicher, daß unser Verstand aus seiner Stelle verrückt werde, durch die Behendigkeit unseres verrückten Geistes, als daß einer von uns auf einem Besen durch die Luft reite, bei lebendigem Leibe durch seinen Schornstein hinausfahre und von einem fremden Geist fortgeführt werde? Wozu das Suchen nach unbekannten Täuschungen von außen, da wir ja unaufhörlich von innen und von sehr naheliegenden Dingen getäuscht werden! Mich deucht, es sie verzeihlich, ein Wunderwerk zu bezweifeln, zum wenigsten so lange, als man seine Wahrheit mit natürlichen, nicht wunderbaren Mitteln bestreiten kann, und bin hierin der Meinung des heiligen Augustin: es sei besser, bei Dingen, welche schwer zu beweisen und gefährlich zu glauben sind, auf die Seite des

---

[227] 10 Cicero, Acad. II, 27: Man betrachte sie, wie man will, nur bestätige man sie nicht.

Zweifels zu neigen als auf die Seite der Leichtgläubigkeit. Es sind einige Jahre her, daß ich durch die Länder eines souveränen Fürsten reiste, der, um mir eine Gunst zu erzeigen und meinem Unglauben einen Stoß zu versetzen, die Gnade hatte und mir, in seiner Gegenwart, an einem abgelegenen Ort zehn bis zwölf Gefangene von dieser Gattung vorführen ließ; unter andern eine alte Frau, die durch ihre Häßlichkeit und Mißgestalt freilich hexenmäßig genug aussah und von langen Zeiten her dieser Profession wegen berüchtigt war. Ich fand Beweise, freies Bekenntnis und ich weiß selbst nicht was für unmerkliche Kennzeichen an diesem beklagenswürdigen Weib und erkundigte mich und sprach so viel ich wollte, wobei ich auf alles, soviel wie möglich, die genaueste Aufmerksamkeit hatte. Auch bin ich nicht der Mensch, der sich den Verstand durch Vorurteile umwenden läßt. Kurz und gewissenhaft zu sagen: ich hätte ihr viel eher Nieswurz als einen Schierlingstrank verordnet. Captisque res magis mentibus, quam conscleratis, similis visa.[228] Die Gerechtigkeitspflege hat ihre eigenen Heilmittel gegen solche Krankheiten. Die Gegengründe und Beweise, welche mir sehr ehrliche Leute sowohl dort als anderwärts oftmals anführten, haben mich niemals überzeugt, und immer fand ich eine wahrscheinlichere Auflösung als die ihrige. Freilich ist es wahr, daß ich die Beweise und andere Rechtsgründe, welche auf Erfahrungen und Tatsachen beruhen, nicht entwickeln mag. Auch haben sie kein Ende, wobei man sie angreifen könnte. Oft zerhaue ich sie wie Alexander seinen Knoten. Mit einem Wort gesagt, es heißt seine Vermutungen hoch anschlagen, wenn man um ihretwillen einen Menschen lebendig braten läßt.

Man erzählt verschiedene Beispiele der Art, wie Prästantius von seinem Vater anführt, daß solcher in einem tiefen bleiernen Schlafe geträumt habe, er sei ein Maultier und trage seiner Soldaten Gepäck, und es sei wahr gewesen, was ihm geträumt. Wenn die Hexenmeister so wirklich und wesentlich träumen, wenn die Träume sich zuweilen in Tatsachen einverleiben können, so glaube ich dennoch nicht, daß unser Wille deswegen der Gerechtigkeit verantwortlich würde. Dies sage ich als ein Mensch, der kein Richter oder Rat der Könige ist, auch sich dessen bei weitem nicht würdig hält, sondern als ein gemeiner

---

[228] Livius VIII, 18: Die Sache scheint mehr auf Rechnung des Wahnsinns als der Bosheit zu setzen.

Mensch, der zum Gehorsam gegen die öffentlichen Gesetze geboren und verpflichtet ist, sowohl in seinen Taten als in seinen Worten. Wer auf meine Träumereien zum Nachteil des geringsten Gesetzes seines Dorfes oder dessen Meinung, Gebrauch und Herkommen, Rücksicht nehmen wollte, der täte sich selbst sehr unrecht und mir ebensoviel; denn in allem, was ich sage, gebe ich keine andere Gewißheit, als daß es das ist, was mir, als ich es sagte, wirklich in Gedanken war, und meine Gedanken sind oft herumirrend und schwankend. Ich spreche von allem, um meine Meinung an den Tag zu legen, nicht um Belohnungen zu erteilen. Nec me pudet, ut istos, fateri nescire, quod nesciam.[229] Ich wäre in meinem Sprechen nicht so keck, wenn ich der Mann wäre, dem Glauben gebührte. Das war es, was ich einem Großen antwortete, der sich darüber beklagte, daß ich mit meinen Vermahnungen so dringend und anhaltend wäre. Da ich finde, daß ihr auf einer Seite so stark im voraus eingenommen seid, so stelle ich euch auf der andern, soviel ich kann, das Gegenteil vor, um euer Urteil aufzuklären, nicht um ihm eine Richtung zu geben. Gott hat euer Herz in Händen und wird eure Wahl leiten. Ich bin kein so eingebildeter Mensch, daß ich nur einigermaßen verlangen sollte, meine Meinungen möchten eine Sache von solcher Wichtigkeit lenken und wenden. Zu solchen wichtigen und hohen Entscheidungen hat mein Glück und meine Umstände sie nicht abgerichtet. Wirklich habe ich nicht nur verschiedene Züge der Gemütsart an mir, sondern auch Meinungen genug, welche ich gern meinem Sohn zuwider machen möchte, wenn ich einen hätte. Sind doch die wahrsten nicht immer die angenehmsten für den Menschen, der so unbiegsamer Natur ist.

Hier gelegentlich oder nicht gelegentlich, gleichviel. Der Welsche hat ein Sprichwort, welches ungefähr so lautet: Der kennt nicht die Süßigkeit ganz, die Venus gewähren kann, der noch keine Hinkende erkannt hat. Zufall oder eine sonderbare Begebenheit haben dies Sprichwort vor langer Zeit schon zu einer Volkssage gemacht, und man braucht es zugleich vom männlichen und weiblichen Geschlecht. Denn die Königin der Amazonen antwortete dem Skythen, der ihrer in Liebe begehrte: Ἄριστα χωλὸς οἴφει, Der Hinkende kann's am besten. In dieser weiblichen Republik lähmte man, um der männlichen

---

[229] Cicero, Tusc. disp. I, 25: Auch schäme ich mich nicht, gleich ihnen, zu gestehen, daß ich nicht weiß, was ich nicht weiß.

Herrschaft zu entgehen, dem männlichen Geschlecht von Kindheit an Arme, Beine und andere Glieder, wodurch solches Vorteile über das weibliche gehabt hätte, und bediente sich desselben bloß zu solchen Diensten, wozu wir uns des weiblichen Geschlechts bedienen. Ich hätte geglaubt, die unordentliche Bewegung einer Hinkenden gäbe dem Liebeswerke ein neues Vergnügen und denen, die es versuchten, irgendeinen wollüstigen Reiz mehr; aber ich habe eben gelernt, daß selbst die Philosophie des Altertums darüber entschieden hat. Diese sagt: weil die Beine und Hüften der Hinkenden wegen ihrer Unvollkommenheit die Nahrungssäfte nicht verbrauchen, die ihnen bestimmt sind, so wären daher die Teile über solchen vollständiger, genährter und rüstiger; oder auch, weil diese Gebrechen sie verhindern, sich viel zu bewegen, so verbrauchten diejenigen, welche damit behaftet wären, weniger Kräfte, die sie dann reichlicher bei der Feier der Venus anwenden könnten. Das war auch die Ursache, warum die Griechen ihren Weberinnen nachsagten, sie wären mehr zur körperlichen Liebe geneigt als andere Weiber, wegen ihrer stillsitzenden Lebensart, wobei sie wenig Bewegung hätten. Aber worüber können wir nicht vernünfteln, wenn wir diese Art zu schließen brauchen wollen? Von den letzten ließe sich ebensogut sagen, die Erschütterung, welche ihnen ihre sitzende Arbeit gibt, errege und reize sie, wie bei vornehmen Frauen das Rütteln und Schütteln ihres Fuhrwerks.

Beweisen diese Beispiele nicht, was ich eingangs sagte, daß unsere Gründe oft den Wirkungen vorauslaufen und eine so unendliche Gerichtsbarkeit in Anspruch nehmen, daß sie über Undinge und Nichtigkeiten urteilen und erkennen? Außer der großen Gewandtheit unserer Erfindungskraft; für alle Arten von Träumereien Gründe aufzusuchen, ist auch unsere Einbildungskraft bereit und willig, einen falschen; Eindruck vom allerunbedeutendsten Scheine anzunehmen. Denn auf die bloße Autorität dieses alten bekannten Sprichworts habe ich mir vordem wohl aufgebunden, ich hätte deswegen mehr Vergnügen bei einer Frau empfunden, weil sie im sizilianischen Sechsachteltakt ging, und setzte solches mit unter ihre Reize.

Torquato Tasso sagt in seiner Vergleichung, die er zwischen Italien und Frankreich anstellt, er habe bemerkt, daß wir dünnere Waden haben als die Welschen von Adel, und gibt als Ursache davon an, daß wir unaufhörlich zu Pferde sitzen.

Aus ebendieser Ursache zieht aber Suetonius eine ganz entgegengesetzte Folgerung. Denn er sagt dawider: Germanicus habe seine Waden dadurch völlig gemacht, daß er anhaltend geritten sei. Nichts schmiegt sich so leicht an alle Irrtümer als unser Verstand. Er ist wie der Schuh des Theramenes, der jedem Fuße paßt. Und er ist doppelt und vielfach, wie die Materie doppelt und vielfach ist. »Gib mir eine Drachme Silbers«, sagt ein kynischer Philosoph zum Antigonus. »Das ist kein Geschenk, das ein König gibt«, antwortete dieser. »Nun, so gib mir ein Talent.«
»Das ist kein Geschenk für einen Kyniker.«

> *Seu plures calor ille vias et caeca relaxat*
> *Spiramenta, novas veniat qua succus in herbas:*
> *Seu durat magis, et venas adstringit hiantes;*
> *Ne tenues pluviae, rapidive potentia solis*
> *Acrior, aut Boreae penetrabile frigus adurat.*[230]

Ogni medaglia ha il suo riverso.[231] Darum sagte Clitomachus vor alters, Carneades habe die Arbeiten des Herkules übertroffen, indem er den Menschen ihren Beifall entrissen habe, das heißt die Einbildung und die Verwegenheit ihrer Urteile. Diese herzhafte Unternehmung ging Carneades, meiner Meinung nach, damals deswegen ein, weil die Leute, welche ein Gewerbe daraus machten, alles zu wissen, gar zu unverschämt waren und sich übermäßig viel herausnahmen. Man bot den Aesop neben zwei andern Sklaven aus. Der Käufer erkundigte sich bei dem ersten, was er verstände. Dieser, um sich einen Wert zu geben, versprach goldne Berge und wußte das und wußte jenes. Der zweite versprach ebensoviel und noch mehr von sich. Als die Reihe an den Aesop kam und man ihn auch fragte, was er denn könne, antwortete er: »Nichts; denn die da haben mir ja alles weggenommen, sie wissen alles.« So ging es in den Schulen der Philosophie. Der Stolz derjenigen, welche dem menschlichen Geist die Fähigkeit alles zu umfassen zuschreiben, veranlaßte bei andern aus Ärger und Eifer die Meinung, daß sie gar nicht fähig wären, etwas zu fassen.

---

[230] 13 Vergil, Georg. I, 89: Mag nun mehrere Wege die Wärme eröffnen, geheime Poren, wo frische Säfte in Gras und Kräuter sich gießen; oder mag mehr härten und steifen die lechzenden Adern, daß nicht des Regens zuviel, nicht Glut der strahlenden Sonne oder des Nordwindes Eis die zarten Röhren verderbe.
[231] 14 Jedes Schaustück hat seine Kehrseite.

Dergestalt übertrieben sie ihre Unwissenheit ebensosehr als andere ihr Vielwissen, damit man nicht leugnen könne, der Mensch halte in keinem Dinge weder Ziel noch Maß und habe keine Ruhe, bis Not und Unvermögen ihn stille stehen heißen.

Von der Physiognomie.

Fast alle unsere Meinungen haben wir auf Autorität und guten Glauben angenommen. Dabei ist kein Übel. In unserm schwachen Jahrhunderte können wir keine schlechtere Wahl treffen, als wenn wir solche durch uns selbst bestimmen. Den Abdruck der Reden des Sokrates, welchen uns seine Freunde hinterlassen haben, billigen wir bloß aus Ehrfurcht gegen den allgemeinen Beifall. Wir wissen nur darum, aber wir bedienen uns derselben nicht. Wenn etwas dieser Art heutzutage ans Licht käme, so würden sich wenige Menschen finden, die solches mit ihrem Beifall beehrten. Wir achten nichts für Anmut, was nicht künstlich zugespitzt, aufgeschwollen und aufgedunsen ist. Was unter natürlicher Einfalt und Schönheit dahinschlüpft, entwischt zu leicht einem so groben Gesicht wie das unsrige. Die Grazien haben eine zarte, verborgene Schönheit; es bedarf eines reinen, hellen Gesichtes, um ihren geheimen Strahl zu entdecken. Ihre natürliche Unbefangenheit gilt unsern Begriffen für eine Schwester der Plumpheit, für eine tadelnswürdige Eigenschaft. Sokrates bewegt seine Seele nach einer natürlichen, ungekünstelten Bewegung. Wie er, würde ein Bauer sprechen, ein Weib. Er führt nichts im Munde als Kutscher, Tischler, Schuhflicker und Maurer. Es sind Erfahrungssätze, Gleichnisse, die er aus ganz gemeinen und bekannten Handlungen der Menschen abzieht. Jedermann versteht sie. Wir hätten niemals unter so alltäglicher Gestalt die Erhabenheit und den Glanz seiner bewunderungswürdigen Begriffe gelegt; da wir alles für platt und gemein halten, was die Gelehrsamkeit nicht erhebt, da wir nichts für erhaben annehmen, was nicht in prächtiger Gestalt erscheint. Unsere Welt ist nur für das *Aufgeschaut!* gemacht. Unsere Menschen sind nur vom Winde angefüllt und werden nur wie Windbälle durch Stöße in die Höhe getrieben. Sokrates hält sich nicht bei eiteln Träumereien auf. Sein Zweck war, uns Lehren und

Vorschriften zu geben, welche dem Leben wesentlich und im Zusammenhange Dienste leisten.

Servare modum, finemque tenere,
Naturamque sequi.[232]

Auch war er beständig ein und derselbe Mann und stimmte sich nicht sprungweise zum höchsten Punkt der Kraft, sondern war so von Hause aus; oder um besser zu sagen, stimmte sich nie in die Höhe, sondern zog alles auf seine ursprüngliche und natürliche Stimmung herab und unterwarf sich jeder Schwierigkeit und jeder Höhe. Beim Cato hingegen sieht man klar, daß es ein über alle gewöhnliche Weise angespannter Gang ist. Bei den wackern Taten seines Lebens und bei seinem Tode erblickt man ihn immer auf dem großen Pferd. Sokrates aber bleibt immer an der Erde. Mit gleichem sanften und gewöhnlichen Schritt behandelt er die wichtigsten Gegenstände der Philosophie und beträgt sich im Tode und in den stärksten Widerwärtigen des Lebens mit gleicher Fassung.

Es ist mit Recht geschehen, daß der Mann, welcher am würdigsten war, bekannt zu sein und der Welt zum Beispiel dargestellt zu werden, derjenige ist, von welchem wir die zuverlässigste Nachricht haben. Er ward von den hellsehendsten Menschen, die jemals waren, beleuchtet. Die Zeugnisse, welche wir von ihm haben, sind vortrefflich, sowohl in Ansehung der Treue als der Eigentümlichkeit. Es ist eine eigene Sache, daß er der Einbildung eines Kindes diese Wendung hat geben können, daß solche, ohne sie zu verrücken oder zu spannen, zu den herrlichsten Wirkungen der Seele hinleiten. Er stellt solche weder erhaben noch von außerordentlichen Kräften dar; er läßt solche nicht anders sehen als gesund, aber freilich von einer kräftigen und ungeschwächten Gesundheit. Durch solche gemeinen und natürlichen Triebfedern wußte er, ohne große Anstrengung und sichtbare Bemühungen, nicht nur die natürlichsten, sondern selbst die erhabensten und richtigsten Begriffe hervorzulocken und die reinsten und vortrefflichsten Handlungen und Sitten, welche man jemals gekannt hat, hervorzuziehen. Er war es, welcher die menschliche Weisheit, welche im Himmel nichts zu tun hatte, wieder auf die Erde zurückführte und den Menschen wiedergab, bei welchen ihr wahrstes und mühsamstes

---

[232] Lucan II, 381: Ziel und Maße halten und folgen der Natur.

Streben seinen Platz hat. Man sehe nur, wie Sokrates sich vor seinen Richtern verteidigt, sehe, durch welche Gründe er seinen Mut gegen die Wagnisse des Krieges ermuntert; mit was für Gründen er seine Geduld gegen Verleumdung, Tyrannei, Tod und selbst gegen seine zänkische Xantippe zu stärken weiß. Nichts ist dabei von der Kunst oder Gelehrsamkeit entlehnt. Die einfältigsten Menschen erkennen darin ihre Mittel und ihre Kräfte. Es ist nicht möglich, daß man weiter zurückgehen oder tiefer heruntersteigen könne. Er hat der menschlichen Natur dadurch viel Ehre erwiesen, daß er gezeigt, zu wie vielem sie durch sich allein fähig sei.

Wir sind alle viel weniger, als wir glauben; aber man gewöhnt uns, von Borg und Betteln zu leben; man verwöhnt uns, uns mehr durch andere helfen zu lassen, als selbst zu helfen. Fast kein Mensch versteht, beim nahen Ziel seiner Bedürfnisse stillezustehn. Bei Wollust, Reichtum und Macht sackt er immer mehr auf, als er mit seinen Kräften tragen kann. Seine Gierigkeit ist keiner Mäßigung fähig. Bei der Wißbegierde finde ich es ebenso. Man setzt sich weit mehr Arbeit vor, als man auszurichten vermag und nötig hätte, indem man den Genuß des Wissens so weit ausdehnt, als dessen Stoff reicht: Ut omnium rerum, sic litterarum quoque, intemperantia laboramus.[233] Und Tacitus hat recht, die Mutter des Agricola darüber zu preisen, daß sie die zu heftige Wißbegierde ihres Sohnes gezügelt habe.

Wenn man das Wissen mit geradem Blick betrachtet, so ist es ein Vorzug, welcher, wie alle Vorzüge der Menschen, viel Eitelkeit und viel natürliche und eigentümliche Schwachheit bei sich führt und teuer zu stehen kommt. Sein Einkauf ist viel gewagter als der Einkauf jeder andern Speise oder jedes andern Getränks. Denn wenn wir anderwärts etwas eingekauft haben, so bringen wir es in irgendeinem Gefäß nach Hause, und da haben wir das Recht, seinen Wert zu untersuchen, wieviel und zu welcher Stunde wir davon Gebrauch machen wollen. Aber vom Wissen können wir von Stund an nichts in ein ander Gefäß legen als in unsere Seele; wir verschlingen es in dem Augenblick, wo wir es kaufen; und gehen entweder genährt oder vergiftet nach Hause. Es gibt darunter einiges, welches nichts weiter tut, als uns den Magen zu überladen, anstatt uns gesunde Nahrung zu geben, und anderes, welches anstatt Heilmittel zu sein, uns vergiftet.

---

[233] Seneca, Epist. 106: Wie in allen Stücken, so sind wir auch unmäßig im Studieren.

Ich habe meine Lust daran gehabt, an einigen Orten Menschen zu sehen, welche aus Andacht an gewissen Orten das Gelübde der Unwissenheit taten, wie man das Gelübde der Keuschheit, Armut und Buße ablegte. Es ist auch gewissermaßen ein Art, unsere unordentlichen Begierden zu kastrieren, wenn man uns dieses Gieren, das uns zum Lesen der Bücher anspornt, legt, und der Seele dieses behagliche Gelüsten benimmt, welches sie wegen ihrer hohen Meinung von den Wissenschaften kitzelt; und es heißt, das Gelübde der Armut aufs kräftigste erfüllen, wenn man auch die Armut des Geistes darunter versteht. Wir brauchen wenig Gelehrsamkeit, um ganz gemächlich zu leben. Und Sokrates lehrt uns solche in uns selbst aufsuchen und uns derselben bedienen. All unser Wissen, welches über die Natur hinausgeht, ist ziemlichermaßen unnütz und überflüssig, und es ist schon viel, wenn es uns nicht verwirrt und mehr lästig ist, als es dient. Paucis opus est litteris ad mentem bonam.[234] Es sind Fieberanwallungen unseres Geistes und nichtstaugende Pfuschwerkzeuge. Faßt euch nur recht, ihr werdet in euch selbst die natürlichen Trostgründe gegen den Tod finden, welche wahr und am geeignetsten sind, euch ihrer zu bedienen, sobald die Not eintritt. Es sind ebendie Gründe, welche einen Landmann, ja ganze Völker ebenso standhaft sterben lassen als einen Philosophen. Wäre ich weniger gelassen gestorben, bevor ich die tuskulanischen Unterredungen des Cicero gelesen hätte? Ich meine, nein! Und, wenn ich ein wenig in mich zurückgehe, so finde ich, daß meine Sprache reicher geworden ist, aber mein Herz nicht stärker. Dies ist noch ebenso, wie mir es die Natur gegeben hat. Es möchte sich in diesem Kampf gern mit einem sichern Schild decken und findet doch keinen bessern, als den jedermann besitzt. Die Bücher haben mir nicht sowohl zur Belehrung als zur Übung gedient. Wie, wenn die Wissenschaft, indem sie uns mit neuen Schutzwaffen gegen die natürlichen Widerwärtigkeiten zu schirmen sucht, dadurch ihre Bilder größer und fürchterlicher machte als die Gründe und Spitzfindigkeiten, welche sie denselben entgegensetzt? Es sind wahrhaftig Spitzfindigkeiten, wodurch sie uns zuweilen ganz unnützerweise aufschreckt. Die weisesten und behutsamsten Schriftsteller lassen hier und da einen wahren Grund zur Tröstung und Stärkung fallen; aber mit vollen Händen säen sie eine

---

[234] Seneca, Epist. 106: Ein gesunder Verstand braucht wenig Gelehrsamkeit.

Menge anderer aus, welche sehr leicht und, in der Nähe besehen, völlig taub sind. Es sind Silbenstechereien, die uns hintergehen. Aber weil sie doch einigen Nutzen haben können, so will ich sie hier nicht weiter aufdecken. Es gibt hienieden der Dinge von dieser Beschaffenheit genug, und an manchem Orte entweder erborgte oder nachgeahmte. Dennoch muß man ein wenig auf seiner Hut sein, daß man nicht stark nenne, was bloß Gewandtheit, nicht dicht, was nur zugespitzt, oder gut, was bloß schön ist: Quae magis gustata, quam potata, delectant.[235] Nicht alles ist nahrhaft, was wohlschmeckt: Ubi non ingenii, sed animi negotium agitur.[236]

Wenn ich die Mühe betrachte, welche Seneca sich gibt, um sich auf den Tod vorzubereiten, seinen sauern Schweiß um sich zu steifen und sich so lange an dieser schmalen Stange festzuklammern und sich zu wehren, so hätte ich seinen Ruhm angegriffen, wenn er es im Sterben nicht wacker ausgefochten hätte.

Seine flammende, so oft wiederkehrende Unruhe zeigt, daß er selbst hitzig und heftig war. Magnus animus remissius loquitur, et securius ... Non est alius ingenio, alius animo color.[237]

Sein Sieg kostet ihm und zeigt einigermaßen, daß ihm sein Gegner viel zu schaffen machte. Die Art und Weise des Plutarch ist nach meiner Meinung männlicher und überzeugender, weil sie gelassener und ruhiger ist. Ich möchte fast dafür halten, daß seine Seele eine festere und gesetztere Art sich zu bewegen gehabt habe. Der erste ist schärfer, stachelt und weckt uns plötzlich aus dem Schlaf und wirkt mehr auf den Geist. Der andere ist gesetzter, belehrt, befestigt und stärkt uns ohne Unterlaß und wirkt mehr auf den Verstand. Jener entreißt unsern Beifall, dieser erwirbt sich solchen. Ebenso habe ich auch andere Schriften gesehen, die in noch höherer Achtung stehen, welche in der Schilderung, die sie uns von dem Kampf geben, den sie gegen den Pfahl im Fleisch führen, solchen so heftig, stark und unüberwindlich darstellen, daß wir, die wir nur zum Haufen des Volks gehören, ebensoviel an der unbekannten Heftigkeit ihrer Versuchungen zu bewundern haben als an ihrem Widerstand.

---

[235] Cicero, Tusc. disp. V, 5: Die mehr ergötzen, wenn man davon kostet, als wenn man sie genießt.

[236] Seneca, Epist. 25: Wo es nicht auf Kopf, sondern auf Herz ankommt.

[237] Seneca, Epist. 115, 114: Eine große Seele redet gelassen und zuversichtlich. Kopf und Herz sind aus einem Stück.

Was wollen wir denn damit, daß wir Hilfe und Beistand in den Kräften der Wissenschaften suchen. Laßt uns unsern Blick auf die Erde werfen. Auf die armen Menschen, welche wir darauf vorbereitet sehen, den Kopf niedergesenkt nach ihrem Bedürfnis, welche weder etwas vom Aristoteles noch Cato, weder von Beispielen noch von Vorschriften wissen. Aus diesen zieht die Natur täglich Wirkungen der Beständigkeit und der Geduld, welche reiner sind und kräftiger als diejenigen, welche wir so emsig in den Schulen der Philosophen studieren. Wie viele sehe ich gewöhnlich unter ihnen, welche die Armut verkennen? Wie viele, welche sich den Tod wünschen oder solchen ohne Schrecken und Traurigkeit hinnehmen? Der Mann, welcher meinen Garten umgräbt, hat diesen Morgen seinen Vater oder seinen Sohn begraben. Die Namen selbst, womit sie die Krankheiten belegen, mildern und mindern ihre Bitterkeit. Die Lungensucht heißt bei ihnen Husten, die Ruhr Durchfall, das Seitenstechen Erkältung; und so sanft der Name ist, womit sie solche benennen, so sanftmütig erdulden sie solche. Ihre Krankheiten müssen sehr schwer sein, wenn sie ihre gewöhnlichen Arbeiten unterbrechen sollen. Sie werden nicht eher bettlägerig, als um zu sterben: Simplex illa et aperta virtus in obscuram et solertem scientiam versa est.[238]

Ich schrieb dieses um die Zeit, als eine schwere Last unserer Unruhen mir verschiedene Monate lang senkrecht auf dem Halse lag. Von der einen Seite hatte ich die Feinde vor meiner Tür, von der andern Seite eine Menge Troßbuben, welches die ärgsten Feinde sind: Non armis, sed vitiis certatur[239], und hatte demnach alle Arten von Kriegslasten zu tragen:

> *Hostis adest dextra laevaque a parte timendus,*
> *Vicinoque malo terret utrumque latus.[240]*

O des ungeheuren Krieges! Andere Kriege wirken auswärts, dieser gegen sich selbst, zerfleischt und zerstört sich durch sein eigenes Gift. Er ist von einer so bösartigen, verheerenden Natur, daß er sich selbst mit allen übrigen aufreibt und durch seine Wut zerfleischt.

---

[238] Seneca, Epist. 95: Jene schlichte, offene Biederkeit ist in dunkles, gekünsteltes Wissen verwandelt.

[239] Seneca, Epist. 35: Man streitet nicht mit Waffen, sondern mit Lastern.

[240] Ovid, De Ponto, I, 3, 57: Da steht der Feind zur Rechten und zur Linken und droht mit Unglück dir, wohin du auch dich wendest.

Wir sehen ihn öfter durch sich selbst zerstört als durch den Mangel an irgendeinem notwendigen Bedürfnis oder durch die Stärke des Feindes. Alle Mannszucht ist daraus verbannt. Er soll den Aufruhr dämpfen und ist selbst voller Aufruhr; will den Ungehorsam strafen und gibt davon das Beispiel; wird zur Verteidigung der Gesetze geführt und ist offenbare Rebellion gegen seine eigenen. Wohin ist es mit uns gekommen? Unsere Arznei befördert die Ansteckung.

> *Bösartiger nur wird der Schaden,*
> *den wir mit Öl und Balsam baden.*

> *Exsuperat magis, aegrescitque medendo.*[241]

> *Omnia fanda, nefanda, malo permixta furore,*
> *Justificam nobis mentem avertere deorum.*[242]

Bei Volksseuchen kann man anfänglich noch die Gesunden von den Kranken unterscheiden. Wenn solche aber erst langwierig werden wie die unsrige, so greifen sie den ganzen Staatskörper an, sowohl das Haupt als die Fersen. Kein Teil bleibt befreit; von der Fäulnis. Denn keine Luft haucht sich so mit vollen Zügen ein, verbreitet sich so schnell und allgemein als die Zügellosigkeit. Unsere Heere hängen nur noch durch fremden Kitt zusammen. Aus Franzosen kann man kein beständiges, regelmäßiges Heer zusammenbringen. Welche Schande! Man sieht keine andere Mannszucht vorwalten als die, welche uns die erborgten Truppen zeigen. Die unsrigen betragen sich nach Willkür und gehorchen keinem Oberhaupt, sondern jeder tut, was ihm gut deucht.

Wir haben mehr innere Feinde zu bekämpfen als auswärtige. Der Befehlshaber muß folgen, schmeicheln und nachgeben. An ihm allein ist die Reihe zu gehorchen; alles übrige ist frei und ungebunden. Es ist mir nicht unlieb zu sehen, wieviel Niederträchtigkeit und Schwäche mit dem Ehrgeiz verbunden ist, durch wieviel Erniedrigungen und Sklaverei er zu seinem Ziel gelangen muß. Aber das tut mir sehr leid, wenn ich sehe, daß solche Menschen, die der Billigkeit und Gerechtigkeit fähig sind, sich von Tag zu Tag verschlechtern, indem

---

[241] Vergil, Aen. XII, 46: Geschwollner und schmerzlicher wird er durch Heilmittel.
[242] Catull, De nuptiis Pelei. V, 405: Recht in Unrecht verkehrt, und diese unselige Mordwut hat gewendet von uns der Götter gerechte Gedanken.

sie diesen Greuel der Verwüstung verwalten und anführen. Langes Leiden erzeugt Gewohnheit, Gewohnheit Beifall und Nachahmung. Wir hatten der schlechten Seelen von Haus aus schon genug, ohne noch die guten und großmütigen zu verderben. Wenn das noch lange so fortgeht, so wird schwerlich jemand übrigbleiben, dem man die Gesundheit des Staates anvertrauen könnte, im Fall, das Glück uns solche wiedergeschenkt:

> *Hunc saltem everso juvenem succurrere seclo*
> *Ne prohibete.*[243]

Was ist aus der alten Lehre geworden, daß die Soldaten mehr ihren Befehlshaber als den Feind zu fürchten haben? Aus dem bewundernswürdigen Beispiel, nach welchem sich im Umfang eines römischen Lagers ein Apfelbaum eingeschlossen befand, und des folgenden Tages, als das Heer wieder aufbrach, der Eigentümer die Äpfel auf seinem Baum, so reif und wohlschmeckend sie auch waren, alle wohlgezählt wiederfand. Ich möchte wohl, daß unsere Jugend, anstatt daß sie ihre Zeit auf minder nützliche Reisen verwendet und weniger ehrenvolle Lehrjahre zubringt, die Hälfte derselben dazu gebrauchte, einen Seekrieg unter einem guten Kommandeur der Rhodeserritter mitzumachen, und die andere Hälfte, die Mannszucht unter dem türkischen Heer zu erlernen. Denn diese hat viel Eigenes und manchen Vorzug vor der unsrigen. Folgendes gehört dazu: Unsere Soldaten werden im Kriege viel zügelloser, dort vorsichtiger und behutsamer. Denn die kleinen Diebstähle und Neckereien, die an dem geringen Mann begangen und zu Friedenszeiten mit Stockschlägen bestraft werden, gelten für Hauptverbrechen zu Kriegszeiten. Für ein Ei, das ohne Bezahlung genommen worden, ist die festgesetzte Strafe fünfzig Prügel. Für jeden andern Diebstahl, wäre das Entwendete auch noch so gering, sobald es nicht zur Nahrung nötig ist, wird der Verbrecher auf einen Pfahl gespießt oder enthauptet, und zwar auf der Stelle. Ich erstaunte, in der Geschichte Selims, des grausamsten Eroberers, der jemals gelebt hatte, zu finden, daß, als er sich Ägypten unterwarf, die schönen Gärten um die Stadt Damaskus, welche ganz offen und in einem eroberten Lande und noch dazu auf

---

[243] Vergil, Georg. I, 500: Wenigstens, Götter, vergönnt, daß dieser Jüngling ein Retter werde dem bösen Jahrhundert. – Es ist wohl Heinrich von Navarra, als König von Frankreich, Heinrich IV., gemeint.

dem nämlichen Fleck standen, woselbst sein Heer das Lager aufgeschlagen hatte, völlig wohlbehalten blieben, weil den Soldaten kein Zeichen zum Plündern gegeben worden war.

Aber gibt es irgendein Übel in einer Staatseinrichtung, welches mit einer so tödlichen Arznei bekämpft zu werden verdient? Nein, antwortete Favonius, nicht einmal die gewalträuberische Besitznehmung der Obermacht in einem Freistaat. Plato gleichfalls will nicht zugeben, daß man der Ruhe seines Landes Gewalt antue, um es zu heilen, und verwirft jede Verbesserung, die alles verwirrt und aufs Spiel setzt und das Blut und den Untergang der Bürger kostet, indem er die Pflicht eines redlichen Mannes in diesem Falle darin sieht, alles seinen Weg gehen zu lassen und bloß Gott zu bitten, daß er auf eine außerordentliche Weise zu Hilfe kommen möge. – Auch scheint er es seinem großen Freund Dion keinen Dank zu wissen, daß er ein wenig anders zu Werke gegangen sei. Ich war von dieser Seite schon ein Platoniker, bevor ich noch wußte, daß ein Plato in der Welt gewesen. Soll aber dieser Mann so ganz reinweg aus unserer Gemeinschaft ausgeschlossen bleiben; er, dem wegen der Aufrichtigkeit seines Gewissens die göttliche Gnade widerfuhr, durch die herrschende Finsternis über die Welt seiner Zeit solche tiefe Blicke in das christliche Licht zu tun, so denke ich doch nicht, daß es uns wohl kleide, uns von einem Heiden belehren zu lassen, wie gottlos es sei, von Gott gar keine eigene Hilfe zu erwarten, ohne daß wir unsere Hände dabei mit im Spiele hätten. Ich vermute oft, daß unter so vielen Leuten, die sich in ein solches Geschäft mischen, sich mancher von so blödem Verstand befinden mag, den man in allem Ernst überredete, er arbeite an der Wiederherstellung durch die allerscheußlichste Entstellung; er bewirke seine Seligkeit durch die ausgemachtesten Schritte zu sicherer Verdammnis, und wenn er alle gute Polizei, Obrigkeit und Gesetze übern Haufen werfe, unter deren Vormundschaft ihn Gott gesetzt hat, wenn er mit menschen-feindlichem Haß Brüderherzen anfällt und Teufel und Furien zu Hilfe ruft, so unterstütze er dadurch die allerheiligste Liebe und Gerechtigkeit des göttlichen Gesetzes. Die Ehrsucht, der Geldgeiz, die Grausamkeit, die Rachsucht haben an ihrer eigenen und natürlichen Heftigkeit noch nicht genug; laßt uns solche noch aufreizen und in Flammen setzen unter dem herrlichen Namen Gerechtigkeit und Frömmigkeit. Man kann sich keinen schlimmeren Zustand der Sache denken als da, wo Büberei zu Recht wird und mit obrigkeitlicher Bewilligung den Mantel der Tugend trägt: Nihil in speciem fallacius, quam prava religio, ubi deorum numen praetenditur sceleribus.[244] Die höchste Art von Ungerechtigkeit besteht nach dem Plato darin, wenn das, was Unrecht ist, für Recht gehalten wird.

Das Volk litt damals schon sehr schwer, nicht bloß von gegenwärtigen Übeln,

> *Undique totis*
> *Usque adeo turbatur agris*[245],

sondern auch von zukünftigen. Die Lebenden hatten ihre Leiden, auch diejenigen, welche noch nicht geboren waren. Man stahl ihm, und folglich auch mir, alles bis auf die Hoffnung, indem man uns alles das nahm, wovon wir auf lange Jahre leben wollten:

> *Quae nequeunt secum ferre aut abducere, perdunt;*
> *Et cremat insontes turba scelesta casas.*[246]
>
> *Muris nulla fides, squalent populatibus agri.*[247]

Außer diesem Stoß erlitt ich noch andre. Ich geriet in die Fährlichkeiten, welche in solchen Krankheiten die Mäßigung herbeizuführen pflegt Ich ward von allen Händen gezwickt. Den Gibellinen war ich ein Welf und den Welfen war ich ein Gibellin. Einer von meinen Dichtern drückt das sehr gut aus, ich weiß nur die Stelle nicht aufzufinden. Die Lage meines Hauses und die Bekanntschaft mit den Männern aus meiner Nachbarschaft stellten mich dar mit einem Gesicht; mein Leben und meine Handlungen mit einem andern. Förmliche Anklagen kamen nicht vor; denn man fand nichts, worauf man hätte fußen können. Ich setze nie die Gesetze aus den Augen, und wer mich belangte, hätte seinen Mann an mir gefunden. Es waren heimliche Bezichtigungen, welche so unter der Hand herumliefen, denen es in einem solchen Wirrwarr niemals am Schein fehlt, sowenig wie an einfältigen oder neidischen Menschen.

---

[244] Livius XXXIX, 16: Nichts ist so voll Trug und Falsch als mißbrauchte Religion, wo die Gottheit als Schanddeckel der Bosheit dienen soll.
[245] Vergil, Eclog. I, 11: Überall wird es aus allen Gefilden verscheucht.
[246] Ovid, Trist. III, 10, 65: Was sie nicht mit sich tragen und schleppen können, vernichten die Frevler und stecken schuldlose Hütten in Brand.
[247] Claudian, In Eutrop. I, 244: Mauern sichern nicht mehr, ein Greuel der Verwüstung sind Fluren.

Ich pflege solchem leidigen Argwohn, welchen man gegen mich ausstreut, immer ein wenig zu Hilfe zu kommen, durch die Weise, die ich von Jugend auf an mir habe, mich niemals zu rechtfertigen, zu entschuldigen oder zu verteidigen; weil ich dafürhalte, ich träte meinem Gewissen zu nahe, wenn ich es vor Gericht verteidigte: Perpicuitas enim argumentatione elevatur.[248] Und gleichsam als ob ein jeder mich ebenso hell durchschaute als ich selbst, trete ich der Anschuldigung näher, anstatt sie von mir zu entfernen, und treibe sie fast noch höher durch ein ironisches, spöttelndes Bekenntnis. Es sei denn, daß ich kurz und gut schwiege als über eine Sache, die keiner Beantwortung wert ist. Aber diejenigen, welche das für ein zu stolzes Vertrauen erklären, wollen mir deswegen nicht weniger übel als diejenigen, welche es für die Schwachheit einer kranken Sache halten. Vorzüglich die Großen, bei welchen das Vergehen gegen die Untertänigkeit das ärgste Vergehen ist. Hart sind sie gegen alles, was anerkanntermaßen gerecht ist, sich fühlt und nicht kriechend, demütig und flehend erscheint. An diesem Pfeiler habe ich mir oft den Kopf zerstoßen. Soviel ist gewiß, daß sich ein Ehrgeiziger über Dinge, die mir begegnet sind, gehängt hätte, und ein Geldgeiziger ebensowohl. Ich verwende nicht die geringste Sorge
aufs Reichwerden:

> Sit mihi, quod nunc est, etiam minus; et mihi vivam
> Quod superest aevi, si quid superesse volunt di.[249]

Aller Schaden und Verlust, welche mir durch die Bosheit anderer zugefügt werden, sei es Dieberei oder andere Gewalttätigkeit, tun mir weh wie einem Mann, der von der Krankheit des Geizes geplagt wird. Die Beleidigung tut mir ungleich weher als der Verlust. Tausend verschiedene Arten von Übeln fallen auf mich wie ein dicker Traufregen; ich hätte sie lieber als Schlagregen ertragen.
Ich dachte schon darauf, wem unter meinen Freunden ich mein dürftiges, verlassenes Alter anvertrauen könnte. Nachdem ich die Augen nach allen Seiten herumgerichtet hatte, sah ich mich im Kamisole ohne Ärmel. Um sich so aus der Höhe wie ein Stein

---

[248] Cicero, De nat. deor. III, 4: Die Deutlichkeit wird durch syllogistischen Vortrag erhöht.
[249] Horaz, Epist. I, 18, 107: Bleibt mir, was ich habe, auch minder, doch leb' ich mir selber, was ich noch habe zu leben, wenn solches die Götter mir fristen.

herabzustürzen, muß man von starken, kräftigen und begüterten Armen aufgefangen werden. Aber wenn's auch dergleichen Arme gibt, so sind sie wenigstens selten. Kurz, ich lernte einsehen, das Sicherste wäre, mich auf mich selbst und auf meine eigenen dürftigen Kräfte zu verlassen; und wenn es mir begegnen sollte, daß mir das Glück eine kalte, schiefe Miene machte, müßte ich mich am dringendsten mir selbst empfehlen, mich an mich selbst heften, um mit eigenen Augen für mich zu sehen. Bei allen Gelegenheiten klammern sich die Menschen an fremde Stäbe, um ihre eigenen zu sparen, die doch allein gewiß sind und allein stark, wenn man sich ihrer nur zu bedienen weiß. Jedermann läuft aus seinem Hause fort und in die Zukunft hinein, weil hoch niemand daheim bei sich eingewohnt ist. Und ich überzeugte mich, daß es heilsame Widerwärtigkeiten gäbe: erstlich, weil man die Schüler mit dem Haselmeier aufmerksam machen muß, wenn bloße Vernunftgründe nicht hinreichen wollen, wie wir durch Feuer und Keile das krumme Holz geradebeugen. Ich predige mir schon seit langer Zeit, daß ich nur von mir abhänge und mich von fremden Dingen absondern müsse; und bei alledem schiele ich noch immer seitwärts. Das Wohlwollen, das günstige Wort eines Großen, eine freundliche Miene führen mich in Versuchung. Gott weiß, ob dergleichen in unsern Zeiten teure Ware ist und was für ein Sinn dahintersteckt! Ich höre noch, ohne daß ich deswegen die Stirn runzele, die glatten Worte, womit man mich bestechen will, um mich um Börsenpreis zu haben; und ich weigere mich so jungfräulich, daß es scheint, als ob ich nur ein bißchen genötigt sein wollte. Aber einen so ungelehrigen Geist muß man unter der Gerte halten, und ein Gefäß, das so zerlechzt ist, muß man mit Reifen umlegen und mit wackern Böttcherhämmern zusammentreiben, damit es nicht ferner riesele und spille. Zweitens dienen solche Zufälle mir als Übung, um mich auf etwas Ärgeres vorzubereiten, wenn ich etwa, da ich durch mein gutes Geschick und durch den Gehalt meiner Sitten einer der letzten zu sein hoffte, einer der ersten wäre, den das Schicksal an der Krause faßte. Darum muß ich beizeiten lernen, mein Leben zusammenzunehmen und es auf einen neuen Zustand bereitzuhalten. Die wahre Freiheit besteht darin, daß man alles über sich selbst vermag: Potentissimus est, qui se habet in potestate.[250]

---

[250] Seneca, Epist. 90: Der Großmächtigste ist, war sich selber in seiner Macht hat.

In Alltags- und Schlendrianszeiten bereitet man sich auf mäßige und gemeine Zufälle. In diesem Wirrwarr aber, worin wir uns seit dreißig Jahren befinden, sieht sich ein jeder Franke, sei es für seine eigene Person oder sei es im Ganzen genommen, zu jeder Stunde und Minute auf dem Punkt, wo sein ganzes Glück über den Haufen fällt. Deshalb muß man darauf bedacht sein, seinem Herzen stärkere Stützen als Rohrstäbe in die Hände zu geben. Laß es uns dem Schicksal Dank wissen, daß es uns in eine Zeit versetzt hat, welche nichts weniger ist als weichlich, schmachtend oder untätig. Dabei wird es Menschen geben, die nur durch ihr Unglück berühmt werden und es sonst auf keine Art geworden wären. So wie ich selten in der Geschichte dergleichen Gewühle von andern Städten lese, ohne zu bedauern, daß ich's nicht in der Nähe habe ansehen können, ebenso macht meine Neugier, daß ich mich gewissermaßen damit brüste, das sonderbare Schauspiel unseres Staatstodes, seine Anzeichen und seine Form als Zuschauer zu erleben. Da ich solchen doch nun einmal nicht hindern kann, so ist mir's lieb, dazu ausersehen zu sein, daß ich's mit ansehen und mich daran erbauen soll. So wie wir ganz erweislich suchen, selbst aus dem Schatten und der Fabel der Schaubühne ein Bild der tragischen Begebenheiten des menschlichen Schicksals zu beobachten. Wir sind nicht ohne Mitleid bei dem, was wir sehen und hören. Aber es macht uns doch angenehme Empfindungen, unser Mitleid durch die sonderbare Katastrophe aufgeregt und ins Spiel gesetzt zu sehen. Nichts kitzelt, was nicht die Haut kratzt. Die guten Historiker fliehen wie ein totes Meer und wie ein faules Wasser die ruhigen, schläfrigen Erzählungen, um wieder auf Aufruhr, Krieg und Pest zu kommen, wovon sie wissen, daß wir sie gern hören. Ich zweifle, ob ich mit Anstand gestehen darf, wie wenig Ruhe und Gemächlichkeit meines Lebens mir es kostet, mehr als die Hälfte desselben im Jammer und Elend meines Vaterlandes hingebracht zu haben. Meine Geduld ist fast ein wenig zu wohlfeil erkauft, in Ansehung der Zufälle, die mich selbst betreffen. Ehe ich mich selbst beklage, sehe ich nicht so sehr auf das, was man mir nimmt, als auf das, was man mir von innen und außen übrigläßt. Es ist eine Art von Trost dabei, bald das eine Übel, bald das andere, so wie sie uns überkommen, zu bestehen und zu sehen, wie sie sich über andere verbreiten. Ebenso geht's in dem, was das Allgemeine betrifft. In ebendem Maße, wie meine Teilnehmung mehr verbreitet wird, wird sie schwächer. Dazu kommt die halbe Wahrheit: tantum ex publicis malis sentimus, quantum ad privatas res pertinet[251], und die Gesundheit, von der wir ausgingen, war von der Beschaffenheit, daß sie selbst das Bedauern mildert, welches wir über sie empfinden sollten. Es war Gesundheit, aber nur in Vergleichung mit der Krankheit, welche darauf erfolgte. Wir sind aus keiner großen Höhe herabgestürzt. Das Verderben und die Räuberei, welche in Amt und Würden stehen, scheinen mir das Unerträglichste zu sein. Man bestiehlt uns weniger kränkend in einem Wald als an einem sicheren Ort. Es war eine allgemeine Zusammensetzung von Gliedern, wovon eins noch krebsartiger war als das andere, und so verdorben, anbrüchig und voller alten Geschwüre, daß sie keine Genesung mehr hoffen konnten noch wünschten. Dieser Einsturz also belebte mich mehr, als er mich niederschlug. Mein Gewissen befand sich nicht nur friedlich und ruhig, sondern sogar stolz dabei, und ich empfand nichts, worüber ich mich selbst anzuklagen gehabt hätte. Also, wie Gott dem Menschen niemals mehr Übel zuschickt als reines Gutes, so habe ich mich in meiner Gesundheit zu jener Zeit mehr als gewöhnlich wohlbefunden; und wie ich ohne dieselbe nur wenig vermag, so gibt es wenig Dinge, die ich mit ihr nicht vermögen sollte. Sie gab mir Kräfte, alle meine Fähigkeiten zusammenzuraffen und die Hand an die Wunde zu legen, die sonst leicht größer hätte werden können, und ich erfuhr, daß ich in meiner Geduld etwas hätte, wodurch ich den Schlägen des Glückes widerstehen könnte, und daß eine große Kraft dazu gehörte, um mich aus dem Sattel zu werfen. Ich sage es nicht deswegen, um das Glück aufzureizen, seine Lanze mit mehr Nachdruck gegen mich anzulegen. Ich bin vielmehr sein gehorsamer Diener und biete ihm freundschaftlich die Hand. Laß es sich in Gottes Namen damit befriedigen, daß ich seine Stöße fühle! Laß es damit gut sein! So wie diejenigen, die sich von Traurigkeit übermannt fühlen, sich gleichwohl von Zeit zu Zeit durch ein kleines Vergnügen beschleichen und ein kleines Lächeln abgewinnen lassen, so vermag ich es auch über mich, meinen gewöhnlichen Zustand friedlich, ruhig und von kummervollen Gedanken frei zu machen. Bei alledem aber überrasche ich doch zuweilen bei mir die Bisse solcher unangenehmen Gedanken, die mich derweile überstürmen, daß ich mich bewaffne, sie zu bekämpfen und zu

---

[251] Livius XXX, 44: Unfälle des Gemeinwesens fühlen wir nur insofern, als sie unsre Privatinteressen betreffen.

verjagen. Aber nun fügte sich noch ein anderes, bedeutenderes Übel als Zugabe zu den übrigen, und außer und in meinem Hause ward ich von einer Pest angegriffen, die im Vergleich mit allen übrigen sehr heftig war. Denn wie gesunde Körper den schwersten Krankheiten unterworfen sind, weil sie nur von diesen niedergeworfen werden können, so war auch die Luft meiner Gegend sehr gesund, und solange man denken konnte, hatte keine ansteckende Seuche, so nahe sie auch kam, Fuß fassen können. Da aber die Luft einmal angesteckt worden, tat sie ganz
sonderbare Wirkungen.

> *Mixta senum et iuvenum densentur funera; nullum*
> *Saeva caput Proserpina fugit.*[252]

Ich mußte die niederdrückende Lage erdulden, daß mir die Ansicht meines Hauses zum Scheusal wurde. Alles, was darin enthalten war, befand sich ohne alle Aufsicht und stand jedem zu Gebot, der dazu Lust hatte. Bei aller meiner Gastfreundschaft wurde es mir sehr schwer, einen Zufluchtsort zu finden für eine zerstreute Familie, die ihren Freunden und sich selbst Furcht und Schrecken einjagte, wo sie unterzukommen suchte und alsobald ihren Aufenthalt verändern mußte, wie nur einer von dem Haufen begann zu klagen, daß ihm eine Fingerspitze weh täte. Alle Krankheiten werden in solchen Zeiten für Pest gehalten, und man gibt sich nicht die Mühe, sie zu untersuchen. Das Hübsche dabei ist noch, daß man nach den Regeln der Kunst bei jeder Gefahr, der man sich nähert, vierzig Tage in Angst vor der Seuche leben muß, während welcher Zeit die Einbildung uns nach ihrer Weise behandelt und die Gesundheit selbst zum Fieber macht. Doch alles dieses hätte mir nicht so viel getan, hätte ich mich nicht um den Zustand und das Elend anderer zu bekümmern gehabt und hätte ich nicht sechs Monate lang jämmerlicherweise der Führer dieser Karawane sein müssen. Denn für mich habe ich mein Vorbeugungs-mittel immer zur Hand. Es sind Mut, Entschlossenheit und Geduld. Ängstliche Erwartung, welche bei diesem Übel am schädlichsten gehalten wird, ist eben mein Fehler nicht. Hätte es mich allein betroffen, so würde ich es wie eine schnelle, weittragende Flucht

---

[252] Horaz, Od. I, 28, 19: Dichtgehäuft liegt Jüngling und Greis im Grabe, und Proserpina kennt kein Erbarmen.

betrachtet haben. Diese Todesart scheint mir keine der schlimmsten zu sein. Sie ist gewöhnlich kurz, betäubend, schmerzlos und hat den Trost, daß es ein allgemein eingerissenes Übel ist; sie verfährt ohne Zeremonien, ohne Trauer, ohne viel Umstehende. In Rücksicht aber auf die Nachbarn kann sich der hundertste Teil der Seelen kaum davor retten:

> *Videas desertaque regna*
> *Pastorum, et longe saltus lateque vacantes.*[253]

Mein bestes Einkommen besteht auf diesem Gut in Land und Feldbau, und die Arbeit von hundert Menschen ruht auf lange Zeit.

Aber was sahen wir damals für Beispiele von Entschlossenheit unter der Herzenseinfalt des ganzen Volkes!

Durchgängig entsagte alles der Sorge für das Leben. Die Trauben blieben am Weinstock hängen, obgleich der Weinbau die hauptsächlichste Nahrung des Landes ist, alle durcheinander bereiteten sich auf den Tod, den sie heute abend oder morgen früh erwarteten, mit einer so wenig erschrockenen Miene und Stimme, daß es schien, als wären sie mit dieser Notwendigkeit völlig einverstanden und hielten solche für ein allgemeines, unvermeidliches Schicksal. Das ist der Tod nun freilich allemal. Aber an wie schwachen Fäden hängt der Entschluß zu sterben? Die Entfernung und der Abstand einiger Stunden, die bloße Betrachtung der Gesellschaft stellt uns den Tod unter verschiedenen Gestalten dar. Die Leute hier, weil sie innerhalb eines Monats Kinder, Jünglinge und Greise sterben sehen, stutzen nicht mehr, beweinen sich nicht mehr. Ich sah einige, welche sich fürchteten, zurückzubleiben, wie in einer fürchterlichen Einöde, und gewöhnlich hatte ich nichts anderes zu tun, als fürs Begraben zu sorgen. Es tat ihnen weh, die Leichen auf dem Felde herum zerstreut liegen zu sehen als eine Beute wilder Tiere, welche sich zusehends vermehrten. Wie sich doch die Phantasien der Menschen durchkreuzen! Die Neoriten, eine Nation, welche Alexander besiegte, werfen die Leichen ihrer Verstorbenen in den ersten besten Wald, um daselbst gefressen zu werden; und dieses hielten sie für die einzige glückliche Art des Begrabens.

---

[253] Vergil, Georg. III, 476: Die Gefilde von Hirten verlassen siehst du, und ringsum den Wald verödet.

In unserer Gegend grub sich einer schon sein Grab, wenn er noch frisch und gesund war. Andere legten sich noch bei Leibesleben hinein, und einer von meinen Tagelöhnern kratzte mit Händen und Füßen im Sterben begriffen die Erde auf sich. Heißt das nicht die Bettvorhänge zuziehen, um desto ruhiger zu schlafen? Hat es nicht an Größe etwas Ähnliches mit der Tat der römischen Soldaten, die man nach der Schlacht bei Cannä fand, welche Löcher in die Erde gegraben, ihre Köpfe hineingesteckt und mit ihren Händen ausgegrabene Erde über sich geschüttet hatten, um darin zu ersticken? Kurz, eine ganze Nation ward innerhalb kurzer Zeit durch Gewohnheit zu einem Benehmen gebracht, welches an Festigkeit keiner kühnen Entschlossenheit etwas nachgibt, die mit aller möglichen Überlegung gefaßt werden könnte.

Die meisten Anweisungen der Gelehrsamkeit, um uns Herz zu machen, haben mehr Schein als Kraft und mehr Zierde als Nutzen. Wir haben die Natur verlassen und wollen sie nun ihre Lektion lehren. Die Natur, die uns so glücklich und sicher leitete.

Unterdessen finden sich noch die Spuren ihrer Anweisung, und das wenige, welches durch die wohltätige Unwissenheit von ihrem Bilde übrig ist, drückt sich ab in dem Leben dieses bäurischen Haufens ungesitteter Menschen. Die Gelehrsamkeit ist genötigt, täglich davon zu borgen, um ihren Schülern Muster der Standhaftigkeit, der Unschuld und Beruhigung vorzulegen. Es ist ein schöner Anblick, zu sehen, wie diese hier, angefüllt mit so vielen schönen Kenntnissen, zur Nachahmung der dummen Einfalt ihre Zuflucht nehmen müssen, und zwar zur Nachahmung in der ersten Ausübung der Tugend. Unsere Weisheit muß sogar von den Tieren die nützlichsten Unterweisungen in den größten und notwendigsten Vorfallenheiten unsers Lebens erlernen: wie wir leben müssen und sterben, unser Vergnügen benutzen, unsere Kinder lieben und auferziehen und gegeneinander gerecht sein. Ein ganz sonderbarer Beweis von der menschlichen Schwachheit, wie auch davon, daß die Vernunft, welche wir unsererseits anwenden und welche beständig etwas anderes und Neues auffindet, bei uns keine sichtbare Spur der Natur übrigläßt. Die Menschen haben es damit gemacht wie die Verfertiger wohlriechender Öle; sie haben solche mit so vielen fremden Dingen versetzt und mit so vielen von außen entlehnten Gedanken, daß sie dadurch für einen jeden verändert und zu etwas ganz Eigenem geworden ist und ihre ursprüngliche, beständige und allgemeine Gestalt verloren hat.

Wir müssen daher das Zeugnis der Tiere suchen, die keinem Vorurteil, keinem Verderben, keiner Verschiedenheit der Meinungen unterworfen sind. Denn es ist zwar wahr, daß selbst die Tiere nicht immer genau auf dem Wege der Natur wandeln, das wenige aber, was sie davon abweichen, ist so gering, daß man noch immer das Geleis wahrnehmen kann. Geradeso, wie die Pferde, welche man an der Hand führt, wohl Sprünge machen und seitwärts gehen, aber doch nicht weiter als die Leine reicht, und immer wenigstens dem Schritte desjenigen folgen, der sie führt; oder wie ein Falke seine Flucht nimmt, aber nie weiter kann, als ihm die Schnur gefeiert wird. Exsilia, tormenta, bella, morbos, naufragia meditare, ... ut nullo sis malo tiro.[254] Wozu dient uns die Emsigkeit, alle widerwärtigen Zufälle der menschlichen Natur im voraus zu studieren und uns mit so vieler Mühe selbst auf diejenigen vorzubereiten, die uns vielleicht nie begegnen werden? Parem passis tristitiam facit, pati posse.[255] Nicht nur vor der Kugel, sondern vor dem Winde und vor dem Dunst erschrecken wir. Oder wie der Fieberkranke; denn gewiß ist's ein Fieber, sich gleich die Stäupe geben zu lassen, weil es möglich, daß uns das Schicksal eines Tages solche fühlen läßt. Oder wie einer, der um Johanni die Wildschur umnehmen wollte, weil er solche um Weihnachten nötig haben würde! Macht Erfahrungen von allen Übeln, die euch begegnen können, besonders von den ärgsten, versucht euch darin, sagen andere, gewinnt darin Standhaftigkeit! Umgekehrt sage ich. Das leichteste und natürlichste wäre, sich solche sogar aus den Gedanken zu schlagen. Sie werden nicht sobald eintreten; ihr wahres Wesen dauert für uns nicht lange genug, wir müssen sie in unsern Gedanken ausdehnen und verlängern, schon vorderhand uns einverleiben und uns damit unterhalten. Gleichsam als ob sie unsern Sinnen nicht ohnehin schon beschwerlich genug wären. Sie werden genug drücken, wenn sie eintreten, sagt einer der Philosophen, nicht etwa von einer zarten Sekte, sondern von der härtesten. Bis dahin schmeichle dir!

Glaube, was du am liebsten wünschest. Was hilft dir's, über künftigen Übeln zu brüten, über der Furcht des Zukünftigen das Gegenwärtige zu verlieren und gleich von Stund an elend zu sein, weil du es mit der

---

[254] Seneca, Epist. 91, 107: Denke dich als Verbannten, auf der Folterbank, im Kriege, auf dem Krankenbett, als Schiffbrüchigen, damit du in keinem Unglück Lehrling seist.
[255] Seneca, Epist. 74: Leiden können ist ebenso schmerzlich, als gelitten haben.

Zeit werden sollst? So sind seine Worte. Die Wissenschaft leistet uns, traun, einen guten Dienst; daß sie uns genau von der Länge und Breite der Übel unterrichtet:

... Curis acuens mortalia corda.[256]

Von der Erfahrung.

Keine Begierde ist natürlicher als die Begierde nach Wissen. Wir bedienen uns aller Mittel, die uns dahin führen können. Wenn uns dabei die Vernunft fehlschlägt, so wenden wir uns an die Erfahrung,

Per varios usus artem experientia fecit,
Exemplo monstrante viam[257]

welches ein weit schwächeres und schlechteres Mittel ist. Aber die Wahrheit ist eine so wichtige Sache, daß wir keine Vermittlerin derselben geringachten dürfen. Die Vernunft hat so viele Formen, daß wir nicht wissen, an welche wir uns halten sollen. Die Erfahrung hat deren nicht weniger. Die Folgerung, welche wir aus dem Zusammen-treffen der Erscheinungen ziehen, ist unsicher, weil die Erscheinungen allemal verschieden sind. Nichts ist in den Verhältnissen der Dinge so durchgängig allgemein als Verschiedenheit und Veränderung. Die Griechen und Lateiner und auch wir kennen kein größeres Beispiel der Ähnlichkeit als das Ei. Gleichwohl haben sich Menschen gefunden, namentlich einer zu Delphi, welche unter den Eiern so verschiedene Abzeichen bemerkten, daß sie niemals eins mit dem andern verwechselten. Und waren die Eier von verschiedenen Hühnern, so wußten sie zu bestimmen, welches Huhn dieses oder jenes Ei gelegt hatte. Die Ungleichheit mischt sich von selbst in unsere Werke. Noch hat keine Kunst bis zur völligen Gleichheit reichen können. Keine Fabrik, auch nicht Parrozets, kann ihre Karten von außen so sorgfältig glätten und weißen, daß nicht einige Spieler sie kennen sollten, indem sie solche in den Händen ihrer Mitspieler erblicken. Die Ähnlichkeit der Dinge ist bei weitem nicht so groß an einer Seite als die

---

[256] Vergil, Georg. I, 123: Durch Kummer schärfet sie des Menschen Herz.
[257] Manilius I, 59: Durch mancherlei Versuch hat die Erfahrung die Kunst gebildet, und das Beispiel zeigte den Weg ihr.

Unähnlichkeit an der andern. Die Natur scheint sich anheischig gemacht zu haben, nichts Zweites hervorzubringen, das nicht von dem Ersten verschieden wäre.

Daher bin ich mit der Meinung desjenigen nicht zufrieden, welcher durch die Menge der Gesetze die Willkür der Richter zu binden trachtete, indem er ihnen jeden Bissen vorschnitt. Er bedachte nicht, daß das Feld der Auslegung ebenso frei und weitläufig ist als das Feld der Gesetzgebung. Und diejenigen können es wohl nicht ernsthaft meinen, welche glauben, dadurch unsern Gezänken und Auslegungen Ziel und Grenzen zu setzen, wenn sie uns an die Buchstaben der Bibel binden, weil unser Geist das Feld nicht weniger geräumig findet, wenn er die Meinung anderer bekämpft, als wenn er die seinige geltend macht. Die Auslegung gewährt ebensoviel Bitterkeit und Feind-seligkeit als die Erfindung. Wir sehen deutlich, wie sehr ein solcher Gesetzhaufen sich betrügt. Denn wir haben in Frankreich mehr Gesetze als die ganze übrige Welt zusammengenommen, und mehr als für alle übrigen Welten des Epikur hinreichend wäre: ut olim flagitiis, sic nunc legibus laboramus.[258] Dennoch bleibt unsern Richtern so vieles zu überlegen und zu entscheiden, daß kein anderer so viele Freiheit und Willkür genießt. Was haben denn unsere Gesetzgeber dadurch gewonnen, daß sie hunderttausend Arten von besondern Tatsachen ausgewählt und darauf hunderttausend Gesetze angewendet haben? Diese Zahl hat nicht das geringste Verhältnis mit der unendlichen Verschiedenheit menschlicher Handlungen. Die Vervielfältigung unserer Erfindungen wird niemals an die Verschiedenheit der Beispiele reichen. Wenn man noch hundertmal soviel hinzutäte, so wird sich doch unter den zukünftigen Verkommenheiten schwerlich eine finden, die so genau auf einen einzigen unter den vielen tausend ausgewählten und eingetragenen Fällen paßt und ihm gleicht, daß nicht ein Umstand, nicht eine Verschiedenheit dabei stattfinden sollte, derentwegen auch der Urteilsspruch verschieden ausfallen muß. Unter unsern Handlungen gibt es wenige, welche einander ähnlich wären, weil sie in unaufhörlichen Abweichungen von den beständigen und unabänderlichen Gesetzen bestehen.

---

[258] Tacitus, Ann. III, 25: In Untaten waren wir ehedem, jetzt sind wir in Gesetzen versunken.

Die beste Gesetzgebung ist die kürzeste, einfachste und allgemein umfassendste. Und noch glaube ich, wären wir besser dran, lieber keine Gesetze zu haben, als deren so viele zu besitzen wie wir.

Die Natur gibt uns immer bessere Gesetze, als wir erfinden. Das beweist die Schilderung, welche uns die Dichter vom Goldnen Zeitalter machen, und der Zustand der Völker, die keine andere gesetzliche Verfassung kennen. Es gibt deren, welche keinen Richter zur Schlichtung ihrer Streitigkeiten haben als den ersten besten Fremden, der ihr Gebirge entlangreist; und andere erwählen an ihren Markttagen jemanden unter sich, der auf der Stelle über ihre Rechtshändel entscheidet. Was für Gefahr wäre dabei, wenn die Weisesten unter uns ebenso die unsrigen, nach dem Augenmaß, ohne an Vorgänge und Folgerungen gebunden zu sein, abmachten? Jedem Fuße seinen eigensten Leisten.

Als der spanische König Ferdinand Anpflanzer nach Indien schickte, traf er die weisliche Vorkehrung, daß kein Rechtsgelehrter mit hingehen durfte, weil er besorgte, daß sie auch die Prozesse in dieser neuen Welt vermehren möchten, indem diese Wissenschaft ihrer Natur nach eine Mutter des Zanks und der Uneinigkeit ist. Er hielt mit dem Plato dafür: Einem Lande sei mit Rechtsgelehrten und Ärzten übel gedient.

Woher kommt es, daß unsere Muttersprache, die zu allem übrigen Gebrauch so leicht und klar ist, bei Kontrakten und Testamenten dunkel und unverständlich wird und daß derjenige, der sich am klarsten ausdrückt, er mag sagen und schreiben was er will, sich niemals hierin so verständlich machen kann, daß nicht Zweifel und Widersprüche darüber entstehen sollten, wenn es nicht daran liegt, daß die Fürsten dieser Kunst sich mit ganz besonderer Aufmerksamkeit darauf legen, feierliche Ausdrücke zu gebrauchen und künstliche Klauseln zu schmieden, zu diesem Behufe aber jede Silbe auf der Goldwaage wägen, jede Naht und Zusammenfügung so genau besichtigen, daß sie sich unter einer solchen Unendlichkeit von bildlichen Ausdrücken und herrschenden Distinktionen dergestalt verwirren und verwickeln, daß man eines Leitfadens, einer Vorschrift und einer gewissen Kunde bedarf, um sich herauszufinden: Confusum est, quidquid usque in pulverem sectum est.[3] Wer Kindern zugesehen hat, welche eine Masse Quecksilber in eine gewisse Anzahl Körner oder Tropfen bringen wollten, der wird gesehen haben, daß, je mehr sie dieses unbesiegliche

Metall drücken, quetschen und dessen Freiheit einschränken wollten, desto unfügsamer es unter ihren Händen ward. Es weicht ihrer Kunst aus, verdünnt und vertröpfelt sich in unzählbare Verteilung. So mit den Gesetzen. Je mehr man ihre Spitzfindigkeit verfeinert, desto mehr lehrt man die Menschen ihre Zweifel zu häufen. Man bringt uns in den Gang, die Schwierigkeiten zu vermehren und zu vervielfältigen. Man verlängert sie. Man dehnt sie aus. Indem man Fragen ausstreut und zerstückelt, läßt man Ungewißheit und Zank in der Welt Frucht tragen und in Samen schießen. So wird der Erdboden immer fruchtbarer, je tiefer man ihn umgräbt und je mehr man die Schollen zerreibt und verfeinert: Difficultatem facit doctrina.[259] Wir zweifelten über den Ulpian und zweifeln abermals über den Bartholus und Baldus. Man hätte die Spur aller dieser unzähligen Meinungen und Auslegungen vertilgen sollen, anstatt sich damit zu brüsten oder der Nachwelt den Kopf damit anzufüllen. Ich weiß nicht, was ich davon sagen soll; so viel ergibt die Erfahrung, daß so viele Auslegungen die Wahrheit zerstreuen und auflösen. Aristoteles schrieb, um verstanden zu werden. Konnte er es nicht dahin bringen, so wird es ein anderer, der minder geschickt ist und ein dritter noch weniger dahin bringen können als der, welcher seine eigene Meinung vortrug. Wir lösen die Materie auf und verspillen sie, indem wir zu viel Wasser aufgießen. Aus einem Gegenstand machen wir tausend und verfallen durch das Vermehren und Unterabteilen in die Unendlichkeit der epikureischen Atome. Noch niemals haben zwei Menschen über eine Sache völlig gleich geurteilt, und es ist unmöglich, zwei völlig ähnliche Meinungen zu finden, nicht nur bei zwei verschiedenen Menschen, sondern bei einem und demselben Menschen, nur zu verschiedenen Stunden. Gewöhnlicherweise finde ich Zweifel, welche der Kommentar nicht beliebt hat zu berühren. Ich stolpere am leichtesten auf ebener Erde, wie gewisse Pferde, die ich kenne, welche auf geschlagenem Wege am öftesten anstoßen.

Wer sollte nicht sagen, daß durch die Glossen Zweifel und Unwissenheit vermehrt werden, da es kein göttliches oder menschliches Buch gibt, welches die Welt liest und gern verstehen möchte, das durch Auslegungen und Erklärungen leichter und faßlicher geworden wäre!

---

[259] Seneca, Epist. 89: Was bis zu Staub zermalmt wird, ist schwer auseinanderzufinden.

Der hundertste Kommentator verweist auf seinen Nachfolger, der den Knoten verwickelter und schwieriger macht, als man ihn bei dem ersten gefunden hatte. Wann werden wir einmal eingestehen: dieses Buch hat der Ausleger genug, es ist nichts mehr darüber zu sagen? Noch auffallender findet sich dieses bei Rechtsstreitigkeiten. Einer unendlichen Menge Rechtslehrer räumt man das Ansehen der Gesetze ein, desgleichen einer unendlichen Menge Rechtssprüche und Auslegungen. Finden wir deswegen des Bedürfnisses des Auslegens wohl ein Ende? Kommen wir dadurch dem ruhigen Einverständnisse etwas näher? Ist die Anzahl unserer Advokaten und Richter geringer, und kann sie es sein, als damals, da die Masse des Rechts noch in ihrer Kindheit war? Es hat sich wohl. Wir verfinstern und begraben vielmehr das Verständnis. Wir können solches nicht finden als hinter einer Menge von Pfählungen und Schlagbäumen. Die Menschen verkennen die natürliche Krankheit unseres Geistes. Er tut nichts als spüren und suchen, kommt ohne Unterlaß von der Fährte, baut und verwickelt sich in seinem eigenen Werke, wie unsere Seidenwürmer, und erstickt sich darin: Mus in pice.[260] Er meint in der Ferne Wunder was für eine eingebildete Klarheit und Wahrheit zu entdecken, und während er danach rennt, stoßen ihm solche Schwierigkeiten, Dunkelheiten und neue Fragen auf, daß er sich dadurch verwirrt und berauscht. Nicht weit anders geht es ihm, als des Aesop Hunden, welche einen toten Körper im Meer entdeckten und weil sie nicht daran kommen konnten, es unternahmen, das Wasser auszusaufen und sich einen Weg auszutrocknen, worüber sie zerplatzten. Darauf geht auch das, was Sokrates von den Schriften des Heraklit sagt: »Es gehört ein guter Schwimmer dazu, sie zu lesen, damit ihre Tiefe und Schwere ihn nicht verschlinge und ersäufe.« Es ist nichts als Schwäche, die uns mit demjenigen, was andere oder wir selbst in dieser Jagd nach Wissen entdeckt haben, zufriedenstellt. Einer, der heller sieht, wird sich damit nicht zufriedenstellen. Der Nachfolger, ja wir selbst, entdecken immer neue Wege. Unser Forschen hat niemals ein Ende. Unser Ende liegt in der andern Welt. Es ist ein Zeichen der Eingeschränktheit unseres Geistes oder der Ermüdung, wenn er sich zufriedengibt. Kein wackerer Geist steht von selbst still. Er begehrt immer mehr und geht über seine Kräfte hinaus. Er strebt nach unerreichbaren Höhen. Wenn er sich nicht

---

[260] Quintilian, Inst. X, 3: Gelehrsamkeit macht Schwierigkeit.

weiterhebt, nachdringt und durchwindet, anstößt und schnell umlenkt, so ist er nur zur Hälfte lebendig. Sein Forschen und Streben ist ohne Ziel und Maß, seine Nahrung ist Bewunderung und Jagd ins Weite. Das gab Apollo hinlänglich zu verstehen, indem er mit uns Menschen immer doppelsinnig, dunkel und verschroben sprach, und nicht sättigte, sondern unterhielt und beschäftigte. Es ist ein unordentliches, unaufhörliches Streben ohne Muster und ohne Zweck. Die Gedanken des Menschen erhitzen sich, jagen hintereinander her und erzeugen sich einer den andern:

> *So sieht man einen Bach dahin sich gießen,*
> *und eine Welle nach der andern fließen.*
> *Und all in ihrer Reih und all in ew'gem Zug*
> *schlägt eine nach, wie eine vor ihr schlug:*
> *Von der wird jene angeregt,*
> *die eine andre fortbewegt.*
> *So gehet Wog' in Wog', und immer bleibt der Bach,*
> *nur andre Wogen fließen und andre kommen nach.*[261]

Es kostet mehr, die Auslegung auszulegen als die Sache selbst, und es gibt mehr Bücher über Bücher als über irgendeinen andern Gegenstand. Wir machen nichts als Anmerkungen übereinander. Alles wimmelt von Kommentaren. An Originalautoren ist großer Mangel. Die vornehmste und berühmteste Wissenschaft unserer Zeit besteht darin, die Wissenschaft zu verstehen? Das ist der größte und letzte Zweck alles unseres Studierens? Unsere Meinungen werden eine auf die andere gepfropft. Die erste dient der zweiten zum Wildlinge, die zweite der dritten. Auf diese Weise klettern wir die Leiter hinauf von Sprosse zu Sprosse. Daher kommt es, daß der am höchsten Gestiegene oft mehr Ehre hat als Verdienst, denn er ist nur um ein Getreidekorn höher, auf den Schultern des Vorletztgestiegenen. Wie oft und vielleicht wie einfältig habe ich mein Buch von sich selbst sprechen gehört! Einfältig, wenn auch bloß deswegen, daß ich mich hätte erinnern sollen, was ich von andern sage, welche desgleichen tun! Daß die häufigen Zurückblicke auf ihre Werke davon zeugen, wie ihnen das Herz von Autorliebe klopft, und daß selbst die hochfahrende

---

[261] Etienne de la Boétie in einer Widmung an Marguerite de Carle, seine spätere Frau, als er für diese die Klage der Bradamante aus dem »Rasenden Roland« (XXXII) übersetzte.

verächtliche Strenge, womit sie solches züchtigen, weiter nichts ist als Ziererei und angenommene Miene, wohinter sie die mütterliche Zärtlichkeit verstecken wollen, wie schon Aristoteles bemerkt, daß Eigenlob und Eigentadel oft Kinder gleichen Hochmutes sind. Denn meine Entschuldigung, daß ich hierin mehr Freiheit haben müsse als andre, weil ich ja ausdrücklich über mich selbst schreibe und meiner Schriften wie meiner andern Handlungen erwähnen muß, und daß mein Thema sich mit sich selbst beschäftigt, wird mir wohl nicht jedermann zustatten kommen lassen.

Ich habe in Deutschland gesehen, daß Luther ebensoviel und mehr Streit und Zank über den richtigen Verstand seiner Meinungen hinterlassen hat, als er selbst über die Heilige Schrift erregte. Unser Mißverständnis beruht auf Worten. Ich frage: Was ist Natur, Wollust, Zirkel und Substitution? Die Frage ist von Worten und wird mit Worten berichtigt. Ein Stein ist ein Körper. Fragt man weiter: Was ist ein Körper? Eine Substanz. Und was ist Substanz? So läßt sich immer weiter fragen, bis endlich der Erklärer sein ganzes Wörterbuch ausgekramt hätte. Man vertauscht ein Wort gegen das andere und oft ein unbekanntes gegen ein bekanntes. Ich weiß besser, was ein Mensch, als was ein sterbliches, aber vernünftiges Tier ist. Um einen meiner Zweifel aufzulösen, werfen sie mir drei andre vor.

Das ist das Haupt der Hyder. Sokrates fragte den Menon[262]: »Was ist die Tugend?« »Es gibt«, antwortete Menon, »eine Tugend des Mannes und des Weibes, des Magistrats und des einzelnen Bürgers, des Kindes und des Greises.« »Bravo!« rief Sokrates. »Wir wollten *eine* Tugend suchen, und du gibst uns einen ganzen Schwarm.« Wir werfen eine Frage auf, und man gibt uns einen ganzen Bienenkorb voll zurück. So wie keine Begebenheit und keine Form völlig der andern gleich ist, so ist auch keine der andern völlig ungleich. Ein sehr weises Gemisch der Natur. Wenn unsere Gesichter einander nicht ähnelten, so könnte man den Menschen nicht vom Tiere unterscheiden; wenn sie nicht voneinander unterschieden wären, könnte man einen Menschen von dem andern nicht auskennen. Alle Dinge halten durch irgendeine Ähnlichkeit aneinander. Jedes Gleichnis hinkt. Und die Beziehung, welche man aus der Erfahrung herleitet, ist immer schwach und unvollkommen. Indessen knüpft immer die Vergleichung dieses oder

---

[262] Im Original irrtümlich Memnon.

jenes Ende zusammen. So macht man es mit den Gesetzen. Man wendet sie auf jede Sache an, durch irgendeine weithergesuchte, gezwungene und gedrehte Erklärung.

Weil die moralischen Gesetze, welche Bezug auf die besonderen Pflichten eines jeden Menschen für sich selbst haben, so schwer festzusetzen sind, wie wir erfahren, so ist es kein Wunder, wenn es diejenigen, nach welchen sich so viele gegeneinander richten sollen, noch mehr sind. Man betrachte nur die Form der Gerechtigkeit, welche über uns waltet. Ist sie nicht ein klarer Beweis von der menschlichen Verstandesschwäche? So viel Widerspruch und Irrtümer findet man darin! Alles, was wir Günstiges und Strenges in unserer Rechtspflege finden (und dessen findet sich darin so viel, daß ich nicht weiß, ob sich ebensooft ein Mittelweg zwischen beiden findet), das sind kranke Teile und ungerechte Gliedmaßen des wirklichen Körpers und Wesens der Gerechtigkeit. Da kommen Bauern, mir in aller Eile zu berichten, daß sie in einem Wald, der mir gehört, einen Menschen liegen gefunden, dem man hundert Stiche gegeben, der noch lebt und der sie um aller Barmherzigkeit willen gebeten hat, ihm etwas Wasser zu reichen und ihm zu helfen sich aufzurichten. Sie sagen dabei, sie hätten gefürchtet, sich ihm zu nähern, und seien davongelaufen, damit sie nicht von Gerichtsdienern überrascht werden möchten und, wenn sie bei einem erschlagenen Menschen angetroffen würden, wie zu geschehen pflegt, in Verhaft und zur Antwort gezogen würden, welches ihr größtes Unglück gewesen wäre, weil sie weder Geschicklichkeit noch Geld hätten, ihre Unschuld zu verteidigen. Was sollte ich ihnen sagen? So viel ist gewiß, diese Pflicht der Menschlichkeit hätte sie in große Verlegenheit gesetzt.

Von wieviel Unschuldigen hat sich's nicht nachher ergeben, daß sie Strafe erlitten, und zwar ohne alle Schuld der Richter? Und mit wie vielen mag das nicht der Fall sein, von denen wir solches nicht erfahren haben? Folgendes geschah zu meiner Zeit. Gewisse Menschen wurden wegen eines Mordes zum Tode verdammt. Das Urteil ward, wo nicht gesprochen, doch wenigstens beschlossen und angegeben. Gerade um diese Zeit erfuhren die Richter von einer andern benachbarten niedern Gerichtsbarkeit, daß solche einige Verbrecher eingezogen habe, welche sich zu jenem Mord frei bekannten und über die ganze Sache ein unbezweifelbares Licht verbreiteten. Man ging darauf zu Rate, ob man gleichwohl die Vollziehung des Urteils über die ersten aufschieben dürfte? Man erwog die Neuheit des Beispiels und was es für Folgen haben könne, künftige Urteilssprüche zu verzögern; die Verurteilung sei doch nach aller Form Rechtens geschehen und die Richter hätten sich nichts vorzuwerfen. Kurz, jene armen Schlucker wurden den Formeln der Rechtspflege aufgeopfert. Philipp oder ein anderer beugte dergleichen Unfällen folgendermaßen vor. Er hatte durch einen gefällten Spruch einen Menschen verurteilt, einem andern eine große Geldbuße zu bezahlen. Einige Zeit nachher entdeckte sich die Wahrheit, daß er ungerecht gerichtet hatte. Auf einer Seite stand die gute Sache, auf der andern die gerichtliche Form. Er befriedigte allerdings beide, indem er den Spruch gültig bleiben ließ und aus seinem Beutel den Verurteilten schadlos hielt. Aber in diesem Falle war Ersatz möglich. Meine armen Teufel hingegen wurden unwiderruflich gehängt. Wie viele Urteile habe ich erlebt, die weit sträflicher waren als das Verbrechen! Alles dieses erinnert mich an jene Meinung der Alten: man sei gezwungen, alles einzeln abzutun, wenn man im Ganzen recht verfahren, und im Kleinen Unrecht zu begehen, wenn man das Recht im Großen handhaben wolle. Die menschliche Justizpflege sei nach dem Muster der Arzneikunde gebildet, vermöge dessen alles, was nützlich ist, auch gerecht und billig wird. So lehren die Stoiker: Die Natur verstoße sich in den meisten ihrer Werke gegen die Gerechtigkeit. So lehren die Cyrenaiker: Nichts sei an und für sich gerecht, nur Gewohnheit und Gesetze erschüfen das Recht. Die Theodorier meinen: Diebstahl, Kirchenraub und alle Arten von Sünden des Fleisches seien für den Weisen kein Unrecht, wenn er überzeugt wäre, daß sie ihm zum Nutzen gereichten. Ich kann mir nicht helfen. Ich denke hierin wie Alcibiades, daß ich mich niemals, solange ich es vermeiden kann, dem Mann in die Hände liefern werde, welcher über mein Leben absprechen kann, vor welchem meine Ehre und meine Güter mehr von der Kunst und Tätigkeit meines Sachwalters als von meiner Unschuld abhängen. Ich würde einem Gerichtshof mehr trauen, welcher ebensowohl über Guttun als über Mißtun erkennt; wo ich ebensoviel zu hoffen als zu fürchten hätte. Straflosigkeit ist keine hinlängliche Zahlung für einen Menschen, der besser tut als nicht sündigen. Unsere Gerechtigkeitspflege reicht uns nur eine von ihren Händen dar, und obendrein die linke. Man sei, wer man wolle, ohne Verlust kommt man von ihr nicht ab.

In China, einem Reich, dessen Einrichtungen und Künste, ohne daß es Umgang mit uns hätte und ohne daß es die unsrigen kennte, uns gleichwohl in manchen Stücken bei weitem übertreffen und dessen Geschichte mich belehrt, wieviel die Welt größer und mannigfaltiger ist, als weder die Alten noch wir begriffen haben, schickt der Kaiser Reichsbediente in die Provinzen, um den Zustand derselben zu untersuchen. Diese Beamten, wie sie diejenigen strafen, welche sich in ihren Stellen schlecht betragen, belohnen sie auch freigebig diejenigen, welche sich gut betragen und mehr geleistet haben, als sie nach ihren Zwangspflichten schuldig sind. Vor diese Deputierten stellt man sich, nicht bloß um sich zu verteidigen, sondern um zu gewinnen, nicht bloß um bezahlt, sondern auch von ihnen beschenkt zu werden.

Noch hat, Gott sei Dank, kein Richter mit mir als Richter gesprochen, in keiner gerichtlichen Angelegenheit, weder meiner eigenen noch eines Fremden, weder in einer Kriminal- noch Zivilsache. Noch bin ich in keinem Gefängnis gewesen, nicht einmal um es zu besehen. Meine Einbildung macht mir den bloßen Anblick desselben schon von außen unangenehm. Mir ist meine Freiheit so notwendig, daß, wenn mir jemand verböte, ich sollte mich irgendeinem kleinen Winkel in Ostindien nicht nahen, ich dadurch gewissermaßen ein trauriges Leben führen würde; und solange ich noch ein Plätzchen Erde oder freie Luft anderwärts finde, werde ich an keinem Ort schmachten, wo ich mich verbergen müßte. Mein Gott, wie unerträglich würde mir der Zustand sein, worin ich so viele Leute sehe, welche in einen Teil dieses Königreichs gebannt sind, denen der Eingang in die Hauptstädte und Hofstellen und das Befahren öffentlicher Heerstraßen verboten worden, weil sie unsern Gesetzen nicht gehorsam waren. Wenn diejenigen Gesetze, unter denen ich lebe, mir nur mit der Spitze des kleinen Fingers drohten, den Augenblick ginge ich hin, um unter andern zu stehen, es möchte auch sein, wo es wollte. Alle meine wenige Klugheit bei diesen bürgerlichen Kriegen, worin wir uns befinden, wende ich dahin an, daß sie mir die Freiheit, zu gehen und zu kommen, wie ich will, nicht unterbrechen mögen.

Nun erhalten sich aber die Gesetze in Ansehen, nicht weil sie gerecht sind, sondern weil sie Gesetze sind. Das ist der mystische Grund ihres Ansehens. Einen andern haben sie nicht, worauf sie ruhten. Sehr oft rühren sie her von Dummköpfen; öfters von Leuten, die, weil sie die Gleichheit hassen, auch keine Billigkeit kennen; aber immer von

Menschen, welche eitel und unzuverlässig sind. Schwerlich wird man etwas so Gröbliches und schwer Fehlerhaftes sehen, als die Gesetze gewöhnlich sind. Wer ihnen nur darum gehorchen wollte, weil sie gerecht wären, würde ihnen nicht wegen seiner Pflicht gehorchen. Unsere französischen Gesetze bieten gewissermaßen der Unordnung und der Bestechung, welche bei der Anwendung und Ausübung stattfinden, die Hand. Ihre Gebote sind so dunkel und unsicher, daß sie einigermaßen den Ungehorsam und die fehlerhafte Auslegung, Anwendung und Ausübung entschuldigen. Worin also der Nutzen bestehen mag, den wir aus der Erfahrung ziehen können, so wird uns derjenige, den wir aus fremden Beispielen herleiten, wenig zustatten kommen, da wir uns durch uns selbst sogar nicht frommen, wie es uns doch geläufig sein und hinreichen sollte, uns von allem zu unterrichten, dessen wir bedürfen. Ich studiere mich selbst mehr als jeden andern Gegenstand. Ich bin meine Metaphysik und Physik:

> *Qua Deus hanc mundi temperet arte domum;*
> *Qua venit exoriens, qua deficit, unde coactis*
> *Cornibus in plenum menstrua luna redit;*
> *Unde salo superant venti, quid flamine captet*
> *Eurus, et in nubes unde perennis aqua;*
> *Sit ventura dies, mundi quae subruat arces.*[263]

> *Quaerite, quos agitat mundi labor.*[264]

Auf dieser Universität lasse ich mich als ein unwissender und unwiderstrebender Mensch für das allgemeine Gesetz der Welt zuziehen. Ich erkenne solches hinlänglich, wenn ich es fühle. Mein Wissen kann seinen Weg nicht verändern. Es wird sich aus Liebe zu mir nicht vervielfachen. Torheit wäre es, das zu hoffen, und noch größere Torheit, sich darüber zu kümmern. Denn es muß notwendigerweise gleich, öffentlich und allgemein sein. Die Güte und Kraft des Regenten muß uns rein und völlig der Sorge für die Regierung entschlagen. Das Dichten und Trachten der Philosophie

---

[263] Properz III, 5, 26: Welche göttliche Kunst waltet im Weltengebäu, welche im Kommen des Monds und Verschwinden, und daß nach durchlaufenem Monat zum vollen Schild fügt die Hörner der Mond; und woher der Winde Gewalt auf dem Meere, des Süds Hauch, wo er hinreicht, woher hangende Wasser der Luft, und wenn kommt der Tag, der den Bau der Welten zerstört?

[264] Lucan I, 417: Das sind Eure Fragen, die Ihr um die Welt Euch bekümmert.

kann zu weiter nichts dienen als zur Nahrung für unsere Wißbegierde. Die Philosophen haben groß recht, uns auf die Vorschriften der Natur zurückzuführen. Aber sie selbst verstehen sich schlecht auf diese erhabene Kunde. Sie verfälschen solche und zeigen uns ihr bemaltes Gesicht geschmückt und verstellt, woraus denn so viele verschiedene Schildereien des nämlichen Gegenstandes entstehen. So wie uns die Natur Füße zum Gehen gegeben hat, muß sie auch Klugheit besitzen, um uns durch das Leben zu leiten. Aber freilich keine so feine, vierschrötige, aufgeblasene Klugheit, als die Philosophen erfinden, sondern verhältnismäßig, leicht, ruhig und heilsam. So entspricht sie demjenigen, was man von ihr rühmt, wenn jemand das Glück hat, solche ohne Spitzfindigkeit und ordentlich anzuwenden, das heißt natürlich, sich der Natur auf die einfältigste Weise überlassen, heißt, sich ihr auf die weiseste Art überlassen. O welch ein weiches, sanftes, gesundes Kissen ist die Unwissenheit und Unneugierigkeit, um einen wohlgeordneten Kopf darauf zu ruhen! Lieber möchte ich mich selbst recht verstehen als den Cicero. Die Erfahrung, welche ich an mir selbst habe, genügt mir, um weise zu werden, wenn ich nur ein guter Schüler wäre. Wer die Ausschweifung seines vergangenen Zorns seinem Gedächtnis anvertraut, und das Übermaß, wozu ihn dieses Fieber trieb, sieht hierin die Häßlichkeit dieser Leidenschaft besser als im Aristoteles und faßt einen viel gerechtern Widerwillen dagegen. Wer sich der Übel erinnert, die er sich zugezogen hat, die ihn bedrohten, der leichten Anlässe, welche ihn aus einer Lage in die andere versetzten, bereitet sich dadurch auf künftige Glückswechsel und auf die richtige Beurteilung seiner Lage. Das Leben Cäsars gewährt uns nicht mehr Beispiel als unser eigenes. Das Leben eines Herrschers ist wie das Leben eines Untertans, ein Leben, welches allem menschlichen Glückswechsel ausgesetzt ist. Laßt uns nur darauf merken. Wir sagen uns alles, wessen wir hauptsächlich bedürfen. Wer sich erinnert, wie oft er sich in seinem eigenen Urteil verrechnet hat, ist der nicht ein Tor, wenn er nicht beständig gegen dasselbe mißtrauisch bleibt? Wenn mich das Urteil anderer überzeugt, daß ich in einer falschen Meinung schwebte, so lerne ich nicht sowohl das Neue, was man mir sagt und die Erkenntnis einer besondern Unwissenheit (denn selbst die Erkenntnis einer besondern Unwissenheit wäre noch kein großer Erwerb) als vielmehr überhaupt meine Schwachheit und die Trüglichkeit meines Verstandes, und daraus folgere ich die

Verbesserung des Ganzen. Bei allen meinen übrigen Irrtümern tue ich dasselbe und ziehe aus dieser Regel einen großen Vorteil für mein Leben. Den einzelnen Fall und Menschen betrachte ich nicht als einen Stein, über den ich gestolpert bin, sondern lerne daraus, meinen Gang überhaupt vorsichtiger einrichten und aufmerksamer gehen. Einsehen, daß man eine Narrheit getan oder gesagt habe, will wenig sagen. Man muß lernen, daß man ein Dummkopf ist; eine weit triftigere und wichtigere Lehre. Die falschen Schritte, welche mich mein Gedächtnis oft hat tun lassen, selbst dann, wenn es sich am meisten traute, sind nicht unnützerweise verloren. Es mag mir jetzt seine Zuversichtlichkeit noch so sehr beteuern, so schüttle ich dennoch die Ohren. Das erste, das beste, was man seinem Zeugnis entgegensetzt, macht mich zweifelhaft, und ich wage nicht mehr, über irgendeine wichtige Sache oder über irgendeine fremde Handlung, ihm Glauben beizumessen. Und täten, was ich aus Mangel des Gedächtnisses tue, andere nicht noch öfter aus Mangel an Treue und Glauben, so würde ich über eine Tatsache jedem fremden Munde mehr Wahrheit zutrauen als meinem eigenen. Wenn jedermann auf die Wirkungen und Verhältnisse der Leidenschaften, welche ihn beherrschen, so genau achtgäbe, wie ich auf diejenigen, in welche ich verfiel, so würde er sie von ferne kommen sehen und ihre Heftigkeit und ihren Anlauf ein wenig mäßigen. Sie fallen uns nicht immer unversehens über den Hals. Sie haben ihre Anmeldungen und ihre Stufen:

> *Fluctus uti primo coepit cum albescere vento,*
> *Paulatim sese tollit mare, et altius undas*
> *Erigit, inde imo consurgit ad aethera fundo.* [265]

Die Urteilskraft hat bei mir ihren obrigkeitlichen Stuhl, wenigstens strebt sie sorgfältig danach.

Sie läßt meine Begierden ihren Gang gehen, meinen Haß und meine Freundschaft, sogar diejenigen, welche ich gegen mich selbst hege, ohne sich deswegen zu verändern und zu verschlimmern. Kann sie meine übrigen Bestandteile nicht nach sich verändern, so läßt sie sich wenigstens durch solche nicht entstellen. Sie spielt ihr eignes Spiel. Die Weisung, daß jeder sich selbst kennenlernen soll, muß von großem

---

[265] Vergil, Aen. VII, 528: Wie wenn im Meere zuerst die Flut sich kräuselt, bald das Meer sich erhebt und höher die Wogen emporwirft, bis sie aus tiefstem Grunde zum Himmel hinan sich türmet.

Gewicht sein, weil der Gott aller Kenntnis und alles Lichtes solche über dem Eingange seines Tempels eingraben ließ, als ein Wort, welches alles in sich begreife, was er uns zu raten habe. Auch sagt Plato, daß die Klugheit nichts anders sei als die Befolgung dieser Vorschrift; und Sokrates bekräftigt solches beim Xenophon durch einzelne Beispiele. Dunkelheiten und Schwierigkeiten jeder Wissenschaften werden dann erst bemerkbar, wenn man zu derselben Zutritt gewinnt. Denn es gehört doch immer ein gewisser Grad von Einsicht dazu, um wahrzunehmen, daß man nichts wisse; und man muß an eine Tür geklopft haben, um zu erkennen, daß selbige verschlossen sei. Daher entsteht die Platonische Spitzfindigkeit: derjenige, welcher wisse, dürfe nicht fragen, weil er wisse; derjenige aber, welcher nicht wisse, dürfe nicht fragen, weil er, um fragen zu können, zuvor wissen müsse, wonach er zu fragen habe. Ebenso geht es mit der Selbstkenntnis. Damit ist jedermann fertig und im reinen, darauf glaubt sich jedermann hinlänglich zu verstehen und beweist eben dadurch, wie Sokrates den Euthydemus belehrte, daß er nichts davon versteht. Ich, da ich keine andere Profession treibe, finde diese so unergründlich und mannigfaltig, daß alles mein Lernen mir keinen andern Nutzen bringt, als daß es mir fühlbar macht, wieviel ich noch zu lernen habe. Meiner oft eingestandenen Schwachheit verdanke ich meinen Hang zur Bescheidenheit, zum Gehorsam gegen den Glauben, welcher mir vorgeschrieben ist, zu einer beständigen Kaltblütigkeit und Mäßigung der Meinung und den Haß der beschwerlichen zänkischen Hoffart, welche sich alles glaubt, auf sich allein vertraut und mit aller Zucht und Wahrheit in ewiger Feindschaft steht. Man höre nur, wie herrisch ihre Anhänger sich äußern. Ihre ärgsten Torheiten tragen sie in der Sprache der Religionen und Gesetze vor: Nihil est turpius, quam cognitioni et perceptioni assertionem approbationemque praecurrere.[266] Aristarch sagte, daß man vor alters kaum sieben Weise in der Welt habe auffinden können und daß man zu seiner Zeit kaum sieben Unwissende antreffen würde.

Hätten wir in unseren Tagen nicht mehr Recht, dasselbe zu sagen, als er? Eigensinn und halsstarriges Behaupten sind ausdrückliche Zeichen der Dummheit.

---

[266] Cicero, Acad. I, 13: Nichts ist abscheulicher, als wenn Behauptung und Beifall der Untersuchung und Prüfung zuvoreilen.

Da ist ein Mensch in einem Tage hundertmal auf die Nase gefallen und besteht ebenso steifsinnig und unverrückt auf seinen Sätzen als vorher. Man sollte sagen, man habe ihm seitdem eine neue Seele und Kraft des Verstandes eingetrichtert; oder es ergehe ihm wie ehemals dem Sohn der Erde,

welcher durch jeden Hinsturz neue Kräfte und größere Stärke gewann:

> *Cui cum tetigere parentem,*
> *Jam defecta vigent renovato robore membra.*[267]

Scheint es nicht, als ob der Steifkopf meint, er nehme einen neuen Geist auf, wenn er einen neuen Wortkampf aufnimmt? Es geschieht aus eigener Erfahrung, daß ich die menschliche Unwissenheit anklage. Sie ist nach meiner Meinung das Zuverlässigste, was man in der Schule der Welt kennenlernt. Diejenigen, welche aus einem so unbedeutenden Beispiele als das meinige, oder das ihrige, nicht an sich kommen lassen wollen, mögen solche am Sokrates, dem Meister aller Meister, erkennen. Denn der Philosoph Antisthenes sagte zu seinen Schülern: Kommt mit mir, den Sokrates zu hören; bei dem bin ich so gut Schüler wie ihr. Und indem er den Lehrsatz der stoischen Sekte behauptete, daß die Tugend allein hinreiche, ein Leben durchaus glücklich zu machen, und nichts bedürfe, fügte er hinzu: als die Stärke des Sokrates. Diese anhaltende Aufmerksamkeit, womit ich mich selbst betrachte, hat mich auch so ziemlich fähig gemacht, nicht ganz übel von andern zu urteilen; und es gibt wenige Dinge, von denen ich glücklicher und erträglicher zu reden weiß. Es begegnet mir oft, daß ich die Gemütsfassung meiner Freunde genauer einsehe und unterscheide als sie selbst. Ich habe einige durch meine richtige Schilderung derselben in Verwunderung gesetzt und aufmerksam auf sich selbst gemacht. Weil ich mich von Kindesbeinen gewöhnt habe, mein Leben in andern zu spiegeln, habe ich darin eine gelehrte Fertigkeit erlangt. Und die Wahrheit zu gestehen, lasse ich nichts dergleichen, Gesichtszüge, Launen und Ausdrücke, unbemerkt bei mir vorüberschlüpfen. Ich studiere alles, was ich zu vermeiden und was ich nachzuahmen habe. Also auch entdecke ich meinen Freunden durch ihr Tun und Lassen ihre innigsten Neigungen, bringe die unendliche Verschiedenheit und

---

[267] Lucan IV, 599: Kaum berührten sie seine Mutter Erde, so erstanden die matten Glieder in neuer Stärke.

Mannigfaltigkeit der Handlungen unter gewisse Kapitel, und mache Abteilungen und Unterabteilungen, nach bekannten Ordnungen und Gattungen:

> *Sed neque quam multae species, et nomina quae sint,*
> *Est numerus.*[268]

Die Gelehrten sprechen und bezeichnen ihre Phantasien genauer und im einzelnen. Ich aber, der ich nicht weiter sehe, als was mir der Gebrauch an die Hand gibt, ich lege die meinigen im ganzen dar und wie sie mir aufstoßen. So verfahre ich auch in diesem Buche. Ich fälle mein Urteil in getrennten Sätzen. Ich weiß nicht alles auf einmal in Bausch und Bogen zu sagen. Zusammenhang und Gleichförmigkeit finden sich nicht bei so gemeinen Alltagsseelen wie die unsrigen. Die Weisheit ist ein festes, ganzes Gebäude, in welchem jedes Stück seinen gehörigen Platz und seine eigene Nummer hat: sola sapientia in se tota conversa est.[269] Ich überlasse es den Künstlern und weiß nicht, ob sie mit einer so mannigfaltigen kleinlich-verschiedenen und zufälligen Sache zustande kommen werden, die unendliche Verschiedenheit an Gesichtern aufzuschichten, unserer Unbeständigkeit Einhalt zu tun und sie in feste Ordnung zu bringen. Ich finde es nicht nur schwer, unsere Handlungen aneinanderzureihen; sondern ich finde es auch schwer, eine jede für sich selbst durch eine Haupteigenschaft zu bezeichnen. So zweideutig und vielfarbig erscheinen sie in verschiedenem Lichte. Was man an dem Könige Perseus von Mazedonien als etwas Seltenes bemerkt, daß sich sein Geist nie an etwas Gewisses binden ließ, sondern eine jede Lebensart durchirrte, und so abweichende, unbeständige Sitten zeigte, daß weder andere noch er selbst wußten, was für ein Mensch er wäre, das dünkt mich ungefähr auf die ganze Welt zu passen. Besonders kenne ich einen seines Zuschnittes, von welchem sich das, wie ich glaube, noch viel eigentlicher sagen ließe; der keine Mittelstraße kannte, immer von einem Extrem zum andern überging, durch Veranlassungen, die sich nicht erraten ließen; keinen Weg einschlug, ohne wunderlich davon abzuschweifen und ihm entgegenzulaufen; keine Eigenschaft besaß, von der sich nicht das Widerspiel bei ihm gefunden hätte, so daß das Wahrscheinlichste, was man eines Tags von ihm wird denken können, darin besteht: er

---

[268] Vergil, Georg. II, 103: Doch mißt kein Zahlenmaß die Arten und die Namen.
[269] Cicero, De fin. bon. III: Die Weisheit allein lebt und webt in sich selber.

affektierte und studierte, sich bekannt zu machen, um nie kennbar zu werden. Man muß ein gutes Gehör haben, um sich freimütig beurteilen zu hören.

Und weil das wenige leiden können, ohne empfindlich zu werden, so beweisen diejenigen, welche solches Wagestück gegen uns unternehmen, einen sonderbaren Freundschaftstrieb. Denn es heißt wirklich Liebe zeigen, wenn man unternimmt, jemanden zu beleidigen und zu verwunden, um ihn zu bessern! Ich finde es hart, jemanden zu beurteilen, bei welchem die schlimmen Eigenschaften die guten übertreffen. Plato schreibt demjenigen, welcher die Seele eines andern untersuchen will, dreierlei Eigenschaften vor: Verstand, Wohlwollen und Dreistigkeit.

Zuweilen fragte man mich: wozu ich wohl dächte tauglich gewesen zu sein, wiefern jemand bedacht gewesen, sich meiner zu bedienen, während ich noch dazu in Jahren war?

Dum melior vires sanguis dabat, aemula necdum
Temporibus geminis canebat sparsa senectus[270]

Zu nichts, erwiderte ich; und bedeute mich gern, daß ich zu nichts tauge, was mich einem andern zum Sklaven macht. Aber ich hätte meinem Herrn seine Wahrheiten gesagt und seine Sitten beleuchtet, wenn er es gewollt hätte. Nicht im allgemeinen, durch Schulgeschwätz, worauf ich mich nicht verstehe und wodurch ich diejenigen, welche solches verstehen, keine wahre Besserung hervorbringen sehe; sondern indem ich solche bei jeder Gelegenheit Schritt vor Schritt beobachtet und Stück vor Stück einfach und natürlich beurteilt hätte. Ich würde ihm gezeigt haben, wie er in der allgemeinen Meinung stände, und hätte mich seinen Schmeichlern widersetzt. Ich wüßte niemanden unter uns, der nicht weniger wert sein würde als die Könige, wenn er ebenso unaufhörlich von verworfenen Leuten verderbt würde wie sie. Konnte doch nicht einmal Alexander, dieser große König und Philosoph, sich davor beschützen. Ich hätte dazu Treue, Urteilskraft und Freimütigkeit genug besessen. Es wäre ein Amt ohne Titel; sonst verlöre es seine Wirkung und Wohlanständigkeit. Auch ist es eine Rolle, die nicht jedem ohne Unterschied aufgetragen werden kann. Denn die Wahrheit

---

[270] Vergil, Aen. V, 419: Da noch rascheres Blut in mir rann, und das neidische Alter um die Schläfe noch nicht in dünnem Weißhaar ergraute.

selbst hat kein Vorrecht, zu jeder Stunde und bei allen Gelegenheiten gesagt zu werden. Ihre Anwendung, so edel sie ist, hat ihre Einschränkung und Grenzen. Wie die Welt beschaffen ist, ergibt sich's oft, daß man solche vors Ohr der Fürsten bringt, nicht nur ohne Nutzen, sondern auch mit Schaden, und zwar von Rechts wegen. Und wird man mich nie überreden, daß keine heilsame Vorstellung zur unrechten Zeit gemacht werden könne und daß der Vorteil der Sache nicht zuweilen dem Vorteile der Form nachstehen müsse.

Zu einem solchen Amte würde ich einen Menschen wählen, der mit seinen Glücksumständen zufrieden,

Quod sit, esse velit; nihilque malit.[271]

und in mittelmäßigem Range geboren wäre. Sonach würde er einerseits nicht fürchten, wenn es das Herz seines Herrn stark und kräftig angriffe, dadurch den Lauf seiner Beförderung zu unterbrechen, und andererseits durch diesen mittelmäßigen Rang desto besser imstande sein, mit allen Arten von Leuten Verkehr zu haben. Ich wollte ferner zu diesem Amt nur *einen* Mann. Denn, wenn man das Vorrecht einer so offenherzigen Vertraulichkeit auf viele erstreckte, so würde solches eine schädliche Unehrerbietigkeit erzeugen. Ja, auch diesem Mann würde ich die heiligste Treu des Stillschweigens auflegen.

Einem König ist nicht zu glauben, wenn er sich mit der Standhaftigkeit rühmt, womit er, seiner Ehre wegen, den Angriff des Feindes abwarten wolle, und doch, zu seinem Nutzen und seiner Besserung die freimütigen Reden eines Freundes nicht ertragen kann, die weiter nichts tun als seine Ohren berühren, da das übrige ihrer Wirkung in seinen eigenen Händen steht. Es ist aber kein Stand des Menschen, der der wahren und freien Vorstellung so dürftig wäre als der Stand der Fürsten. Sie führen ein öffentliches Leben und sollen die gute Meinung so vieler Zuschauer gewinnen. Weil man aber gewöhnt ist, ihnen alles zu verschweigen, und sie von ihrem Wege abführt, so finden sie sich, ohne es zu wissen, mit dem Hasse und Abscheu des Volkes beladen, und zwar oft durch Veranlassungen, die sie hätten vermeiden können, ohne selbst dabei einmal ihren Vergnügungen Eintrag zu tun, wenn man sie nur zu rechter Zeit gewarnt und aufgerichtet hätte. Gewöhnlich sind ihre Günstlinge mehr auf sich selbst bedacht als auf ihren Herrn.

---

[271] Martial X, 47, 12: Was er ist, wolle er sein, und weiter nichts.

Und dabei befinden sie sich wohl; weil doch, die Wahrheit zu sagen, die meisten Pflichten der wahren Freundschaft gegen einen Fürsten schwer und gefährlich auszuüben sind, so daß dazu notwendigerweise nicht nur viel Abhänglichkeit und Freimütigkeit, sondern auch Mut erfordert wird.

Diese ganze Pastete meines Gekritzels ist endlich weiter nichts als ein Register der Versuche meines Lebens, welches der innern Gesundheit Beispiele genug an die Hand gibt, wenn man die Lehre daraus zieht, das Gegenteil zu tun. Was aber die körperliche Gesundheit betrifft, so kann niemand nützlichere Erfahrungen aufstellen als ich; da ich solche rein zeige, weder durch Kunst oder Meinung verderbt noch geschwächt. Die Erfahrung ist in Ansehung der Arzneikunde eigentlich der Hahn auf seinem eigenen Miste, wo ihr die Vernunft die Herrschaft einräumt. Tiberius sagte: jedermann, der dreißig Jahr gelebt habe, müsse selbst wissen, was ihm heilsam oder schädlich sei, und sich ohne Beistand des Arztes helfen können. Das konnte er vom Sokrates gelernt haben, welcher seinen Schülern riet, das Studium ihrer Gesundheit mit Sorgfalt und als ein Hauptstudium zu treiben, und hinzufügte, es sei unglaublich, daß ein Mensch von Verstand, der auf seine körperliche Bewegung, auf sein Essen und Trinken achtgäbe, nicht besser wissen sollte als jeder Arzt, was ihm gut oder schlecht bekomme. Daher behauptet auch die Heilkunde, sie habe von jeher die Erfahrung zum Prüfstein ihres Verfahrens gemacht. Also hatte Plato recht zu sagen, ein wahrer Arzt müßte notwendig erst alle Krankheiten, die er heilen wolle, selbst gehabt haben, und alle Zufälle und Umstände durchgegangen sein, welche seiner Beurteilung unterworfen werden. Es ist billig, daß er sich krätzig mache, wenn er die Krätze heilen will. Wirklich, nur einem solchen würde ich mich anvertrauen. Denn die andern führen uns wie jener, welcher Meere, Klippen und Häfen auf den Tisch hinmalt, an welchem er sitzt, und das Modell eines Schiffchens in aller Sicherheit herumspazieren läßt. Bringt ihn zur wirklichen Tat, so weiß er nicht, mit welcher Hand er angreifen soll. Sie machen eine Beschreibung von unsern Krankheiten wie der öffentliche Ausrufer einer Stadt. Er bezeichnet ein verlornes Pferd oder einen Hund von solch und solcher Farbe, solch und solcher Größe, die Ohren so und so gestaltet; aber stellt ihm das Tier vor, so kennt er es doch nicht.

Bei Gott, laß mir die Heilkunde eines Tages eine merkliche sichtbare Hilfe leisten, und man soll sehen, wie treu und ehrlich ich ausrufen werde:

Tandem efficaci do manus scientiae![272]

Die Künste, welche versprechen, unsern Körper und unsere Seele gesund zu erhalten, versprechen sehr viel. Dafür wüßte ich aber auch nichts, was weniger sein Versprechen hielte. Und zu unserer Zeit beweisen diejenigen, welche von diesen Künsten bei uns Profession machen, weniger tätige Wirkung derselben als alle übrigen Menschen. Man kann höchstens von ihnen sagen, daß sie heilkräftige Kräuter und Tränke verkaufen; daß sie aber Ärzte wären, kann man nicht sagen. Ich habe lange genug gelebt, um von der Gewohnheit Rechenschaft ablegen zu können, die mich bis hieher gebracht hat. Wer sie gleichfalls versuchen will, dem habe ich vorgekostet und bin sein Kredenzer. Hier sind einige Artikel, wie sie mir das Gedächtnis an die Hand gibt. Ich klebe an keiner Gewohnheit, die ich nicht nach den Veranlassungen abgeändert hätte; aber ich zeichne nur diejenigen auf, welche ich am meisten herrschend gefunden habe, denen ich bis auf diese Stunde am treusten geblieben bin.

Meine Art zu leben ist in gesunden und kranken Tagen einerlei. Ich bediene mich desselben Bettes, halte einerlei Stunde, genieße einerlei Speise und einerlei Getränk. Ich füge dabei nichts hinzu, sondern mäßige mich nur mehr oder weniger nach Beschaffenheit meiner Kräfte und meines Hungers. Meine Gesundheit besteht darin, daß ich in meinem gewöhnlichen Zustand nicht gestört werde. Ich sehe, daß die Krankheit an einer Seite mich daraus versetzt; wenn ich den Ärzten glaubte, so würden die mich auf der andern Seite davon abkehren, und so wäre ich denn durch Zufall und Kunst völlig aus meinem Weg gebracht. Ich glaube nichts gewisser als dies, daß mir solche Dinge nicht schaden können, an die ich seit langer Zeit gewohnt bin. Es ist die Gewohnheit, welche unserer Lebensart eine Form gibt, wie es ihr gefällt. Sie kann hierin alles. Sie ist der Zaubertrank der Circe, welcher unsere Natur verändert wie er will. Wie viele Nationen, kaum um etliche Schritte weit von uns entfernt, halten die Furcht vor der Nachtluft, die uns augenscheinlich nachteilig ist, für lächerlich, und

---

[272] Horaz, Epod. XVII, 1: Endlich gebe ich die Hand der wirksamen Wissenschaft.

unsere Landleute und Schiffer lachen gleichfalls darüber. Man macht einen Deutschen krank, wenn man ihm Matratzen zum Schlafen unterlegt, einen Italiener durch Federbetten und einen Franzosen, wenn ihm Vorhänge und Kaminfeuer gebrechen. Der Magen eines Spaniers hält unsere Tafel nicht aus, so wie der unsrige nicht das schweizerische Trinken. Ein Deutscher machte mir zu Augsburg das Vergnügen, die Unbequemlichkeit unserer Kamine mit eben den Gründen darzutun, deren wir uns gewöhnlich bedienen, um ihre Stubenöfen zu verwerfen. Denn in der Tat beschwert diese eingeschlossene Hitze und dabei der Geruch des erhitzten Stoffes, woraus sie bestehen, die Köpfe der meisten Menschen, welche nicht daran gewöhnt sind. Mir nicht. In der Tat mag sich auch diese anhaltende, allenthalben gleich verbreitete Wärme, ohne daß der Glanz der Flamme die Augen blendet, ohne Rauch und ohne die Zugluft, die wir durch die Öffnung unserer Kamine empfinden, in mehr als einer Rücksicht gar wohl mit denselben messen. Warum ahmen wir nicht die römische Bauart nach? Denn man sagt, daß sie vor alters in ihren Häusern von außen und unten einheizten und daß die Wärme durch Röhren innerhalb der Mauern in alle Zimmer geleitet wurde, die geheizt werden sollten, wie ich es beim Seneca, ich weiß nicht wo, ganz deutlich angezeigt gefunden habe. Als der vorbesagte Mann in Augsburg mich die Vorzüge und Schönheiten seiner Stadt rühmen hörte (wie sie es wirklich verdient), begann er mich zu beklagen, daß ich sie verlassen müßte, und die Hauptbeschwerlichkeit, die er mir anführte, setzte er in die Schwere des Kopfs, welche mir anderwärts die Kamine veranlassen würden. Er hatte jemand darüber klagen gehört und meinte, es sei unser Fall, weil er aus Gewohnheit in seiner Heimat dergleichen nicht fühlte.

Alle Wärme, die vom Feuer kommt, schwächt mich und macht mich schläfrig. Dennoch sagte Evenus, die beste Würze des Lebens wäre das Feuer. Ich wähle lieber alle anderen Mittel gegen die Kälte.

Wir fürchten die Neige des Weines; in Portugal liebt man dieses betäubende Getränk und setzt es auf die fürstliche Tafel. In summa: jede Nation hat verschiedene Gewohnheiten und Gebräuche, welche einer andern Nation nicht nur unbekannt, sondern unerhört und barbarisch scheinen. Was sollen wir diesem Volke sagen, welches keine anderen als gedruckte Zeugnisse annimmt, welches den Menschen nichts glaubt, als was sie aus Büchern beweisen können, auch keine Wahrheit annimmt, wenn sie nicht von hinlänglichem Alter

ist? Wir geben unsern Narrheiten eine Würde, wenn wir sie in Formen gießen. Es klingt viel wichtiger, wenn man sagt: Ich habe gelesen, als wenn man sagt: Ich habe sagen gehört. Ich aber, weil ich gegen den Mund eines Menschen nicht leichtgläubiger bin als gegen seine Hand, weil ich weiß, daß man ebenso leichtsinnig schreibt als spricht, und weil ich unsere Zeiten für so gut halte als die vergangenen, führe ebenso lieb einen meiner Freunde an als den Aulus Gellius oder Macrobius; und was ich gesehen habe, ebensogern, als was sie geschrieben haben. Und was man von der Tugend sagt, daß sie deswegen nicht größer sei, weil sie länger ist, das halte ich auch von der Wahrheit, daß sie deswegen, weil sie älter ist, nicht weiser sei. Ich sage oft, daß es platte Torheit ist, die uns nach fremden und schulgerechten Beispielen anjagt. Ihre Fruchtbarkeit ist zu dieser Stunde noch ebenso groß als zu den Zeiten Homers und Platos. Aber suchen wir nicht vielleicht mehr die Ehre der Bekanntschaft mit andern Schriftstellern als die Wahrheit eines Satzes? Als ob mehr daran läge, unsere Beweise aus dem Laden eines Buchhändlers zu entlehnen, als von dem, was wir in unserm Dorfe sehen und haben können. Oder wir haben wenigstens nicht den erforderlichen Sinn, das, was vor uns liegt, gehörig zu untersuchen, ihm seinen Wert zu geben und solches richtig zu beurteilen, um es zum Beispiel aufzustellen. Sagen wir aber, es fehle uns an gehörigem Ansehen, um unserm Zeugnisse Glauben zu verschaffen, so sagen wir es mit Unrecht. Denn, nach meiner Meinung, können aus den gewöhnlichsten, gemeinsten und bekanntesten Dingen, wenn wir sie ins gehörige Licht zu stellen wissen, die größten Wunderwerke der Natur und die erhabensten Beispiele hergeleitet werden, besonders in Rücksicht auf menschliche Handlungen.
Aber wieder zu meiner Sache. Die Beispiele, welche ich aus Büchern weiß, beiseite gesetzt, und dessen nicht zu erwähnen, was Aristoteles vom Andron, dem Argier, erzählt, daß er die libyschen Sandwüsten durchwanderte, ohne zu trinken, so sagte ein Herr von Adel, der mit vieler Würde verschiedene Posten verwaltet hat, in meiner Gegenwart, er sei von Madrid nach Lissabon im Sommer gereist, ohne zu trinken. Er befindet sich für sein Alter bei außerordentlichen Kräften und hat in seiner Lebensart sonst nichts Besonderes als dies, daß er, wie er mir gesagt hat, zwei oder drei Monate, ja wohl ein ganzes Jahr hinbringt, ohne zu trinken. Er spürt wohl Durst, läßt ihn aber vorübergehen, und meint, es sei ein Bedürfnis, welches sich leicht von selbst stille.

Dergestalt trinkt er mehr aus Laune als aus Notwendigkeit oder zum Vergnügen.

Hier noch ein anderes Beispiel. Ich traf vor nicht noch langer Zeit einen der gelehrtesten Männer Frankreichs, unter denen von nicht geringem Vermögen darüber an, daß er in einem Winkel des Saales studierte, welchen man durch eine Tapete abgeschlossen hatte, und um ihn her einen Haufen seiner Bedienten in lauter Ausgelassenheit. Er sagte mir (und Seneca sagte fast dasselbe von sich), er gewönne aus diesem Gepolter und Lärmen den Nutzen, daß er dadurch aufgeschreckt, sich fester und enger in sich selbst zum Nachdenken zusammenzöge und dieses Getöse von Stimmen seine Gedanken nach innen treibe. Als er in Padua studierte, bewohnte er solange ein Studierzimmer, welches dem Geräusche der Glocken und dem Getümmel des Marktes ausgesetzt war, daß er dadurch nicht nur alles Geräusch ohne Nachteil seines Studierens ertragen, sondern sogar Vorteil daraus ziehen lernte. Sokrates antwortete dem Alcibiades, der sich darüber wunderte, wie er das unaufhörliche Gekrächze seiner bösköpfigen Frau ertragen könne: »Es geht mir wie einem, der an das gewöhnliche Gekreisch gewöhnt ist, welches die Räder am Brunnen machen, wenn sie das Wasser heraufwinden.« Mit mir ist es gar anders beschaffen. Mein Geist ist zart und kann leicht in Schwung kommen. Wenn er mit sich selbst beschäftigt ist, bringt ihn das geringste Sumsen einer Fliege aus aller Fassung. Seneca hatte in seiner Jugend sich gar fest an das Beispiel des Sextius gehalten, von nichts zu essen, was einen leiblichen Tod erlitten. Er enthielt sich dessen ein Jahr hindurch, wie er sagt, mit Vergnügen, und änderte dieses Verhalten nur deswegen, damit er nicht in Verdacht geriete, als ob er diese Regel aus irgendeiner neuen Religion entlehnt habe, die solche vorschrieb. Nebenher befolgte et noch die Vorschrift des Attalus, nicht mehr auf weichen Pfühlen zu schlafen, welche sich an den Körper schließen, sondern bediente sich in seinem Alter harter Matratzen, auf denen der Körper keinen Eindruck macht. Was ihm seine Zeit als Härte anrechnet, läßt die unsrige uns als Gemächlichkeit betrachten. Man sehe nur den Unterschied zwischen der Lebensart meiner Hausbedienten und der meinigen. Die Skythen und Indianer sind nicht weiter von meiner Kraft und meiner Form entfernt. Ich erinnere mich, daß ich Bettelbuben von der Gasse genommen habe, um sie zu meiner Aufwartung zu gebrauchen. Diese haben bald darauf meinen Dienst und meine Küche verlassen und meine Livree ausgezogen, bloß um wieder zu ihrer vorigen Lebensart zurückzukehren. Einen fand ich in der Folge, der zu seinem Mahl Luderfleisch vom Schindanger aufsuchte, den ich aber weder durch Bitten noch Drohungen von dem Wohlbehagen abwendig machen konnte, das er an der Dürftigkeit empfand. Die Bettler haben ebensowohl ihre Pracht und Wollüste als die Reichen und, wie man sagt, sogar ihre eigenen Würden und Polizeiordnungen, alles Wirkungen der Gewohnheit. Diese kann uns nicht nur in alle Formen schmiegen, die ihr gefallen (unterdessen sagen die Weisen, sollten wir uns in die beste stellen, und sie wird uns solche alsobald erleichtern), sondern auch zum Wechsel und zur Veränderung, welches das Beste und Nützlichste ihrer Lehrschule ist.

Das Beste an meiner körperlichen Beschaffenheit besteht darin, daß ich biegsam und nachgiebig bin. Ich habe Neigungen, die mir eigentümlicher, gewöhnlicher und angenehmer sind als andere; aber ich kann mich ihrer ohne große Anstrengung entschlagen und gleite ganz gemächlich zum Gegenteil über. Ein junger Mensch muß seine Gewohnheiten unterbrechen, um seine Kräfte zu erwecken, sich wenigstens vor Schimmeln und Faulen bewahren; und keine Lebensart ist so kindisch und närrisch als die Lebensart nach Schnur und Uhr:

> *Ad primum lapidem vectari cum placet, hora*
> *Sumitur ex libro; si prurit frictus ocelli*
> *Angulus, inspecta genesi, collyria quaerit.*[273]

Wenn der Jüngling mir glauben will, so wird er zuweilen sogar ausschweifen. Sonst macht ihn der geringste Hieb über die Schnur unglücklich, und er wird unangenehm und unerträglich im Umgang. Die widerlichste Eigenschaft eines ehrlichen Mannes ist die Verzärtelung und die Gewohnheit an eine gewisse ausschließliche Lebensweise. Ausschließlich wird jede, welche nicht biegsam und gefügig ist. Man muß sich schämen, wenn man aus Unvermögen nicht mitmachen kann oder zu tun wagt, was die Genossen tun können. Laß solche Menschen in der Nähe ihrer eigenen Küche bleiben. Für jedermann ist so etwas unschicklich. Für einen Mann vom Kriegshandwerk aber ist es gar schimpflich und unverzeihlich.

---

[273] 18 Juvenal VI, 576: Will er nur bis zum nächsten Meilenzeiger verreisen, sieht er im Kalender nach, ob's heut geheuer sei, und brennet ihm der Augenwinkel, weil er ihn gerieben, so konsultiert er die Nativität, ob eine Augensalb ihm dienlich sei.

Denn ein solcher muß sich, wie Philopoemen sagte, an alle Verschiedenheiten und Ungleichheiten des Lebens gewöhnen.

Gleichwohl, so sehr ich, wie es sich tun ließe, an Verschiedenheit und Freiheit gewöhnt worden bin, habe ich dennoch aus Fahrlässigkeit, da ich älter geworden bin, gewisse Formen angenommen (meine alten Tage leiden keine Erziehung mehr und wollen sich auf nichts anderes mehr einlassen als auf ihre Erhaltung), und die Gewohnheit hat gewissen Dingen, ohne daran zu denken, ihren Charakter so stark eingeprägt, daß ich es Ausschweifung nenne, wenn ich davon abgehen soll. Ich kann nicht mehr, ohne mir wehe zu tun, spät in den Tag hinein schlafen noch zwischen den Mahlzeiten essen, noch frühstücken, noch mich schlafen legen ohne große Zwischenräume, nämlich ungefähr drei Stunden nach dem Abendessen, noch für meine Nachkommenschaft arbeiten, außer vor dem Schlafengehen, noch solches stehend verrichten; noch kann ich ein durchgeschwitztes Hemd auf dem Leibe behalten; noch bloßes Wasser oder unvermischten Wein trinken; ebensowenig lange mit bloßem Kopfe bleiben oder mich nach der Mahlzeit scheren lassen. Und ich entbehrte ebenso gern des Hemdes als der Handschuhe und des Händewaschens beim Aufstehen als nach Tische, und äußerst notwendiger Bedürfnisse als des Himmelbettes und der Vorhänge. Ich könnte mein Essen ohne Tischtuch zu mir nehmen; aber sehr mit Widerwillen ohne reine Serviette, wie die Deutschen. Ich mache meine Serviette schmutziger wie sie und die Welschen und bediene mich des Löffels und der Gabel sehr wenig. Es tut mir leid, daß man nicht eine Gewohnheit befolgt hat, die ich bei den Königen eingeführt gesehen, daß man bei jedem Gange so wie reine Teller auch reine Servietten auflegt. Wir wissen von dem tätigen Soldaten Marius, daß er mit zunehmendem Alter immer leckerer im Trinken wurde und nie anders als aus seinem eigenen Becher trank. So mag ich gern aus besondern Gläsern trinken und ebenso ungern aus einem solchen, welches der Reihe nach herumgeht, als ich aus der Hand eines andern trinken würde. Kein Metall gefällt mir so gut als helles, durchsichtiges Glas, welches ja auch meinen Augen ihren eigentümlichen Genuß gewährt. Dergleichen Weichlichkeiten mehr bin ich der Gewohnheit schuldig. Andre hat mir die Natur verliehen; wie zum Beispiel, daß ich nicht mehr zwei volle Mahlzeiten ertragen kann, ohne meinen Magen zu überladen, noch auch mich völlig einer Mahlzeit enthalten kann, ohne Blähungen zu empfinden, einen trocknen Mund zu bekommen oder meinem Appetit wehe zu tun; daß ich nicht lange in der Nachtluft bleiben kann, ohne daß es mir nachteilig werde. Denn wenn ich die ganze Nacht bei dem Herrndienst des Krieges, wie es gewöhnlich zu geschehen pflegt, aufsitzen muß, so fängt seit einigen Jahren, nach fünf oder sechs Stunden, mein Magen an unruhig zu werden, ich empfinde heftige Kopfschmerzen und reiche nicht bis zum Tagesanbruch, ohne mich zu übergeben. Wenn die andern zum Frühstück gehen, so muß ich mich schlafen legen und bin nachher wieder so munter wie vorher. Ich hatte beständig gehört, die Nachtluft träte erst mit Anbruch der Nacht selbst ein; aber da ich seit den letzten Jahren sehr lange und vertraut mit einem Herrn umging, der mit dem Glauben angesteckt war, solche Luft sei am schlimmsten und nachteiligsten, wenn sich die Sonne neige, eine oder zwei Stunden vor ihrem Untergang, weswegen er dieselbe sorgfältig vermeidet und weiter auf die Nacht nicht achtet, so hat er mir beinahe nicht sowohl seine Gründe als seine Empfindung eingeflößt; denn der Zweifel selbst und die Untersuchung macht unsere Einbildung rege und verursacht Veränderungen in uns. Wer solchen Gedanken plötzlich und auf einmal Raum gibt, zieht seinen völligen Untergang auf sich. Ich beklage mehr als einen Mann von Stande, der sich durch die Dummheit seiner Ärzte in früher gesunder Jugend dem Lazarett übergeben hat. Besser wäre es noch, eine Erkältung davonzutragen, als durch Entwöhnung auf zeitlebens des menschlichen Umgangs bei so wichtigen Vorfallenheiten entsagen müssen. Es ist eine schädliche Wissenschaft, welche uns die angenehmsten Stunden des Tages verschreit. Laßt uns unsern Besitz durch die äußerste Anstrengung erkämpfen. Die meiste Zeit härtet man sich ab, wenn man sich durch nichts irremachen läßt, und verbessert seine körperliche Beschaffenheit; wie Cäsar sich dadurch von der fallenden Sucht heilte, daß er nicht darauf achtete und ihr niemals nachgab. Man muß sich die beste Lebensweise vorschreiben, aber ihr sich nicht knechtisch unterwerfen; es sei denn einer solchen, deren Verpflichtung und Beobachtung nützlich ist.

Könige und Philosophen müssen zu Stuhle gehen und die Damen gleichfalls. Das Leben öffentlicher Personen ist an Zeremonien gebunden; mein unbeachtetes einzelnes Leben genießt aller natürlichen Freiheiten. Als Soldat und Gaskognier darf ich auch schon ein Wort mehr sagen.

Deswegen will ich auch dieser Verrichtung hier erwähnen. Es ist notwendig, derselben gewisse bestimmte nächtliche Stunden anzuweisen und sich durch Gewohnheit dazu zu zwingen und zu binden, wie ich getan habe; aber nicht wie ich in meinem Alter getan habe, sich an eine gewisse Bequemlichkeit des Orts und Sitzes zu gewöhnen und solche durch langes Verweilen und Weichlichkeit unbequem zu machen. Gleichwohl ist es bei den schmutzigsten Verrichtungen gewissermaßen zu entschuldigen, wenn man darauf mehr Sorgfalt und Reinlichkeit verwendet: natura homo mundum et elegans animal est.[274] Bei allen natürlichen Verrichtungen mag ich am ungernsten in dieser unterbrochen werden. Ich habe Kriegsleute gekannt, die von der Unordnung ihres Stuhlganges sehr beschwert wurden, indes ich und der meinige uns niemals verfehlen und zu rechter Zeit zutreffen, nämlich beim Aufsteigen aus dem Bett, wenn nicht eine wichtige Beschäftigung oder Krankheit dazwischenkommt. Ich weiß also, wie schon gesagt, einem Kranken nichts Besseres und mehr Sicheres anzuraten, als daß er sich ruhig bei der Lebensweise verhalte, worin er geboren und erzogen ist. Alle Veränderung, sie bestehe, worin sie wolle, greift an und tut weh. Man bilde sich nur ein, daß die Kastanien einem Perigurdiner oder einem Lucceser schädlich seien, oder Milch und Käse den Bergbewohnern, so wird man ihnen nicht nur eine neue, sondern eine höchst schädliche Diät vorschreiben, eine Veränderung, die selbst einem Gesunden übel bekommen müßte. Man verschreibe einem siebzigjährigen Bretagner Brunnenwasser; man sperre einen seefahrenden Mann ein in eine Badstube, man verbiete einem Bedienten aus Biskaya spazierenzugehen, man raube ihnen Bewegung und endlich Luft und Licht,

> *An vivere tanti est?*
> *Cogimur a suetis animum suspendere rebus,*
> *Atque, ut vivamus, vivere desinimus ...*
> *Hoc superesse reor, quibus et spirabilis aër,*
> *Et lux, qua regimur, redditur ipsa gravis.*[275]

---

[274] Seneca, Epist. 92: Der Mensch ist von Natur ein reinliches, zierliches Tier.
[275] Pseudo-Gall. Eleg. I, 155, 247 (ohne die erste Zeile): Ist Leben so viel wert? – Wir sollen des Gewohnten uns entschlagen? Und nicht mehr leben, weil wir leben wollen? Wem Lebensluft und Licht entzogen wird, den zähl' ich Abgeschiednen bei.

Wenn man damit keinen andern Nutzen schafft, so wird man so viel wenigstens bewirken, daß man die Kranken beizeiten auf den Tod vorbereitet und nach und nach den Gebrauch ihres Lebens untergräbt und abschneidet.

Gesund oder krank habe ich immer gern die Gelüste befolgt, wovon ich mich gedrungen fühlte. Ich räume meinen Begierden und Verlangen ein großes Recht ein. Ich mag nicht gern Übel durch Übel heilen. Ich hasse die Mittel, welche beschwerlicher sind als die Krankheit Wollte ich mich, weil ich mit Steinschmerzen geplagt bin, auch des Vergnügens berauben, Austern zu essen, so erlitte ich zwei Übel statt eines. Die Krankheit zwickt auf einer Seite und die Verordnung auf der andern. Da wir einmal das Wagestück bestehen, uns zu verrechnen, so wagen wir einmal etwas für das Vergnügen. Die Welt tut das Gegenteil, hält nichts für nützlich, was nicht weh tut, und was leicht wird, ist ihr verdächtig. Mein Appetit in verschiedenen Dingen hat sich glücklicherweise von selbst gefügt und sorgt für die Gesundheit meines Magens. In meiner Jugend fand ich viel Gefallen an scharfen und hochgewürzten Brühen. Da sich in der Folge mein Magen nicht damit vertragen wollte, veränderte sich alsobald auch mein Geschmack.

Wein ist dem Kranken schädlich. Auch ist er das erste, womit sich mein Mund nicht vertragen kann und wovor er einen unüberwindlichen Ekel bekommt. Alles, was ich mit Widerwillen zu mir nehme, ist mir schädlich, und nichts ist mir undienlich, was ich mit Hunger und Wohlgeschmack genieße. Ich habe niemals Nachteil von einer Handlung gespürt, die mir viel Wohlbehagen verursacht hatte; und deshalb habe ich auch meinem Vergnügen alle medizinischen Verordnungen bei weitem nachgesetzt und mich von Jugend an,

Quem circumcursans huc atque huc saepe Cupido
Fulgebat crocina splendidus in tunica,[276]

ebenso leichtsinnig und unbedachtsam meinen Begierden und Verlangen überlassen wie irgend jemand,

Et militavi non sine gloria[277],

---

[276] Catull, Carm. LXVI, 133: Mich umflattert' hier und dort der Schäker Cupido, glänzend im purpurnen Rock.
[277] Horaz, Od. III, 26, 2: Ich stritt nicht ungeehrt.

mehr indessen in der Dauer und anhaltend als durch Heftigkeit des ersten Angriffs:

Sex me vix memini sustinuisse vices.[278]

Bei alledem ist es, wie ich gestehe, ein Unglaube und ein Wunder, daß ich bei so gar frühen Jahren schon der ersten Neigung dieser Art den Zügel schießen ließ. Der Zufall tat alles dabei. Denn es geschah lange vor der Zeit der Erkenntnis und der Wahl. Ich kann mich selbst nicht einmal so weit zurückerinnern, und man mag mein Geschick sehr wohl mit dem der Quartilla vergleichen, die sich ihrer Jungfräulichkeit nicht mehr erinnern konnte:

Inde tragus, celeresque pili, mirandaque matri
Barba meae.[279]

Die Ärzte beugen gewöhnlich mit Nutzen ihre Vorschriften nach der Heftigkeit der Begierden, welche ihren Kranken aufstoßen. Die Begierde mag so befremdlich und tadelhaft sein, als sich immer denken läßt, die Natur ist sicherlich im Spiele. Wieviel gewinnt man überdem dabei, wenn man die Einbildungskraft befriedigt? Nach meiner Meinung kommt alles darauf an, zum wenigsten mehr wie auf alles übrige. Die drückendsten und häufigsten Übel sind diejenigen, womit die Einbildungskraft uns belastet. Aus vielen Ursachen gefällt mir das spanische Sprichwort:

Defiendame Dios de mí.[280]

Bin ich krank, so tut mir's leid, wenn ich kein Gelüste habe, welches mir das Vergnügen machen könnte, es zu befriedigen. Es wird den Ärzten schwer werden, mich davon abzuhalten. Ebenso geht mir's, wenn ich gesund bin. Ich kenne nichts Besseres als zu wollen und zu wünschen. Es ist Elend genug, wenn sogar die Wünsche schwach und matt werden.

Mit der Arzneikunst ist es noch nicht so weit gediehen, daß wir nicht bei allem unserm Tun und Lassen noch Autoritäten voraushaben sollten. Sie ist anders nach den Himmelsgegenden, nach den Mondphasen und nach diesem oder jenem Arzt. Wenn der eurige nicht für gut findet, daß ihr schlafet, daß ihr Wein trinkt oder diese oder jene

---

[278] Ovid, Amor. III, 7, 26: Auf sechsmal hab' ich's kaum gebracht.
[279] Martial XI, 22, 7: Daher so früh meine Rauheit und Bart, ein Wunder der Mutter.
[280] Martial XI: Gott bewahre mich vor mir selbst.

Speise eßt, so seid deswegen unbesorgt; ich will euch schon einen andern zuführen, der nicht seiner Meinung sein soll. Die Verschiedenheit der medizinischen Gründe und Meinungen ist unermeßlich. Ich kannte einen elenden Kranken, welcher, um zu genesen, vor Durst fast verschmachtete und umkam und deswegen nachher von einem andern Arzt ausgelacht wurde, der diese Vorschrift als schädlich verwarf. Hatte er seine große Enthaltsamkeit nicht sehr nützlich angewandt? Es ist neulich ein Mitglied dieses Ordens am Stein gestorben, der sich großer Enthaltsamkeit befliß, um seine Krankheit zu bekämpfen. Dahingegen sagen seine Kollegen, er habe sich durch seine Fasten ausgedörrt und den Grieß in seinen Nieren gebrannt.

Ich habe wahrgenommen, daß mich bei Wunden und Krankheiten das Sprechen erhitzt und mir schädlicher ist als alle übrigen Verstöße. Das Sprechen wird mir schwer und ermüdet mich; denn ich rede laut und mit solcher Anstrengung, daß vornehme Personen, mit denen ich von wichtigen Angelegenheiten gesprochen habe, mich oft erinnern mußten, leiser zu sprechen.

Folgende Erzählung verdient, daß ich sie zu meinem Vergnügen anführe. Ein gewisser Mensch in einer Schule von Griechenland sprach laut wie ich. Der Zeremonienmeister ließ ihm sagen, er sollte leiser reden. »Laß ihn mir«, sagte dieser, »den Ton zuschicken, in welchem ich nach seiner Meinung reden soll.« Der andere versetzte: »Nimm deinen Ton von den Ohren desjenigen, mit dem du sprichst.« Das war gut gesagt, wenn es soviel heißen soll: Sprich nach Maßgabe dessen, was du deinem Zuhörer zu sagen hast. Denn wenn es heißen soll: Es sei dir genug, daß er dich hört, oder richte dich nach ihm, so bin ich damit nicht einverstanden. Ton und Bewegung der Stimme haben einen gewissen Ausdruck und Bedeutung reinen Sinnes. Diese muß ich also aufbieten, wenn sie mich vertreten sollen. Es gibt eine Stimme zum Unterrichten, eine Stimme zum Schmeicheln oder Schelten. Ich will, daß meine Stimme nicht bloß zu einem andern gelange, sondern vielleicht, daß sie ihn treffe und durchdringe. Wenn ich meinen Bedienten ausfilze und dabei meine Stimme laut und schreiend ist, darf er mir nicht sagen: »Herr, schreien Sie nicht so, ich höre Sie ja wohl.« Est quaedam vox ad auditum accommodata, non magnitudine, sed proprietate.[281] Das Wort gehört zur Hälfte dem, welcher spricht, und zur Hälfte dem, welcher hört. Dieser muß sich darauf gefaßt machen, es in der Bewegung aufzufangen, worin es ihm zukommt. Wie beim Ballspiel der Anfänger den Schläger und dessen Bewegung zur Richtschnur der seinigen macht und nach derselben seine eigene Geschwindigkeit abmißt.

Die Erfahrung hat mich auch noch dies gelehrt, daß wir uns durch Ungeduld zugrunde richten. Jedes Ungemach hat sein Leben und seine Grenzen, seine Krankheit und seine Gesundheit. Die Beschaffenheit der Krankheiten richtet sich nach der Beschaffenheit des tierischen Körpers. Ihre Dauer und Tageszeit ist ihnen von ihrem Ursprung an vorgeschrieben. Wer es darauf anlegt, sie gewaltsamer, herrschsüchtigerweise abzukürzen und ihren Lauf zu hemmen, der verlängert, vervielfältigt und verbittert sie, anstatt sie zu beschwichtigen. Ich bin der Meinung Crantors, daß man sich den Übeln weder eigensinnig wie ein Wildfang widersetzen, noch ihnen weichlich unterliegen, sondern ganz natürlich ihrer und unserer Beschaffenheit gemäß nachgeben müsse. Man muß den Krankheiten ihren Weg offenlassen; und ich finde, daß sie kürzer bei mir verweilen, will ich sie ihren Gang gehen lassen. Ich habe einige von denen, welche man für die hartnäckigsten hält, von selbst verloren, ohne Hilfe und Kunst und gegen die gewöhnliche Regel. Laß doch die Natur sich selbst helfen. Sie versteht ihre Sache besser zu machen als wir. Dieser oder jener ist daran gestorben. Nun, euch wird's nicht besser gehen, wo nicht an dieser, doch an einer andern Krankheit. Wie viele sind nicht daran gestorben, ungeachtet sie drei Ärzte auf dem Halse hatten? Das Beispiel ist ein allgemeiner, trüglicher Spiegel, in welchem man alles erblickt. Ist etwas eine angenehme Medizin, so gebrauch solche. Sie ist immer ein gegenwärtiges Gut. Ich werde mich nie beim Namen noch bei der Farbe aufhalten, wenn sie wohlschmeckend und appetitlich ist. Das Vergnügen ist immer der hauptsächlichste Vorteil. Ich habe bei mir alt werden und eines natürlichen Todes sterben lassen: Schnupfen, Flüsse, Gicht, Durchlauf, Herzklopfen, Kopfschmerzen und andere Zufalle, die ich verloren, als ich schon halb darauf gefaßt war, sie zu ernähren. Man beschwört sie besser durch Höflichkeit als

---

[281] Quintilian XI, 3: Es gibt einen gewissen Ton, der vorzüglich verständlich wird, nicht weil er laut, sondern weil er angemessen ist.

durch Trotz. Man muß die Schmerzen, die uns nach den Gesetzen unseres Zustandes überkommen, geduldig ertragen. Wir sind einmal da, um alt, schwach und krank zu werden, trotz aller Arznei. Es ist die erste Lehre, welche die Mexikaner ihren Kindern geben, wenn sie solche beim Austritt aus ihrer Mutter Schoß folgendergestalt bewillkommen: Kind, du bist auf die Welt gekommen, um zu dulden; dulde, leide und schweig! Es ist ungerecht, sich zu beklagen, daß einem etwas überkommen sei, was jedem überkommen kann: Indignare, si quid in te inique proprie constitutum est.[282]

Man sehe doch den Alten, welcher sein Gebet darauf richtet, der liebe Gott solle ihn bei völliger kräftiger Gesundheit erhalten! Heißt das nicht soviel, er solle ihn wieder verjüngen?

Stulte, quid haec frustra votis puerilibus optas?[283]

Ist es nicht Torheit? Seine Verhältnisse erlauben es ja nicht. Zipperlein, Steinschmerzen, Magenschwäche sind die Begleiter von langen Jahren, wie Hitze, Regen und Winde die Begleiter langer Reisen sind. Plato glaubt nicht, daß Äsculap sich sehr darum bekümmert habe, ob er durch seine Vorschriften die Lebensdauer verdorbenen, geschwächten Körpern erhalten könne, die ihrem Vaterland unnütz, unnütz für ihre Berufsgeschäfte und unnütz waren, gesunde und starke Kinder auf die Welt zu setzen, und findet diese Sorge der göttlichen Gerechtigkeit und Weisheit gemäß, welche alle Dinge zu nützlichen Zwecken leiten soll. Mein guter alter Mann, es ist vorbei. Man kann dir nicht wieder auf die Füße helfen. Höchstens kann man dich ein wenig aufpflastern, von neuem anschienen und dein Elend um ein paar Minuten verlängern:

Non secus instantem cupiens fulcire ruinam,
Diversis contra nititur objicibus,
Donec certa dies, omni compage soluta,
Ipsum cum rebus subruat auxilium.[284]

---

[282] Seneca, Epist. 91: Zürne, wenn ein Gesetz dich allein ungerecht behandelt.
[283] Ovid, Trist. III, 8, 11: Tor, was wünschest du dieses umsonst in kindischen Wünschen?
[284] Pseudo-Gallus I, 171: Wie wenn einer das Haus, das näher Sturz dräut, zu stützen, ihm entgegendämmt Pfeiler und Strebegebälk; doch kommt einmal der Tag, der Bänder und Fugen zerstreut, fallen in einem Sturz Stützen und Sterben zugleich.

Man muß ertragen lernen, was man nicht vermeiden kann. Unser Leben ist, wie die Harmonie der Welt aus widersprechenden Dingen, gleichfalls aus verschiedenen, langen und kurzen, hohen und tiefen, weichen und rauhen Tönen zusammengesetzt. Der Tonsetzer, welchem nur einige Tonarten gefielen, würde mit seiner Kunst nicht viel ausrichten. Er muß sich ihrer insgesamt zu bedienen und solche zu vermischen wissen. So müssen wir das Gute und das Übel verbinden, aus denen die Wesenheit des Lebens besteht. Unser Dasein kann ohne diese Vermischung nicht bestehen, und eine Saite ist ebenso nötig dazu als die andere. Gegen den Stachel der Notwendigkeit anlöken wollen, heißt die Torheit des Ctesiphon teilen, der sich unterfing, sich mit seinem Maultiere auf den Huf zu schlagen.

Titelliste Taschenbuch-Literatur-Klassiker

Bd. 1 *Abenteuer und Fahrten des Huckleberry Finn*, Mark Twain, Bd. 2 *Andersens Märchen*, Hans Christian Andersen, Bd. 3 *Anton Reiser*, Karl Philipp Moritz, Bd. 4 *Aus dem Leben eines Taugenichts*, Joseph Freiherr v. Eichendorff, Bd. 5 *Bahnwärter Thiel*, Gerhard Hauptmann, Bd. 6 *Bambi Eine Lebensgeschichte aus dem Walde*, Felix Salten, Bd. 7 *Bauern, Bonzen und Bomben*, Hans Fallada, Bd. 8 *Bel Ami*, Guy de Maupassant, Bd. 9 *Bergkristall*, Adalbert Stifter, Bd. 10 *Candide oder der Optimismus*, Voltaire, Bd. 11 *Caspar Hauser oder Die Trägheit des Herzens*, Jakob Wassermann, Bd. 12 *Dantons Tod*, Georg Büchner, Bd. 13 *Das Bildnis des Dorian Grey*, Oscar Wilde, Bd. 14 *Das Dschungelbuch*, Rudyard Kipling, Bd. 15 *Das Fräulein von Scuderi*, ETA Hoffmann, Bd. 16 *Das Gemeindekind*, Marie v. Ebner-Eschenbach, Bd. 17 *Das Heptameron*, Margarete v. Navarra, Bd. 18 *Märchenbriefbuch der heiligen Nächte*, Max Dauphtendey, Bd. 19 *Das Marmorbild*, Joseph v. Eichendorff, Bd. 20 *Das Schloss*, Franz Kafka, Bd. 21 *Das Urteil*, Franz Kafka, Bd. 22 *David Copperfield*, Charles Dickens, Bd. 23 *Der abenteuerliche Simplizissimus*, Grimmelshausen, Bd. 24 *Der arme Spielmann*, Franz Grillparzer, Bd. 25 *Der eingebildete Kranke*, Moliere, Bd. 26 *Der ewige Spießer*, Ödön v. Horváth, Bd. 27 *Der Fürst*, Nocolò Machiavelli, Bd. 28 *Der Glöckner von Notre Dame*, Victor Hugo, Bd. 29 *Der goldene Esel, Apuleius*, Bd. 30 *Der goldene Topf*, ETA Hoffmann, Bd. 31 *Der Graf von Monte Christo*, Alexandre Dumas, Bd. 32 *Der grüne Heinrich*, Gottfried Keller, Bd. 33 *Der kleine Häwelmann und andere Märchen*, Theodor Storm, Bd. 34 *Der kleine Lord*, Frances Hodgson Burnett, Bd. 35 *Der letzte Mohikaner*, James Fenimore Cooper, Bd. 36 *Der Prozess*, Franz Kafka, Bd. 37 *Der Sandmann*, ETA Hoffmann, Bd. 38 *Der Schimmelreiter*, Theodor Storm, Bd. 39 *Der Schuss von der Kanzel*, Conrad Ferdinand Meyer, Bd. 40 *Der Seewolf*, Jack London, Bd. 41 *Der seltsame Fall des Dr. Jekyll und Mr. Hyde*, Robert Louis Stevenson, Bd. 42 *Der Stechlin*, Theodor Fontane, Bd. 43 *Der Sturmheidhof (Sturmhöhe)*, Emily Brontë, Bd. 44 *Der Tor und der Tod*, Hugo v. Hofmannsthal, Bd. 45 *Der Weg ins Freie*, Arthur Schnitzler, Bd. 46 *Der zerbrochene Krug*, Heinrich v. Kleist, Bd. 47 *Deutsches Märchenbuch*, Ludwig Bechstein, Bd. 48 *Deutschland. Ein Wintermärchen*, Heinrich Heine, Bd. 49 *Die Abenteuer der sieben Schwaben*, Ludwig Aurbacher, Bd. 50 *Die Burg von Otranto*, Horace Walpole, Bd. 51 *Die drei Musketiere*, Alexandre Dumas, Bd. 52 *Die Elixiere des Teufels*, ETA Hoffmann, Bd. 53 *Die Geschichte meines Lebens*, Georg Ebers, Bd. 54 *Die Insel Felsenburg*, Johann Gottfried Schnabel, Bd. 55 *Die Judenbuche*, Annette v. Droste-Hülshoff, Bd 56. *Die Kameliendame*, Alexandre Dumas, Bd. 57 *Die Kartause von Parma*, Stendhal, Bd. 58 *Die Kreutzersonate*, Lew Tolstoi, Bd. 59 *Die Leiden des jungen Werther*, Johann Wolfgang v. Goethe, Bd. 60 *Die Leute von Seldvyla I*, Gottfried Keller, Bd. 61 *Die Leute von Seldvyla II*, Gottfried Keller, Bd. 62 *Die Marquise*, George Sand, Bd. 63 *Die Marquise von O.*, Heinrich v. Kleist, Bd. 64 *Die Memoiren der Fanny Hill*, John Cleland, Bd. 65 *Die Ratten*, Gerhard Hauptmann, Bd. 66 *Die Räuber*, Friedrich v. Schiller, Bd. 67 *Die Regentrude*, Theodor Storm, Bd. 68 *Die Reisen des Baron zu Münchhausen*, Bd. 69 *Die Schatzinsel*, Robert Louis Stevenson, Bd. 70 *Die Verlobten*, Allessandro Manzoni, Bd. 71 *Die Verwandlung*, Franz Kafka, Bd. 72 *Die Verwirrungen des Zöglings Törleß*, Robert Musil, Bd. 73 *Die Waffen nieder*, Berta von Suttner, Bd. 74 *Die Wahlverwandtschaften*, Johann Wolfgang v. Goethe, Bd. 75 *Don Carlos*, Friedrich v. Schiller, Bd. 76 *Eduards Traum*, Wilhelm Busch, Bd. 77 *Effi Briest*, Theodor Fontane, Bd. 78 *Egmont*, Johann Wolfgang v. Goethe, Bd. 79 *Ein Held unserer Zeit*, Michail Lermontoff, Bd. 80 *Einsichten und Ausblicke*, Gerhard Hauptmann, Bd. 81 *Emilia Galotti*, Gottold Ephraim Lessing, Bd. 82 *Erinnerungen aus galanter Zeit*, Giacomo Casanova, Bd. 83 *Erzählungen*, Wilhelm Busch, Bd. 84 *Es waren zwei Königskinder*, Theodor Storm, Bd. 85 *Essays*, Michel de Montaigne, Bd. 86 *Franz Sternbalds Wanderungen*, Ludwig Tieck, Bd. 87 *Fräulein Else*, Arthur Schnitzler, Bd. 88 *Frühlings Erwachen*, Frank Wedekind, Bd. 89 *Gedanken*, Blaise Pascal,

Bd. 90 *Gefährliche Liebschaften*, Pierre-Ambroise-François Choderlos de Laclos, Bd. 91 *Gegen den Strich*, Joris-Karl Huysmany, Bd. 92 *Geschichte des Fräuleins von Sternheim*, Sophie v. La Roche, Bd. 93 *Geschichte vom braven Kasperl und dem Annerl*, Clemens Brentano, Bd. 94 *Geschichten aus dem Wienerwald*, Ödön v. Horváth, Bd. 95 *Glanz und Elend der Kurtisanen*, Honore de Balzac, Bd. 96 *Glück und Unglück der berühmten Moll Flanders*, Daniel Defoe, Bd. 97 *Götz von Berlichingen*, Johann Wolfgang v. Goethe, Bd. 98 *Gullivers Reisen*, Jonathan Swift, Bd. 99 *Heidis Lehr und Wanderjahre*, Johann Spyri, Bd. 100 *Heinrich von Ofterdingen*, Novalis, Bd. 101 *Hiob Roman eines einfachen Mannes*, Joseph Roth, Bd. 102 *Immensee*, Theodor Storm, Bd. 103 *Iphigenie auf Tauris*, Johann Wolfgang v. Goethe, Bd. 104 *Italienische Märchen*, Clemens Brentano, Bd. 105 *Ivannhoe*, Walter Scott, Bd. 106 Jahrmarkt der Eitelkeiten, William Makepaece Thackeray, Bd. 107 *Jane Eyre*, Charlotte Brontë, Bd. 108 *Jugend ohne Gott*, Ödön v. Horvath, Bd. 109 *Jürg Jenatsch*, Conrad Ferdinand Meyer, Bd. 110 *Kabale und Liebe*, Friedrich v. Schiller, Bd. 111 *Kasimir und Karoline*, Ödön v. Horvath, Bd. 112 *Kinder- und Hausmärchen*, Gebrüder Grimm, Bd. 113 *Kleiner Mann, was nun*, Hans Fallada, Bd. 114 *König Alkohol*, Jack London, Bd. 115 *Krambambuli*, Marie Ebner-Eschenbach, Bd. 116 *Lausbubengeschichten*, Ludwig Thoma, Bd. 117 *Lavinia - Pauline - Kora*, George Sand, Bd. 118 *Leben und Lüge*, Detlev von Liliencron, Bd. 119 *Lebensansichten des Katers Murr*, ETA Hoffmann, Bd. 120 *Lenz. Der hessische Landbote*, Georg Büchner, Bd. 121 *Lieutenant Gustl*, Arthur Schnitzler, Bd. 122 *Lord Jim*, Joseph Conrad, Bd. 123 *Luise*, Johann Heinrich Voß, Bd. 124 *Madame Bovary*, Gustave Flaubert, Bd. 125 *Märchen*, Wilhelm Hauff, Bd. 126 *Maria Stuart*, Friedrich v. Schiller, Bd. 127 *Max Havelaar*, Multatuli, Bd. 128 *Meister Floh*, ETA Hoffmann, Bd. 129 *Michael Kohlhaas*, Heinrich v. Kleist, Bd. 130 *Minna von Barnhelm*, Gotthold Ephraim Lessing, Bd. 131 *Moby Dick*, Hermann Melville, Bd. 132 *Nathan, der Weise*, Gotthold Ephraim Lessing, Bd. 133-1 und 133-2 *Nils Holgersson wunderbare Reise*, Selma Lagerlöf, Bd. 134 *Niels Lyne*, Jens Peter Jacobsen, Bd. 135 *Nußknacker und Mausekönig*, ETA Hoffmann, Bd. 136 *Oliver Twist*, Charles Dickens, Bd. 137 *Onkel Toms Hütte*, Herriett Beecher Stowe, Bd. 138 *Peter Schlemihls wundersame Geschichte*, Adalbert v. Chamisso, Bd. 139 *Peterchens Mondfahrt*, Gerdt v. Bassewitz, Bd. 140 *Pinocchio*, Carlo Collodi, Bd. 141 *Reinecke Fuchs*, Johann Wolfgang v. Goethe, Bd. 142 *Rheinmärchen*, Clemens Brentano, Bd. 143 *Rinaldo Rinaldini*, Christian August Vulpius, Bd. 144 *Robinson Crusoe*; Daniel Defoe, Bd. 145 *Romeo und Julia*, William Shakespeare Bd. 146 *Schach von Wuthenow*, Theodor Fontane, Bd. 147 *Schachnovelle*, Stefan Zweig, Bd. 148 *Schatzkästlein des rheinischen Hausfreundes*, Johann Peter Hebel, Bd. 149 *Schelmuffskys Reisebeschreibung*, Christian Reuter, Bd. 150 *Schloss Gripsholm*, Kurt Tucholsky, Bd. 151 *Siebenkäs*, Jean Paul, Bd. 152 *Sternstunden der Menschheit*, Stefan Zweig, Bd. 153 Tao te king, Laotse, Bd. 154 *Till Eulenspiegel*, Hermann Bote, Bd. 155 *Tolldreiste Geschichten*, Honorè de Balzac, Bd. 156 *Tom Jones, Geschichte eines Findelkindes*, Henry Fielding, Bd. 157 *Tom Sawyers Abenteuer und Streiche*, Mark Twain, Bd. 158 *Troquato Tasso*, Johann Wolfgang v. Goethe, Bd. 159 *Traumnovelle*, Arthur Schnitzler, Bd. 160 *Trost der Philosophie*, Boethius, Bd. 161 *Über den Umgang mit Menschen*, Adolph Freiherr v. Knigge, Bd. 162 *Uli der Knecht*, Jeremias Gotthelf, Bd. 163 *Uli der Pächter*, Jeremias Gotthelf, Bd. 164 *Ungeduld des Herzens*, Stefan Zweig, Bd. 165 *Ut oler Welt*, Wilhelm Busch, Bd. 166 *Vater Goriot*, Honorè de Balzac, Bd. 167 *Väter und Söhne*, Ivan Sergejeviç Turgenev, Bd. 168 *Verlorene Illusionen*, Honorè de Balzac, Bd. 169 *Von der Freiheit eines Christenmenschen*, Martin Luther – Bd. 170 *Von der Ursache, dem Prinzip und dem Einen*, Bruno Giordano, Bd. 171 *Vor Sonnenuntergang*, Gerhard Hauptmann, Bd. 172 *Walden oder Leben in den Wäldern*, Henry D. Thoreau, Bd. 173 *Wilhelm Meisters Lehrjahre*, Johann Wolfgang v. Goethe, Bd. 174 *Wilhelm Meisters Wanderjahre*, Johann Wolfgang v. Goethe, Bd. 175 *Wilhelm Tell*, Friedrich v. Schiller